DIAS NA BIRMÂNIA

Título original: *Burmese Days*
copyright © Editora Lafonte Ltda. 2021

Todos os direitos reservados.
Nenhuma parte deste livro pode ser reproduzida por quaisquer
meios existentes sem autorização por escrito dos editores.

Direção Editorial *Ethel Santaella*

REALIZAÇÃO

GrandeUrsa Comunicação

Direção *Denise Gianoglio*
Tradução *Otavio Albano*
Revisão *Diego Cardoso*
Capa, Projeto Gráfico e Diagramação *Idée Arte e Comunicação*
Ilustração de capa *Montagem com desenho de R. Drivon - 1932 e autor desconhecido - 1920*

```
Dados Internacionais de Catalogação na Publicação (CIP)
          (Câmara Brasileira do Livro, SP, Brasil)

  Orwell, George, 1903-1950
     Dias na Birmânia / George Orwell ; tradução Otavio
  Albano. -- 1. ed. -- São Paulo : Lafonte, 2021.

     Título original: Burmese Days
     ISBN 978-65-5870-129-3

     1. Ficção inglesa I. Título.

  21-70844                                        CDD-823
```

Índices para catálogo sistemático:

1. Ficção : Literatura inglesa 823

Aline Graziele Benitez - Bibliotecária - CRB-1/3129

Editora Lafonte
Av. Profª Ida Kolb, 551, Casa Verde, CEP 02518-000, São Paulo-SP, Brasil – Tel.: (+55) 11 3855-2100
Atendimento ao leitor (+55) 11 3855-2216 / 11 3855-2213 – atendimento@editoralafonte.com.br
Venda de livros avulsos (+55) 11 3855-2216 – vendas@editoralafonte.com.br
Venda de livros no atacado (+55) 11 3855-2275 – atacado@escala.com.br

George Orwell

DIAS NA BIRMÂNIA

Tradução

Otavio Albano

Brasil, 2021

Lafonte

*"Este deserto inacessível
À sombra de tristes ramos"*

Do Jeito que Você Gosta
(*As You Like It*),
de William Shakespeare

1

U Po Kyin, magistrado subdivisional de Kyauktada, na Alta Birmânia[1], estava sentado em sua varanda. Eram apenas oito e meia da manhã, mas do mês de abril, por isso havia algo no ar, uma ameaça das longas e sufocantes horas de meados do dia. Leves e ocasionais brisas agitavam as orquídeas que pendiam dos beirais, regadas havia pouco. Além das orquídeas, podia-se ver o tronco curvo e empoeirado de uma palmeira e, logo além, o céu escaldante de um azul ultramarino. No zênite, tão alto que observá-los ofuscava a vista, alguns abutres perfaziam círculos com as asas completamente imóveis.

Sem piscar, tal qual um grande ídolo de porcelana, U Po Kyin fitava por entre os brutais raios de sol. Era um homem na casa dos cinquenta anos, tão gordo que há muito tempo não se levantava da cadeira sem ajuda e, ainda assim, elegante e até mesmo bonito em sua corpulência; pois os birmaneses não ficam flácidos e inchados como os brancos, eles engordam simetricamente, como frutas dilatadas. Seu rosto era largo, amarelo e quase sem rugas, e seus olhos tinham um tom alaranjado. Seus pés — pés atarracados

---

1 A expressão Alta Birmânia designa as partes centrais e setentrionais da antiga Birmânia, atual Mianmar. Anexada ao Império Britânico em 1885, conquistou a independência em 1948. Por todo o livro há menções à Índia e à Birmânia como se fossem o mesmo território, já que os britânicos não faziam diferença entre esses dois povos e culturas tão distintos. Na tradução, optou-se por seguir as denominações originais dadas pelo autor. (N. do T.)

e arqueados, com os dedos com o mesmo tamanho — estavam descalços, assim como sua cabeça raspada estava descoberta, e ele usava um daqueles vívidos *longyis*[2] fabricados na região de Arakan, com uma estampa xadrez verde e magenta, adotados pelos birmaneses em ocasiões informais. Estava mascando bétele[3], que guardava em uma caixa laqueada sobre a mesa, e pensava em sua vida passada.

Fora uma vida extremamente bem-sucedida. A memória mais antiga de U Po Kyin, da década de 1880, era a de ter assistido de pé, ainda uma criança nua e barriguda, às tropas britânicas entrarem marchando vitoriosas em Mandalay[4]. Lembrava-se do terror que sentira diante daquelas colunas de homens enormes e alimentados com carne bovina, com rostos e casacos vermelhos; e dos longos rifles sobre seus ombros, e do som pesado e ritmado de suas botas. Saíra correndo depois de tê-los observado por alguns minutos. Com seu jeito infantil, percebera que seu próprio povo não era páreo para essa raça de gigantes. Alinhar-se aos britânicos, transformar-se em um parasita deles, tornou-se sua maior ambição, mesmo criança.

Aos dezessete anos, tentou uma nomeação para o governo, mas não conseguiu obtê-la, por ser pobre e não ter amigos, e, por três anos, trabalhou no fétido labirinto dos bazares de Mandalay, atuando como ajudante dos mercadores de arroz e, às vezes, roubando-os. Então, quando já tinha vinte anos, recebeu quatrocentas rupias, fruto de uma chantagem bem-sucedida, e dirigiu-se imediatamente para Rangum[5], comprando um cargo de escriturário no governo. O emprego era lucrativo, embora o salário fosse pequeno. Naquela época, um cartel de funcionários estava ganhando uma renda fixa com a apropriação indébita de suprimentos do governo, e Po Kyin (ele era apenas Po Kyin: o honorífico U só veio anos depois[6]) aderiu naturalmente a esse tipo de transação. No entanto, tinha talento demais para passar toda a vida como escriturário, roubando miseravelmente uns

---

2 Faixa de tecido, comum na região de Mianmar, cortada em um formato cilíndrico e usada ao redor da cintura, chegando até os pés. Mais conhecida no Brasil como sarongue, do malaio *sarung*. (N. do T.)
3 Folha da pimenteira de mesmo nome, apreciada no Sudeste Asiático por suas propriedades medicinais e estimulantes. (N. do T.)
4 Capital do reino da Birmânia até a invasão britânica. (N. do T.)
5 Maior cidade e antiga capital de Mianmar. (N. do T.)
6 O honorífico U, equivalente a "tio" ou "senhor" em birmanês, é usado apenas para homens em altas posições hierárquicas ou monges. (N. do T.)

poucos *annas* e *pice*⁷. Certo dia, descobriu que o governo, diante da falta de oficiais menores, promoveria algumas nomeações entre os escriturários. A notícia seria levada a público dali a uma semana, mas uma das qualidades de Po Kyin era conseguir informações sempre uma semana antes de todo mundo. Ele anteviu sua oportunidade e denunciou todos os colegas antes que pudessem se resguardar. A maioria foi mandada para a prisão e Po Kyin nomeado assistente do superintendente municipal como recompensa por sua honestidade. Desde então, subiu sem parar. Agora, aos cinquenta e seis anos, era magistrado subdivisional e, provavelmente, seria promovido mais uma vez e chegaria a vice-comissário interino, tendo ingleses como seus iguais e até mesmo entre seus subordinados.

Como magistrado, seus métodos eram simples. Mesmo pelo maior dos subornos ele nunca venderia a decisão de um caso, pois sabia que um magistrado que profere decisões erradas é pego mais cedo ou mais tarde. Sua prática, muito mais segura, era aceitar subornos de ambos os lados e depois decidir o caso baseado estritamente na lei. Isso lhe rendeu uma reputação muito útil de imparcialidade. Além da receita vinda dos litigantes, U Po Kyin cobrava um tributo permanente, uma espécie de esquema de tributação privada, de todas as aldeias sob sua jurisdição. Se qualquer aldeia deixasse de pagar seu tributo, U Po Kyin tomava medidas punitivas — gangues de *dacoits*⁸ atacavam a aldeia, os aldeões mais importantes eram presos sob acusações falsas, e assim por diante — e não demorava muito para que o valor devido fosse pago. Ele também recebia parte dos rendimentos de todos os roubos de grande porte ocorridos no distrito. Tudo o que ocorria, é claro, era do conhecimento de quase todos, à exceção dos superiores de U Po Kyin (nenhum oficial britânico jamais acreditaria em uma acusação feita contra seus próprios homens), mas as tentativas de expô-lo invariavelmente falhavam; seus apoiadores, cuja lealdade era mantida por uma fração nas pilhagens, eram numerosos demais. Quando qualquer acusação era feita contra ele, U Po Kyin simplesmente a desacreditava com uma série de testemunhas

---

7 Moedas em uso na Índia britânica: 1 *anna* equivale a 1/16 de rupia, enquanto 1 *pice* tem um quarto de seu valor, ou 1/64 de rupia. (N. do T.)
8 Membros de bandos armados na Índia ou em Mianmar. (N. do T.)

compradas, seguidas por contra-acusações que o deixavam em uma posição mais forte do que antes. Ele era praticamente invulnerável. Extremamente eficiente em julgar o caráter alheio, nunca escolhia um cúmplice incorreto. Além disso, estava sempre concentrado demais em suas tramas para cometer qualquer falha, seja por descuido ou ignorância. Poder-se-ia dizer, quase com plena certeza, que ele nunca seria apanhado, que seguiria de vitória em vitória, e finalmente morreria cheio de honrarias, com uma fortuna de vários *lakhs*[9] de rupias.

E, mesmo no além-túmulo, seu sucesso continuaria. De acordo com a crença budista, aqueles que praticam o mal em suas vidas passam à próxima encarnação na forma de um rato, um sapo ou algum outro animal inferior. U Po Kyin era um bom budista e pretendia prevenir-se contra esse risco. Ele dedicaria seus últimos anos a boas causas, que acumulariam méritos suficientes para prevalecer sobre o resto de sua vida. Provavelmente suas boas obras tomariam a forma da construção de pagodes. Quatro pagodes, cinco, seis, sete — os monges lhe diriam quantos —, com ornamentos entalhados em pedra, para-sóis dourados e sinetas que tilintavam ao vento, cada tilintar uma prece. E ele voltaria à Terra na forma humana masculina — pois uma mulher está quase no mesmo nível que um rato ou um sapo — ou, na pior das hipóteses, na forma de algum animal digno, como um elefante.

Todos esses pensamentos passavam pela mente de U Po Kyin rapidamente e, em sua maioria, como imagens. Seu cérebro, embora astuto, era bastante bárbaro e só funcionava para fins determinados; a mera meditação estava além de sua compreensão. Estava agora chegando ao ponto ao qual seus pensamentos começavam a pender. Apoiando suas pequenas mãos triangulares nos braços da cadeira, ele virou-se um pouco e chamou, um tanto ofegante:

— Ba Taik! Ei, Ba Taik!

Ba Taik, criado de U Po Kyin, apareceu através da cortina de contas da varanda. Era um homem baixo, marcado por cicatrizes de varíola, com uma expressão tímida e um tanto quanto ansiosa. U Po Kyin não lhe pagava

---

9 Notação numérica indiana equivalente a cem mil unidades. (N. do T.)

um salário, já que ele era um ladrão condenado e uma única palavra sua bastaria para mandá-lo para a prisão. À medida que Ba Taik avançava, fazia reverências tão profundas que dava a impressão de estar andando para trás.

— Sacratíssimo deus? — disse ele.

— Alguém está esperando para me ver, Ba Taik?

Ba Taik enumerou os visitantes nos dedos: — Há o chefe da aldeia de Thitpingyi, vossa excelência, que lhe trouxe presentes, e dois aldeões que têm um caso de agressão a ser julgado por vossa excelência, e eles também trouxeram presentes. Ko Ba Sein, o secretário-geral do vice-comissário, deseja vê-lo, e também Ali Shah, o oficial de polícia, e um *dacoit* cujo nome desconheço. Acho que eles se desentenderam por causa de uns braceletes de ouro roubados. E também uma jovem aldeã com um bebê.

— O que ela quer? — perguntou U Po Kyin.

— Ela está dizendo que o bebê é seu, sacratíssimo.

— Ah! E quanto o chefe da aldeia trouxe?

Ba Taik achava que eram apenas dez rupias e uma cesta de mangas.

— Diga ao chefe — disse U Po Kyin — que devem ser vinte rupias, e que tanto ele quanto sua aldeia terão problemas caso o dinheiro não esteja aqui amanhã. Vou ver os outros agora mesmo. Peça a Ko Ba Sein que venha me ver aqui.

Ba Sein apareceu logo depois. Era um homem aprumado, de ombros estreitos, alto demais para um birmanês, com um rosto curiosamente liso que parecia um pudim de café. U Po Kyin considerava-o uma ferramenta útil. Sem imaginação, mas trabalhador, era um excelente funcionário, e o sr. Macgregor, o vice-comissário, confiava-lhe a maior parte de seus segredos oficiais. U Po Kyin, bem-humorado graças a seus pensamentos anteriores, saudou Ba Sein com uma risada e acenou para a caixa de bétele.

— Bom, Ko Ba Sein, como vai nosso caso? Espero, como diria o caro sr. Macgregor — e U Po Kyin começou a falar em inglês — que esteja fazendo progressos evidentes.

Ba Sein não riu da piadinha. Sentando-se muito firme, com as costas completamente apoiadas no encosto da cadeira desocupada, respondeu:

— De maneira excelente, meu senhor. Nossa cópia do jornal chegou esta manhã. Leia, por favor.

Mostrou um exemplar de um jornal bilíngue chamado *O Patriota da*

Birmânia. Era um jornaleco miserável de oito páginas, impresso terrivelmente em um papel tão ruim quanto mata-borrão, e composto em parte por notícias roubadas da *Gazeta de Rangum*, em parte por textos nacionalistas medíocres. Na última página, os tipos haviam escorregado e manchado todo o papel de preto, como se estivesse de luto pela parca tiragem do jornal. O artigo para o qual U Po Kyin voltou sua atenção era de cunho bastante diferente do restante. Dizia:

> *Nestes tempos felizes em que nós, pobres negros, somos inspirados pela poderosa civilização ocidental, com suas múltiplas bênçãos, tais como o cinematógrafo, as metralhadoras, a sífilis, etc., que assunto poderia ser mais inspirador do que a vida privada de nossos benfeitores europeus? Acreditamos, portanto, que possa interessar aos nossos leitores saber algo acerca dos eventos do distrito de Kyauktada, no norte do país. E especialmente sobre o sr. Macgregor, honrado vice-comissário do referido distrito.*
> *O sr. Macgregor é o típico bom e velho cavalheiro inglês, dos quais, nestes tempos felizes, temos tantos exemplos diante de nossos olhos. Ele é um 'homem de família', como dizem nossos queridos primos ingleses. Realmente, um homem muito voltado à família, o sr. Macgregor. Tanto que ele já conta três filhos no distrito de Kyauktada, onde está há um ano e, no seu distrito anterior, o distrito de Shwemyo, deixou para trás seis jovens descendentes. Talvez seja um descuido da parte do sr. Macgregor o fato de ter deixado esses jovens rebentos totalmente desprotegidos, e alguma de suas mães correndo o risco de morrer de fome, etc. etc. etc."*

Havia uma coluna com material semelhante e, por pior que fosse, estava muito acima do nível do restante do jornal. U Po Kyin leu o artigo atentamente, segurando-o com o braço estendido — ele tinha hipermetropia —, e, franzindo os lábios enquanto pensava, expondo uma enorme quantidade de dentes pequenos e perfeitos, tingidos de vermelho-sangue por causa da seiva de bétele.

— O editor vai pegar seis meses de prisão por isso — disse ele, por fim.

— Ele não se importa. Diz que seus credores só o deixam em paz quando está na prisão.

— E você me disse que foi seu aprendiz Hla Pe quem escreveu este artigo sozinho? Trata-se de um garoto muito inteligente — um garoto muito promissor!

Nunca mais me diga que essas escolas secundárias do governo são uma perda de tempo. Hla Pe certamente conseguirá seu cargo de escriturário.

— O senhor acha então que o artigo será suficiente?

U Po Kyin não respondeu imediatamente. Um ruído ofegante e laborioso começou a sair de dentro dele; estava apenas tentando levantar-se da cadeira. Ba Taik estava familiarizado com esse som. Ele apareceu por detrás da cortina de contas, e ele e Ba Sein colocaram as mãos sob cada uma das axilas de U Po Kyin e ajudaram-no a levantar. U Po Kyin parou por um instante, equilibrando o peso da barriga sobre as pernas, fazendo o mesmo movimento de um carregador de peixes ajustando sua carga. Então, acenou para que Ba Taik saísse.

— Não será suficiente — disse ele, respondendo à pergunta de Ba Sein —, não será suficiente de forma nenhuma. Ainda há muito a ser feito. Mas foi o começo certo. Escute aqui.

Ele dirigiu-se até o gradil para cuspir um bocado escarlate de bétele e, então, começou a percorrer a varanda a passos curtos, com as mãos atrás das costas. A fricção de suas volumosas coxas o fazia cambalear ligeiramente. Seguia falando enquanto caminhava, no jargão costumeiro dos funcionários do governo — uma colcha de retalhos de verbos birmaneses com sentenças abstratas em inglês:

— Agora, vamos cuidar desse caso desde o início. Vamos fazer um ataque orquestrado ao dr. Veraswami, que é o cirurgião civil e superintendente da prisão. Vamos caluniá-lo, destruir sua reputação e, por fim, arruiná-lo para sempre. Será uma operação bastante delicada.

— Sim, senhor.

— Não correremos riscos, mas temos de ir devagar. Não estamos atacando um pobre escrevente ou um oficial de polícia. Estamos lidando com um alto funcionário e, contra um alto funcionário, mesmo sendo indiano, não se age da mesma forma que contra um escrevente qualquer. Como arruinar um escrevente? Fácil; basta uma acusação, duas dezenas de testemunhas, demissão e cadeia. Mas isso não vai funcionar neste caso. Devagarinho, devagarinho, devagarinho é a minha maneira. Sem nenhum escândalo e, principalmente, sem nenhum inquérito oficial. Não deve haver nenhuma acusação passível de resposta, mas, mesmo assim, em menos de três meses, devo fixar na mente de cada europeu em Kyauktada que o médico é um vilão. Do que posso acusá-lo? Nada de suborno, já que um médico nunca recebe subornos. Do que, então?

— Poderíamos, talvez, organizar um motim na prisão — disse Ba Sein. — Como superintendente, o médico seria culpado.

— Não, é perigoso demais. Não quero os carcereiros disparando seus rifles para todo lado. Além disso, seria muito caro. A acusação, então, obviamente deve ser de deslealdade — nacionalismo, propaganda subversiva. Devemos convencer os europeus de que o médico tem opiniões desleais e antibritânicas. Isso é muito pior do que suborno, eles até esperam que um funcionário nativo aceite subornos. Mas, se eles suspeitaram de sua lealdade, mesmo que por um momento, ele estará arruinado.

— Seria algo difícil de provar — objetou Ba Sein. — O médico é muito leal aos europeus. Ele fica com raiva quando falam qualquer coisa contra eles. Eles devem saber disso, o senhor não acha?

— Bobagem, bobagem — disse U Po Kyin, confiante. — Nenhum europeu se importa com provas. Quando um homem tem a cara preta, a suspeita já é prova o bastante. Algumas cartas anônimas já farão maravilhas. É uma simples questão de persistir; acusar, acusar, continuar acusando — é assim que funciona com os europeus. Uma carta anônima atrás da outra, uma para cada europeu, um por vez. E então, quando as suspeitas estiverem completamente avivadas... — U Po Kyin tirou um de seus braços curtos de trás das costas e estalou os dedos. E acrescentou: — Começamos com esse artigo no *Patriota Birmanês*. Os europeus vão gritar de raiva quando o virem. E então o próximo movimento será persuadi-los de que foi o médico quem o escreveu.

— Enquanto ele tiver amigos europeus, será difícil. Todos eles o procuram quando ficam doentes. Ele curou o sr. Macgregor de sua flatulência nesse tempo frio. Eles o consideram um médico muito inteligente, acho eu.

— Como você entende pouco da mente europeia, Ko Ba Sein! Se os europeus procuram o doutor Veraswami, é simplesmente porque não há outro médico em Kyauktada. Nenhum europeu confia em um homem de cara preta. Não, com as cartas anônimas, será apenas uma questão de enviá-las em número suficiente. Em breve, vou cuidar para que ele não tenha mais amigos.

— Há ainda o sr. Flory, o comerciante de madeira — disse Ba Sein (que ele pronunciou como sr. Porley). — Ele é um amigo íntimo do médico. Eu o vejo ir à casa dele todo dia de manhã quando está em Kyauktada. Por duas vezes, chegou até mesmo a convidar o médico para o jantar.

— Ah, quanto a isso você está certo. Se Flory continuasse amigo do médico, isso poderia nos prejudicar. Não se pode causar mal a um indiano quando ele tem um amigo europeu. Isso lhe dá — qual é a palavra que eles gostam tanto? — prestígio. Mas Flory vai abandonar seu amigo extremamente rápido, assim que os problemas começarem. Essas pessoas não têm nenhum sentimento de lealdade para com um nativo. Além disso, por acaso, sei que Flory é um covarde. Consigo lidar com ele. Sua parte nisso tudo, Ko Ba Sein, é observar os movimentos do sr. Macgregor. Ele escreveu recentemente ao comissário? De forma confidencial, quero dizer.

— Escreveu-lhe há dois dias, mas, quando abrimos a carta no vapor, descobrimos que não era nada de importante.

— Ah, bom, vamos dar-lhe algo sobre o que escrever. E, assim que ele suspeitar do médico, então é a hora de cuidar daquele outro caso de que lhe falei. Portanto, devemos — como é que o sr. Macgregor diz? Ah, sim — matar dois coelhos com uma cajadada só. Toda uma ninhada de coelhos... Ha, ha!

A risada de U Po Kyin emitia um som borbulhante nojento, vindo do fundo de sua barriga, como o prenúncio de uma tosse; no entanto, soava alegre, até mesmo infantil. Ele não disse mais nada sobre o tal "outro caso", que era sigiloso demais para ser discutido, mesmo que fosse na varanda. Ba Sein, percebendo que a entrevista se encerrava, levantou-se e fez uma reverência angular, como uma régua articulada.

— Há algo mais que vossa excelência deseja que eu faça? — disse ele.

— Assegure-se de que o sr. Macgregor receba sua cópia do *Patriota Birmanês*. E é melhor instruir Hla Pe a ter um ataque de disenteria e ficar longe do escritório. Devo precisar dele para escrever as cartas anônimas. É isso, por enquanto.

— Então posso ir, meu senhor?

— Que Deus lhe acompanhe — disse U Po Kyin, um tanto distraído, e imediatamente chamou de volta Ba Taik, gritando. Ele nunca desperdiçava nem um minuto de seu dia. Não demorou muito para lidar com os outros visitantes e mandar a aldeã embora com as mãos vazias, depois de ter examinado seu rosto e dizer-lhe que não a reconhecia. E agora era a hora do café da manhã. As violentas pontadas de fome, que o atacavam pontualmente a esta mesma hora todas as manhãs, começavam a atormentar seu estômago. Ele gritou, com urgência na voz:

— Ba Taik! Ei, Ba Taik! Kin Kin! Meu café da manhã! Depressa, estou morrendo de fome!

Na sala atrás da cortina, uma mesa já estava posta com uma enorme tigela de arroz e uma dúzia de pratos contendo diversos tipos de curry, camarões secos e fatias de manga verde. U Po Kyin cambaleou até a mesa, sentou-se com um grunhido e, imediatamente, lançou-se sobre a comida. Ma Kin, sua esposa, ficava atrás dele, servindo-o. Era uma mulher magra de quarenta e cinco anos, com um rosto marrom pálido, gentil e com um aspecto simiesco. U Po Kyin não lhe deu atenção enquanto comia. Com a tigela próxima ao nariz, ele enfiava a comida goela adentro com dedos engordurados e ágeis, respirando rápido. Todas as suas refeições eram rápidas, passionais e descomunais; não pareciam refeições, mas orgias, bacanais de curry e arroz. Quando terminou, ele recostou-se, arrotou inúmeras vezes e pediu a Ma Kin que lhe trouxesse um charuto verde birmanês. Ele nunca fumava tabaco inglês, que declarava não ter gosto.

Agora, com a ajuda de Ba Taik, U Po Kyin vestiu-se com suas roupas de trabalho e ficou por um instante admirando-se no comprido espelho da sala. Era uma sala com paredes de madeira e dois pilares, ainda reconhecíveis como troncos de teca, sustentando a viga mestra do telhado e, como todos os cômodos birmaneses, era escura e bastante suja, embora U Po Kyin a tenha mobiliado "à moda i*ngaleik*[10]" com um aparador envernizado, cadeiras, algumas litografias da Família Real e um extintor de incêndio. O chão era coberto por esteiras de bambu, bastante manchadas de cal e seiva de bétele.

---

10 Termo derivado da palavra *English* ("inglês") usado em Mianmar para referir-se aos ocidentais. (N. do T.)

Ma Kin estava sentada sobre uma esteira a um canto, costurando um *ingyi*. U Po Kyin virou-se lentamente diante do espelho, tentando vislumbrar suas costas. Vestia um *gaungbaung*[11] de seda rosa-claro, um *ingyi*[12] de musseline engomada e um *paso*[13] de seda de Mandalay, com um lindo tom rosa-salmão com brocado amarelo. Com esforço, ele virou a cabeça e olhou, satisfeito, para o *paso* justíssimo, brilhando sobre suas enormes nádegas. Ele tinha orgulho de sua gordura, pois via na carne acumulada o símbolo de sua grandeza. Ele, que já fora obscuro e faminto, agora era gordo, rico e temido. Estava inchado com os corpos de seus inimigos; uma ideia da qual ele extraía algo muito próximo da poesia.

— Meu novo *paso* foi barato, custou só vinte e duas rupias, não foi, Kin Kin? — perguntou.

Ma Kin curvou a cabeça sobre sua costura. Ela era uma mulher simples e antiquada, que aprendera ainda menos hábitos europeus do que U Po Kyin. Ela não conseguia sentar-se em uma cadeira confortavelmente. Todas as manhãs, ia ao bazar com uma cesta na cabeça, como uma aldeã, e, à noite, podia ser vista ajoelhada no jardim, rezando para a torre branca do pagode que coroava a cidade. Ela era a confidente das intrigas de U Po Kyin há mais de vinte anos.

— Ko[14] Po Kyin — disse ela —, você fez muita coisa ruim na sua vida.

U Po Kyin acenou com a mão. — O que isso importa? Meus pagodes expiarão tudo. Ainda há muito tempo para isso.

Ma Kin abaixou a cabeça sobre a costura mais uma vez, da maneira obstinada que usava quando desaprovava algo que U Po Kyin fazia.

— Mas Ko Po Kyin, qual a necessidade de todos esses esquemas e intrigas? Ouvi você conversando com Ko Ba Sein na varanda. Você está planejando alguma maldade contra o dr. Veraswami. Por que deseja fazer mal ao médico indiano? Ele é um bom homem.

— O que você sabe sobre assuntos oficiais, mulher? O médico está no meu caminho. Em primeiro lugar, ele se recusa a aceitar subornos, o que

---

11 Bandana birmanesa tradicional usada em Mianmar e no norte da Tailândia. (N. do T.)
12 "Parte de cima", em birmanês. Refere-se a uma espécie de blusa enrolada sobre o dorso, típica da região de Mianmar. (N. do T.)
13 Espécie de ingyi usado exclusivamente por homens. O equivalente feminino chama-se *htamein*. (N. do T.)
14 *Ko* é um honorífico birmanês, equivalente a "grande irmão". (N. do T.)

dificulta a vida para muitos de nós. E, além disso... Bom, há mais uma coisa, que você não tem inteligência suficiente para entender.

— Ko Po Kyin, você se tornou rico e poderoso, e que bem isso lhe trouxe? Éramos mais felizes quando éramos pobres. Ah, lembro-me muito bem de quando você era apenas um funcionário municipal, de quando compramos nossa primeira casa. Como ficamos orgulhosos de nossos móveis de vime novos, e da sua caneta-tinteiro com um clipe de ouro! E, quando o jovem policial inglês veio até nossa casa e sentou-se na melhor cadeira e bebeu uma garrafa de cerveja, como nos sentimos honrados! A felicidade não está no dinheiro. O que você pode querer com mais dinheiro agora?

— Bobagem, mulher, bobagem! Cuide da comida e de suas costuras e deixe os assuntos oficiais para quem entende deles.

— Bom, não sei. Sou sua esposa e sempre lhe obedeci. Mas nunca é cedo demais para gerar méritos. Esforce-se para gerar mais mérito, Ko Po Kyin! Por que você não vai, por exemplo, comprar alguns peixes vivos e solta-os no rio? Pode-se gerar muitos méritos dessa forma. Além disso, hoje de manhã, quando os monges vieram buscar o arroz, disseram-me que há dois novos monges no monastério, e que eles estão com fome. Você não vai lhes oferecer nada, Ko Po Kyin? Não lhes dei nada para que você gerasse mérito ao fazê-lo.

U Po Kyin afastou-se do espelho. O apelo comoveu-o um pouco. Ele nunca, quando era possível fazê-lo sem inconvenientes, perdia a chance de gerar mérito. A seus olhos, seu acúmulo de méritos era uma espécie de depósito bancário, crescendo eternamente. Cada peixe solto no rio, cada oferenda para um monge, era um passo na direção do Nirvana. Era um pensamento reconfortante. Ele ordenou que a cesta de mangas trazida pelo chefe da aldeia fosse enviada ao mosteiro.

Em seguida, saiu de casa e começou a descer a rua, com Ba Taik atrás dele carregando uma pasta de papéis. Caminhava devagar, muito ereto, para equilibrar a enorme barriga, e segurando um para-sol de seda amarela sobre a cabeça. Seu *paso* rosa brilhava ao sol, parecendo um pralinê acetinado. Ia a caminho do tribunal, para julgar os casos do dia.

2

Mais ou menos ao mesmo tempo em que U Po Kyin começava suas atividades matinais, o "sr. Porley", o comerciante de madeira amigo do dr. Veraswami, saía de sua casa rumo ao clube.

Flory era um homem de cerca de trinta e cinco anos, de estatura mediana e porte regular. Tinha os cabelos muito pretos e crespos, que cresciam por sobre uma testa diminuta, um bigode preto bem aparado, e sua pele, naturalmente amarelada, fora desbotada pelo sol. Como não havia ficado gordo nem careca, não parecia mais velho do que sua idade real, mas seu rosto estava muito abatido, mesmo com seu bronzeado, com as faces esqueléticas e uma expressão encovada e ressequida ao redor dos olhos. Ele obviamente não havia se barbeado pela manhã. Estava vestido com a camisa branca de sempre, calções cáqui e meias, mas, em vez de um *topi*[15], usava um chapéu *terai*[16] surrado, caído por sobre um dos olhos. Carregava uma vara de bambu com uma correia presa ao pulso, e um *cocker spaniel* chamado Flo o seguia.

No entanto, todas essas características eram secundárias. A primeira

---

15 Típico chapéu de origem persa, equivalente às toucas *taqiyah* muçulmanas, usado por todo o Sudeste Asiático. (N. do T.)
16 Chapéu com abas, semelhante aos chapéus dos caubóis americanos, usado nas regiões da Índia e Birmânia nas estações frias e úmidas, em substituição aos *topi*. (N. do T.)

coisa que se notava em Flory era uma horrível marca de nascença parecida com uma lua crescente irregular, estendendo-se pela bochecha esquerda, do olho até o canto da boca. Visto do lado esquerdo, seu rosto tinha uma aparência maltratada e abatida, como se a marca de nascença fosse um hematoma — pois ela tinha uma cor azul-escura. Ele tinha plena consciência de sua aparência repulsiva. E em todos os momentos, quando não estava só, havia uma certa sinuosidade em seus movimentos, pois ele manobrava o corpo constantemente para manter a marca de nascença longe da vista.

A casa de Flory ficava no topo do *maidan*[17], perto do limite da selva. Do portão, o *maidan* descia por uma ladeira acentuada, com o chão queimado, de cor cáqui, e meia dúzia de bangalôs brancos ofuscantes, espalhados ao seu redor. Todo mundo tremia e estremecia com o ar quente. Havia um cemitério inglês, cercado por um muro branco no meio da ladeira, junto a uma igrejinha com telhado de zinco. Para além da igreja, ficava o Clube Europeu e, quando alguém avistava o clube — um prédio atarracado de madeira com um único andar —, estava olhando para o verdadeiro centro da cidade. Em qualquer cidade da Índia, o Clube Europeu é a cidadela espiritual, a verdadeira sede do poder britânico, o Nirvana pelo qual funcionários e milionários nativos anseiam em vão. O que era duplamente verdade nesse caso, já que o clube de Kyauktada orgulhava-se de nunca ter admitido um oriental como membro, praticamente um caso único dentre todos os clubes da Birmânia. Depois do clube, o Irauádi[18] fluía enorme e ocre, cintilando como diamantes nas partes em que irradiava o sol; e, além do rio, estendiam-se grandes extensões de campos de arroz, expandindo-se até o horizonte em uma serra de colinas escurecidas.

A cidade dos nativos, os tribunais e a prisão ficavam à direita, quase completamente escondidos pelos bosques verdes de figueiras-dos-pagodes. A torre do pagode da cidade erguia-se por entre as árvores como uma lança esguia com a ponta de ouro. Kyauktada era uma cidade típica da Alta Birmânia, que não mudara muito entre os dias de Marco Polo e 1910, e poderia ter ficado dormindo na Idade Média por mais um século se não tivesse uma

---

17 Espaço aberto no interior de uma cidade, semelhante a uma praça pública. (N. do T.)
18 Rio mais longo de Mianmar e via fluvial mais importante comercialmente do país. (N. do T.)

localização conveniente para uma estação ferroviária. Em 1910, o governo fez dela a sede do distrito e centro do progresso — o que se traduzia em uma quadra de tribunais, com seu exército de advogados gordos e sempre famintos, um hospital, uma escola e uma daquelas enormes e duradouras prisões que os ingleses construíram em todos os lugares, de Gibraltar a Hong Kong. A população da cidade era de cerca de quatro mil pessoas, incluindo algumas centenas de indianos, alguns chineses e sete europeus. Havia ainda dois eurasianos, chamados sr. Francis e sr. Samuel, filhos de um missionário batista americano e de um missionário católico romano, respectivamente. A cidade não tinha atrações de nenhum tipo, com exceção de um faquir indiano que vivera por vinte anos em uma árvore perto do bazar, içando sua comida em uma cesta todas as manhãs.

Flory bocejou ao sair pelo portão. Ele ficara quase bêbado na noite anterior, e a luz fez com que se sentisse um tanto indisposto. — Que buraco, que buraco maldito! — pensou ele, olhando ladeira abaixo. E, como não havia ninguém por perto além do cachorro, ele começou a cantar em voz alta — "Maldito, maldito, maldito é este lugar" — no mesmo ritmo de "Bendito, bendito, bendito é o Senhor" enquanto caminhava descendo a estrada quente e avermelhada, sacudindo a grama ressequida com sua bengala. Eram quase nove horas e o sol ficava mais forte a cada minuto. O calor latejava sobre a cabeça de qualquer um a golpes constantes e ritmados, como se fossem batidas vindas de uma enorme almofada. Flory parou no portão do clube, pensando se deveria entrar ou continuar pela estrada para ir ver o dr. Veraswami. Então lembrou-se de que era "dia do correio inglês" e de que os jornais já deveriam ter chegado. Entrou, passando pelo grande alambrado da quadra de tênis, coberto por uma trepadeira com flores violeta em forma de estrela.

Nos canteiros ao lado do caminho, faixas de flores inglesas — flox e esporinhas, malvas-rosas e petúnias — ainda não mortas pelo sol, competiam entre si em tamanho e opulência. As petúnias eram enormes, pareciam árvores. No lugar de um gramado, havia uma área cheia de arbustos e árvores nativas — flamboiãs dourados tal qual enormes guarda-chuvas de flores vermelho-sangue, jasmins-manga com flores de cor creme sem caule, buganvílias roxas, hibiscos escarlates e a rosa-de-cacho magenta, folhas-imperiais verde-abacate e arbustos frondosos de tamarindo. O conflito de cores contra a claridade machucava os olhos. Um *mali*[19] praticamente nu, com o regador na mão, movia-se pela selva de flores como uma grande ave sugadora de néctar.

Nos degraus do clube, um inglês de cabelos ruivos, bigode eriçado, olhos cinza-claro muito afastados e panturrilhas anormalmente finas, estava de pé com as mãos nos bolsos dos calções. Tratava-se do sr. Westfield, o superintendente de polícia do distrito. Com um ar bastante entediado, balançava-se para a frente e para trás sobre os calcanhares e franzia o lábio superior de tal maneira que o bigode fazia-lhe cócegas no nariz. Cumprimentou Flory com um leve aceno lateral de cabeça. Sua forma de falar era entrecortada, ao estilo militar, deixando de fora todas as palavras que poderiam ser dispensadas. Quase tudo que ele dizia tinha a pretensão de ser uma piada, mas o tom de sua voz era vazio e melancólico.

— Olá, Flory, meu rapaz. Manhã terrível, não?

— Era de se esperar nessa época do ano, acho eu — Flory respondeu. Virou-se um pouco de lado, para que sua marca de nascença ficasse longe da vista de Westfield.

— Sim, diacho. Ainda mais alguns meses disso. No ano passado não choveu até junho. Olhe para esse maldito céu, nenhuma nuvem nele. Como uma daquelas malditas panelas esmaltadas azuis. Por Deus! O que você não daria para estar em Piccadilly nesse instante, hein?

— Os periódicos ingleses já chegaram?

— Sim. O bom e velho *Punch*, o *Pink'un* e o *Vie Parisienne*. Já ficamos com saudades de casa só de lê-los, não? Vamos entrar e tomar uma bebida antes que o gelo acabe. O velho Lackersteen tem praticamente tomado banho com ele. Já está praticamente virando uma conserva.

Eles entraram, e Westfield comentou, com sua voz sombria: — Vá na frente, Macduff[20]. — No interior, o clube era uma construção com paredes de teca cheirando a óleo mineral e apenas quatro salas, uma das quais continha uma "biblioteca" abandonada com quinhentos romances mofados e,

---

19 "Jardineiro", em birmanês. (N. do T.)
20 Personagem da peça *Macbeth*, de William Shakespeare. Símbolo de moralidade. (N. do T.)

outra delas, uma mesa de bilhar velha e suja — que, no entanto, raramente era usada, pois, durante a maior parte do ano, hordas de besouros voadores entravam zumbindo atraídas pela luz das lâmpadas e aninhavam-se sobre o feltro. Havia também uma sala de carteado e um "salão" que dava para o rio, por sobre uma ampla varanda; mas a essa hora do dia todas as varandas estavam fechadas por persianas de bambu verde. O salão era pouco aconchegante, com esteiras de fibra de coco no chão e cadeiras e mesas de vime, cobertas por ofuscantes revistas ilustradas. Como decoração, havia uma série de quadros do Bonzo[21] e cabeças empoeiradas de *sambhur*[22]. Um *punkah*[23], balançando-se preguiçosamente, sacudia a poeira no ar morno.

Havia três homens no salão. Sob o *punkah*, um homem de quarenta anos, rosado, ligeiramente inchado, mas de boa aparência, estava esparramado sobre a mesa com a cabeça entre as mãos, gemendo de dor. Era o sr. Lackersteen, gerente local de uma empresa madeireira. Ficara bêbado demais na noite anterior e sofria as consequências. Ellis, gerente local de outra empresa, em pé diante do quadro de avisos, analisava um anúncio com um olhar de amarga concentração. Era um sujeito minúsculo de cabelos crespos, rosto pálido, feições marcadas e movimentos inquietos. Maxwell, o chefe interino do Departamento de Florestas, estava deitado em uma das espreguiçadeiras lendo o *Field*, e estava invisível, a não ser por suas pernas de ossatura larga e seus antebraços grossos e peludos.

— Olhem só este velho travesso — disse Westfield, pegando o sr. Lackersteen pelos ombros, em um gesto relativamente afetuoso, e sacudindo-o. — Exemplo para os jovens, não? Vivendo de acordo com a vontade de Deus, e tudo o mais. Dá uma boa ideia de como seremos aos quarenta anos.

O sr. Lackersteen soltou um gemido que soou como brandy.

— Pobre velho — disse Westfield —, um típico mártir da bebida, hein? Vejam como lhe emana dos poros. Lembra-me do velho coronel que dormia sem um mosquiteiro. Perguntaram ao seu criado o porquê, e o criado

---

21 Personagem de quadrinhos criado em 1922 pelo cartunista britânico George Studdy (1878-1948) (N. do T.)
22 Cervo típico do subcontinente indiano. (N. do T.)
23 Ventilador de teto. (N. do T.)

respondeu: "À noite, patrão bêbado demais para perceber mosquitos; de manhã, mosquitos bêbados demais para perceber patrão". — Olhem para ele... Encheu a cara ontem à noite e já está pedindo mais. Além disso, uma bela sobrinha vem morar com ele. Deve chegar hoje à noite, não é, Lackersteen?

— Ah, deixem esse bêbado idiota em paz — disse Ellis sem se virar. Tinha uma voz rancorosa com sotaque *cockney*[24]. O sr. Lackersteen gemeu mais uma vez. — A sobrinha! Tragam-me mais um pouco de brandy, pelo amor de Deus!

— Que bela educação para a sobrinha, hein? Ver o tio debaixo da mesa sete dias por semana. Ei, mordomo! Traga um brandy para o sr. Lackersteen!

O mordomo, um dravidiano[25] moreno e robusto, com olhos cristalinos e íris amarelas como as de um cachorro, trouxe o conhaque em uma bandeja de metal. Flory e Westfield pediram gim. O sr. Lackersteen tomou alguns goles do conhaque e recostou-se na cadeira, gemendo de maneira ainda mais resignada. Tinha um rosto amplo e engenhoso, com um bigode parecido com uma escova de dentes. Era realmente um homem bastante simplório, sem nenhuma ambição além do que costumava chamar de "um pouco de diversão". Sua esposa controlava-o por meio do único método possível, ou seja, sem nunca deixá-lo longe de sua vista por mais de uma ou duas horas. Uma única vez, um ano depois de se casarem, ela o deixou sozinho por quinze dias e, ao retornar inesperadamente um dia antes do combinado, encontrou o sr. Lackersteen bêbado, apoiado em duas garotas birmanesas nuas, uma de cada lado, enquanto uma terceira despejava uma garrafa de uísque em sua boca. Desde então ela o vigiava, como ele costumava reclamar, "como um gato diante de uma maldita toca de rato". No entanto, ainda conseguia desfrutar de uma série de "diversões", embora, geralmente, um tanto quanto às pressas.

— Por Cristo, como minha cabeça dói hoje — disse ele. — Chame o mordomo de novo, Westfield. Preciso de outro brandy antes que minha patroa

---

24 Sotaque típico da região leste de Londres. (N. do T.)
25 Os dravidianos são grupos étnicos que habitam o sul do subcontinente indiano, falantes de idiomas não pertencentes ao ramo indo-europeu. (N. do T.)

chegue. Ela disse que vai reduzir minhas doses a quatro por dia quando nossa sobrinha chegar. Que o diabo as carregue! — acrescentou, sombriamente.

— Parem de dar uma de idiotas, todos vocês, e ouçam isto — disse Ellis, contrariado. Falava de uma maneira estranhamente ofensiva e quase nunca abria a boca sem insultar alguém. Exagerava deliberadamente seu sotaque *cockney*, pelo tom sarcástico que dava às palavras. — Vocês viram esse anúncio do velho Macgregor? Um pequeno presentinho para todos nós. Maxwell, acorde e ouça bem!

Maxwell baixou o *Field*. Era um jovem loiro de não mais que vinte e cinco ou vinte e seis anos — jovem demais para o cargo que ocupava. Com seus membros pesados e cílios brancos e grossos, lembrava um potro de puxar carroça. Ellis arrancou o anúncio do quadro com um movimento preciso e rancoroso, e começou a lê-lo em voz alta. Fora afixado pelo sr. Macgregor, que, além de vice-comissário, era secretário do clube.

— Ouçam só isso. "Foi sugerido que, como ainda não há membros orientais neste clube, e como agora tornou-se comum admitir funcionários de posição superior, sejam nativos ou europeus, tal qual ocorre com a maioria dos clubes europeus, devemos considerar a questão de seguir a mesma prática em Kyauktada. O assunto será colocado em discussão na próxima assembleia geral. Por um lado, pode-se alegar..." Ah, bom, não há necessidade de ler o resto. Ele não consegue nem sequer escrever um simples aviso sem ter um ataque de diarreia literária. Enfim, essa é a questão. Ele está nos pedindo para quebrar todas as nossas regras e trazer um negrinho adorável para dentro deste clube. O caro dr. Veraswami, por exemplo. O dr. Verassonso, é como o chamo. Seria um deleite, não seria? Negrinhos barrigudos com seus bafos de alho em nossa cara por sobre a mesa de bridge. Por Cristo, imaginem só! Devemos nos unir e rechaçar essa ideia imediatamente. O que me diz, Westfield? Flory?

Westfield encolheu filosoficamente os ombros estreitos. Sentou-se à mesa e acendeu um charuto birmanês preto e fedorento.

— Teremos de aturar tudo isso, imagino — disse ele. — Esses nativos de m... estão entrando em todos os clubes hoje em dia. Até mesmo no *Pegu*

Club, pelo que me disseram. Do jeito que esse país vai, sabe como é. Somos praticamente o último clube da Birmânia a resistir à presença "deles".

— Somos mesmo; e, além disso, vamos continuar resistindo. Prefiro morrer em uma vala qualquer antes de ver um negro aqui dentro. — Ellis arranjara um toco de lápis. Com o curioso ar de rancor que alguns homens conseguem imprimir em suas ações mais ínfimas, afixou o anúncio no quadro e escreveu "Maldito Imbecil", bem legível, ao lado da assinatura do sr. Macgregor. — Pronto, é isso que penso da ideia dele. Vou dizer-lhe o mesmo pessoalmente quando ele aparecer. O que acha, Flory?

Flory não abrira a boca durante todo esse tempo. Embora não fosse por natureza um homem taciturno, raramente encontrava muito a dizer nas conversas do clube. Sentara-se à mesa e lia o artigo de G. K. Chesterton no *London News* e, ao mesmo tempo, acariciava a cabeça de Flo com a mão esquerda. Ellis, no entanto, era o tipo de pessoa que costuma importunar os outros para que repitam a sua própria opinião. Ele repetiu a pergunta, Flory ergueu o olhar e os olhos de ambos se encontraram. A pele ao redor do nariz de Ellis ficou subitamente tão pálida que tornara-se quase cinza. O que, nele, era um sinal de raiva. Sem qualquer prelúdio, ele irrompeu em uma série de insultos que teria sido surpreendente, se os outros já não estivessem acostumados a ouvir algo do gênero todas as manhãs.

— Meu Deus, achei que, em um caso como este, tratando-se de manter aqueles porcos pretos e fedorentos longe do único lugar onde podemos nos divertir, você teria a decência de me apoiar. Mesmo que seu melhor amigo seja aquele médico negro, imbecil, barrigudo e seboso. Não me importo se você prefere se aliar à escória do bazar. Se lhe agrada ir até a casa de Veraswami beber uísque com todos os amigos negros dele, isso é problema seu. Faça o que quiser fora do clube. Mas, por Deus, é algo completamente diferente quando se fala em trazer os negros para cá. Suponho que você gostaria que seu amiguinho Veraswami fosse membro do clube, hein? Metendo-se em nossas conversas e roçando em todo mundo aquelas patas suadas, soltando seu bafo de alho imundo na nossa cara. Por Deus, ele seria expulso com minha bota enfiada no traseiro se visse seu focinho preto passar por aquela porta. Seboso, barrigudo, etc.

Seu discurso continuou por vários minutos. Era curiosamente impressionante, por ser totalmente sincero. Ellis realmente odiava os orientais — odiava-os com uma aversão amarga e inquieta, como se fossem algo maléfico ou impuro. Mesmo vivendo e trabalhando, como é próprio de um funcionário de uma empresa madeireira, em contato contínuo com os birmaneses, nunca se acostumara com a visão de um rosto negro. Qualquer indício de simpatia por um oriental parecia-lhe uma horrível perversão. Era um homem inteligente e funcionário competente de sua empresa, mas era um daqueles ingleses — algo comum, infelizmente — que nunca deveriam ter autorização para pôr os pés no Oriente.

Flory continuou sentado, acariciando a cabeça de Flo no próprio colo, incapaz de encarar Ellis. Na melhor das hipóteses, sua marca de nascença tornava-lhe difícil encarar as pessoas. E, quando se dispôs a falar, pôde sentir sua voz trêmula... Pois ela teimava em tremer quando deveria mostrar-se firme; suas feições também, às vezes, contraíam-se involuntariamente.

— Calma! — disse ele, por fim, um tanto quanto baixo e desanimado. — Calma lá. Não há necessidade de tanta exaltação. *Eu* nunca sugeri nenhum membro nativo aqui.

— Ah, não? No entanto, todos nós sabemos muito bem que lhe agradaria. Por que outro motivo você vai todas as manhãs à casa daquele *babu*[26] seboso, então? Sentando-se à mesa com ele como se fosse um homem branco, bebendo nos copos que os lábios negros e imundos dele babaram... Tenho vontade de vomitar só de pensar nisso.

— Sente-se, meu velho, sente-se — Westfield disse. — Esqueça isso. Tome alguma coisa. Não vale a pena discutir a respeito. Está quente demais.

— Meu Deus — disse Ellis, um pouco mais calmo, dando um ou dois passos a esmo —, meu Deus, não entendo vocês, rapazes. Temos aqui aquele velho idiota do Macgregor querendo trazer um negro para dentro deste clube sem motivo nenhum, e todos vocês ficam aí sentados, sem dizer uma só palavra. Meu Deus, o que deveríamos estar fazendo neste país? Se não vamos controlá-lo, por que diabos não vamos embora? Cá estamos nós,

---

[26] Termo em híndi que significa "pai". Neste caso, é usado pejorativamente como sinônimo de funcionário com um cargo menor, "empregadinho". (N. do T.)

supostamente comandando uma vara de malditos porcos negros que vivem como escravos desde o início dos tempos e, em vez de governá-los da única maneira que entendem, nós os tratamos como iguais. E vocês, seus tolos de m..., acham que isso é normal. O Flory aqui, que toma como melhor amigo um *babu* negro que se autodenomina médico só porque estudou durante dois anos em uma suposta universidade indiana. E você, Westfield, todo orgulhoso de seus policiais de pernas tortas covardes, que vivem aceitando subornos. E aqui temos Maxwell, que passa todo seu tempo correndo atrás de vadias eurasianas. Sim, é isso mesmo, Maxwell; já fiquei sabendo de suas aventurazinhas em Mandalay com uma vagabundinha perfumada chamada Molly Pereira. Imagino que teria até mesmo se casado com ela se você não tivesse sido transferido para cá. Todos vocês parecem gostar desses brutos negros e sujos. Cristo, não sei o que aconteceu com todos nós. Realmente não sei.

— Vamos, beba mais alguma coisa — disse Westfield. — Ei, mordomo! Um pouco de cerveja antes que o gelo acabe, não? Cerveja, mordomo!

O mordomo trouxe algumas garrafas de cerveja de Munique. Ellis prontamente sentou-se à mesa com os outros e aninhou uma das garrafas geladas em suas mãos pequenas. Sua testa estava suando. Estava irritado, mas a raiva tinha passado. Sempre era rancoroso e perverso, mas seus violentos acessos de raiva acabavam logo e ele nunca pedia desculpas. Discussões eram parte da rotina do clube. O sr. Lackersteen estava se sentindo melhor e estudava as ilustrações do *La Vie Parisienne*. Já passava das nove e o salão, perfumado pela fumaça pungente do charuto de Westfield, estava sufocante de tão quente. A camisa de todos grudava em suas costas com os primeiros suores do dia. O invisível *chokra*[27], que puxava a corda do *punkah* do lado de fora, adormecera no calor.

— Mordomo! — gritou Ellis e, quando o mordomo apareceu —, vá acordar aquele maldito *chokra*!

— Sim, patrão.

— E, mordomo!

---

27 "Garoto", em birmanês. (N. do T.)

— Sim, patrão?

— Quanto gelo ainda temos?

— Menos de dez quilos, patrão. Acredito que só dê para hoje. Estamos com muita dificuldade de manter o gelo refrigerado agora.

— Não fale assim, maldito. "Estamos com muita dificuldade!" Você engoliu um dicionário? "Por favor, patrão, não pode deixar gelo frio" — é assim que você deve falar. Teremos de despedir esse sujeito se ele insistir em falar inglês bem demais. Não suporto criados que falam inglês. Está me ouvindo, mordomo?

— Sim, patrão — disse o mordomo, e retirou-se.

— Meu Deus! Sem gelo até segunda-feira — disse Westfield. — Você vai voltar para a selva, Flory?

— Sim. Já deveria estar lá. Só vim por causa do correio inglês.

— Também vou viajar, acho. Gastar um pouco dos subsídios de viagem. Não consigo ficar parado no meu maldito escritório nesta época do ano. Sentado sob o maldito *punkah*, assinando uma carta atrás da outra. Lidando com papéis. Meu Deus, como eu gostaria de uma outra guerra!

— Vou embora depois de amanhã — disse Ellis. — Aquele maldito capelão não vem celebrar a missa neste domingo? De qualquer forma, vou tomar cuidado para não estar presente. Droga de ajoelha-levanta a toda hora.

— No domingo que vem — disse Westfield. — Prometi que participaria. Macgregor também. É um pouco difícil para um pobre-diabo de um capelão, devo dizer. Só aparece aqui uma vez a cada seis semanas. É melhor reunirmos uma boa congregação quando ele vier.

— Ah, que inferno! Seria capaz de choramingar os salmos para agradar ao capelão, mas o que não posso suportar é o modo como esses malditos cristãos nativos se acotovelam em nossa igreja. Um bando de criados *Madrassi*[28] e professores de *Karen*[29]. E também aqueles dois barriga-amarela, Francisco e Samuel... Que também se dizem cristãos. Na última vez que o capelão

---

28 Termo pejorativo usado para referir-se aos povos do sul da Índia. (N. do T.)
29 *Karen*, ou *Kayin*, é o nome de um dos estados administrativos de Mianmar. (N. do T.)

esteve aqui, tiveram a ousadia de sentar-se nos bancos da frente, junto com os brancos. Alguém deve falar com o capelão a esse respeito. Como fomos idiotas ao deixar esses missionários soltos neste país! "Por favor, senhor, eu cristão igual o patrão!" Maldita petulância!

— Que tal esse par de pernas? — disse o sr. Lackersteen, passando a cópia de *La Vie Parisienne* para os outros. — Você fala francês, Flory; o que está escrito logo abaixo? Cristo, isso me lembra da quando estive em Paris, minha primeira licença, antes de me casar. Cristo, como gostaria de estar lá novamente!

— Vocês já ouviram o poeminha sobre a dama de Woking? — Maxwell perguntou. Ele era um jovem bastante quieto, mas, como todos os jovens, tinha uma certa afeição por versinhos obscenos. Recitou a biografia da jovem de Woking, e todos riram. Westfield respondeu com a rima da jovem de Ealing, cujas afeições sempre tinham o mesmo fim, e Flory contribuiu com o jovem pároco de Horsham, cujos atrativos a todos agradavam. Mais uma vez, todos riram. Até Ellis acalmou-se e apresentou várias rimas; as piadas de Ellis eram sempre genuinamente espirituosas e, no entanto, ultrapassavam qualquer limite de indecência. Todos se animaram e sentiram-se mais amigáveis, apesar do calor. Haviam acabado com a cerveja e estavam a ponto de pedir outra bebida quando ouviram o ranger de sapatos nos degraus do lado de fora. Uma voz estrondosa, que fez estremecer as tábuas do assoalho, falava com um tom brincalhão:

— Sim, realmente muito engraçado. Incorporei-o em um dos meus pequenos artigos para a *Blackwood's*, sabia? Lembro-me também de que, quando estava locado na cidade de Prome, ocorreu outro incidente bastante... Ah... Divertido, que...

Evidentemente, o sr. Macgregor havia chegado ao clube. O sr. Lackersteen exclamou: — Inferno! Minha esposa chegou — e empurrou o copo vazio o mais longe possível de si. O sr. Macgregor e a sra. Lackersteen entraram juntos no salão.

O sr. Macgregor era um homem grande e pesado, quase passando dos quarenta anos, com um rosto amável e enrugado, e óculos de aros dourados. Seus ombros volumosos, e um tique que o fazia projetar a cabeça para a frente, lembravam curiosamente uma tartaruga — os birmaneses, na verdade, apelidaram-no de "o cágado". Estava vestido com um terno de seda limpo, que já exibia manchas de suor sob as axilas. Cumprimentou os outros com uma falsa continência muito divertida e, então, plantou-se diante do quadro de avisos, radiante, como um professor de escola primária girando sua bengala atrás das costas. O bom humor em seu rosto era genuíno, mas havia nele uma simpatia tão deliberada, um esforço visível em mostrar-se ocioso e distante de sua posição oficial, que ninguém ficava muito à vontade em sua presença. Sua forma de conversar era evidentemente uma imitação de algum professor ou clérigo brincalhão que ele conhecera quando jovem. Qualquer palavra mais longa, qualquer citação, qualquer provérbio, figurava em sua mente como uma piada, e era introduzida por um ruído confuso, algo como "an" ou "ah", para deixar claro que uma piada estava a caminho. A sra. Lackersteen era uma mulher de cerca de trinta e cinco anos, e era bonita de uma forma alongada e sem curvas, como uma ilustração de moda. Ela tinha uma voz infeliz e entremeada por suspiros. Os outros se levantaram quando ela entrou, e a sra. Lackersteen afundou-se, exausta, na melhor cadeira do salão, logo abaixo do *punkah*, abanando-se com uma mão esguia como a de uma salamandra.

— Nossa, que calor, que calor! O sr. Macgregor foi me buscar com seu carro. Tão gentil da parte dele. Tom, aquele desgraçado do puxador de riquixá, está fingindo estar doente de novo. Sério, acho que você deveria lhe dar uma bela surra para que ele volte a ter juízo. É terrível ter de andar sob esse sol todos os dias.

A sra. Lackersteen, incapaz de caminhar quatrocentos metros entre sua casa e o clube, importara um riquixá de Rangum. A não ser pelos carros de bois e pelo automóvel do sr. Macgregor, era o único veículo sobre rodas em Kyauktada, já que as estradas do distrito inteiro não chegavam sequer a um total de dezesseis quilômetros. Na selva, para não deixar o marido sozinho, a sra. Lackersteen suportava todos os horrores das tendas com goteiras, dos mosquitos e da comida enlatada, mas compensava tudo isso reclamando de qualquer trivialidade quando estava na cidade.

— Realmente, acho que a preguiça desses criados está ficando chocante demais — suspirou ela. — Não concorda, sr. Macgregor? Parece que não temos mais autoridade sobre os nativos hoje em dia, com todas essas terríveis reformas, e a insolência que eles aprendem nos jornais. Em certos aspectos, estão ficando quase tão intoleráveis quanto as classes inferiores do nosso país.

— Ah, dificilmente chegariam a tanto, acredito eu. Ainda assim, receio que não haja dúvidas de que o espírito democrático esteja se infiltrando, até mesmo aqui.

— E não faz muito tempo, pouco antes da guerra, eles costumavam ser tão gentis e respeitosos! A maneira como faziam-nos reverências quando passávamos pela estrada... Era realmente muito encantador. Lembro-me de quando pagávamos ao nosso mordomo apenas doze rupias por mês e, sério, aquele homem nos amava como um cachorro. Agora, exigem quarenta e cinco rupias, e descobri que a única maneira de continuar com um criado é pagando seus salários com vários meses de atraso.

— Os criados à moda antiga estão desaparecendo — concordou Macgregor. — Na minha juventude, quando um mordomo era desrespeitoso, era mandado para a prisão com um bilhete que dizia "Por favor, apliquem quinze chicotadas ao portador". Bom, *eheu fugaces*[30]! Esses tempos se foram para sempre, infelizmente!

— Ah, nisso você tem razão — disse Westfield com seu jeito sombrio. — Este país nunca mais será apto para viver. O Raj Britânico[31] já está acabado, se querem saber o que penso. Toda essa coisa de Domínio Perdido. Já passou da hora de sairmos daqui.

Ouviram-se então murmúrios de concordância de todos no salão, até mesmo de Flory, um notório bolchevique em suas opiniões, e até do jovem Maxwell, que mal tinha passado três anos no país. Nenhum anglo-indiano negará que a Índia estava indo para o buraco, ou jamais negaria... Porque a Índia, assim como a *Punch*[32], não era mais como antes.

---

30 A expressão latina *Eheu! Fugaces labuntur anni*, supostamente dita pelo poeta Horácio, significa "Ai de nós! Os anos correm céleres". (N. do T.)
31 Denominação não oficial para o domínio colonial do Império Britânico sobre o subcontinente indiano, incluindo os territórios atuais da Índia, Paquistão, Bangladesh e Mianmar. (N. do T.)
32 Revista semanal britânica de humor que esteve em circulação de 1841 a 1992. (N. do T.)

Enquanto isso, Ellis retirara o ofensivo anúncio por trás das costas do sr. Macgregor e estendeu-lhe o papel, dizendo com seu jeito amargo:

— Olhe só, Macgregor, todos lemos seu aviso e pensamos que essa ideia de admitir um nativo no clube é absoluta... — Ellis ia dizer "absolutamente escrota", mas lembrou-se da presença da sra. Lackersteen e controlou-se. — É absolutamente desnecessária. Afinal, este clube é o lugar para onde vamos para nos divertir, e não queremos nativos bisbilhotando por aqui. Gostamos de pensar que ainda existe um lugar onde podemos nos ver livres deles. Todos os outros concordam plenamente comigo.

Ele olhou para os outros ao redor. — Apoiado! — disse o sr. Lackersteen bruscamente. Sabia que sua esposa perceberia que ele tinha bebido, e sentiu que uma demonstração de sentimentos equilibrados fosse capaz de absolvê-lo.

O sr. Macgregor recebeu o anúncio com um sorriso. Viu o "Maldito Imbecil" escrito a lápis ao lado de sua assinatura e refletiu, para si mesmo, que os modos de Ellis eram desrespeitosos demais, mas encerrou o assunto com uma piada. Esforçava-se tanto para ser um bom sujeito no clube quanto para manter a dignidade durante o expediente. — Suponho então — disse ele — que nosso amigo Ellis não aprecie a companhia... Hã... de seus irmãos arianos?

— Não, não aprecio — disse Ellis, áspero. — Nem meus irmãos mongóis. Não gosto de negros, para resumi-los a uma só palavra.

O sr. Macgregor ficou tenso ao ouvir a palavra "negro", cujo uso é desaprovado na Índia. Ele não tinha nenhum preconceito contra os orientais; na verdade, gostava bastante deles. Desde que não gozassem de muita liberdade, considerava-os as pessoas mais encantadoras do mundo. Sempre lhe doía vê-los sendo insultados gratuitamente.

— Será mesmo vantajoso — disse ele, rígido — chamar essas pessoas de negros, um termo do qual eles naturalmente se ressentem, quando obviamente não têm nada de negros? Os birmaneses são mongóis, os indianos são arianos ou dravidianos, e todos eles são bastante diferentes...

— Ah, dane-se tudo isso! — disse Ellis, que não se impressionava nem um pouco com a posição oficial do sr. Macgregor. — Chame-os de negros, de arianos, do que quiser. O que quero dizer é que não queremos ver nenhuma pele negra neste clube. Se colocar a questão em votação, verá que somos todos contrários, por unanimidade — a menos que Flory queira seu querido amigo Veraswami por perto — acrescentou.

— Apoiado! — repetiu o sr. Lackersteen. — Pode contar comigo para excluí-los todos, sem exceção.

O sr. Macgregor, por impulso, franziu os lábios. Encontrava-se em uma posição incômoda, pois a ideia de admitir um membro nativo não era dele, mas havia sido-lhe transmitida pelo comissário. No entanto, não gostava de arranjar desculpas e, por isso, disse em um tom mais conciliador:

— Que tal adiarmos a discussão até a próxima assembleia geral? Nesse meio-tempo, podemos refletir com mais maturidade. E agora — acrescentou, dirigindo-se à mesa — quem me acompanha em um... Hã... Líquido refrescante?

Chamaram o mordomo e ordenaram o "líquido refrescante". O calor era maior do que nunca agora, e todos estavam com sede. O sr. Lackersteen estava prestes a pedir uma bebida quando captou o olhar da esposa, encolheu-se e, com ar tristonho, disse — Não. — Permaneceu sentado com as mãos nos joelhos e uma expressão bastante patética, enquanto observava a sra. Lackersteen engolir um copo de limonada com gim. O sr. Macgregor, embora tivesse assinado o recibo das bebidas, bebeu limonada pura. Era o único entre os europeus em Kyauktada que obedecia à regra de não beber antes do pôr do sol.

— Está tudo muito bem — resmungou Ellis com os antebraços apoiados na mesa, mexendo no seu copo. A discussão com o sr. Macgregor afligira-o novamente. — Está tudo muito bem, mas mantenho o que já disse. Sem nativos neste clube! É cedendo em coisas pequenas como essas que acabamos por arruinar o Império. O país não está apenas apodrecido pelas revoltas, mas também porque temos sido muito brandos com todo mundo. A única política possível a adotar é tratá-los como o lixo que são. Este é um momento crítico e precisamos de todo o prestígio que pudermos obter. Temos de nos manter unidos e dizer: "Nós somos os senhores, e vocês, insolentes..." — Ellis pressionou o minúsculo polegar contra a mesa, como se achatasse uma larva — "... e vocês, insolentes, fiquem no seu lugar!"

— Não tem jeito, meu velho amigo — disse Westfield. — Definitivamente, não tem jeito. O que podemos fazer com toda essa burocracia nos deixando de mãos atadas? Os insolentes dos nativos conhecem a lei melhor do que nós mesmos. Eles nos insultam em nossas caras e nos denunciam no instante em que reagimos. Não podemos fazer nada a não ser manter nossa posição com firmeza. E como fazê-lo, se eles não têm coragem de atacar?

— Nosso *burra sahib*[33] em Mandalay sempre dizia — acrescentou a sra. Lackersteen — que, no final, vamos simplesmente ter de ir embora da Índia. Os jovens não virão mais para cá trabalhar a vida inteira sob insultos e ingratidão. Deveríamos simplesmente partir. Quando os nativos vierem nos implorar para que fiquemos, poderemos dizer: "Não, vocês tiveram sua chance e não souberam aproveitar. Muito bem, agora tratem de governar a si mesmos". E, então, que lição isso vai ensinar-lhes!

— É o que toda essa lei e ordem fez por nós — disse Westfield com tristeza. A ruína do Império Indiano por excesso de legalidades era um tema recorrente de Westfield. Segundo ele, nada, à exceção de uma rebelião em larga escala seguida pela imposição da lei marcial, poderia salvar o Império da decadência. — Toda essa papelada e esse ir e vir de comunicados oficiais. Os *babus* dos escritórios são os verdadeiros governantes deste país atualmente. Nosso tempo aqui já acabou. A melhor coisa que podemos fazer é fechar tudo e deixá-los "provar do próprio veneno".

— Não concordo, simplesmente não concordo — disse Ellis. — Poderíamos consertar tudo em um mês, se quiséssemos. Só é preciso o mínimo de coragem. Vejam só Amritsar[34]. Como acabaram cedendo depois do ocorrido. Dyer sabia como lidar com eles. Pobre Dyer! Que sujeira fizeram com ele. Aqueles covardes na Inglaterra têm muito a explicar.

Houve uma espécie de suspiro por parte de todos, o mesmo suspiro que uma congregação de católicos romanos daria ao ouvir o nome da rainha

---

33 Literalmente "grande chefe", em hindustâni. Termo usado para altos oficiais e pessoas de hierarquias superiores. (N. do T.)
34 Cidade localizada na região noroeste da Índia onde ocorreu um massacre, comandado por um oficial britânico (Reginald Edward Harry Dyer, citado logo depois), de centenas de indianos durante um festival religioso, em 13 de abril de 1919, episódio que ficou conhecido como o Massacre de Jallianwala Bagh. (N. do T.)

Maria I. Até mesmo o sr. Macgregor, que detestava derramamentos de sangue e a lei marcial, balançou a cabeça ao ouvir o nome de Dyer.

— Ah, pobre homem! Sacrificado aos trabalhistas do Parlamento, talvez eles descubram o erro que cometeram tarde demais.

— Meu velho chefe costumava contar uma história a esse respeito — Havia um velho *havildar*[35] no regimento dos nativos... E alguém perguntou-lhe o que aconteceria se os britânicos saíssem da Índia. O camarada respondeu...

Flory empurrou sua cadeira para trás e levantou-se. Não devia, não podia... Não, simplesmente não conseguiria continuar ali por mais tempo! Precisava sair daquele recinto rapidamente, antes que algo acontecesse dentro de sua cabeça e ele começasse a quebrar os móveis e atirar garrafas nos quadros. Porcos bêbados, enfadonhos e estúpidos! Como era possível que continuassem semana após semana, ano após ano, repetindo as mesmas baboseiras nefastas, palavra por palavra, como uma paródia de algum conto de quinta categoria da revista *Blackwood's*? Nenhum deles era capaz de pensar em algo novo para dizer? Ah, que lugar, que gentinha! Que civilização é essa, a nossa — essa civilização sem Deus, baseada no uísque, na *Blackwood's* e nos quadrinhos do Bonzo! Que Deus tenha misericórdia de nós, pois todos fazemos parte dela!

Flory não disse nada disso em voz alta e precisou de certo esforço para não exprimir o que pensava em seu rosto. Ficou em pé ao lado de sua cadeira, pondo-se um pouco de lado para os demais, com o meio sorriso típico do homem que nunca está muito seguro de sua popularidade.

— Receio que tenha de sair — disse ele. — Tenho algumas coisas a cuidar antes do café da manhã, infelizmente.

— Fique e tome outro gole, meu velho — disse Westfield. — O dia mal começou. Tome um gim. Para abrir o apetite.

— Não, obrigado, tenho de ir. Vamos, Flo. Até mais, sra. Lackersteen. Até logo a todos.

— E lá se vai Booker Washington[36], o camarada dos negros — disse Ellis

---

35 Patente equivalente ao posto de sargento no Exército Britânico da Índia. (N. do T.)
36 Booker Washington (1856-1915) foi um educador e líder abolicionista americano. (N. do T.)

quando Flory desapareceu. Sempre podia-se contar com Ellis para dizer algo desagradável sobre qualquer um que tivesse acabado de sair da sala. — Deve ter ido atrás do dr. Verassonso, imagino. Ou então saiu para evitar ter de pagar uma rodada de bebidas.

— Ah, ele não é um sujeito ruim — disse Westfield. — Fala algumas coisas bolcheviques de vez em quando. Mas não acho que acredite em metade delas.

— Ah, é um ótimo sujeito, claro — disse o sr. Macgregor. Todo europeu na Índia é *ex officio*[37], ou melhor, *ex colore*, um bom sujeito até que tenha feito algo completamente ultrajante. É um título honorário.

— É um pouco bolchevique demais para o meu gosto. Não suporto um cara que se torna amigo dos nativos. Não me surpreenderia se tivesse um toque do tom mais escuro em si. Talvez explicasse aquela marca negra em seu rosto. Um malhado. Parece até mesmo um barriga-amarela, com aquele cabelo preto e a pele da cor de uma lima.

Houve qualquer tipo de protesto inconsistente a respeito de Flory, mas sem grande energia, pois o sr. Macgregor não gostava de protestos. Os europeus ficaram no clube tempo suficiente para mais uma rodada de bebidas. O sr. Macgregor contou o tal incidente ocorrido na cidade de Prome, que poderia ter sido contado em qualquer contexto. E, então, a conversa voltou ao velho assunto, que nunca parecia aborrecê-los — a insolência dos nativos, a submissão do governo, os bons e velhos tempos em que o Raj Britânico *era* o Raj Britânico e, por favor, apliquem quinze chicotadas ao portador. Esse assunto nunca era deixado de lado por muito tempo, em parte por causa da obsessão de Ellis. Além disso, era até mesmo possível perdoar aos europeus grande parte de sua amargura. Viver e trabalhar em meio aos orientais poria à prova a paciência de um santo. E todos eles, especialmente os funcionários do governo, sabiam muito bem o que era ser provocado e insultado. Quase todos os dias, quando Westfield ou o sr. Macgregor, ou mesmo Maxwell, desciam a rua, os garotos da escola secundária, com seus rostos jovens e amarelos — rostos lisos como moedas de ouro, cheios daquele desprezo

---

37 Expressão latina que significa literalmente "por ofício". Diz-se de algo ou alguém que dispensa avaliação ou aprovação prévia para determinado cargo ou posição. O autor brinca posteriormente com a expressão, equiparando-a a *ex colore*, "por cor". (N. do T.)

enlouquecedor que recai tão naturalmente sobre o rosto dos mongóis —, escarneciam deles enquanto passavam e, às vezes, seguiam-nos vaiando e soltando risadas como as das hienas. A vida dos funcionários anglo-indianos não era nem um pouco fácil. Em acampamentos sem conforto, escritórios sufocantes e bangalôs sombrios cheirando a poeira e querosene, talvez eles conquistassem o direito de ser um pouco desagradáveis.

Já eram quase dez horas e o calor estava insuportável. Gotas fartas e límpidas de suor acumulavam-se no rosto de todos e nos antebraços nus dos homens. Uma mancha úmida crescia cada vez mais nas costas do paletó de seda do sr. Macgregor. A claridade do dia parecia penetrar de alguma forma pelas frestas das janelas pintadas de verde, fazendo os olhos arderem e congestionando a cabeça de todos. Todos pensavam com indisposição no indigesto café da manhã e nas longas e inertes horas que tinham pela frente. O sr. Macgregor levantou-se com um suspiro e ajeitou os óculos, que escorregaram pelo nariz suado.

— É uma pena que uma reunião tão festiva tenha de terminar — disse ele. — Tenho de ir para casa para o café da manhã. As obrigações do Império. Alguém vai na mesma direção que eu? Meu motorista está esperando no carro.

— Ah, obrigada — disse a sra. Lackersteen. — Se o senhor puder nos levar, Tom e eu. Que alívio não ter de andar sob esse calor!

Os outros se levantaram. Westfield esticou os braços e bocejou pelo nariz. — Suponho que seja melhor seguir em frente. Vou acabar dormindo se ficar sentado aqui por mais tempo. Só de pensar em ficar cozinhando naquele escritório o dia todo! Com pilhas de papéis. Ó, Deus!

— Não se esqueçam do tênis hoje à noite, pessoal! — disse Ellis. — Maxwell, seu preguiçoso, não vá fugir novamente. Esteja aqui com sua raquete às quatro e meia em ponto.

— *Après vous, madame*[38] — disse o sr. Macgregor, muito galante, à porta.

— Vá na frente, Macduff — disse Westfield.

Saíram, adentrando a luz branca e brilhante do sol. O calor emanava

---

38 "Depois da senhora", em francês. (N. do T.)

da terra como o ofegar de um forno. As flores, opressivas aos olhos, resplandeciam sem mexer uma pétala sequer, como se debochassem do sol. A claridade espalhava cansaço pelos ossos. Havia algo de horrível nela — era horrível pensar naquele céu azul cegante espalhando-se continuamente sobre a Birmânia e a Índia, sobre o Sião, o Camboja, a China, sem nenhuma nuvem, interminável. As partes de metal do carro à espera do sr. Macgregor estavam quentes demais para o toque. Começava a pior hora do dia, a hora, como dizem os birmaneses, "em que os pés se calam". Quase nenhuma criatura viva se mexia, a não ser os homens e as colunas negras de formigas, estimuladas pelo calor, marchando como fitas estendidas pelo caminho, e os abutres-de-bico-longo, que voavam pelas correntes de ar.

3

Flory virou à esquerda assim que passou pelo portão do clube e começou a descer a estrada do bazar, sob a sombra das figueiras-dos-pagodes. A cem metros dali, ouvia-se um turbilhão melodioso, vindo de um esquadrão de policiais militares, indianos mirrados vestidos com um tom de cáqui esverdeado, marchando de volta às suas fileiras com um garoto *gurkha*[39] tocando gaita de fole diante deles. Flory estava indo ver o dr. Veraswami. A casa do médico era um longo bangalô de madeira saturada em querosene, erguido sobre estacas, com um grande jardim malcuidado limítrofe ao jardim do clube. Os fundos da casa davam para a estrada, defronte ao hospital, que ficava entre ela e o rio.

Quando Flory entrou na casa, ouviu um grito assustado de mulheres e uma correria vindo do interior. Evidentemente, por pouco não viu a esposa do médico. Deu a volta até a frente da casa e chamou pela varanda:

— Doutor! Está ocupado? Posso entrar?

O médico, uma figura pequena a preto e branco, surgiu de dentro da casa com um boneco de mola. Correu até as grades da varanda e exclamou, efusivo:

— Ora, se pode entrar! Claro, claro, entre logo! Ah, sr. Flory, que prazer em vê-lo! Entre, entre. Que bebida o senhor vai querer? Tenho uísque,

---

[39] Povo nativo do Nepal e de partes do norte da Índia. (N. do T.)

cerveja, vermute e outras bebidas europeias. Ah, meu querido amigo, como ansiava por uma conversa culta!

O médico era um homem baixo, negro e rechonchudo, com cabelos crespos e olhos redondos e crédulos. Usava óculos com armação de aço e vestia um terno branco mal ajustado, com calças largas como uma sanfona, sobre botas pretas grosseiras. Tinha a voz ansiosa e empolada, e assobiava os "esses". Quando Flory subiu os degraus, o médico voltou para a outra ponta da varanda e vasculhou em um grande baú de metal, repleto de gelo, dele tirando rapidamente garrafas de todo tipo. A varanda era clara e sombreada, com beirais baixos, dos quais pendiam vasos de samambaias, dando-lhe a aparência de uma caverna por detrás de uma cascata de sol. Era mobiliada com espreguiçadeiras com assento de vime feitas na prisão e, a uma das extremidades, havia uma estante contendo uma pequena biblioteca, nada atraente, composta essencialmente por livros de ensaios, do tipo Emerson-Carlyle-Stevenson. O médico, um leitor voraz, gostava que seus livros tivessem o que chamava de "sentido moral".

— E então, doutor — disse Flory. Enquanto isso, o médico instalou-se em uma espreguiçadeira, ajeitando o descanso para os pés para que pudesse se deitar, e colocou cigarros e cerveja ao seu alcance. — E então, doutor, como vão as coisas? Como está a Coroa Britânica? Ainda sofrendo com a paralisia de sempre?

— Ah, sr. Flory, ela vai mal, muito mal! Graves complicações começam a se instalar. Septicemia, peritonite e paralisia dos gânglios. Temo que tenhamos de chamar os especialistas. Ah!

Era uma piada corrente entre os dois homens fingir que a Coroa Britânica era uma paciente idosa do médico. O médico já gostava da piada há dois anos, sem nunca se cansar dela.

— Ah, doutor — disse Flory, deitado na espreguiçadeira —, que alegria estar aqui depois daquele maldito clube. Quando venho à sua casa, sinto-me como um ministro não conformista esquivando-se de ir à cidade para voltar para casa com uma prostituta. É tão glorioso ter uma folga *deles* — acenou com o salto de um dos sapatos na direção do clube —, dos meus amados companheiros edificadores do Império. Longe do prestígio britânico, do fardo do homem branco, do *pukka sahib*[40] *sans peurs et sans reproche*[41]... Você sabe muito bem. É um alívio estar longe do fedor por algum tempo.

---

40 **Expressão** análoga a *burra sahib* (ver nota 32). (N. do T.)
41 "Sem medos e sem arrependimentos", em francês. (N. do T.)

— Meu amigo, meu amigo, deixe disso, por favor! Isso é ultrajante. O senhor não deve dizer essas coisas dos honrados cavalheiros ingleses!

— É que o senhor não tem de ouvir os tais cavalheiros falando, doutor. Aguentei tanto quanto pude hoje de manhã. Ellis com seu "negro sujo", Westfield com suas piadas, Macgregor com suas expressões latinas e, por favor, apliquem quinze chicotadas ao portador. Mas, quando começaram com aquela história sobre o velho *havildar* — você sabe qual, a do velho e querido *havildar* que disse que se os britânicos saíssem da Índia não sobraria uma rupia ou uma virgem entre eles —, você sabe qual; bom, eu não aguentava mais. Já está na hora do velho *havildar* ser aposentado. Ele vem dizendo a mesma coisa desde o Jubileu de 1887[42].

O médico ficou agitado, como sempre acontecia quando Flory criticava os membros do clube. Apoiara o traseiro gordo vestido de branco contra a grade da varanda e, por vezes, gesticulava. Ao procurar uma palavra, apertava o polegar contra o indicador, como se tentasse capturar uma ideia flutuando no ar.

— De verdade, de verdade, sr. Flory, o senhor não deve falar assim! Por que está sempre falando mal dos *pukka sahibs*, que é como o senhor os chama? Eles são o sal da terra. Pense em todas as grandes coisas que eles fizeram — pense nos grandes administradores que fizeram da Índia Britânica o que ela é. Pense em Clive, Warren Hastings, Dalhousie, Curzon. Eram homens de tal monta — e cito aqui seu imortal Shakespeare — que, no fim das contas, nunca mais veremos iguais!

— Bom, o senhor quer ver iguais a eles novamente? Eu não quero.

— Pense também em como o cavalheiro inglês é um tipo nobre! A gloriosa lealdade que têm uns para com os outros! O espírito das escolas públicas! Até mesmo aqueles cujos modos são lamentáveis, tenho de admitir... Têm grandes e excelentes qualidades que faltam a nós, orientais. Sob seu exterior duro, há corações de ouro.

— Não deveríamos dizer folheados a ouro? Existe uma espécie de falsa camaradagem entre os ingleses e este país. Já é tradição bebermos juntos, compartilharmos refeições e fingirmos que somos amigos, embora nos odiemos intensamente. Passar o tempo juntos, é como chamamos. Uma necessidade política. É claro que a bebida é o que mantém a máquina em

---

[42] Jubileu de Ouro da Rainha Vitória, quinquagésimo aniversário de sua coroação, celebrado em 20 de junho de 1887. (N. do T.)

funcionamento. Todos ficaríamos loucos e mataríamos uns aos outros se não fosse o álcool. Eis aí um bom assunto para os seus ensaístas inspiradores, doutor. A bebida é o cimento do Império.

O médico balançou a cabeça. — Realmente, sr. Flory, não sei o que o tornou tão cínico. Algo tão impróprio à sua pessoa. O senhor... Um cavalheiro inglês de grandes talentos e personalidade... Emitindo opiniões insubordinadas, dignas do jornal *Patriota Birmanês*!

— Insubordinado? — disse Flory. — Não sou insubordinado. Não quero que os birmaneses nos expulsem deste país. Deus me livre! Estou aqui para ganhar dinheiro, como todo mundo. Apenas me oponho a essa farsa pegajosa do fardo do homem branco. A pose de *pukka sahib*. É tão entediante. Mesmo aqueles idiotas do clube poderiam ser uma companhia agradável se não vivêssemos uma mentira o tempo todo.

— Mas, meu caro amigo, que mentira os senhores estão vivendo?

— Ora, é óbvio, a mentira de que estamos aqui para inspirar nossos pobres irmãos negros, e não roubá-los. Suponho que seja uma mentira bastante natural. Mas essa mentira nos corrompe, nos corrompe de formas que o senhor não pode imaginar. É uma eterna sensação de que somos mentirosos e dissimulados, algo que nos atormenta e nos obriga a nos justificarmos noite e dia. É a origem de metade de nossa bestialidade para com os nativos. Nós, anglo-indianos, seríamos praticamente suportáveis se ao menos admitíssemos que somos ladrões, e continuássemos a roubar sem toda essa tapeação.

O médico, muito satisfeito, apertou o polegar contra o indicador. — A fraqueza de seu argumento, meu caro amigo — disse ele, radiante com sua própria ironia —, a fraqueza parece residir no fato de que os senhores não são ladrões.

— Ora, meu caro doutor...

Flory sentou-se na espreguiçadeira, em parte porque o calor lancinante acabara de apunhalá-lo nas costas como mil agulhas, em parte porque sua discussão favorita com o médico estava para começar. Essa discussão, de natureza levemente política, acontecia sempre que ambos se encontravam. Era uma discussão às avessas, já que o inglês era amargamente antibritânico e o indiano, fanaticamente leal à Coroa. O dr. Veraswami tinha uma admiração apaixonada pelos ingleses, inabalada até mesmo pelas milhares de afrontas sofridas por parte deles. Defendia com bastante entusiasmo que ele, sendo indiano, pertencia a uma raça inferior e degenerada. Sua fé na justiça britânica era tão grande que mesmo quando, na prisão, tinha de cuidar de um caso de açoite ou enforcamento, e voltar para casa com o rosto negro empalidecido e receitar para si mesmo uma dose de uísque, seu fervor não diminuía. As opiniões insubordinadas de Flory chocavam-no, mas também davam-lhe um certo prazer assustador, semelhante ao que um crente ardoroso sente ao ouvir o pai-nosso de trás para a frente.

— Meu caro doutor — disse Flory —, como o senhor pode fazer de conta que estamos nesse país com outro propósito além de roubar? É tudo tão simples. O funcionário do governo segura o birmanês enquanto o negociante remexe em seus bolsos. O senhor acha que minha firma, por exemplo, conseguiria seus contratos de extração de madeira se o país não estivesse nas mãos dos britânicos? Ou mesmo as outras madeireiras, as petrolíferas, as empresas de mineração, os agricultores ou os comerciantes? Como o cartel de arroz poderia continuar esfolando o pobre camponês se não tivesse o governo por trás dele? O Império Britânico é apenas um dispositivo para assegurar os monopólios comerciais aos ingleses — ou, melhor ainda, às quadrilhas de judeus e escoceses.

— Meu amigo, é desconcertante para mim ouvi-lo falar assim. Realmente desconcertante. O senhor me diz que está aqui para fazer negócios? É claro que sim. Os birmaneses poderiam fazer negócios por conta própria? Poderiam eles construir máquinas, navios, ferrovias, estradas? Estariam desamparados sem os senhores. O que aconteceria com as florestas birmanesas se os ingleses não estivessem aqui? Seriam vendidas imediatamente aos japoneses, que as destruiriam e arruinariam. Em vez disso, em suas mãos, elas acabaram melhoradas. E, enquanto seus negociantes desenvolvem os recursos do nosso país, seus funcionários nos civilizam, elevando-nos ao seu nível, por puro espírito coletivo. É um registro magnífico de autossacrifício.

— Que besteira, meu caro doutor. Ensinamos os jovens a beber uísque e jogar futebol, admito, mas muito pouco além disso. Veja só nossas escolas — simples fábricas de funcionários baratos. Nunca ensinamos um único ofício manual útil aos indianos. Nem sequer ousaríamos, por medo de concorrência no ramo. Chegamos até mesmo a destruir várias indústrias. Para onde foram as musselines indianas? Nos anos 1840, mais ou menos, construíam-se grandes navios na Índia, com toda a tripulação. Agora não se constrói nem sequer um barco de pesca em condições de navegar por aqui. No século XVIII, os indianos fundiam armas que equiparavam-se ao padrão europeu. Agora, depois de estarmos na Índia por cento e cinquenta anos, os senhores não são capazes de produzir nem um único cartucho de latão em todo o continente. As únicas raças orientais que se desenvolveram rapidamente são as independentes. Não vou citar o Japão, mas veja o caso do Sião...

O médico acenou com a mão, agitado. Ele sempre interrompia a discussão neste ponto (pois, via de regra, ela sempre seguia o mesmo curso, quase palavra por palavra), achando que o caso do Sião atrapalhava seus argumentos.

— Meu amigo, meu amigo, o senhor está se esquecendo do caráter dos orientais. Como poderíamos ter-nos desenvolvido com nossa apatia e superstição? Pelo menos, os senhores nos trouxeram a lei e a ordem. A inabalável Justiça britânica, e a *Ppax britannica*.

— *Pox britannica*, doutor, *pox britannica* é o nome apropriado[43]. E, de qualquer forma, para quem é a tal *pax*? Para o agiota e o advogado. Claro que mantemos a paz na Índia, em nosso próprio interesse, mas a que se resume todo esse negócio de lei e ordem? Mais bancos e mais prisões — e isso é tudo.

— Que deturpação monstruosa! — exclamou o médico. — E as prisões não são necessárias? E os senhores não nos trouxeram nada além de prisões? Pense na Birmânia dos dias de Thibaw[44], cheia de imundície, torturas e ignorância, e então olhe ao seu redor. Basta olhar para fora desta varanda — olhe para aquele hospital e, à direita, para aquela escola e aquela delegacia de polícia. Veja todo o avanço do progresso modernizador!

— É claro que não nego — disse Flory — que modernizamos este país sob alguns aspectos. Não poderíamos ter feito diferente. Na verdade, antes de sairmos daqui, teremos destruído toda a cultura nacional birmanesa. Mas não estamos civilizando-os, estamos apenas tentando curar as feridas que fizemos. Onde vai levar esse avanço do progresso modernizador, como o senhor o chama? Simplesmente a montes de nossas queridas porcarias de gramofones e chapéus-coco. Às vezes penso que, em duzentos anos, tudo isso — ele acenou na direção do horizonte com um dos pés —, florestas, aldeias, mosteiros, pagodes, tudo vai desaparecer. E, no lugar, propriedades rosadas separadas a cinquenta metros uma da outra; por todas essas colinas, até onde a vista alcança, uma casa após a outra, com todos os gramofones tocando a mesma melodia. E todas as florestas terão sido destruídas — transformadas em pasta de celulose para imprimir o *News of the World*, ou serradas para fazer estojos de gramofones. Mas as árvores se vingarão, como diz o velho camarada da peça *O Pato Selvagem*. O senhor certamente leu Ibsen, não é?

---

43 O autor faz aqui um jogo de palavras entre o termo em latim *pax* ("paz") e o termo em inglês *pox*, sufixo em inglês que denota inúmeras doenças transmissíveis trazidas pelo colonizador inglês, como a varíola, a catapora e a sífilis. (N. do T.)

44 Thibaw Min (1859-1916), último rei da Dinastia Konbaung da Birmânia. Seu reinado terminou quando a Birmânia foi derrotada pelas forças do Império Britânico, em 1885. (N. do T.)

— Não, sr. Flory, coitado de mim! Aquela mente poderosa, como seu inspirado Bernard Shaw o chamava. É um prazer que ainda terei. Mas, meu amigo, o que o senhor não vê é que o pior da sua civilização ainda é um avanço para nós. Gramofones, chapéus-coco, o *News of the World*... Tudo isso é melhor do que a terrível preguiça do oriental. Vejo os britânicos, mesmo o menos inspirado dentre eles, como... Como... — O médico procurava uma frase e encontrou uma que provavelmente vinha de Stevenson — Como portadores de tochas, iluminando o caminho do progresso.

— Eu, não. Vejo-os como uma espécie de ser desprezível modernizado, higienizado e satisfeito consigo mesmo. Rastejando pelo mundo, construindo prisões. Eles constroem uma prisão e chamam-na de progresso — acrescentou, com certa tristeza, já que o médico não reconheceria a alusão.

— Meu amigo, certamente o senhor insiste no assunto das prisões! Pense que também há outras conquistas de seus conterrâneos. Eles constroem estradas, irrigam desertos, vencem a fome, erguem escolas, fundam hospitais, combatem a peste, a cólera, a lepra, a varíola, as doenças venéreas...

— Eles próprios as trouxeram — acrescentou Flory.

— Não senhor! — retrucou o médico, ansioso por reivindicar essa distinção para seus próprios compatriotas. — Não, senhor, foram os indianos que introduziram as doenças venéreas neste país. Os indianos introduzem as doenças e os ingleses as curam. Essa é a resposta para todo seu pessimismo e insubordinação.

— Bom, doutor, nunca vamos concordar um com o outro. O fato é que o senhor gosta de todo esse negócio de progresso modernizador, embora eu prefira ver as coisas com um pouco mais de sordidez. Acredito que a Birmânia dos dias de Thibaw teria me agradado mais. E, como disse anteriormente, se somos uma influência civilizadora, ela serve apenas para que nos apropriemos de muito mais coisas. Abandonaríamos tudo muito rapidamente, se não nos valesse a pena.

— Meu amigo, o senhor não pensa assim. Se realmente desaprovasse o Império Britânico, não falaria sobre o assunto aqui, em particular. Estaria proclamando-o do alto dos telhados. Conheço seu caráter, sr. Flory, melhor do que o senhor mesmo.

— Desculpe-me, doutor; não sou do tipo que proclama nada dos telhados. Não tenho coragem suficiente. Eu "recomendo a calma ignóbil", como o velho Belial, do *Paraíso Perdido*. É mais seguro. Neste país, se não somos um *pukka sahib*, morremos. Em quinze anos, nunca falei com sinceridade com ninguém, além do senhor. Minhas conversas aqui são uma válvula de escape; uma pequena Missa Negra às escondidas, se é que o senhor me entende.

Nesse instante, ouviu-se um lamento angustiante do lado de fora. O velho Mattu, o *durwan*[45] hindu que cuidava da igreja europeia, estava embaixo da varanda, sob a luz do sol. Era uma velha criatura febril, mais parecido com um gafanhoto do que com um ser humano, e vestia-se com alguns poucos centímetros de pano encardido. Morava perto da igreja em uma cabana feita de latas de querosene achatadas, de onde às vezes saía correndo assim que aparecia um europeu, para fazer-lhe profundas reverências e queixar-se sobre seu *talab*[46], que era de dezoito rupias por mês. Olhando com uma expressão de suplício para a varanda, massageava a pele cor de terra da barriga com uma mão, enquanto a outra fazia o gesto de levar comida à boca. O médico vasculhou o bolso e deixou cair uma moeda de quatro *annas* pela grade da varanda. Era famoso por seu coração mole, e todos os mendigos de Kyauktada tinham-no como alvo.

— Eis aí a degeneração do Oriente — disse o médico, apontando para Mattu, que se dobrava como uma lagarta e soltava ganidos de agradecimento. — Olhe para a miséria de seus membros. Suas panturrilhas são mais finas que os punhos de um inglês. Olhe para sua atitude abjeta e servil. Olhe para a sua ignorância — uma ignorância desconhecida, na Europa, fora de uma instituição para doentes mentais. Certa vez, pedi a Mattu que me dissesse sua idade. "*Sahib*", disse ele, "acho que tenho dez anos". Como pode supor, sr. Flory, que não é naturalmente superior a tais criaturas?

— Pobre Mattu, o avanço do progresso modernizador parece não ter lhe servido de forma nenhuma — disse Flory, jogando outra moeda de quatro *annas* por cima da grade. — Vá em frente, Mattu, gaste tudo isso com bebida. Seja o mais degenerado que puder. Tudo isso adia a utopia.

— Aha, sr. Flory, às vezes acho que tudo que o senhor diz é para — qual é mesmo a expressão — fazer pouco de mim. O senso de humor inglês. Nós, orientais, não temos senso de humor, como todos sabem bem.

— Sortudos do inferno. Nosso maldito senso de humor tem sido nossa

---

45 "Porteiro", em híndi. (N. do T.)
46 "Salário", em urdu. (N. do T.)

ruína. — Bocejou, colocando as mãos atrás da cabeça. Mattu saiu cambaleando depois de mais alguns ruídos de agradecimento. — Imagino que deva ir embora, antes que esse maldito sol fique mais alto. O calor vai ser infernal este ano, posso senti-lo em meus ossos. Bom, doutor, ficamos discutindo tanto tempo que não perguntei sobre suas novidades. Só voltei da selva ontem. Devo voltar para lá depois de amanhã... Mas não sei se irei. Está acontecendo alguma coisa em Kyauktada? Algum escândalo?

Subitamente, o médico assumiu uma expressão séria. Havia tirado os óculos e seu rosto, com olhos escuros, lembrava um cão de caça preto. Desviou o olhar e falou com um tom um pouco mais hesitante do que antes.

— A verdade, meu amigo, é que algo bastante desagradável está acontecendo. Talvez o senhor vá rir — parece algo sem importância —, mas estou em sérios apuros. Ou melhor, corro risco de ficar em apuros. É um assunto confidencial. Os senhores, europeus, nunca ouvirão falar disso diretamente. Neste lugar — acenou com uma das mãos em direção ao bazar — há eternas conspirações, sobre as quais os senhores não ouvem nada. Mas, para nós, elas têm muito significado.

— O que tem acontecido, então?

— É o seguinte. Uma intriga tem se formado contra mim. Uma intriga muito séria que visa denegrir meu caráter e arruinar minha carreira no governo. Como um inglês, o senhor não é capaz de entender tais coisas. Atraí a inimizade de um homem que o senhor provavelmente não conhece, U Po Kyin, o magistrado subdivisional. É um homem muito perigoso. Os danos que ele pode me causar são incalculáveis.

— U Po Kyin? Quem é esse?

— O gordo alto, cheio de dentes. A casa dele fica lá embaixo, seguindo pela estrada, a uns cem metros daqui.

— Ah, aquele canalha gordo? Conheço-o muito bem.

— Não, não, meu amigo, não, não! — exclamou o médico, bastante ansioso. — Não é possível que o senhor o conheça. Só um oriental é capaz de conhecê-lo. O senhor, um cavalheiro inglês, não teria como rebaixar sua mente ao nível desprezível de um sujeito como U Po Kyin. Ele é mais do que um simples canalha, ele é... Como posso dizer? Faltam-me palavras. Ele me lembra um crocodilo em forma humana. Tem a astúcia do crocodilo, sua crueldade, sua bestialidade. Se o senhor soubesse do passado desse homem! Os ultrajes que já cometeu! As extorsões, os subornos! As moças que ele já arruinou, estuprando-as diante dos olhos de suas próprias mães! Ah, um cavalheiro inglês não consegue conceber um personagem desses. E é esse o homem que jurou arruinar-me.

— Já ouvi falar muito sobre U Po Kyin, de muitas fontes — disse Flory. — Ele parece um bom exemplo de um magistrado da Birmânia. Um birmanês contou-me que, durante a guerra, U Po Kyin estava trabalhando no recrutamento e criou um único batalhão com seus filhos ilegítimos. Isso é verdade?

— Não poderia ser verdade — disse o médico —, já que eles não teriam idade suficiente. Mas, de sua vilania, não há dúvidas. E agora ele está determinado a arruinar-me. Em primeiro lugar, ele me odeia porque sei coisas demais a seu respeito; e, além disso, ele é inimigo de qualquer homem minimamente honesto. Ele vai agir — tal como é a prática de homens desse tipo — caluniando-me. Espalhará boatos sobre mim — boatos do tipo mais terrível e falso. E já começou.

— Mas alguém acreditaria na palavra de um sujeito desses contra a sua? Ele é apenas um magistrado inferior. O senhor é um alto funcionário.

— Ah, sr. Flory, o senhor não compreende a astúcia oriental. U Po Kyin arruinou funcionários superiores a mim. Ele encontrará maneiras de se fazer acreditar. E, portanto... Ah, é uma situação muito difícil!

O médico deu um ou dois passos para um lado e para o outro na varanda, polindo os óculos com o lenço. Era claro que havia algo mais que sua delicadeza o impedia de dizer. Por um momento, suas maneiras pareceram tão perturbadas que Flory teria gostado de perguntar-lhe se não poderia ajudá-lo de alguma forma, mas acabou não fazendo, pois sabia quão inútil era interferir nas brigas dos orientais. Nenhum europeu jamais conseguiu entender o porquê dessas brigas; há sempre algo impenetrável à mente europeia, uma conspiração por detrás da conspiração, uma trama dentro da trama. Além disso, manter-se longe das brigas "nativas" é um dos Dez Preceitos do *pukka sahib*. Ele perguntou, incerto:

— E qual é a situação difícil?

— É, se ao menos... Ah, meu amigo, receio que o senhor ria de mim. Mas é o seguinte: se ao menos eu fosse membro do seu Clube Europeu! Ah, se fosse possível! Como minha posição seria diferente!

— Do clube? Por quê? Como isso o ajudaria?

— Meu amigo, nesse tipo de assunto, o prestígio é tudo. Não que U Po Kyin vá me atacar abertamente; ele nunca ousaria fazê-lo; ele simplesmente vai me difamar e caluniar. E, se vão acreditar nele ou não, vai depender inteiramente da minha posição entre os europeus. É assim que as coisas acontecem na Índia. Se nosso prestígio é bom, subimos; se é ruim, caímos. Um aceno de cabeça e uma piscadela são mais poderosos do que milhares de relatórios oficiais. E o senhor não sabe que prestígio dá a um indiano ser membro do Clube Europeu. No clube, ele é praticamente um europeu. Nenhuma calúnia pode atingi-lo. Um membro do clube é intocável.

Flory desviou o olhar, espreitando por cima da grade da varanda. Levantou-se como se fosse partir. Sempre ficava envergonhado e incomodado quando era necessário admitir para o amigo que o médico, por causa de sua pele negra, não poderia ser admitido no clube. É algo desagradável quando um amigo íntimo não tem a mesma posição social que a nossa; mas é algo inerente ao próprio ar da Índia.

— Pode ser que o admitam na próxima assembleia geral — disse ele. — Não afirmo que o façam, mas não é impossível.

— Espero, sr. Flory, que o senhor não pense que estou lhe pedindo que me indique como membro do clube. Deus me livre! Sei que isso é impossível para o senhor. Estava simplesmente constatando que, se fosse membro do clube, seria imediatamente vulnerável...

Flory inclinou levemente o chapéu *terai* sobre a cabeça e cutucou Flo com sua bengala. Ela dormia sob a espreguiçadeira. Flory sentiu-se bastante desconfortável. Ele sabia que, muito provavelmente, se tivesse a coragem de enfrentar algumas discussões com Ellis, poderia garantir a indicação do dr. Veraswami para o clube. E o médico, afinal, era seu amigo, na verdade, era praticamente o único amigo que ele tinha na Birmânia. Haviam conversado e discutido centenas de vezes, o médico jantara em sua casa e chegara até mesmo a propor apresentar Flory à esposa — mas ela, uma hindu fervorosa, recusara, horrorizada. Tinham viajado para caçar juntos — o médico, equipado com sua cartucheira e suas facas de caça, subindo ofegante as encostas escorregadias com folhas de bambu pelo chão e disparando sua arma para o nada. O senso comum dizia que era seu dever apoiar o médico. Mas ele sabia também que o médico jamais lhe pediria apoio e que ocorreriam muitas brigas feias antes de um oriental ser admitido no clube. Não, ele não queria se meter em uma briga dessas! Não valia a pena. Ele disse:

— Para lhe dizer a verdade, esse assunto já foi cogitado. Estavam falando a esse respeito hoje de manhã, e aquele imbecil do Ellis estava pregando seu sermão de sempre, sobre os "negros sujos". Macgregor sugeriu admitir um membro nativo. Recebeu ordens para fazê-lo, imagino.

— Sim, ouvi a respeito. Nós sabemos de todas essas coisas. Foi isso que colocou tal ideia na minha cabeça.

— A questão deve surgir na assembleia geral, em junho. Não sei o que vai acontecer — depende de Macgregor, imagino. Vou dar-lhe meu voto, mas não posso fazer mais do que isso. Sinto muito, mas simplesmente não posso. O senhor não tem ideia das brigas que isso acarretará. Muito provavelmente eles acabarão indicando-o, mas como uma espécie de desagradável obrigação, sob protesto. Transformaram em um completo fetiche essa ideia de manter o clube completamente branco, como costumam chamá-lo.

— Claro, claro, meu amigo! Entendo perfeitamente. Deus me livre de causar-lhe problemas com seus amigos europeus por minha causa. Por favor, por favor, não se envolva nisso! O simples fato de saberem que o senhor é meu amigo já me beneficia mais do que pode imaginar. O prestígio, sr. Flory, é como um barômetro. Cada vez que o senhor é visto entrando em minha casa, o mercúrio sobe meio grau.

— Bom, então devemos tentar mantê-lo em "tempo bom". Isso é tudo que posso fazer pelo senhor, infelizmente.

— Mesmo isso é bastante, meu amigo. E, por isso, há outra coisa sobre a qual queria avisar-lhe, embora receie que o senhor vá rir. É que também o senhor deve tomar cuidado com U Po Kyin. Cuidado com o crocodilo! Com certeza ele vai atacá-lo, quando souber que é meu amigo.

— Tudo bem, doutor, tomarei cuidado com o crocodilo. No entanto, não acho que ele possa me fazer muito mal.

— Pelo menos ele vai tentar. Conheço-o bem. Seu método será separar meus amigos de mim. Possivelmente ousaria até mesmo espalhar calúnias sobre o senhor também.

— Sobre mim? Meu Deus, ninguém acreditaria em nada contra mim. *Civis Romanus sum*[47]. Sou inglês — acima de qualquer suspeita.

— Mesmo assim, cuidado com as calúnias, meu amigo. Não o subes-

---

47 "Sou cidadão romano", em latim. (N. do T.)

time. Ele saberá como atacá-lo. É um crocodilo. E, como o crocodilo — o médico apertou o polegar contra o indicador de maneira impressionante; suas imagens às vezes se misturavam —, como o crocodilo, ele sempre ataca no ponto mais fraco!

— Os crocodilos sempre atacam no ponto mais fraco, doutor?

Ambos riram. Eram íntimos o suficiente para rir ocasionalmente das estranhas expressões em inglês do médico. Talvez, no fundo do seu coração, o médico tivesse ficado um pouco decepcionado por Flory não lhe ter prometido indicá-lo para o clube, mas preferiria morrer a admitir tal coisa. E Flory ficou feliz de mudar de assunto, um assunto desagradável que ele preferiria que nunca tivesse sido mencionado.

— Bom, realmente preciso ir, doutor. Até a próxima, caso não volte a vê-lo. Espero que corra tudo bem na assembleia geral. Macgregor não é de todo mau. Ouso dizer que ele vai insistir para que o admitam.

— Espero que sim, meu amigo. Assim, poderei desafiar cem U Po Kyins. Mil até! Até a próxima, meu amigo, até a próxima.

Em seguida, Flory acomodou o chapéu *terai* na cabeça e foi para casa, atravessando o cintilante *maidan*, para tomar seu café da manhã, para o qual aquela longa manhã de bebidas, fumo e conversas arruinara o apetite.

4

Flory dormia, nu a não ser por suas calças *shan*⁴⁸ pretas, em sua cama encharcada de suor. Ficara sem fazer nada o dia inteiro. Passava aproximadamente três semanas por mês no acampamento, indo a Kyauktada por alguns dias, especialmente para ficar ocioso, pois tinha pouquíssimo trabalho administrativo para fazer.

O quarto era um grande cômodo quadrado com paredes brancas rebocadas, com as portas vazadas e o teto sem forro, apenas com os caibros, nos quais os pardais se aninhavam. Como mobiliário, uma grande cama de baldaquino com um mosquiteiro enrolado fazendo as vezes de dossel, uma mesa de vime com cadeira e um pequeno espelho; também havia algumas prateleiras rústicas contendo várias centenas de livros, todos mofados por muitas estações chuvosas e carcomidos pelas traças. Um *tuktoo*⁴⁹ agarrava-se à parede, achatado e imóvel como um dragão imponente. Além do beiral da varanda, a luz escorria como um óleo branco cintilante. Algumas pombas em uma moita de bambu emitiam um ruído monótono e constante, curiosamente apropriado àquele calor — um ruído sonolento, mas parecido com a sonolência do clorofórmio, e não com a de uma canção de ninar.

---

48 Calças de pescador típicas das atuais regiões de Mianmar e Tailândia. (N. do T.)
49 Espécie de lagartixa, nativa do sudeste da Ásia. (N. do T.)

No bangalô do sr. Macgregor, a duzentos metros dali, um *durwan*, como um relógio vivo, deu quatro pancadas em um pedaço de trilho de ferro. Ko S'la, o criado de Flory, acordado pelo som, entrou na cozinha, reavivou as brasas do fogareiro e colocou a água do chá para ferver na chaleira. Em seguida, vestiu o *gaungbaung* rosa e o *ingyi* de musseline, e foi levar a bandeja do chá para a cabeceira da cama de seu patrão.

Ko S'la (seu nome verdadeiro era Maung San Hla; Ko S'la era uma abreviação) era um birmanês baixo, de ombros quadrados e aparência rústica, com uma pele bastante escura e uma expressão atormentada. Usava um bigode preto curvado para baixo ao redor da boca, mas, como a maioria dos birmaneses, quase não tinha barba. Era criado de Flory desde o dia em que ele chegara à Birmânia. Os dois tinham menos de um mês de diferença de idade. Haviam passado a meninice juntos, andado lado a lado à caça de pássaros e patos, esperado juntos em *manchans* por tigres que nunca apareceram, compartilhado os desconfortos de mil acampamentos e caminhadas; e Ko S'la arranjara mulheres para Flory e conseguira-lhe dinheiro emprestado com agiotas chineses, carregara-o para a cama quando esteve bêbado e cuidara dele em acessos de febre. Aos olhos de Ko S'la, Flory, por ser solteiro, ainda era um menino; enquanto que ele havia se casado, gerado cinco filhos, se casado novamente e se tornara um dos desconhecidos mártires da bigamia. Como todos os criados de homens solteiros, Ko S'la era preguiçoso e sujo, mas, mesmo assim, devotado a Flory. Nunca deixaria ninguém além dele servir Flory à mesa, carregar sua arma ou segurar a cabeça de seu cavalo enquanto ele montava. Em caminhadas, ao chegar a um riacho, ele carregaria Flory nas costas. Tinha a tendência a sentir pena de Flory, em parte porque o considerava infantil e fácil de enganar, em parte por causa de sua marca de nascença, que ele considerava algo terrível.

Ko S'la colocou a bandeja do chá na mesa silenciosamente, dirigiu-se até o pé da cama e fez cócegas nos dedos dos pés de Flory. Sabia, por experiência, que essa era a única forma de acordar Flory sem irritá-lo. Flory rolou na cama, praguejou e afundou o rosto no travesseiro.

— Soaram as quatro horas, sacratíssimo deus — disse Ko S'la. — Trouxe-lhe duas xícaras de chá, porque a *mulher* disse que estava vindo.

A *mulher* era Ma Hla May, a amante de Flory. Ko S'la sempre a chamava de *a mulher*, para mostrar sua desaprovação — não que ele desaprovasse o fato de Flory ter uma amante, mas tinha ciúmes da influência de Ma Hla May na casa.

— O sacratíssimo jogará "tínis" hoje à tarde? — Ko S'la perguntou.

— Não, está quente demais — disse Flory, em inglês. — Não quero comer nada. Leve essa gororoba embora e traga-me um pouco de uísque.

Ko S'la entendia inglês muito bem, embora não falasse uma palavra. Trouxe uma garrafa de uísque e também a raquete de tênis de Flory, que apoiou de maneira significativa contra a parede oposta à cama. O tênis, de acordo com suas convicções, era um ritual misterioso, obrigatório a todos os ingleses, e ele não gostava de ver seu patrão ocioso no fim da tarde.

Com nojo, Flory empurrou a torrada e a manteiga que Ko S'la trouxera, mas misturou um pouco de uísque em uma xícara de chá e sentiu-se melhor depois de beber. Estava dormindo desde o meio-dia e sua cabeça e todos os seus ossos doíam, e sentia um gosto de papel queimado na boca. Há anos não desfrutava de uma refeição completa. Toda a comida europeia da Birmânia era mais ou menos repulsiva — o pão era uma coisa esponjosa fermentada com licor de palma e com gosto de broa malfeita, a manteiga era enlatada, assim como o leite, exceto aquela mistura cinza aguada trazida pelo *dudh-wallah*[50]. Quando Ko S'la saiu do quarto, ouviu-se um arrastar de sandálias do lado de fora, e a voz aguda de uma jovem birmanesa disse:

— Meu patrão está acordado?

— Entre — disse Flory, bastante irritado.

Ma Hla May entrou, descalçando as sandálias laqueadas de vermelho na porta. Ela tinha permissão para vir para a hora do chá, como parte de um privilégio especial, mas não para as outras refeições, nem para usar sandálias na presença de seu patrão.

Ma Hla May era uma mulher de vinte e dois ou vinte e três anos e, talvez, um metro e meio de altura. Estava vestida com um *longyi* de cetim chinês azul-claro bordado e um *ingyi* de musseline branca engomado com vários medalhões de ouro pendurados. Seu cabelo estava enrolado no formato de um cilindro apertado, preto como ébano, e enfeitado com jasmins. Seu corpo miúdo, ereto e esguio, tinha poucos contornos, parecido com um baixo-relevo esculpido em uma árvore. Ela parecia uma boneca com

---

50 "Leiteiro", em híndi. (N. do T.)

seu rosto oval e calmo da cor do cobre virgem e seus olhos estreitos; uma boneca excêntrica e, no entanto, grotescamente bela. Um cheiro de sândalo e óleo de coco entrou no quarto junto com ela.

Ma Hla May aproximou-se da cama, sentou-se na sua beirada e abraçou Flory de maneira bastante abrupta. Ela cheirou o rosto dele com o nariz achatado, à moda birmanesa.

— Por que meu patrão não mandou me buscar esta tarde? — ela perguntou.

— Estava dormindo. Está quente demais para esse tipo de coisa.

— Então você prefere dormir sozinho do que com Ma Hla May? Você deve me achar muito feia, então! Sou feia, meu patrão?

— Vá embora — disse ele, empurrando-a. — Não a quero aqui a esta hora do dia.

— Pelo menos toque-me com seus lábios, então. (Não existe uma palavra birmanesa para beijar.) Todos os homens brancos fazem isso com suas mulheres.

— Pronto. Agora, deixe-me em paz. Vá buscar os cigarros e me traga um.

— Por que ultimamente você não quer mais fazer amor comigo? Ah, dois anos atrás era tão diferente! Naquela época, você me amava. Você me dava pulseiras de ouro e *longyis* de seda de Mandalay de presente. E agora, veja... — Ma Hla May estendeu um dos bracinhos cobertos pela musseline — Nem uma única pulseira. No mês passado, eu tinha trinta pulseiras e, agora, estão todas penhoradas. Como posso ir ao bazar sem minhas pulseiras e usando sempre o mesmo *longyi*? Fico com vergonha perante as outras mulheres.

— E é minha culpa se você penhorou suas pulseiras?

— Há dois anos você as teria resgatado para mim. Ah, você não ama mais Ma Hla May!

Ela abraçou-o mais uma vez e beijou-o, um hábito europeu que ele lhe ensinara. Um aroma misturado de sândalo, alho, óleo de coco e do jasmim do seu cabelo emanou dela. Um perfume que sempre causava uma espécie de aflição nos dentes dele. Um tanto distraidamente, ele pressionou a cabeça dela contra o travesseiro e olhou para seu rosto jovem e bizarro, com as maçãs do rosto salientes, as pálpebras alongadas e os lábios pequenos e bem torneados. Ela tinha dentes muito bonitos, como os dentes de um gatinho.

Ele a comprara dos pais dois anos antes, por trezentas rupias. Começou a acariciar seu pescoço moreno, que erguia-se como um caule fino e macio do *ingyi* sem colarinho.

— Você só gosta de mim porque sou branco e tenho dinheiro — disse ele.

— Patrão, eu amo você, amo mais do que qualquer coisa no mundo. Por que está me dizendo isso? Não lhe fui sempre fiel?

— Você tem um amante birmanês.

— Argh! — Ma Hla May fingiu estremecer com tal ideia. — Pensar naquelas horríveis mãos escuras deles me tocando! Morreria se um birmanês me tocasse!

— Mentirosa.

Ele colocou a mão em seu seio. Intimamente, Ma Hla May não gostava disso, pois isso lhe lembrava que seus seios existiam — o ideal de uma mulher birmanesa é não ter seios. Ela deitou-se e deixou que ele fizesse o que quisesse com ela, bastante passiva, mas mostrando-se satisfeita e sorrindo levemente, como um gato que se deixa acariciar. Os abraços de Flory não significavam nada para ela (Ba Pe, o irmão mais novo de Ko S'la, era seu amante secreto), mas ela ficava terrivelmente magoada quando ele deixava de abraçá-la. Às vezes, chegava até a colocar poções de amor na comida dele. Era a vida ociosa de uma concubina que ela amava, e as visitas à sua aldeia com todas as suas melhores roupas, quando então ela podia gabar-se de sua posição como uma *bo-kadaw* — a esposa de um homem branco; pois ela havia convencido a todos, inclusive a ela mesma, de que era a esposa legal de Flory.

Quando Flory acabou, virou-se, exausto e envergonhado, e ficou em silêncio, com a mão esquerda cobrindo a marca de nascença. Ele sempre se lembrava da marca de nascença quando fazia algo de que se envergonhava. Enojado, enterrou o rosto no travesseiro, que estava úmido e cheirava a óleo de coco. Fazia um calor terrível e as pombas lá fora ainda arrulhavam. Ma Hla May, nua, recostada ao lado de Flory, abanava-o suavemente com um leque de vime que pegara da mesa.

Logo depois, ela levantou-se, vestiu-se e acendeu um cigarro. Então, voltando para a cama, sentou-se e começou a acariciar o ombro nu de Flory. A brancura de sua pele fascinava-a, por sua estranheza e pela sensação de poder que ela lhe dava. Nesses momentos, ela tornava-se repulsiva e pavorosa para ele. Sua única vontade era que ela desaparecesse de sua frente.

— Vá embora — disse ele.

Ma Hla May tirou o cigarro da boca e tentou oferecê-lo a Flory. — Por que o patrão está sempre tão zangado comigo depois de fazermos amor? — ela perguntou.

— Vá embora — ele repetiu.

Ma Hla May continuou a acariciar o ombro de Flory. Ela nunca adquirira a sabedoria de deixá-lo sozinho nessas horas. Ela acreditava que a luxúria era uma forma de bruxaria, que dava a uma mulher poderes mágicos sobre um homem até que, por fim, ela fosse capaz de reduzi-lo a um escravo imbecilizado. Cada abraço sucessivo minava as vontades de Flory e tornava o feitiço mais forte — essa era a sua crença. Ela começou a atormentá-lo para começarem mais uma vez. Largou o cigarro e colocou os braços em volta dele, tentando virá-lo de frente para ela e beijar o rosto que ele insistia em desviar, censurando-o por sua frieza.

— Vá embora, vá embora! — ele disse, com raiva. — Procure no bolso dos meus calções. Tem dinheiro lá. Pegue cinco rupias e vá embora.

Ma Hla May encontrou a nota de cinco rupias e enfiou-a no peito do *ingyi* mas, mesmo assim, não queria ir embora. Ficou pairando ao redor da cama irritando Flory, até que, por fim, ele enfureceu-se e levantou-se de um salto.

— Suma deste quarto! Já disse para ir embora. Não quero você por perto depois que eu terminei com você.

— Que bela maneira de falar comigo! Você me trata como se eu fosse uma prostituta.

— É o que você é. Suma — disse ele, empurrando-a pelos ombros para fora do quarto. E chutou suas sandálias depois que ela saiu. Seus encontros terminavam muitas vezes dessa forma.

Flory ficou em pé no meio do quarto, bocejando. Afinal de contas, será que deveria ir ao clube jogar tênis? Não, isso significava ter de fazer a barba, e ele não era capaz de encarar o esforço de barbear-se sem umas boas doses de bebida dentro de si. Ele sentiu o queixo áspero e arrastou-se até o espelho para examiná-lo, mas, então, virou-se. Não queria ver o rosto amarelo e encovado que olharia para ele. Por vários minutos, ficou em pé com os membros amolecidos, observando o *tuktoo* perseguir uma mariposa acima das prateleiras de livros. O cigarro que Ma Hla May deixara no quarto continuava aceso, queimando o filtro e soltando um cheiro acre. Flory tirou um livro da estante, abriu-o e jogou-o longe, desgostoso. Nem sequer tinha energia para ler. Ó, Deus, Deus, o que fazer com o resto desse dia maldito?

Flo entrou no quarto rebolando, abanando o rabo e pedindo para passear. Flory entrou amuado no pequeno banheiro com piso de pedra que dava para o quarto, molhou-se com água morna e vestiu a camisa e o calção. Precisava fazer algum tipo de exercício antes do pôr do sol. Na Índia, era mal visto passar o dia sem derramar nem sequer uma gota de suor. Tinha-se com isso uma sensação de pecado mais profunda do que mil atos libidinosos. No final do entardecer, depois de um dia bastante preguiçoso, o tédio chegava a um ponto frenético, suicida. Trabalho, oração, livros, bebida, conversa — nada era capaz de combatê-lo; ele só poderia ser expelido através dos poros da pele.

Flory saiu e seguiu pela estrada ladeira acima, entrando na selva. No início, era um agrupado de arbustos, densos, mas baixos, e as únicas árvores eram mangueiras quase selvagens, com pequenos frutos parecidos com os da árvore de terebintina, do tamanho de ameixas. Então, a trilha passava em meio às árvores mais altas. A selva estava ressequida e sem vida nesta época do ano. As árvores ladeavam a trilha em fileiras densas e cheias de poeira, com folhas de um verde-oliva opaco. Não se viam pássaros, a não ser algumas criaturas marrons com poucas penas, parecendo tordos de segunda classe, que pulavam desajeitadamente sob os arbustos; ao longe, algum outro pássaro emitia um "Ah, ha, ha! Ah, ha, ha!" — um som solitário e vazio, tal qual o eco de uma risada. Havia um cheiro peçonhento de folhas esmagadas, parecido com o odor de hera. Ainda fazia calor, embora o sol já estivesse perdendo seu brilho e a luz enviesada estivesse amarela.

Depois de cerca de três quilômetros, a estrada acabava no baixio de um riacho raso. Graças à água, a selva ficava mais verde, e as árvores, mais altas, nesse ponto. À beira do riacho havia um enorme *pyinkado*[51] morto e enfeitado com orquídeas, tal qual teias de aranha, e alguns arbustos de unha-de-gato com flores brancas que pareciam de cera. Tinham um forte

---

51 Árvore nativa do Sudeste Asiático, cujo nome científico é *Xylia xylocarpa*. Por não haverem espécies em países de língua portuguesa, não há um nome popular em nosso idioma. (N. do T.)

cheiro de bergamota. Flory caminhava rápido e o suor encharcara sua camisa e penetrara em seus olhos, fazendo-os arder. Havia suado o suficiente para ficar de bom humor. Além do mais, a visão daquele riacho sempre o animava; suas águas eram bastante claras, uma visão muito rara em um país pantanoso. Cruzou o riacho pelas pedras, com Flo respingando água logo atrás dele, e tomou uma trilha que conhecia bem, por entre a vegetação. Era uma trilha que o gado havia aberto ao vir até o riacho para beber água, pela qual poucos seres humanos seguiam. Levava a uma piscina natural, cinquenta metros rio acima. Ali crescia uma figueira-dos-pagodes, um enorme pilar de quase dois metros de espessura, trançado por inúmeras ramificações, como uma corda de madeira entrelaçada por um gigante. As raízes da árvore formavam uma caverna natural, sob a qual borbulhava uma água esverdeada. Acima e ao redor delas, a densa folhagem bloqueava a luz, transformando aquele ponto em uma gruta verde cercada de folhas.

Flory tirou a roupa e entrou na água. Estava um pouco mais fria do que o ar e chegava-lhe ao pescoço quando ele se sentava. Cardumes de *mahseer*[52] prateados, do tamanho de sardinhas, vieram tocar e mordiscar seu corpo. Flo também jogara-se na água e nadava silenciosamente, feito uma lontra, com suas patas espalmadas. Ela conhecia bem aquela piscina, pois ambos costumavam ir ali quando Flory estava em Kyauktada.

Houve uma agitação no alto da figueira-dos-pagodes e um ruído borbulhante, como panelas fervendo. Um bando de pombos-verdes estava no cimo da árvore, comendo seus frutos. Flory ergueu os olhos para a grande cúpula esverdeada e tentou distinguir as aves; estavam invisíveis, pois sua cor era idêntica à das folhas e, no entanto, toda a árvore parecia estar tão viva quanto elas, tremeluzindo, como se o espírito das aves a sacudisse. Flo apoiou-se nas raízes e rosnou para as criaturas invisíveis. Então, um único pombo-verde voou para empoleirar-se em um galho mais baixo. Ele não sabia que estava sendo observado. Era uma coisinha miúda, menor que um pombo doméstico, com o dorso verde-jade liso como veludo, e o peito e o

---

[52] Peixe típico do Sudeste Asiático, da mesma família das carpas. (N. do T.)

pescoço de cores cintilantes. Suas pernas eram como a cera rosada que os dentistas usam.

O pombo balançou-se para a frente e para trás no galho, estufando as penas do peito e passando o bico coral sobre elas. Flory sentiu uma pontada de dor. Só, só, a amargura de estar só! Quantas vezes, em momentos assim, em lugares solitários na selva, ao deparar com algo — um pássaro, uma flor, uma árvore — lindo além de qualquer palavra, se pelo menos tivesse alguém com quem compartilhar tudo aquilo. A beleza não tem sentido até que seja compartilhada. Se tivesse uma pessoa, apenas uma, para dividir sua solidão! De repente, o pombo viu o homem e o cachorro lá embaixo, saltou no ar e disparou rápido como uma bala, com um bater de asas. Não é comum ver pombos-verdes tão de perto quando estão vivos. São aves que voam alto, vivem na copa das árvores e nunca descem até o chão, a não ser para beber água. Quando são alvejados, se não morrem imediatamente, agarram-se ao galho até morrer, e só caem muito depois do atirador ter cansado de esperar e ido embora.

Flory saiu da água, vestiu a roupa e cruzou novamente o riacho. Não voltou para casa pela estrada, mas seguiu uma trilha rumo ao sul adentrando na selva, com a intenção de fazer um desvio e passar por uma aldeia que ficava em sua extremidade, não muito longe de sua casa. Flo saltava por entre a vegetação rasteira, ganindo às vezes, quando suas orelhas compridas ficavam presas em algum espinho. Certa vez ela encontrara uma lebre ali perto. Flory caminhava devagar. A fumaça de seu cachimbo subia em linha reta, como penas imóveis. Sentia-se feliz e em paz depois da caminhada e da água fresca. O ar estava mais frio agora, a não ser por áreas de calor sob as árvores mais frondosas, e a luz estava suave. Rodas de um carro de boi gemiam calmamente à distância.

Em pouco tempo, eles haviam se perdido na selva e vagavam por um labirinto de árvores mortas e arbustos emaranhados. Chegaram a um ponto sem saída, onde a trilha estava bloqueada por plantas imensas, feias como enormes *aspidistras*[53], com folhas terminando em longos chicotes cobertos

---

53 Planta típica do Sudeste Asiático, da mesma família dos aspargos e do agave. (N. do T.)

de espinhos. Um vaga-lume brilhava esverdeado sob um arbusto; começava a escurecer nos pontos de vegetação mais densa. Logo depois, as rodas do carro de boi foram se aproximando, deslocando-se paralelamente a eles.

— Ei, *saya gyi, saya gyi*[54]! — Flory gritou, segurando Flo pelo pescoço para impedir que ela saísse correndo.

— *Ba le-de*[55]? — o birmanês gritou em resposta. Ouviu-se o som de cascos afundando no solo e gritos para os bois.

— Venha aqui, por favor, ó venerável e culto senhor! Nos perdemos no caminho. Pare por um instante, ó grande construtor de pagodes!

O birmanês deixou seu carro e adentrou a selva, cortando os cipós com seu *dah*[56]. Era um homem atarracado de meia-idade com um olho só. Conduziu-os de volta à estrada e Flory subiu no carro de boi plano e desconfortável. O birmanês tomou as rédeas, gritou para os bois e cutucou a base de suas caudas com uma vara curta, e a carroça começou a andar com um solavanco e um guinchar das rodas. Os condutores de carros de bois birmaneses raramente engraxam seus eixos, talvez porque acreditem que o guincho afaste os espíritos malignos, embora respondam, quando questionados, que é porque são pobres demais para comprar graxa.

Passaram por um pagode de madeira caiada, da altura de um homem e meio, escondido pelos ramos das plantas rasteiras. Em seguida, a trilha serpenteava até a aldeia, que consistia em vinte cabanas de madeira em ruínas, com telhados de palha, e um poço sob algumas tamareiras estéreis. As garças que fizeram ninhos nas tamareiras voltavam para casa, por sobre as copas das árvores, como revoadas de flechas brancas. Uma mulher gorda e amarela com seu *longyi* amarrado sob as axilas corria atrás de um cão ao redor de uma cabana, tentando bater nele com um bambu, e ria, o cachorro rindo também, à sua maneira. A aldeia era chamada de Nyaunglebin — "as quatro figueiras-dos-pagodes"; as árvores já não existiam mais, provavelmente haviam sido cortadas e esquecidas há um século. Os aldeões

---

54 Expressão em birmanês; *saya* significa "professor, mestre", e *gyi* é um sufixo de respeito. (N. do T.)
55 Não foram encontradas referências em híndi, urdu ou birmanês para o significado dessa expressão. (N. do T.)
56 Facão com a lâmina curvada. (N. do T.)

cultivavam uma faixa estreita de campos que ficava entre a cidade e a selva e também fabricavam carros de boi, que vendiam em Kyauktada. Rodas de carros de boi espalhavam-se por toda parte sob as casas; coisas enormes com um metro e meio de largura, com os raios esculpidos de forma rudimentar, mas expressiva.

Flory desceu do carro e ofereceu quatro *annas* ao condutor. Alguns vira-latas malhados saíram correndo por trás das casas para farejar Flo, além de um bando de crianças barrigudas e nuas, com os cabelos presos em coques, curiosas para ver o homem branco, mas mantendo-se longe. O chefe da aldeia, um velho enrugado e escuro como uma folha seca, saiu de sua casa e prostrou-se diante dele. Flory sentou-se nos degraus da casa do chefe e reacendeu o cachimbo. Estava com sede.

— A água do seu poço é boa para beber, *thugyi-min*[57]?

O chefe refletiu, coçando a panturrilha da perna esquerda com a unha do dedão do pé direito. — Aqueles que a bebem, bebem, *thakin*[58]. E quem não bebe, não bebe.

— Ah. Quanta sabedoria.

A mulher gorda que corria atrás do vira-lata trouxe um bule de barro enegrecido e uma tigela sem cabo e deu a Flory um pouco de chá verde-claro, com gosto de fumaça de lenha.

— Preciso ir, *thugyi-min*. Obrigado pelo chá.

— Deus o acompanhe, *thakin*.

Flory voltou para casa por um caminho que levava ao *maidan*. Já estava escuro. Ko S'la vestira um *ingyi* limpo e esperava-o no quarto. Aquecera duas latas de querosene com água para o banho, acendera os lampiões a gasolina e aprontara um terno e uma camisa limpos para Flory. As roupas limpas eram uma insinuação de que Flory deveria barbear-se, vestir-se e ir para o clube depois do jantar. Ocasionalmente, ele passava a noite toda só com as calças *shan*, sentado ocioso em uma cadeira com um livro, e Ko S'la

---

57 *Thugyi-min* ou simplesmente *thugyi* é um termo respeitoso dirigido comumente ao chefe de uma aldeia ou comunidade. (N. do T.)
58 Termo respeitoso usado em birmanês, equivalente a "senhor" ou "mestre". (N. do T.)

desaprovava esse hábito. Odiava ver seu patrão comportando-se de maneira diferente dos outros homens brancos. O fato de Flory voltar muitas vezes bêbado do clube, ao passo que permanecia sóbrio quando ficava em casa, não mudava a opinião de Ko S'la, pois embriagar-se era algo normal e perdoável em um homem branco.

— A mulher foi para o bazar — anunciou ele, satisfeito, como sempre ficava quando Ma Hla May saía da casa. — Ba Pe foi junto com um lampião, para acompanhá-la quando ela voltar.

— Ótimo — disse Flory.

Ela tinha ido gastar suas cinco rupias — com apostas, sem dúvida. — A água do banho do sagrado senhor está pronta.

— Espere, temos de cuidar do cachorro antes. Traga o pente — disse Flory.

Os dois agacharam-se no chão ao mesmo tempo e pentearam o pelo sedoso de Flo, apalpando entre os dedos de suas patas, à procura de carrapatos. Era preciso fazê-lo todas as noites. Ela apanhava uma grande quantidade de carrapatos durante o dia, horríveis criaturinhas cinzentas do tamanho de cabeças de alfinetes ao agarrarem-se nela, que ficavam grandes como ervilhas de tanto se empanturrarem. À medida que arrancava cada carrapato, Ko S'la o colocava no chão e esmagava-o com o dedão do pé.

Então, Flory fez a barba, tomou banho, vestiu-se e sentou-se para jantar. Ko S'la ficava em pé atrás de sua cadeira, passando-lhe os pratos e abanando-o com o leque de vime. Havia arranjado uma tigela com hibiscos vermelhos no meio da mesinha. A refeição era pretensiosa e repugnante. Os habilidosos cozinheiros *mug*, descendentes de criados treinados pelos franceses na Índia há alguns séculos, podem fazer qualquer coisa com a comida, exceto torná-la comestível. Depois do jantar, Flory desceu até o clube para jogar bridge e ficar um tanto quanto bêbado, como fazia quase todas as noites quando estava em Kyauktada.

5

Apesar do uísque que bebera no clube, Flory dormiu pouco naquela noite. Os malditos vira-latas ficaram uivando para a lua — ainda não era lua cheia e ela estava quase se pondo à meia-noite, mas os cães dormiam o dia todo no calor e já começavam suas serenatas lunares. Um deles decidira que não gostava da casa de Flory e acomodou-se diante dela para latir sem parar. Sentado a uns cinquenta metros do portão, soltava uivos agudos e raivosos, um a cada meio minuto, com a regularidade de um relógio. E assim continuou por duas ou três horas, até que os galos começassem a cantar.

Flory revirava-se na cama, com a cabeça doendo. Algum idiota dissera que não se pode odiar um animal; ele deveria tentar passar algumas noites na Índia quando os cães latem para a Lua. Por fim, Flory não pôde mais aguentar. Levantou-se e remexeu na caixa de metal do seu uniforme, à procura do rifle e de alguns cartuchos, e saiu para a varanda.

Estava bastante claro à luz do quarto crescente. Ele podia ver o cachorro e poderia mirar bem. Encostou-se na coluna de madeira da varanda e mirou com cuidado; então, ao sentir a coronha dura de borracha vulcanizada contra o ombro nu, vacilou. O rifle tinha um coice forte e deixava um hematoma quando disparado. A carne macia do seu ombro estremeceu. Ele abaixou o rifle. Não tinha coragem de disparar a sangue frio.

Não adiantava tentar dormir. Flory pegou seu paletó e alguns cigarros e começou a andar a esmo pela trilha do jardim, entre as flores fantasmagóricas. Estava quente e os mosquitos o encontraram e vieram zumbindo atrás dele. Sombras de cães perseguiam-se no *maidan*. À esquerda, as lápides do cemitério inglês brilhavam esbranquiçadas, um tanto quanto sinistras, e podia-se ver os montículos próximos, remanescentes das velhas tumbas chinesas. Dizia-se que a encosta era mal-assombrada e os *chokras* do clube choravam quando eram enviados para a estrada à noite.

"Patife, patife covarde", Flory pensava consigo mesmo; sem irritar-se, no entanto, já que estava acostumado com tal pensamento. "Patife ordinário, preguiçoso, bêbado, fornicador, egocêntrico e cheio de autopiedade! Todos aqueles idiotas do clube, aqueles idiotas estúpidos a quem você tem tanto prazer em julgar-se superior — todos eles são melhores do que você, cada um deles. Pelo menos eles são homens, do seu jeito imbecil. Nem covardes nem mentirosos. Nem praticamente mortos, apodrecendo em vida. Mas você..."

Ele tinha motivos para xingar-se daquela forma. Houve uma situação desagradável e sórdida no clube naquela noite. Algo bastante comum, bastante semelhante às situações precedentes; mas ainda mais suja, covarde, desonrosa.

Quando Flory chegou ao clube, apenas Ellis e Maxwell estavam presentes. Os Lackersteen tinham ido à estação, com o carro do sr. Macgregor emprestado, para encontrar a sobrinha, que deveria chegar no trem noturno. Eles começaram a jogar bridge a três de forma bastante amigável, quando Westfield chegou, com o rosto branquelo muito corado de raiva, carregando um exemplar de um jornal local chamado *O Patriota Birmanês*. Trazia um artigo difamando o sr. Macgregor. A raiva de Ellis e Westfield foi demoníaca. Ficaram com tanta raiva que Flory teve muita dificuldade em fingir estar com raiva suficiente para satisfazê-los. Ellis passou cinco minutos praguejando e, então, por meio de algum processo extraordinário, chegou à conclusão de que o responsável pelo artigo era o dr. Veraswami. E já planejara um contra-ataque. Eles colocariam um aviso no quadro — um aviso em resposta ao que o sr. Macgregor havia postado no dia anterior, contradizendo-o. Ellis escreveu o aviso imediatamente, com sua letra minúscula e legível:

"Em vista do covarde insulto recentemente dirigido ao nosso vice-comissário, nós, abaixo-assinados, desejamos emitir nossa opinião de que este é o pior momento possível para cogitar a entrada de negros neste clube", etc. etc.

Westfield discordou de escrever "negros". Riscaram a palavra com um traço fino e substituíram-na por "nativos". O edital levou quatro assinaturas: "R. Westfield, P. W. Ellis, C. W. Maxwell e J. Flory".

Ellis ficou tão satisfeito com a própria ideia que praticamente metade de sua raiva evaporou. O aviso, por si só, não levaria a nada, mas a notícia circularia rapidamente pela cidade e chegaria aos ouvidos do dr. Veraswami no dia seguinte. Para todos os efeitos, o médico teria sido publicamente chamado de negro pela comunidade europeia. E isso deleitava Ellis. Pelo resto da noite, ele mal conseguiu desviar os olhos do quadro de avisos e, a intervalos de poucos minutos, exclamava com alegria: "Isso vai dar àquele pançudinho algo em que pensar, não? Vai mostrar ao imbecil o que pensamos dele. É assim que os colocamos em seus devidos lugares, não?", etc.

Entrementes, Flory havia insultado publicamente seu amigo. Fizera-o pela mesma razão que o levara a fazer milhares de coisas semelhantes em sua vida; porque lhe faltava o mínimo necessário de coragem para dizer não. Pois, é óbvio, ele poderia ter dito não se tivessem lhe dado escolha; e, igualmente óbvio, sua recusa significaria uma briga com Ellis e Westfield. E, ah, como ele detestava brigas! A irritação, o escárnio! Só de pensar nisso, ele já estremecia; podia sentir sua marca de nascença sensível em seu rosto, e algo acontecendo em sua garganta, dando um tom culpado e vazio à sua voz. Isso não! Era mais fácil insultar seu amigo, mesmo sabendo que ele tomaria conhecimento de tudo isso.

Flory estava há quinze anos na Birmânia e, na Birmânia, as pessoas aprendem a não se opor à opinião pública. Mas seus problemas eram mais antigos. Tudo começara no ventre de sua mãe, quando o acaso colocou-lhe aquela marca de nascença azulada em seu rosto. Ele pensou em alguns dos primeiros impactos de sua marca de nascença. Quando entrou na escola, aos nove anos; os olhares e, depois de alguns dias, os gritos dos outros meninos; o apelido de Cara-Azul, que durou até o poeta da escola (hoje, Flory lembrou-se, um crítico que escrevia ótimos artigos no jornal *Nation*) compor as estrofes:

Nosso novo aluno Flory é um ótimo menino, Tem o rosto igual
à bunda de um babuíno

E acabou mudando para Bunda-de-Macaco. Pensou também nos anos subsequentes. Nas noites de sábado, os meninos mais velhos costumavam promover o que chamavam de Inquisição Espanhola. A tortura favorita era segurar alguém, imobilizando-o de forma muito dolorida, um método conhecido apenas por alguns escolhidos, chamado de Togo Especial, enquanto outra pessoa batia na vítima com uma castanha presa a um pedaço de corda. Mas Flory conseguira fazer com que esquecessem do "Bunda-de-Macaco" com o tempo. Era mentiroso e um bom jogador de futebol, as duas coisas absolutamente necessárias para se ter sucesso na escola. Em seu último semestre, ele e outro colega seguraram o tal poeta da escola em um Togo Especial enquanto o capitão do time de futebol deu-lhe seis golpes com um tênis de corrida com cravos na sola, por ter sido surpreendido escrevendo um soneto. Foi uma época de formação.

Dessa escola, ele foi transferido para uma escola pública de terceira categoria. Era um lugar pobre e fajuto. Imitava as grandes escolas públicas com suas tradições de alto anglicanismo, críquete e versos latinos, e tinha um hino chamado "O Jogo da Vida", no qual Deus figurava como o Grande Árbitro. Mas faltava-lhe a principal virtude das grandes escolas públicas, a atmosfera de erudição literária. Os meninos não aprendiam quase nada. Não havia punição suficiente para fazê-los engolir o lixo enfadonho do currículo, e os professores, odiosos e mal pagos, não eram do tipo de quem absorvia-se sabedoria inadvertidamente. Flory saiu da escola como um jovem selvagem e estúpido. Mesmo assim, já havia nele — e ele sabia disso — certas possibilidades; possibilidades que provavelmente o levariam a problemas. Mas, é claro, ele as reprimiu. Um menino não começa a vida com o apelido de "Bunda-de-Macaco" sem aprender sua lição.

Ainda não tinha completado vinte anos quando veio para a Birmânia. Seus pais, pessoas boas e muito devotadas ao filho, encontraram um lugar em uma empresa madeireira para ele. Tiveram grande dificuldade em conseguir-lhe o emprego, dispendendo uma bonificação além de suas posses; mais tarde, ele os recompensou respondendo suas cartas com garranchos descuidados a intervalos de meses. Seus primeiros seis meses na Birmânia foram passados em Rangum, onde deveria aprender o lado administrativo de seu ofício. Morara em uma "república" com outros quatro rapazes que devotavam todas as suas energias à libertinagem. E que libertinagem! Bebiam uísque aos litros, uísque que odiavam intimamente, punham-se ao redor do piano berrando canções idiotas de uma imundície insana, esbanjavam centenas de rupias com velhas prostitutas judias com cara de crocodilo. Essa também foi uma época de formação.

De Rangum, ele foi para um acampamento na selva, ao norte de Mandalay, para a extração de teca. A vida na selva não era ruim, apesar do desconforto, da solidão e do que é praticamente a pior coisa na Birmânia, a comida repugnante e enfadonha. Era muito jovem naquela época, jovem o suficiente para idolatrar heróis, e tinha amigos entre os colegas da empresa. Também havia caçadas, pesca e, talvez uma vez por ano, uma viagem apressada a Rangum — tendo como pretexto uma visita ao dentista. Ah, a alegria dessas viagens a Rangum! A corrida até a livraria Smart and Mookerdum para comprar os novos romances da Inglaterra, o jantar no Anderson's com bifes e manteiga que tinham viajado quase treze mil quilômetros no gelo, as gloriosas bebedeiras! Era jovem demais para perceber o que aquela vida estava lhe preparando. Não via os anos estendendo-se à sua frente, solitários, enfadonhos, degradantes.

Ele se aclimatou à Birmânia. Seu corpo se adaptou aos estranhos ritmos das estações tropicais. Todos os anos, de fevereiro a maio, o sol brilhava no céu como um deus zangado e, então, de repente, as monções sopravam para o oeste, trazendo primeiramente fortes tempestades, depois uma chuva pesada e incessante que encharcava tudo até que nem mesmo as roupas, a cama ou a comida pareciam ficar secas. Continuava quente, um calor abafado e úmido. As trilhas mais baixas da selva viravam pântanos e os arrozais, reservatórios de uma água estagnada com um cheiro rançoso e decadente. Livros e botas ficavam mofados. Birmaneses nus, com chapéus de folhas de palmeira de um metro de diâmetro, aravam os arrozais, conduzindo seus búfalos com água até os joelhos. Mais tarde, as mulheres e as crianças plantavam as mudas verdes de arroz, enterrando cada plantinha na lama com pequenos tridentes. Durante os meses de julho e agosto, a chuva praticamente não parava. Então, uma noite, lá no alto do céu, ouvia-se o grasnar de pássaros invisíveis. As narcejas voavam em direção ao sul. As chuvas diminuíam, e paravam definitivamente em outubro. Os campos secavam, o arroz amadurecia, as crianças birmanesas brincavam de amarelinha com sementes de *gonyin*[59]

---

[59] Planta nativa do Sudeste Asiático, da mesma família da flor-de-lótus. (N. do T.)

e empinavam pipas ao vento fresco. Era o início do curto inverno, quando a Alta Birmânia parecia assombrada pelo fantasma da Inglaterra. As flores silvestres desabrochavam por toda parte, não exatamente como as inglesas, mas muito parecidas com elas — madressilvas em arbustos frondosos, rosas silvestres com cheiro de confeitos, até mesmo violetas nas áreas de floresta com mais sombra. O sol andava baixo no céu e as noites e madrugadas eram extremamente frias, com uma névoa branca que se espalhava pelos vales como o vapor de enormes chaleiras. Partia-se à caça de patos e narcejas. Havia narcejas em abundância e os gansos selvagens em bando erguiam-se do *jeel*[60] com um rugido semelhando a um trem de carga cruzando uma ponte de ferro. O arroz quase maduro, amarelo e quase chegando à altura do peito, lembrava o trigo. Os birmaneses começavam seu trabalho com a cabeça coberta e os braços cruzados sobre o peito, os rostos amarelados e morrendo de frio. De manhã, podia-se andar através das áreas enevoadas e discrepantes de gramados encharcados, praticamente ingleses, e passar por árvores nuas, em cujos galhos mais altos os macacos agarravam-se, à espera do sol. À noite, voltando ao acampamento pelas estradas frias, era possível encontrar rebanhos de búfalos guiados de volta para casa por meninos, com seus enormes chifres surgindo na névoa como quartos crescentes. Eram necessários três cobertores na cama e comiam-se tortas de carne de caça em vez do eterno frango. Depois do jantar, sentava-se em um tronco junto à enorme fogueira do acampamento, bebendo cerveja e conversando sobre caçadas. As chamas dançavam como azevinho-vermelho, lançando um círculo de luz ao redor do qual os criados e os trabalhadores nativos agachavam-se, tímidos demais para meterem-se com os homens brancos, mas, ainda assim, aproximando-se do fogo como cães. Ao deitar-se na cama, podia-se ouvir o orvalho pingando das árvores como uma chuva de pingos grossos, mas esparsos. Era uma vida boa quando se era jovem e não havia a necessidade de se pensar nem no futuro nem no passado.

Flory tinha vinte e quatro anos e estava prestes a voltar para casa quando a guerra estourou. Havia fugido do serviço militar, algo fácil de se conseguir e, à época, parecia o natural a ser feito. Os civis na Birmânia tinham uma

---

60 "Lago" ou "brejo", em birmanês. (N. do T.)

teoria reconfortante de que "manter-se firme no emprego" (que idioma maravilhoso! "Manter-se firme" é tão diferente de "agarrar-se"[61]) era a mais pura expressão de patriotismo; havia até certa hostilidade velada contra os homens que abandonavam seus empregos para ingressar no exército. Na verdade, Flory havia evitado a guerra porque o Oriente já o havia corrompido, e ele não queria trocar seu uísque, seus criados e as garotas birmanesas pelo tédio das manobras e pelo esforço dos cruéis deslocamentos. A guerra continuou, como uma tempestade além do horizonte. O país, quente e úmido, distante do perigo, dava uma sensação de solidão e esquecimento. Flory começou a ler vorazmente e aprendeu a viver nos livros quando a vida tornava-se cansativa. Estava tornando-se um adulto, cansado dos prazeres da meninice, aprendendo a pensar por si mesmo, praticamente a esmo.

Comemorou seu vigésimo sétimo aniversário no hospital, coberto da cabeça aos pés por horríveis feridas, chamadas de feridas da lama, mas provavelmente eram causadas pelo uísque e pela comida ruim. Elas deixaram pequenos buracos em sua pele que levaram dois anos para desaparecer. De repente, ele começou a sentir-se e parecer muito mais velho. Sua juventude acabara. Oito anos de vida oriental, febre, solidão e bebedeiras intermitentes finalmente o marcaram.

Desde então, cada ano tinha sido mais solitário e amargo do que o anterior. O que agora ficava no centro de todos os seus pensamentos, e que envenenava tudo, era o ódio cada vez mais pungente pela atmosfera imperialista em que vivia. Pois, à medida que seu cérebro se desenvolvia — não se pode impedir o cérebro de desenvolver-se, e uma das tragédias dos educados parcamente é que eles se desenvolvem muito tarde, quando já estão comprometidos com algum modo errôneo de vida —, ele melhor compreendia a verdade sobre os ingleses e seu Império. O Império Indiano é um despotismo — benevolente, sem dúvida, mas, ainda assim, um despotismo, com o roubo por finalidade última. E quanto aos ingleses do Oriente, os *sahiblog*, Flory passara a odiá-los tanto por viverem nessa sociedade que era-lhe totalmente incapaz ser justo com eles. Afinal, os pobres-diabos não eram piores do que ninguém. Levavam vidas nada invejáveis; é um péssimo negócio passar

---

61 No original, a comparação é entre os termos em inglês *stick by* e *stick to*. Optou-se por manter suas traduções literais em português. (N. do T.)

trinta anos sendo mal pago em um país estranho e, depois, voltar para casa com o fígado em frangalhos e as costas parecendo um abacaxi por ter de se sentar em cadeiras de vime, para depois aposentar-se como o chato de algum clube de segunda categoria. Por outro lado, os *sahiblog* não devem ser idealizados. Existe uma ideia predominante de que os homens nos "postos avançados do Império" são, pelo menos, capazes e trabalhadores. É pura ilusão. Fora dos serviços de cunho científico — o Departamento Florestal, o Departamento de Obras Públicas e afins — um funcionário britânico na Índia não tem nenhuma necessidade especial de exercer seu trabalho com o mínimo de competência. Poucos deles trabalham tão arduamente e com tanta inteligência quanto um carteiro de uma cidade provinciana da Inglaterra. O verdadeiro trabalho administrativo é feito principalmente por seus subordinados nativos; e a verdadeira espinha dorsal do despotismo não é formada pelos funcionários públicos, mas pelo exército. Com o exército a postos, os funcionários e os homens de negócios podem trabalhar com a segurança necessária, mesmo sendo uns idiotas. E a maioria deles *é* um bando de idiotas. Uma gente entediante e decente, que valoriza e fortalece seu tédio por trás de um quarto de milhão de baionetas.

É um mundo sufocante e entorpecente para se viver. É um mundo em que cada palavra e cada pensamento são censurados. Na Inglaterra, é difícil até conceber uma atmosfera tal. Todos são livres na Inglaterra; vendemos nossas almas em público, e as compramos de volta em particular, entre nossos amigos. Mas até mesmo a amizade dificilmente consegue existir quando todo homem branco é apenas mais um dente nas engrenagens do despotismo. A liberdade de expressão é impensável. Todos os outros tipos de liberdade são permitidos. Somos livres para ser bêbados, preguiçosos, covardes, caluniadores, fornicadores; mas não somos livres para pensar por nós mesmos. Nossa opinião acerca de qualquer assunto, de qualquer importância concebível, nos é ditada pelo código dos *pukka sahibs*.

Por fim, o segredo de nossa revolta nos envenena como uma doença sigilosa. Toda a nossa vida é uma vida de mentiras. Ano após ano, nos sentamos em pequenos clubes assombrados por Kipling[62], com um copo

---

[62] Joseph Kipling (1865-1936) — jornalista e escritor inglês. Seu trabalho foi muitíssimo inspirado na Índia, local de seu nascimento. (N. do T.)

de uísque à direita e o *Pink'un* à esquerda, ouvindo e concordando ansiosamente enquanto algum coronel de segunda classe desenvolve sua teoria, segundo a qual esses malditos nacionalistas deveriam ser fervidos em óleo. Ouvimos nossos amigos orientais sendo chamados de "pequenos *babus* sebosos" e admitimos, obedientemente, que eles efetivamente são pequenos *babus* sebosos. Vemos idiotas recém-saídos da escola chutando criados de cabelos grisalhos. Chega um momento em que ardemos de ódio por nossos próprios conterrâneos, em que desejamos que haja um levante de nativos que afogue nosso próprio Império em sangue. E não há nada de honroso nisso, praticamente nenhuma sinceridade. Pois, *au fond*[63], que importa se o Império Indiano é um despotismo, se os indianos são intimidados e explorados? Nós apenas nos importamos porque nos negam o direito à liberdade. Somos crias do despotismo, *pukka sahibs*, condicionados com mais força do que um monge ou um selvagem por um sistema inquebrantável de tabus.

O tempo passava e, a cada ano, Flory sentia-se menos à vontade no mundo dos *sahibs* e mais sujeito a meter-se em encrencas quando falava a sério sobre qualquer assunto. Assim, aprendeu a viver de forma introspectiva, discretamente, nos livros e em pensamentos sigilosos que não podiam ser exprimidos. Até mesmo suas conversas com o médico eram uma espécie de conversa consigo mesmo; pois o médico, um bom homem, pouco entendia do que lhe era dito. Mas viver sua vida verdadeira em segredo é algo que corrompe. Deve-se viver de acordo com o fluxo da vida, e não contra ele. Seria melhor ser o *pukka sahib* mais obstinado, que jamais soluçara ao cantar "Forty Years On"[64] do que viver sozinho, em silêncio, consolando-se em mundos secretos e estéreis.

Flory nunca retornara à Inglaterra. Por que, ele não poderia dizer, embora soubesse perfeitamente. No começo, eventualidades impediram-no. Primeiro, a guerra e, depois dela, sua empresa ficou com tanta falta de funcionários experientes que não o deixaram ter licença por mais dois anos.

Então, finalmente, ele começou a se preparar para voltar. Ansiava por

---

63 "No fundo", em francês. (N. do T.)
64 O autor faz referência ao hino do colégio Harrow School, uma das instituições educacionais mais antigas da Inglaterra. Com letra extremamente comovente, versa sobre um ex-aluno que volta à escola quarenta anos depois de tê-la frequentado (daí o título "Quarenta Anos Depois"). (N. do T.)

rever a Inglaterra, embora temesse enfrentá-la, como se teme enfrentar uma garota bonita sem camisa e com a barba por fazer. Quando saiu de casa, ele era um menino, um menino promissor e bonito, apesar de sua marca de nascença; apenas dez anos depois, estava amarelado, magro, bêbado, aparentando um homem de meia-idade nos hábitos e na aparência. Mesmo assim, ansiava por rever a Inglaterra. O navio avançava rumo ao oeste sobre as vastidões do mar como prataria mal forjada, com os ventos alísios do inverno em seu encalço. O sangue ralo de Flory acelerou-se com a boa comida e o cheiro do mar. E ocorreu-lhe — algo de que ele realmente se esquecera no ar estagnado da Birmânia — que ainda era jovem o suficiente para recomeçar. Viveria um ano em uma sociedade civilizada, encontraria alguma garota que não se importasse com sua marca de nascença — uma garota civilizada, não uma *pukka memsahib*[65] — e casaria-se com ela, conseguindo suportar mais dez, quinze anos na Birmânia. Então, se aposentariam — ele teria acumulado doze ou quinze mil libras, talvez. Comprariam uma casinha no campo, se cercariam de amigos, livros, seus filhos, animais. Estariam livres para sempre do cheiro do domínio dos *pukka sahibs*. Ele se esqueceria da Birmânia, aquele horrível país que quase o arruinara.

Quando chegou a Colombo, encontrou um telegrama à sua espera. Três homens de sua empresa morreram repentinamente de febre da água negra[66]. A empresa lamentava, mas será que poderia, por favor, retornar a Rangum imediatamente? Tiraria sua licença na primeira oportunidade.

Flory embarcou no próximo barco para Rangum, amaldiçoando a própria sorte, e pegou o trem de volta para a matriz da empresa. A essa altura, ainda não se localizava em Kyauktada, mas em outra cidade da Alta Birmânia. Todos os criados estavam à sua espera na plataforma. Ele os transferira *en bloc*[67] para seu sucessor, que acabara morrendo. Era tão estranho ver seus rostos familiares de novo! Apenas dez dias antes, ele estava a toda em direção à Inglaterra, já se sentindo na Inglaterra; agora, estava de volta ao velho cenário rançoso, com os escuros trabalhadores nativos nus discutindo sobre quem levaria a bagagem, e um birmanês gritando com seus bois pela estrada.

---

65 Feminino de *pukka sahib*. (N. do T.)
66 Complicação da malária em que os glóbulos vermelhos se rompem, levando à insuficiência renal. (N. do T.)
67 "Em um só grupo", em francês. (N. do T.)

Os criados aglomeraram-se ao seu redor, um círculo de rostos morenos bondosos, oferecendo-lhe presentes. Ko S'la trouxera uma pele de *sambhur*, os indianos trouxeram algumas guloseimas e uma guirlanda de cravos-amarelos, Ba Pe, à época um menino, trouxe-lhe um esquilo em uma gaiola de vime. Havia carros de bois esperando pela bagagem. Flory foi a pé até a casa, parecendo ridículo com a grande guirlanda pendurada no pescoço. A luz do gélido fim de tarde era amarela e suave. No portão, um velho indiano, da cor da terra, cortava a grama com uma pequena foice. As esposas do cozinheiro e do *mali* estavam ajoelhadas diante dos aposentos dos criados, moendo pasta de curry na pedra de mó.

Algo revirou-se no coração de Flory. Foi um daqueles momentos em que nos conscientizamos de uma grande mudança e deterioração em nossa vida. Pois ele percebeu, subitamente, que seu coração estava feliz por ter voltado. Este país que ele odiava agora era seu país natal, sua casa. Morava ali há dez anos e cada partícula de seu corpo era composta por solo birmanês. Cenas como aquela — a luz pálida do entardecer, o velho indiano cortando a grama, o rangido das rodas da carroça, as garças voando — eram-lhe mais nativas do que a Inglaterra. Ele havia cravado raízes profundas, talvez as mais profundas de sua vida, em um país estrangeiro.

Desde então, ele não pediu mais licença para voltar para casa. Seu pai morrera, depois sua mãe, e as irmãs, mulheres desagradáveis com cara de cavalo de quem ele nunca gostara, casaram-se e ele perdeu praticamente qualquer contato com elas. Não tinha nenhum vínculo com a Europa agora, a não ser o vínculo dos livros. Pois ele percebera que apenas voltar para a Inglaterra não era remédio para a solidão; ele compreendera a natureza particular do inferno reservado aos anglo-indianos. Ah, aqueles pobres-diabos falastrões eternamente presos em Bath e Cheltenham[68]! Aquelas pensões sepulcrais com anglo-indianos espalhados por todos os estágios de decomposição, falando sem parar sobre o que aconteceu em Boggleywalah em 1888[69]! Pobres-diabos, eles sabem o que significa ter deixado o coração em um país estranho e odiado. Havia, ele pôde ver claramente, apenas uma saída. Encontrar alguém

---

68 Bath e Cheltenham são cidades do oeste da Inglaterra. (N. do T.)
69 Referência aos movimentos de resistência birmanesa, que perduraram de 1885 a 1895. (N. do T.)

com quem dividir sua vida na Birmânia — alguém com quem realmente pudesse dividir a vida, sua vida interior e secreta, alguém que levasse da Birmânia as mesmas memórias que ele mesmo carregava. Alguém que amasse a Birmânia como ele a amava, e que a odiasse como ele a odiava. Alguém que o ajudasse a viver sem esconder nada, sem deixar nada por exprimir. Alguém que o entendesse: um amigo, era finalmente a isso que se referia.

Um amigo. Ou uma esposa? A tal mulher impossível. Alguém como a sra. Lackersteen, por exemplo? Uma maldita *memsahib*, amarela e magricela, à caça de escândalos entre um coquetel e outro, implicando com os criados, morando vinte anos no país sem aprender uma palavra sequer do idioma. Não, uma dessas não, pelo amor de Deus.

Flory apoiou-se no portão. A Lua estava desaparecendo atrás do paredão escuro da selva, mas os cães ainda uivavam. Alguns versos de Gilbert[70] vieram-lhe à mente, uma cançãozinha tola e vulgar, mas apropriada — algo que falava sobre "discorrer sobre seu complicado estado de espírito". Gilbert era um sujeitinho de talento. Então, todos os seus problemas resumiam-se simplesmente a isso? Apenas lamentações complicadas e pouco masculinas; coisas de pobres meninas ricas? Ele não passava de um vagabundo usando sua ociosidade para inventar desgraças imaginárias? Uma sra. Wititterly[71] espiritualizada? Um Hamlet sem poesia? Talvez. E, se o fosse, isso o tornava mais suportável? Não seria menos amargo, porque talvez seja nossa própria culpa ver-nos à deriva, apodrecendo na desonra e em uma terrível futilidade, sabendo o tempo todo que, em algum lugar dentro de nós, há a possibilidade de um ser humano decente.

Ah, oras, que Deus nos livre da autocompaixão! Flory voltou para a varanda, pegou o rifle e, fazendo uma leve careta, atirou no cão vira-lata. Ouviu-se o eco do estrondo e a bala enterrou-se no *maidan*, bem longe do alvo. Um hematoma arroxeado surgiu no ombro de Flory. O cachorro ganiu assustado, pôs-se de pé e então, sentando-se cinquenta metros mais longe, recomeçou a latir ritmadamente.

---

70 Sir William Gilbert (1836-1911) foi um libretista, poeta e ilustrador inglês. (N. do T.)
71 Personagem esnobe e materialista do romance "Nicholas Nickelby", de Charles Dickens. (N. do T.)

6

O sol da manhã projetava-se diagonalmente sobre o *maidan* e batia, amarelo como uma folha de ouro, na fachada branca do bangalô. Quatro corvos pretos e arroxeados apareceram e empoleiraram-se nas grades da varanda, esperando sua chance de entrar e roubar o pão com manteiga que Ko S'la colocara ao lado da cama de Flory. Flory rastejou pelo mosquiteiro, gritou para Ko S'la trazer-lhe um pouco de gim e depois foi até o banheiro, onde sentou-se por um tempo em uma banheira de zinco com água que, supostamente, estava fria. Sentindo-se melhor depois de beber o gim, barbeou-se. Via de regra, ele só se barbeava à noite, pois sua barba era preta e crescia muito rápido.

Enquanto Flory ficava sentado, taciturno, em seu banho, o sr. Macgregor, de calções e camiseta na esteira de bambu estendida especialmente em seu quarto, lutava com os números 5, 6, 7, 8 e 9 do "Exercícios Físicos para Sedentários", de Nordenflycht. O sr. Macgregor nunca, ou quase nunca, deixava de fazer seus exercícios matinais. O número 8 (deitado de costas, erguer as pernas perpendicularmente, sem dobrar os joelhos) era realmente doloroso para um homem de 43 anos. O número 9 (deitado de costas, sentar-se e tocar os dedos dos pés com a ponta dos dedos) era ainda pior. Não importa, é preciso manter a forma! Enquanto o sr. Macgregor esticava-se dolorosamente na direção dos dedos dos pés, uma coloração vermelho-tijolo subiu de seu pescoço e congestionou seu rosto em uma ameaça de apoplexia. O suor brilhava em seus peitos grandes e gordurosos. Mais um pouco, mais um pouco! É preciso manter a forma a todo custo. Mohammed Ali, seu pajem, com as roupas limpas do sr. Macgregor penduradas no braço, observava pela porta entreaberta. Seu rosto fino, amarelado e com traços árabes, não expressava nem compreensão nem curiosidade. Ele assistira a essas contorções — algum tipo de sacrifício, imaginava ele vagamente, a algum deus misterioso e exigente — todas as manhãs, durante cinco anos.

Também ao mesmo tempo, Westfield, que saíra cedo, estava encostado na mesa riscada e manchada de tinta da delegacia, enquanto o gordo inspetor substituto interrogava um suspeito, vigiado por dois policiais. O suspeito era um homem de quarenta anos, com um rosto cinzento e assustado, vestido unicamente com um *longyi* esfarrapado amarrado nos joelhos, sob o qual viam-se suas canelas finas e tortas salpicadas de picadas de carrapatos.

— Quem é esse sujeito? — perguntou Westfield.

— Um ladrão, meu senhor. Nós o pegamos de posse desse anel com duas caríssimas esmeraldas. Sem explicação. Como ele — um pobre *coolie*[72] — poderia ter um anel de esmeraldas? Ele o roubou.

Ele virou-se agressivamente para o suspeito, avançando o rosto como um gato, quase tocando o rosto do outro, e rugiu em voz alta:

— Você roubou o anel!

— Não.

— Você é um bandido antigo!

— Não.

— Você já esteve na prisão!

— Não.

— Vire-se! — berrou o inspetor substituto, ao ter uma ideia. — Curve-se!

O suspeito virou o rosto acinzentado e agonizante para Westfield, que desviou o olhar. Os dois policiais agarraram-no, giraram-no e forçaram-no a curvar-se; o inspetor substituto arrancou seu *longyi*, expondo suas nádegas.

---

72 Trabalhador amador nativo dos países do Sudeste Asiático. (N. do T.)

— Olhe para isso, meu senhor! — Ele apontou para algumas cicatrizes. — Ele já foi açoitado com bambus. É bandido velho. Portanto, roubou o anel!

— Está bem, coloque-o na cela — disse Westfield com tristeza, enquanto afastava-se da mesa com as mãos nos bolsos. No fundo, ele odiava prender esses pobres-diabos, ladrões comuns. *Dacoits*, rebeldes — aqueles, sim; mas não esses pobres ratos recurvados! — Quantos há na cela agora, Maung Ba? — perguntou.

— Três, senhor.

A cela ficava no andar de cima, uma jaula cercada por barras de madeira de quinze centímetros de espessura, guardada por um policial armado com uma carabina. Era um lugar bastante escuro, muito quente e sem mobília, a não ser por uma latrina de barro que fedia terrivelmente. Dois prisioneiros estavam agachados nas barras, mantendo distância do terceiro, um *coolie* indiano coberto da cabeça aos pés por uma espécie de micose, parecendo uma malha de ferro. Uma birmanesa robusta, a esposa de um policial, estava ajoelhada do lado de fora da jaula, colocando arroz e um *dahl*[73] aguado em tigelas de estanho.

— A comida é boa? — perguntou Westfield.

— É boa, sim, sacratíssimo senhor — disseram os prisioneiros a uma só voz.

O governo fornecia a comida para os prisioneiros a uma taxa de dois *annas* e meio por refeição individual, dos quais a esposa do policial tentava lucrar um *anna*.

Flory saiu a esmo pelo complexo, empurrando as ervas daninhas no solo com a bengala. Àquela hora, cores lindas e suaves tomavam conta de tudo — o verde delicado das folhas, o marrom rosado da terra e dos troncos das árvores — como tons de aquarela fadados a desaparecer com a claridade posterior. Lá embaixo, no *maidan*, bandos de pequenas pombas marrons voando baixo perseguiam umas às outras por todo lado, e os abelheiros verde-esmeralda saltitavam como vagarosas andorinhas. Uma fila de varredores, cada um com o lixo varrido parcialmente escondido sob as roupas,

---

73 Tipo de prato da culinária indiana, feito à base de cereais, geralmente lentilha. (N. do T.)

marchava para algum depósito horroroso nos limites da selva. Miseráveis famintos, com pernas semelhantes a varas e joelhos muito fracos para serem esticados, envoltos em trapos cor de terra, pareciam uma procissão de esqueletos encobertos ambulantes.

O *mali* estava começando a construção de um novo canteiro de flores, próximo ao pombal que ficava ao lado do portão. Era um jovem hindu frágil e estúpido, que vivia em silêncio quase total, pois falava algum dialeto de Manipur[74] que ninguém mais entendia, nem mesmo sua esposa zerbadi[75]. Sua língua também era grande demais para sua boca. Fez uma profunda reverência para Flory, cobrindo o rosto com a mão, depois tornou a erguer seu *mamootie*[76] e golpeou o solo seco com batidas pesadas e desajeitadas, fazendo estremecer os frágeis músculos das costas.

Um grito agudo, semelhante a um "Quááá!", veio dos aposentos dos empregados. As esposas de Ko S'la começavam sua briga matinal. O galo de briga domesticado, de nome Nero, corria em ziguezague pela trilha, nervoso com a presença de Flo, e Ba Pe apareceu com uma tigela de arroz, e alimentou Nero e as pombas. Ouviram-se mais gritos vindos dos aposentos dos criados e vozes mais ásperas de homens tentando apartar a briga. Ko S'la sofria muito com suas esposas. Ma Pu, a primeira esposa, era uma mulher esquelética de rosto duro, cheia de pelancas, por ter tido muitos filhos, e Ma Yi, a "esposa menor", era uma felina gorda e preguiçosa, alguns anos mais nova. As duas mulheres brigavam sem parar quando Flory estava na cidade e elas tinham de ficar juntas. Certa vez, quando Ma Pu estava perseguindo Ko S'la com uma vara de bambu, ele esquivou-se por trás de Flory para se proteger, e Flory levou um golpe feio na perna.

O sr. Macgregor vinha subindo a estrada, caminhando rapidamente e balançando uma grossa bengala. Estava vestido com uma camisa cáqui de *pagri*[77], calções e um *topi*. Além de seus exercícios, ele fazia uma caminhada rápida de três quilômetros todas as manhãs, quando tinha tempo disponível.

---

74 Estado no nordeste da Índia. (N. do T.)
75 Etnia birmanesa descendente de antigos povos muçulmanos. (N. do T.)
76 Ferramenta manual para cavar em forma de enxada, usada principalmente no sul da Ásia. (N. do T.)
77 Tecido típico usado em turbantes. (N. do T.)

— Uma ótima manhã para você! — exclamou para Flory com uma animada voz matinal, imitando um sotaque irlandês. Ele cultivava a atitude enérgica e revigorante de um banho gelado a essa hora da manhã. Além disso, o artigo difamatório do *Patriota Birmanês*, que ele lera durante a noite, o magoara, e estava demonstrando uma animação especialmente forçada para esconder seus sentimentos.

— Bom dia! — Flory gritou de volta o mais cordialmente possível.

"Velho saco de banha nojento!", pensou ele, observando o sr. Macgregor estrada acima. "Como sua bunda se destacava naquele calção cáqui apertado. Tal qual um daqueles chefes de escoteiros bestiais de meia-idade, quase todos homossexuais, que se vê nas fotos das revistas ilustradas. Vestido com aquelas roupas ridículas e expondo os joelhos rechonchudos, só porque é prerrogativa de um *pukka sahib* exercitar-se antes do café da manhã… Repugnante!"

Um birmanês apareceu no alto da ladeira, um ponto branco e magenta. Era o escriturário de Flory, vindo do minúsculo escritório, que não ficava muito longe da igreja. Ao chegar ao portão, ele prostrou-se e apresentou um envelope encardido, carimbado à moda birmanesa, na ponta da aba.

— Bom dia, meu senhor.

— Bom dia. O que é isso?

— Uma carta local, vossa excelência. Chegou no correio da manhã. Uma carta anônima, acho eu, meu senhor.

— Ah, que chateação. Muito bem, vou chegar ao escritório por volta das onze.

Flory abriu a carta. Estava escrita em uma folha de papel almaço, e dizia:

SR. JOHN FLORY,

Caro senhor, eu, abaixo assinado, venho por meio desta sugerir-lhe e ADVERTIR Vossa Excelência quanto a algumas informações úteis que podem ser-lhe muito proveitosas, meu senhor.
Caro senhor, vem sendo observado em Kyauktada a grande amizade e intimidade de Vossa Excelência com o dr. Veraswami, o cirurgião civil, convivendo com ele, convidando-o para sua casa, etc. Meu senhor, vimos informá-lo que o referido dr. Veraswami

NÃO É UM HOMEM DE BEM e, de forma alguma, um amigo digno de cavalheiros europeus. O médico é um servidor público eminentemente desonesto, desleal e corrupto. Ele fornece água colorida aos pacientes do hospital e vende os remédios visando ao lucro próprio, além de receber muitos subornos, praticar extorsões, etc. Ele açoitou dois prisioneiros com varas de bambu, e depois ameaçou esfregar pimenta nas feridas, caso os parentes não lhe mandassem dinheiro. Além disso, ele está envolvido com o Partido Nacionalista e, recentemente, forneceu material para um artigo muito perverso que apareceu no Patriota Birmanês, atacando o sr. Macgregor, o honrado vice-comissário.
Ele também está dormindo à força com pacientes do sexo feminino no hospital.
Portanto, esperamos firmemente que Vossa Excelência EVITE o citado dr. Veraswami e não se associe a pessoas que só podem trazer mal para Vossa Excelência.
E nos mantemos em oração pela saúde e prosperidade duradouras de Vossa Excelência.

(Assinado) UM AMIGO.

    A carta estava escrita com a letra trêmula e redonda do escritor de cartas do bazar, que parecia um exercício de caligrafia feito por um bêbado. O autor da carta, no entanto, nunca teria usado uma palavra como "evite". A carta deve ter sido ditada por um escriturário e, sem dúvida, vinha da parte de U Po Kyin. Do "crocodilo", pensou Flory.

    Ele não gostou do tom da carta. Sob seu pretenso servilismo, tratava-se obviamente de uma ameaça velada. "Pare de ver o médico ou vamos tornar as coisas difíceis para você" era o que dizia na prática. Não que isso importasse muito; nenhum inglês jamais se sentiria sob qualquer risco por causa de um oriental.

    Flory hesitou, com a carta nas mãos. Há duas coisas que quem recebe uma carta anônima pode fazer. Não dizer nada sobre o assunto ou, então, mostrá-la à pessoa a quem ela se refere. O óbvio, o decente a se fazer seria entregar a carta ao dr. Veraswami e deixá-lo tomar as medidas que preferisse.

E, no entanto... Era mais seguro manter-se totalmente de fora daquele assunto. É muito importante (talvez o mais importante dos Dez Preceitos do *pukka sahib*) não se envolver nas brigas "nativas". Com os indianos não deve haver lealdade, nenhuma amizade verdadeira. Afeto, até mesmo amor... Sim. Os ingleses, muitas vezes, amam os indianos — funcionários nativos, guardas florestais, caçadores, escriturários, criados. *Sepoys*[78] choram como crianças quando seus coronéis se aposentam. Até mesmo a intimidade é permitida, nos momentos certos. Mas alianças, tomar partido, isso nunca! Até mesmo querer saber quem está certo ou errado em uma briga "nativa" denota perda de prestígio.

Se ele divulgasse a carta, haveria uma discussão e um inquérito oficial e, na verdade, teria tomado o partido do médico contra U Po Kyin. U Po Kyin não lhe importava, mas havia os europeus; se ele, Flory, tomasse claramente o partido do médico, pagaria muito caro por isso. Era muito melhor fingir que nunca recebera a carta. O médico era boa pessoa, mas daí a defendê-lo contra toda a fúria dos *pukka sahibs*... Ah, não, não! De que adiantaria um homem salvar a própria alma se perdesse o mundo inteiro? Flory começou a rasgar a carta. O risco de torná-la pública era muito pequeno, muito nebuloso. Mas é preciso tomar cuidado com os riscos nebulosos na Índia. Prestígio, o sentido da vida, já é por si só nebuloso. Com todo o cuidado, ele rasgou a carta em pequenos pedaços e jogou-os por cima do portão.

Nesse momento, ouviu-se um grito de terror, bem diferente das vozes das esposas de Ko S'la. O *mali* largou o *mamootie* e ficou olhando na direção do som, boquiaberto, e Ko S'la, que também o ouvira, surgiu correndo com a cabeça descoberta dos aposentos dos criados, enquanto Flo levantou-se e começou a latir com força. O grito se repetiu. Vinha da selva atrás da casa, e era uma voz inglesa de mulher, gritando apavorada.

Não havia como sair do complexo pelos fundos. Flory saltou por sobre o portão e machucou o joelho em uma farpa. Contornou a cerca do complexo e entrou na selva, seguido por Flo. Logo atrás da casa, pouco depois da primeira fileira de arbustos, havia uma leve depressão que, visto

---

78 "Policial" ou "soldado", em urdu. (N. do T.)

que continha um reservatório de água parada, era frequentada por búfalos vindos de Nyaunglebin. Flory abriu caminho entre os arbustos. No fundo da depressão, uma garota inglesa, com o rosto pálido como giz, encolhia-se contra um arbusto, enquanto um enorme búfalo ameaçava-a com os chifres em forma de meia-lua. Um bezerrinho peludo, sem dúvida a causa do incidente, estava logo atrás dele. Outro búfalo, afundado até o pescoço na água lamacenta, olhava com uma leve expressão pré-histórica, perguntando-se o que estava acontecendo.

A garota virou o rosto angustiado para Flory assim que ele apareceu. — Ah, faça algo rápido! — gritou ela, no tom zangado e urgente de quem está muito assustado. — Por favor! Me ajude! Me ajude!

Flory estava surpreso demais para fazer qualquer pergunta. Correu na direção dela e, na falta de um pedaço de pau, deu um tapa forte no focinho do búfalo. Com um movimento tímido e grosseiro, o enorme animal virou-se para o lado e partiu desajeitado, seguido pelo bezerro. O outro búfalo também se desvencilhou da lama e foi embora. A garota jogou-se contra Flory, quase em seus braços, dominada pelo medo.

— Ah, obrigada, obrigada! Ah, que coisas horríveis! O que é aquilo? Achei que eles iam me matar. Que criaturas horríveis! Que bichos são aqueles?

— São apenas búfalos d'água. Vêm da aldeia lá em cima.

— Búfalos?

— Não são búfalos selvagens — os bisões, como chamamos. Esses são só um tipo de gado que os birmaneses criam. Eles lhe pregaram um belo susto. Sinto muito.

Ela ainda estava agarrada no braço dele, e era possível sentir quanto tremia. Ele olhou para baixo, mas não conseguiu ver seu rosto, apenas o topo da sua cabeça, sem chapéu, com cabelos loiros tão curtos quanto os de um menino. E podia ver uma das mãos apoiadas em seu braço. Era comprida, esguia, jovem, com o pulso cheio de sardas de uma colegial. Vários anos haviam passado desde que ele vira uma mão como aquela pela última vez. Ele tomou consciência do corpo macio e jovem pressionado ao seu, e do calor que emanava dele; e algo dentro dele parecia descongelar-se e aquecê-lo.

— Está tudo bem, eles já se foram — disse ele. — Não há mais nada a temer.

A menina começava a se recuperar do susto e afastou-se um pouco dele, mantendo uma das mãos apoiada em seu braço. — Estou bem — disse ela. — Não foi nada. Não estou machucada. Eles não me tocaram. Só me assustei com sua aparência horrível.

— São, na verdade, inofensivos. Seus chifres ficam tão atrás na cabeça, que não podem feri-la. São animais muito estúpidos. Só fingem poder lutar quando têm filhotes.

Haviam se distanciado agora, e um leve constrangimento tomou conta de ambos imediatamente. Flory já se virara de lado para manter a marca de nascença escondida dela. Ele disse:

— Mas que forma estranha de sermos apresentados! Nem sequer perguntei como a senhorita veio parar aqui. De onde é que veio... Se não for rude demais perguntar.

— Acabei de vir do jardim do meu tio. Fazia uma manhã tão bonita, pensei em dar um passeio. E então aquelas coisas horríveis vieram atrás de mim. Acabei de chegar a este país, entende?

— Seu tio? Ah, claro! A senhorita é sobrinha do sr. Lackersteen. Ouvimos falar que estava a caminho. Então, vamos voltar para o *maidan*? Há uma trilha por aqui. Que começo para sua primeira manhã em Kyauktada! Temo que vá ficar com uma péssima impressão da Birmânia.

— Ah, não; só que é tudo muito estranho. Como crescem esses arbustos! Todos meio emaranhados e com uma aparência tão bizarra. Pode-se perder em um instante aqui. É isso que se chama de selva?

— Isso é apenas um matagal. A maior parte das selvas da Birmânia é assim — um lugar verde e desagradável, é como eu a chamo. Não andaria sobre aquela grama se fosse a senhorita. As sementes entram por suas meias e penetram em sua pele.

Ele deixou a garota ir na sua frente, sentindo-se mais à vontade quando ela não podia ver seu rosto. Era alta para uma menina, esguia, e usava um vestido de algodão lilás. Pela forma como movia os membros, ele achava que ela não poderia ter mais do que vinte anos. Ainda não notara seu rosto, mas tinha visto que ela usava óculos redondos de armação de tartaruga e que seus cabelos eram tão curtos quanto os dele. Nunca tinha visto uma mulher com os cabelos tão curtos antes, a não ser nas revistas ilustradas.

Quando chegaram ao *maidan*, ele alcançou-a e ela virou-se para vê-lo de frente. O rosto dela era oval, com traços delicados e regulares; talvez não fosse bonita, mas ali, na Birmânia, pareceu-lhe que sim, já que todas as mulheres inglesas no país eram amarelas e magras. Ele virou a cabeça bruscamente, embora a marca de nascença estivesse do lado oposto ao dela. Não poderia suportar que ela visse seu rosto marcado muito de perto. Ele parecia sentir a pele enrugada ao redor dos olhos como uma ferida aberta. Mas lembrou-se de que havia se barbeado naquela manhã e isso lhe deu coragem. E disse:

— Imagino que deva estar um pouco abalada depois de tudo isso. Gostaria de entrar e descansar alguns minutos antes de voltar para sua casa? E também está muito tarde para andar sem chapéu.

— Ah, obrigada, gostaria sim — a garota respondeu. Pelo visto, pensou ele, ela não sabia nada a respeito das noções indianas de decoro. — Esta é a sua casa?

— Sim. Devemos entrar pela frente. Vou pedir aos criados que lhe arranjem uma sombrinha. Esse sol é perigoso para a senhorita, com seus cabelos curtos.

Subiram pela trilha do jardim. Flo corria ao redor dos dois, tentando chamar a atenção para si. Ela sempre latia para os orientais desconhecidos, mas gostava do cheiro dos europeus. O sol estava ficando mais forte. Um aroma de cassis emergiu das petúnias ao longo da trilha, e um dos pombos aterrissou batendo as asas, voltando a levantar voo imediatamente quando Flo tentou agarrá-lo. Flory e a menina pararam ao mesmo tempo para olhar as flores. Ambos haviam sentido uma pontada inexplicável de felicidade.

— A senhorita realmente não deveria sair ao sol sem chapéu — ele repetiu e, de certa forma, havia certa intimidade em sua voz. Ele não podia evitar de se referir aos cabelos curtos dela de algum jeito, de tão bonitos que lhe pareciam. Falar neles era como tocá-los com a mão.

— Olhe, seu joelho está sangrando — disse a garota. — Machucou-se quando estava vindo me ajudar?

Havia um tênue filete de sangue, já quase seco e arroxeado, em sua meia cáqui. — Isso não é nada — disse ele, mas nenhum dos dois, naquele momento, achou que aquilo não fosse nada. Começaram a conversar sobre as flores com um entusiasmo extraordinário. A garota "adorava" flores, disse ela. E Flory conduziu-a pela trilha, falando sem parar sobre essa ou aquela planta.

— Veja como crescem essas flox. Elas continuam floridas por seis meses neste país. Nunca se cansam do sol. Acho que aquelas amarelas parecem ter a mesma cor das prímulas. Não vejo uma prímula há quinze anos, nem um goivo. Essas zínias estão lindas, não é?... Parecem flores pintadas, com essas cores opacas. Estes são cravos-da-índia. São bem comuns, praticamente ervas daninhas, mas é impossível não gostar deles, são tão coloridos e resistentes. Os indianos têm uma afeição extraordinária por eles; por onde quer que os indianos tenham passado, encontram-se cravos florescendo, mesmo anos depois, quando a selva já apagou qualquer outro traço deles. Mas eu gostaria que a senhorita viesse até a varanda e visse as orquídeas. Quero mostrar-lhe algumas que são como sinetas de ouro — de verdade, parecem mesmo ser de ouro. E cheiram como mel, um perfume quase insuportável. Esse é o único mérito desse país detestável, é ótimo para flores. Espero que goste de jardinagem. É nosso maior consolo neste país.

— Ah, eu simplesmente adoro jardinagem — disse a garota.

Foram até a varanda. Ko S'la vestiu apressadamente seu *ingyi* e seu melhor *gaungbaung* de seda rosa, e surgiu de dentro da casa com uma bandeja contendo uma garrafa de gim, copos e uma cigarreira. Colocou-os sobre a mesa e, olhando para a garota com certa apreensão, espalmou as mãos e prostrou-se.

— Acredito que não seja correto oferecer-lhe uma bebida a esta hora da manhã — disse Flory. — Nunca vou conseguir enfiar na cabeça do meu criado que *algumas* pessoas conseguem sobreviver sem gim antes do café da manhã.

Ele incluiu-se no tal grupo de pessoas, rejeitando a bebida que Ko S'la lhe ofereceu. A garota sentou-se na cadeira de vime que Ko S'la lhe arrumara no fundo da varanda. As orquídeas de folhas escuras, penduradas logo atrás de sua cabeça, com cachos dourados de flores, exalavam um aroma quente de mel. Flory apoiou-se na grade da varanda, quase de frente para a garota, mas mantendo sua marca de nascença escondida.

— Que vista absolutamente divina o senhor tem daqui — disse ela, olhando para a ladeira.

— Não é mesmo? Esplêndida, sob essa luz amarelada, antes do sol ir-se embora. Amo esse amarelo escurecido que o *maidan* tem, e aqueles flamboiãs dourados, parecidos com borrões vermelhos. E as colinas lá no horizonte, quase pretas. Meu acampamento fica do outro lado dessas colinas — acrescentou.

A menina, que era hipermetrope, tirou os óculos para ver longe. Ele então notou que seus olhos eram de um azul muito claro, mais claro do que uma campânula. E notou a suavidade da pele em volta de seus olhos, quase como uma pétala. Acabou lembrando-se de sua própria idade e de seu rosto marcado, de modo que afastou-se um pouco mais dela. Mas, num impulso, disse:

— Que sorte a senhorita ter vindo para Kyauktada! Não pode imaginar a diferença que faz para nós todos ver um rosto novo por estas bandas. Depois de meses limitados à nossa própria companhia e, ocasionalmente, a um ou outro funcionário em visita de inspeção ou algum viajante americano subindo o Irauádi com sua câmera. Imagino que tenha vindo direto da Inglaterra.

— Bom, não exatamente da Inglaterra. Morei em Paris antes de vir para cá. Minha mãe era uma artista, sabia?

— Paris! A senhorita realmente morou em Paris? Por Deus, imagine só vir de Paris para Kyauktada! Sabe, é realmente difícil, morando-se neste buraco, acreditar que existem lugares como Paris.

— O senhor gosta de Paris? — ela perguntou.

— Nunca nem cheguei a conhecê-la. Mas, meu Deus, já imaginei muito como é! Paris... É uma mistura confusa de imagens em minha mente; cafés e *boulevards* e ateliês de artistas, Villon, Baudelaire e Maupassant, tudo misturado. A senhorita não imagina como os nomes dessas cidades europeias soam para nós aqui. E a senhorita morou mesmo em Paris? Sentou-se em cafés com estudantes de arte estrangeiros, bebendo vinho branco e conversando sobre Marcel Proust?

— Ah, esse tipo de coisas, penso eu — disse a garota, rindo.

— Como vai achar tudo diferente por aqui! Não há nem vinho branco nem Marcel Proust nesse lugar. É mais provável que encontre uísque e Edgar Wallace. Mas, se quiser livros, pode encontrar algo de que goste entre os meus exemplares. Só vai encontrar bobagens na biblioteca do clube. Mas é claro que estou absurdamente atrasado em matéria de livros. Imagino que já tenha lido tudo que foi publicado.

— Ah, não. Mas é claro que simplesmente adoro ler — disse a garota.

— Como é maravilhoso encontrar alguém que gosta de livros! Quer dizer, livros que vale a pena ler, não aquele lixo da biblioteca do clube. Espero que a senhorita me perdoe se eu cansá-la com minha tagarelice. Quando encontro alguém que já ouviu falar na existência de livros, tenho medo de transbordar como uma garrafa de cerveja quente. É um defeito que a senhorita terá de perdoar por estas bandas.

— Ah, mas eu adoro falar sobre livros. Acho que ler é extremamente maravilhoso. Afinal, o que seria da vida sem os livros? Seria como... Como...

— Como uma Alsácia particular[79]. Sim...

Mergulharam em uma longa e animada conversa, primeiro sobre livros, depois sobre caça, outro assunto pelo qual a garota parecia interessar-se, convencendo Flory a falar a respeito. Ficou bastante emocionada quando ele descreveu o abate de um elefante que realizara alguns anos antes. Flory mal percebeu, e talvez a garota tampouco, que somente ele falava. Não conseguia se conter, de tão grande a alegria de poder conversar. E a garota estava disposta a ouvir. Afinal, ele a salvara do búfalo, e ela ainda não se convencera de que aqueles animais monstruosos pudessem ser inofensivos; naquele momento, ele era quase um herói aos olhos dela. Quando alguém consegue tal mérito nesta vida, geralmente é por algo que não cometeu. Tratava-se de uma daquelas ocasiões em que a conversa fluía com tanta facilidade, com tamanha naturalidade, que eles poderiam continuar conversando para sempre. Mas, de repente, o prazer dos dois evaporou, eles se assustaram e calaram-se. Perceberam que não estavam mais sozinhos.

---

79 O autor faz referência à região francesa palco de inúmeros conflitos entre a França e a Alemanha. Intenta com isso dizer que a ausência de livros causaria uma guerra interna no personagem. (N. do T.)

Na outra ponta da varanda, entre as grades, um rosto preto como carvão, ostentando um bigode, espiava com enorme curiosidade. Era o rosto do velho Sammy, o cozinheiro *mug*. Atrás dele, estavam Ma Pu, Ma Yi, os quatro filhos mais velhos de Ko S'la, uma criança nua órfã e duas velhas que tinham vindo da aldeia ao ouvirem a notícia de que uma *ingaleikma*[80] havia aparecido. Como estátuas esculpidas em teca com charutos de trinta centímetros presos em seus rostos de madeira, as duas velhas olhavam para a i*ngaleikma* como os caipiras ingleses olhariam para um guerreiro zulu todo paramentado.

— Aquelas pessoas... — disse a garota, constrangida, olhando para elas.

Sammy, ao perceber que fora descoberto, pareceu sentir-se culpado e fingiu estar arrumando seu *pagri*. O resto da plateia também mostrou-se envergonhado, a não ser as duas velhas com cara de teca.

— Mas que ousadia! — disse Flory. Uma pontada fria de decepção percorreu seu corpo. Afinal, não convinha à jovem passar mais tempo em sua varanda. Ao mesmo tempo, tanto ele quanto ela lembraram-se de que eram completos estranhos. O rosto dela ficou levemente corado. Ela começou a colocar os óculos.

— Receio que uma garota inglesa seja uma grande novidade para essas pessoas — disse ele. — Eles não representam nenhum perigo. Vão embora! — acrescentou ele com raiva, gesticulando para a plateia, ao que desapareceram todos.

— Bom, se o senhor não se importar, acho que devo ir — disse a garota. Ela pôs-se de pé. — Estive fora por tempo demais. Podem estar se perguntando onde me meti.

— A senhorita precisa mesmo ir? É tão cedo. Vou cuidar para que não tenha de voltar para casa com a cabeça descoberta sob o sol.

— Preciso mesmo... — ela começou mais uma vez.

E deteve-se, olhando para a porta. Ma Hla May surgira na varanda.

Ma Hla May avançou, com a mão na cintura. Viera de dentro da casa,

---

80 "Mulher inglesa". Ver nota 10. (N. do T.)

com um ar calmo, de quem tinha todo o direito de estar ali. As duas garotas ficaram frente a frente, a menos de dois metros uma da outra.

Nenhum contraste poderia ser mais estranho; uma delas com cores suaves, como uma flor de macieira, a outra, escura e chamativa, com um brilho quase metálico no cilindro negro formado pelos cabelos e no *longyi* de seda rosa-salmão. Flory achou que nunca havia percebido quão escuro era o rosto de Ma Hla May e como era estranho seu corpo minúsculo e rígido, reto como o corpo de um soldado, sem nenhuma curva, a não ser a curva acentuada de seus quadris. Ele manteve-se apoiado na grade da varanda e observou as duas garotas, completamente ignorado por ambas. Por quase um minuto, nenhuma delas conseguiu tirar os olhos uma da outra; mas qual delas achava o espetáculo mais grotesco, mais incrível, não há como dizer.

Ma Hla May virou-se para Flory, com as sobrancelhas pretas unidas, finas como linhas desenhadas a lápis. — Quem é essa mulher? — perguntou, mal-humorada.

Ele respondeu casualmente, como se estivesse dando uma ordem a um criado:

— Vá embora imediatamente. Se causar qualquer problema, depois pegarei uma vara de bambu e a espancarei até quebrar todas as suas costelas.

Ma Hla May hesitou, encolheu os ombros pequenos e desapareceu. E a outra, vendo-a partir, perguntou, curiosa:

— Era um homem ou uma mulher?

— Uma mulher — disse ele. — Esposa de um dos criados, acho. Veio perguntar sobre a roupa suja, só isso.

— Ah, é *assim* que as mulheres birmanesas são? Que criaturinhas esquisitas! Vi muitas delas do trem, no caminho até aqui, mas, sabe, achei que fossem todos meninos. Parecem-se com algum tipo de boneca holandesa, não é?

Ela havia começado a se mover na direção dos degraus da varanda, perdendo o interesse por Ma Hla May, agora que ela desaparecera. Ele não a deteve, pois achava que Ma Hla May era perfeitamente capaz de voltar e fazer alguma cena. Não que isso importasse muito, pois nenhuma das duas garotas sabia nem sequer uma palavra do idioma da outra. Chamou Ko S'la, e Ko S'la veio correndo com uma imensa sombrinha de seda encerada com armação de bambu. Abriu-a respeitosamente ao pé da escada e segurou-a acima da cabeça da garota enquanto ela descia. Flory acompanhou-os até o portão. Pararam para trocar um aperto de mãos, ele levemente virado sob a forte luz do sol, escondendo a marca de nascença.

— Meu camarada aqui vai acompanhá-la até em casa. Foi muito gentil de sua parte entrar. Não tenho como dizer-lhe quão feliz estou em tê-la conhecido. A senhorita fará uma grande diferença para todos aqui de Kyauktada.

— Até logo, senhor... Ah, que engraçado! Nem sei seu nome.

— Flory, John Flory. E o seu... Srta. Lackersteen, não é?

— Sim. Elizabeth. Até logo, sr. Flory. E muito obrigado. Aquele búfalo horrível. O senhor praticamente salvou minha vida.

— Não foi nada. Espero vê-la no clube hoje à noite. Espero que seu tio e sua tia apareçam. Até logo por enquanto, então.

Ele ficou no portão, observando-os enquanto se afastavam. Elizabeth... Que nome adorável, muito raro hoje em dia. Ele esperava que fosse escrito com um "z". Ko S'la trotava atrás dela a passos estranhos e desajeitados, segurando a sombrinha sobre sua cabeça e mantendo o corpo o mais longe possível dela. Um vento fresco soprou colina acima. Era um daqueles ventos momentâneos que às vezes aparecem na estação fria da Birmânia, vindos do nada, avivando o desejo e a nostalgia de baías de mar frio, abraços de sereias, cachoeiras, cavernas de gelo. O vento penetrou as copas largas dos flamboiãs dourados e agitou os fragmentos da carta anônima que Flory jogara por cima do portão havia meia hora.

7

Elizabeth estava deitada no sofá da sala de estar dos Lackersteen, com os pés para cima e uma almofada atrás da cabeça, lendo o romance *Essas Pessoas Encantadoras*, de Michael Arlen. De certa forma, Michael Arlen era seu autor favorito, mas ela preferia William J. Locke quando queria ler algo sério.

A sala de visitas era um cômodo fresco, de cores claras, com paredes caiadas com quase um metro de espessura; era grande, mas parecia menor do que era, devido à confusão de mesinhas e enfeites de cobre de Benares[81]. Cheirava a chita e flores murchas. A sra. Lackersteen estava no andar de cima, dormindo. Lá fora, os criados faziam silêncio em seus aposentos, as cabeças presas aos travesseiros de madeira por causa do sono mortal do meio-dia. O sr. Lackersteen, em seu pequeno escritório de madeira um pouco adiante na estrada, provavelmente dormia também. Ninguém se mexia, a não ser Elizabeth e o *chokra* que girava os cordões do *punkah* do lado de fora do quarto da sra. Lackersteen, deitado de costas com um dos calcanhares preso ao laço da corda.

Elizabeth acabara de completar vinte e dois anos e era órfã. Seu pai

---

81 Antigo nome da cidade indiana de Varanasi. (N. do T.)

fora um bêbado mais moderado do que o irmão Tom, mas era um homem de caráter semelhante. Fora um comerciante de chá e sua fortuna oscilara muito, mas, por natureza, era otimista demais para poupar dinheiro nas fases de prosperidade. A mãe de Elizabeth tinha sido uma mulher incapaz, tola, doente e cheia de autocompaixão, e esquivava-se de todos os deveres normais da vida alegando sensibilidades que, na verdade, não possuía. Depois de envolver-se durante anos com coisas como o sufrágio feminino e o novo pensamento e fazer inúmeras tentativas infrutíferas na literatura, finalmente se dedicou à pintura. A pintura é a única arte que pode ser levada a cabo sem talento nem trabalho duro. A sra. Lackersteen adotava uma postura de artista exilada entre os "filisteus" — em meio aos quais, é desnecessário dizer, incluía-se seu marido — e tal postura dava-lhe um espaço quase ilimitado para mostrar-se sempre irritadiça.

No último ano da guerra, o sr. Lackersteen, que havia conseguido evitar o serviço militar, ganhou muito dinheiro e, logo após o armistício, eles se mudaram para uma casa enorme, nova e bastante desolada em Highgate, com uma grande quantidade de estufas, canteiros, estábulos e quadras de tênis. O sr. Lackersteen contratou uma horda de criados e até mesmo um mordomo, tão grande era seu otimismo. Elizabeth foi enviada para um internato caríssimo por dois quadrimestres. Ah, a alegria, a alegria, a alegria inesquecível desses dois quadrimestres! Quatro das meninas da escola eram da nobreza; quase todas tinham seus próprios cavalos, nos quais podiam montar nas tardes de sábado. Há um curto período de tempo na vida de qualquer pessoa em que seu caráter é consolidado para sempre; para Elizabeth, foi nesses dois quadrimestres em que ela conviveu com os ricos que isso aconteceu. Dali em diante, todo o seu código de valores resumia-se a uma crença, muito simples. O que era Bom (que ela chamava de "encantador") era sinônimo de caro, elegante, aristocrático; e Mau ("repugnante") era barato, baixo, pobre, laborioso. Talvez seja para ensinar tal credo que existam escolas caras para meninas. Essa impressão foi tornando-se mais sutil à medida que Elizabeth envelhecia, difundindo-se por todos os seus pensamentos. Tudo, de um par de meias à alma humana, era classificado como "encantador" ou "repugnante". E, infelizmente — já que a prosperidade do sr. Lackersteen não perdurou —, foi o "repugnante" que predominou em sua vida.

A inevitável queda veio no final de 1919. Elizabeth foi retirada da escola para continuar seus estudos em uma sucessão de escolas baratas e repugnantes, com intervalos de um ou dois períodos, quando seu pai não podia pagar seus estudos. Ele morreu quando ela tinha vinte anos, de gripe. A sra. Lackersteen herdou uma renda de cento e cinquenta libras anuais, que seria interrompida com sua morte. As duas mulheres não tinham como viver, sob a gestão da sra. Lackersteen, com três libras semanais na Inglaterra. Mudaram-se então para Paris, onde a vida era mais barata, e onde a sra. Lackersteen pretendia dedicar-se totalmente à arte.

Paris! Viver em Paris! Flory enganara-se bastante ao imaginar aquelas conversas intermináveis com artistas barbados à sombra de plátanos frondosos. A vida de Elizabeth em Paris não fora exatamente assim.

Sua mãe alugara um ateliê no bairro de Montparnasse e, imediatamente, recaiu em um estado de ociosidade sórdida e caótica. Ela era tão descuidada com dinheiro que sua renda mal dava para cobrir as despesas e, por vários meses, Elizabeth não tinha nem sequer o suficiente para comer. Então, encontrou um emprego como professora de inglês para a família de um gerente de banco francês. Eles a chamavam de *notre mees anglaise*[82]. O banqueiro morava no décimo segundo *arrondissement*[83], muito longe de Montparnasse, e Elizabeth acabou alugando um quarto em uma pensão na vizinhança. Era uma casa estreita, pintada de amarelo, em uma travessa que dava para uma avícola, geralmente decorada com carcaças fedorentas de porcos selvagens que velhos cavalheiros, parecendo sátiros decrépitos, visitavam todas as manhãs, farejando-as longa e efusivamente. Ao lado da avícola, havia um café obscuro com a placa *Café de l'Amitié. Bock Formidable*[84]. Como Elizabeth odiava aquela pensão! A proprietária era uma velha sorrateira sempre vestida de preto, que passava a vida subindo e descendo as escadas nas pontas dos pés, na esperança de surpreender as pensionistas lavando as meias na bacia do quarto. E as pensionistas, viúvas irritadiças de língua afiada, perseguiam

---

82 *Mees* seria uma variação da palavra *miss* inglesa, tentando imitar o sotaque francês. Assim, poderia-se traduzir a expressão como "nossa *senhorita* inglesa", em francês. (N. do T.)
83 Divisão administrativa da cidade de Paris, que tem um total de 20 *arrondissements*. (N. do T.)
84 "Café da Amizade. Formidável cerveja preta", em francês. (N. do T.)

o único homem do estabelecimento, uma criatura calva e tranquila que trabalhava na loja de departamentos *La Samaritaine*, como pardais disputando uma migalha de pão. Durante as refeições, todas vigiavam os pratos umas das outras para ver quem recebia a maior porção. O banheiro era um covil escuro com paredes repugnantes e um gêiser azinhavre pútrido que cuspia cinco centímetros de água morna na banheira e, então, obstinadamente, recusava-se a funcionar. O gerente de banco para cujos filhos Elizabeth ensinava inglês era um homem de cinquenta anos, com um rosto gordo e envelhecido e uma careca amarelo-escura que parecia um ovo de avestruz. No segundo dia depois de sua chegada, ele entrou na sala onde as crianças tinham aula, sentou-se ao lado de Elizabeth e imediatamente beliscou-lhe o cotovelo. No terceiro dia, beliscou-a na panturrilha, no quarto, atrás do joelho, no quinto, acima do joelho. Depois disso, todas as tardes, travava-se uma batalha silenciosa entre os dois, a mão dela embaixo da mesa, lutando e esforçando-se para manter aquelas garras longe de si.

Era uma existência mesquinha e repugnante. Na verdade, atingiu níveis de "repugnância" que Elizabeth nem sabia que existiam. Mas o que mais a deprimia, o que mais a impregnava da sensação de afundar em algum horrendo mundo inferior, era o ateliê de sua mãe. A sra. Lackersteen era uma daquelas pessoas que ficam em frangalhos quando privadas de criados. Ela vivia um pesadelo interminável entre pintar e cuidar da casa, e nunca fazia nenhum dos dois. A intervalos irregulares, frequentava uma "escola" onde produzia naturezas-mortas acinzentadas sob a orientação de um professor cuja técnica baseava-se em usar pincéis sujos; além disso, sofria de forma miserável em meio aos bules e frigideiras da casa. O estado de seu ateliê era mais do que deprimente para Elizabeth; era maléfico, satânico. Era um chiqueiro frio e empoeirado, com pilhas de livros e papéis espalhados cobrindo o chão, gerações de panelas cochilando na própria gordura sobre o fogão a gás enferrujado, a cama sempre desfeita até a tarde e, em todos os lugares — em todos os lugares possíveis onde pudessem ser pisadas ou derrubadas —, latas de terebentina sujas de tinta e bules de chá preto frio cheios até a metade. Ao levantar a almofada de uma cadeira, encontrar-se-ia um prato com restos de um ovo *poché*. Assim que Elizabeth entrava pela porta, ela irrompia:

— Ah, mãe, querida mãe, como pode? Olhe o estado deste cômodo! É tão horrível viver assim!

— O cômodo, querida? Qual é o problema? Está desarrumado?

— Desarrumado? Mãe, você precisa deixar aquele prato de mingau no meio da sua cama? E essas panelas? Que coisa mais terrível! Imagine se alguém entrasse aqui!

O ar vago e indiferente, que a sra. Lackersteen assumia quando qualquer coisa parecida com trabalho apresentava-se, surgiu em seus olhos.

— Nenhum dos meus amigos se importaria, minha querida. Somos tão boêmios, nós, artistas. Você não entende quanto estamos completamente envolvidos em nossa pintura. Você não tem temperamento artístico, entende, minha querida?

— Vou tentar limpar algumas dessas panelas. Simplesmente não suporto pensar em você vivendo assim. O que você fez com a escova?

— A escova? Bom, deixe-me pensar, sei que a vi em algum lugar. Ah, sim! Usei-a ontem para limpar minha paleta. Mas vai ficar como nova se você lavá-la com terebentina.

A sra. Lackersteen sentou-se e continuou a borrar uma folha de papel de desenho com um lápis Conté enquanto Elizabeth trabalhava.

— Como você é maravilhosa, minha querida! Tão prática! Não consigo imaginar a quem você puxou. Para mim, arte é simplesmente tudo. Sinto como se ela fosse um enorme mar transbordando dentro de mim. Ela afoga tudo que é mesquinho e cruel para longe de qualquer existência. Ontem, almocei sobre as páginas da revista *Nash* para não ter de perder tempo lavando pratos. Uma ideia tão boa! Quando quiser um prato limpo, basta arrancar uma folha, etc. etc. etc.

Elizabeth não tinha amigos em Paris. As amigas de sua mãe eram mulheres do mesmo tipo dela, ou solteironas velhas e inúteis que viviam com rendas diminutas e praticavam desprezíveis pseudoartes, como a xilogravura ou a pintura em porcelana. Quanto ao resto, Elizabeth só via estrangeiros, e não gostava de nenhum estrangeiro; ou, pelo menos, dos homens estrangeiros, com suas roupas de aparência barata e modos revoltantes à mesa. Naquela época, ela tinha apenas um grande consolo. Era ir à biblioteca americana da Rue de l'Elysée, para olhar as revistas ilustradas. Às vezes, em um domingo ou em sua tarde livre, ela ficava horas sentada à grande mesa polida, sonhando enquanto admirava as páginas da *Sketch*, da *Tatter*, da *Graphic*, da *Sporting* e da *Dramatic*.

Ah, quantas alegrias figuravam ali! "Cães de caça reunidos no gramado de Charlton Hall, a adorável residência de lorde Burrowdean em Warwickshire." "A Honorável sra. Tyke-Bowlby no parque com seu esplêndido cão alsaciano, Kublai Khan, ganhador do segundo prêmio deste verão na Cruft's." "Banho de sol em Cannes. Da esquerda para a direita: srta. Barbara Pilbrick, Ssir Edward Tuke, lady Pamela Westrope e capitão 'Tuppy' Benacre."

Que mundo encantador, encantador e dourado! Em duas ocasiões, o rosto de uma antiga colega de escola olhava para Elizabeth das páginas. Doeu-lhe fundo no peito ver aquilo. Lá estavam elas, suas antigas colegas de escola, com seus cavalos, seus carros e seus maridos na cavalaria; e ali estava ela, amarrada àquele trabalho horrível, àquela pensão horrível, à sua mãe horrível! Será que não havia escapatória? Estaria ela condenada para sempre a essa sórdida mesquinhez, sem esperanças de voltar ao mundo decente?

Não deixava de ser natural, com o exemplo de sua mãe diante dos olhos, que Elizabeth tivesse um ódio saudável pela arte. Na verdade, qualquer excesso de intelecto — "esperteza" era a palavra que ela usava — tendia a pertencer, aos seus olhos, ao reino do "repugnante". Pessoas de verdade, sentia ela, pessoas decentes — pessoas que caçavam faisões, iam para Ascot, velejavam em Cowes — não eram espertas. Elas não caíam nessa bobagem de escrever livros e brincar com pincéis; e todas essas ideias eruditas — como o socialismo e tudo mais. "Erudito" era outra palavra amarga em seu vocabulário. E quando acontecia, como de fato aconteceu uma ou duas vezes, de ela conhecer um verdadeiro artista que estava disposto a trabalhar sem ganhar um tostão toda a sua vida, em vez de vender a alma para um banco ou uma companhia de seguros, ela o desprezava ainda mais do que desprezava os artistas amadores do círculo da mãe. Que um homem se afastasse deliberadamente de tudo que era bom e decente, sacrificando-se por uma futilidade que não o levaria a lugar nenhum, era algo vergonhoso, degradante, pérfido. Ela temia a solteirice, mas teria suportado ficar solteira por mil vidas a ter de se casar com um homem assim.

Quando Elizabeth estava há quase dois anos em Paris, sua mãe morreu repentinamente de envenenamento por ptomaína[85]. O milagre era ela não ter morrido disso antes. Elizabeth herdou menos de cem libras. Seu tio e sua tia enviaram-lhe imediatamente um telegrama da Birmânia, pedindo-lhe que viesse ficar com eles, e dizendo que a seguir mandariam uma carta.

A sra. Lackersteen refletiu por um bom tempo para escrever a carta, a caneta entre os lábios, olhando para a folha com seu delicado rosto triangular tal qual uma cobra em meditação.

— Imagino que devamos mantê-la aqui por pelo menos um ano. Que chateação! No entanto, elas geralmente se casam dentro de um ano, se têm o mínimo de beleza. O que devo dizer para a garota, Tom?

— Dizer? Ah, apenas diga que vai ser muito mais fácil para ela arranjar um marido aqui do que na Inglaterra. Algo assim, entendeu?

— Meu querido Tom! Que coisas inacreditáveis que você diz!

A sra. Lackersteen escreveu:

Claro, aqui é um lugar bastante pequeno e ficamos na selva grande parte do tempo. Receio que você vá achar tudo aqui terrivelmente enfadonho depois dos encantos de Paris. Mas, de certa forma, na verdade esses lugares pequenos têm certas vantagens para uma garota. Consideram-na praticamente uma rainha na sociedade local. Os homens solteiros são tão solitários que apreciam maravilhados a companhia de uma garota, etc. etc.

Elizabeth gastou trinta libras em vestidos de verão e zarpou imediatamente. O navio, acompanhado por botos saltitantes, atravessou o Mediterrâneo e desceu o canal rumo a um mar continuamente azul-esmaltado e, em seguida, saiu para as vastidões verdes do Oceano Índico, onde bandos de peixes voadores fugiam aterrorizados do casco que se aproximava. À noite, as águas ficavam fosforescentes, e a ondulação da proa parecia uma ponta de flecha de fogo verde avançando. Elizabeth "amou" a vida a bordo. Adorava dançar no convés à noite, os coquetéis que todos os homens a bordo pareciam ansiosos por lhe oferecer e os jogos de bordo, dos quais, no entanto, ela se cansou ao mesmo tempo que os outros viajantes mais jovens. De

---

85 Composto químico similar ao amoníaco. (N. do T.)

nada importava que a morte de sua mãe ocorrera havia apenas dois meses. Ela nunca gostou muito da mãe e, além disso, as pessoas ali não sabiam nada de sua vida. Foi tão encantador, depois daqueles dois anos grosseiros, respirar o ar da riqueza mais uma vez. Não que a maioria das pessoas ali fosse rica, mas a bordo do navio todos se comportavam como se fossem. Ela iria amar a Índia, tinha certeza. Havia formado uma bela imagem da Índia a partir das conversas dos outros passageiros; até mesmo tinha aprendido algumas expressões indispensáveis em hindustâni, como *idher ao, jaldi*[86], *sahiblog*, etc. E, precipitadamente, já imaginava a agradável atmosfera dos clubes, com *punkahs* abanando os sócios e meninos descalços de turbante branco fazendo reverências; e os *maidans*, onde ingleses bronzeados com bigodinhos aparados galopam de um lado para o outro, golpeando bolas de polo. Era quase tão bom quanto ser realmente rico, o tipo de vida que as pessoas viviam na Índia.

Chegaram a Colombo em meio a águas verdes cristalinas, onde tartarugas e serpentes negras flutuavam, deleitando-se com o mar. Uma frota de sampanas veio recepcionar o navio, impulsionada por homens negros como carvão, com os lábios mais vermelhos do que a seiva de bétele. Eles gritavam e se esforçavam ao redor do passadiço enquanto os passageiros desembarcavam. Quando Elizabeth e seus amigos desceram do navio, dois *sampan-wallahs*[87] com as proas de suas sampanas batendo contra o passadiço imploraram-lhes aos gritos.

— Não vá com ele, senhorita! Com ele, não! Ele, homem mau e perverso, não pode levar mocinha!

— Não dê ouvidos, mentiras, senhorita! Sujeito maldoso! Engana todo o tempo, muito baixo. Trapaça de nativo!

— Rá, rá! E ele não é nativo! Ah, não! Ele, homem europeu, pele branca de verdade, como da mocinha! Rá, rá!

— Parem com essa maluquice, vocês dois, ou lhes dou um pontapé — disse o marido da amiga de Elizabeth — ele era dono de uma plantação.

---

86 "Venha aqui" e "venha rápido", respectivamente. (N. do T.)
87 "Barqueiros", em híndi. (N. do T.)

Embarcaram em uma das sampanas e foram levados para o cais sob o sol. E o *sampan-wallah* vitorioso virou-se para o rival, cuspindo nele toda a saliva que vinha acumulando havia um bom tempo.

Esse era o Oriente. Aromas de óleo de coco e sândalo, canela e cúrcuma flutuavam sobre as águas através do ar quente e desvairado. Os amigos de Elizabeth levaram-na até o monte Lavinia, onde banharam-se em um mar morno que espumava como Coca-Cola. Ela voltou para o navio à noite, e chegaram a Rangum uma semana depois.

Ao norte de Mandalay, o trem, movido a lenha, arrastava-se a trinta quilômetros por hora através de uma vasta planície ressequida, delimitada em suas bordas remotas por fileiras azuis de montanhas. Garças brancas equilibravam-se, imóveis como estátuas, e pilhas de pimentas secavam ao sol, vermelhas como carmim. Às vezes, um pagode branco erguia-se da planície como o seio de uma giganta deitada. A noite tropical despontou e o trem seguiu em frente, lentamente, parando em pequenas estações onde gritos bárbaros soavam na escuridão. Homens seminus com longos cabelos presos atrás da cabeça moviam-se para a frente e para trás sob a luz de tochas, horríveis como demônios aos olhos de Elizabeth. O trem mergulhou na floresta e galhos invisíveis roçavam as janelas. Eram cerca de nove horas quando chegaram a Kyauktada, onde o tio e a tia de Elizabeth esperavam com o carro do sr. Macgregor e alguns criados carregando tochas. Sua tia adiantou-se e segurou os ombros de Elizabeth com suas mãos delicadas e pegajosas.

— Imagino que seja nossa sobrinha Elizabeth. Estamos muito contentes em vê-la — disse ela, beijando-a.

O sr. Lackersteen espiou por cima do ombro da esposa à luz das tochas. Soltou uma espécie de assobio e exclamou: — Ora, mas que coisa! — e então agarrou Elizabeth e beijou-a, mais caloroso do que o necessário, pensou ela. Ela jamais vira nenhum dos dois.

Depois do jantar, sob o *punkah* da sala, Elizabeth e a tia conversaram. O sr. Lackersteen passeava pelo jardim, aparentemente para sentir o aroma dos jasmins-manga, mas, na verdade, saíra para tomar às escondidas a bebida que um dos criados lhe levara dos fundos da casa.

— Minha querida, você é realmente adorável! Deixe-me olhá-la mais uma vez — E a segurou pelos ombros. — Realmente acho que esse corte curto combina com você. Cortou em Paris?

— Sim. Todo mundo estava cortando o cabelo curto. Combina com quem tem uma cabeça pequena.

— Adorável! E esses óculos com aros de tartaruga — uma moda tão elegante! Disseram-me que todas as... Ahn... *Demi-mondaines*[88] da América do Sul começaram a usá-los. Não fazia ideia de que tinha uma sobrinha com uma beleza tão deslumbrante. Quantos anos você disse que tinha, minha querida?

— Vinte e dois.

— Vinte e dois! Todos os homens vão ficar maravilhados quando a levarmos ao clube amanhã! Eles sentem-se tão solitários, coitados, sem nunca ver um rosto novo. E você morou dois anos inteiros em Paris? Não posso imaginar o que deu nos homens de lá para deixarem você vir para cá solteira.

— Receio não ter conhecido muitos homens, tia. Só estrangeiros. Tínhamos de viver de forma muito tranquila. E eu estava trabalhando — acrescentou ela, pensando que era uma confissão um tanto quanto vergonhosa.

— Claro, claro — suspirou a sra. Lackersteen. — Ouve-se a mesma coisa por todo lado. Garotas lindas tendo de trabalhar para viver. É uma pena! Acho algo terrivelmente egoísta, não concorda, a maneira como esses homens permanecem solteiros enquanto há tantas garotas pobres procurando um marido? — Elizabeth não respondeu e a sra. Lackersteen acrescentou com outro suspiro: — Tenho certeza de que, se fosse jovem, me casaria com qualquer um, literalmente qualquer um!

Os olhares das duas mulheres se encontraram. Havia tanto que a sra. Lackersteen queria dizer, mas não tinha a intenção de fazer mais do que apenas insinuar indiretamente. Grande parte de sua conversa era conduzida por insinuações; no entanto, ela geralmente conseguia tornar bem claro o que queria dizer. E disse em um tom carinhosamente impessoal, como se discutisse um assunto de interesse geral:

— Mas é claro, devo dizer algo. Há casos em que, se as garotas não se casam, a culpa é delas mesmas. Isso acontece até mesmo aqui, às vezes.

---

88 Mulheres pertencentes ao "semimundo", prostitutas e cortesãs. (N. do T.)

Lembro-me de um caso que ocorreu há pouco tempo — uma garota chegou aqui e ficou um ano inteiro na casa do irmão, e recebeu ofertas de todos os tipos de homens — policiais, guardas florestais, funcionários das empresas madeireiras com ótimas perspectivas. E ela recusou todas as propostas; ouvi dizer que ela queria se casar com alguém do ICS[89]. Bom, o que podia-se esperar? Claro que o irmão não poderia continuar com ela para sempre. E agora soube que está na Inglaterra, coitada, trabalhando como uma espécie de dama de companhia, praticamente uma criada. E ganhando apenas quinze xelins por semana! Não é terrível pensar em uma coisa dessas?

— Terrível! — Elizabeth repetiu.

Não disseram mais nada a esse respeito. De manhã, depois de voltar da casa de Flory, Elizabeth descreveu sua aventura para os tios. Estavam tomando café da manhã, em uma mesa repleta de flores, com o *punkah* girando sobre suas cabeças e o alto mordomo maometano, parecido com uma cegonha com seu terno branco e seu *pagri*, imóvel atrás da cadeira da sra. Lackersteen, com uma bandeja na mão.

— E ah, tia, veja só que interessante! Uma garota birmanesa apareceu na varanda. Nunca tinha visto uma antes, pelo menos, nunca vira sabendo que era uma garota. Uma coisinha tão esquisita — parecia praticamente uma boneca, com seu rosto amarelado e os cabelos pretos presos em uma rosca no alto da cabeça. Não parecia ter mais de dezessete anos. O sr. Flory disse-me que ela era sua lavadeira.

O corpo comprido do mordomo indiano enrijeceu-se. Olhou atentamente para a garota com seus grandes olhos brancos no meio do rosto negro. Ele falava inglês muito bem. O sr. Lackersteen parou uma garfada de peixe no meio do caminho entre o prato e sua grosseira boca aberta.

— Lavadeira? — perguntou ele. — Lavadeira! Devo dizer que há algum erro aí, ora essa! Não existem lavadeiras nesse país, sabia? Todo o trabalho de lavanderia é feito pelos homens. Se quer saber o que eu acho...

E então parou de falar subitamente, quase como se lhe tivessem pisado no pé por debaixo da mesa.

---

89 O Imperial Civil Service era o órgão civil de elite do Império Britânico na Índia. Funcionou entre 1858 e 1947, quando foi desativado, por causa da independência da Índia. (N. do T.)

8

Naquela noite, Flory pediu para Ko S'la chamar o barbeiro — o único barbeiro da cidade, um indiano, que ganhava a vida barbeando os *coolies* por oito *annas* mensais para barbear-lhes a seco a cada dois dias. Os europeus também faziam parte de sua clientela, por pura falta de opção. O barbeiro estava esperando na varanda quando Flory voltou do tênis, e Flory esterilizou a tesoura com água fervente e uma solução de permanganato de potássio, e deixou o barbeiro cortar-lhe o cabelo.

— Prepare meu melhor terno de lã fria — disse ele para Ko S'la — e uma camisa de seda, e meus sapatos de pele de *sambhur*. Também deixe pronta aquela gravata nova que chegou de Rangum semana passada.

— Já fiz isso, *thakin* — disse Ko S'la, o que queria dizer que iria fazê-lo em seguida. Quando Flory entrou no quarto, encontrou Ko S'la à sua espera, ao lado das roupas que havia estendido na cama, com um leve ar de contrariedade. Ficou imediatamente claro que Ko S'la sabia o porquê de Flory arrumar-se tanto (ou seja, na esperança de encontrar-se com Elizabeth) e que o desaprovava.

— Por que está aí parado? — perguntou Flory.

— Para ajudá-lo a se vestir, *thakin*.

— Vou me vestir sozinho hoje. Pode ir.

Ele ia barbear-se — pela segunda vez naquele dia — e não queria que Ko S'la o visse levando os utensílios de barba para o banheiro. Havia vários anos que ele não se barbeava duas vezes no mesmo dia. Que sorte providencial ter mandado buscar aquela gravata nova na semana passada, pensou ele. Vestiu-se com muito cuidado e passou quase quinze minutos penteando o cabelo, que era duro e nunca assentava quando recém-cortado.

Quase no instante seguinte, ao que lhe pareceu, estava caminhando com Elizabeth pela estrada do bazar. Encontrou-a sozinha na "biblioteca" do clube e, em um súbito rompante de coragem, convidou-a para sair; e ela aceitou acompanhá-lo com uma prontidão que o surpreendeu; sem nem mesmo dar-se ao trabalho de comunicar aos tios. Ele já vivia há tanto tempo na Birmânia que esquecera-se dos costumes ingleses. Estava bastante escuro sob as figueiras-dos-pagodes, com suas folhagens escondendo o quarto crescente, mas, aqui e ali, por entre os vãos da copa, as estrelas brilhavam brancas e apagadas, como lâmpadas penduradas por fios invisíveis. Ondas sucessivas de fragrâncias avançavam sobre eles, primeiro a doçura nauseante dos jasmins-manga, depois um cheiro pútrido e frio de esterco ou da decomposição das cabanas em frente ao bangalô do dr. Veraswami. Os tambores pulsavam a uma certa distância.

Ao ouvir o som dos tambores, Flory lembrou-se de que um *pwe*[90] estava acontecendo pouco adiante na estrada, em frente à casa de U Po Kyin; na verdade, fora U Po Kyin o responsável pelos preparativos para o *pwe*, embora outra pessoa estivesse pagando por ele. Um pensamento ousado ocorreu a Flory. Ele iria levar Elizabeth ao *pwe*! Ela adoraria, com toda certeza; ninguém que pudesse ver resistiria a uma dança de *pwe*. Provavelmente, fariam um escândalo quando voltassem ao clube juntos depois de uma longa ausência; mas, que se dane! O que isso importa? Ela era diferente daquele bando de idiotas do clube. E seria tão divertido ir ao *pwe* junto com ela! Nesse instante, a música irrompeu em um pandemônio assustador — um guincho estridente de flautas, um chacoalhar que parecia castanholas e o baque surdo de tambores, servindo de fundo a uma voz masculina que berrava, com um tom agudo.

---

90 Festa a céu aberto tipicamente birmanesa, consistindo de dança, canto e dramatizações. (N. do T.)

— Que barulho é esse? — perguntou Elizabeth, parando de andar. — Parece uma banda de jazz!

— É música nativa. Estão fazendo um *pwe*... Uma espécie de peça birmanesa; um cruzamento de drama histórico e encenação musical, se é que consegue imaginar algo assim. Acho que lhe interessará. É logo depois da curva da estrada, ali.

— Ah — disse ela, meio hesitante.

Ao contornarem a curva, depararam com um clarão de luzes. Por cerca de trinta metros, toda a estrada estava bloqueada pelos espectadores do *pwe*. No fundo havia um palco elevado, sob lampiões de querosene zunindo, com a orquestra berrando e pulsando à frente; no palco, dois homens vestidos com roupas que, para Elizabeth, lembravam pagodes chineses, alternavam poses com espadas curvas nas mãos. Ao longo de toda a estrada, havia um mar de costas femininas vestidas com musseline branca, lenços rosados atirados sobre os ombros e cilindros de cabelos negros. Algumas delas estavam esparramadas em esteiras, dormindo profundamente. Um velho chinês com uma bandeja de amendoins abria caminho na multidão, entoando tristemente: — *Myaype! Myaype*[91]!

— Podemos parar e assistir por alguns minutos, se a senhorita quiser — disse Flory.

A claridade das luzes e o barulho assustador da orquestra quase deixaram Elizabeth atordoada, mas o que mais a surpreendeu foi ver aquela multidão de pessoas sentadas na estrada como se estivessem na plateia de um teatro.

— Eles sempre apresentam as peças no meio da estrada? — perguntou ela.

— Geralmente. Eles montam um palco improvisado e o desmontam na manhã seguinte. O espetáculo dura a noite toda.

— Mas eles têm autorização para... Bloquear toda a estrada?

— Ah, sim. Não há lei de trânsito aqui. Não há tráfego para regulamentar, entende?

Aquilo pareceu-lhe muito estranho. A essa altura, quase toda a plateia havia se virado em suas esteiras para olhar para a *ingaleikma*. Havia apenas

---

91 "Amendoim", em birmanês. (N. do T.)

meia dúzia de cadeiras em toda a multidão, onde alguns funcionários e oficiais estavam sentados. U Po Kyin estava entre eles e esforçou-se para virar o corpo elefantino e cumprimentar os europeus. Quando a música parou, Ba Taik, o criado cheio de cicatrizes, esgueirou-se apressado por entre a multidão e prostrou-se diante de Flory, com seu ar tímido.

— Sacratíssimo senhor, meu patrão U Po Kyin pergunta se o senhor e a jovem senhorita branca não querem assistir ao nosso *pwe* por alguns minutos. Ele tem cadeiras à sua disposição.

— Estão nos pedindo para sentarmos com eles — disse Flory para Elizabeth. — A senhorita gostaria? É bastante divertido. Esses dois atores sairão em um instante e então haverá um pouco de dança. Que tal assistirmos por alguns minutos, se isso não for entediá-la?

Elizabeth ficou em dúvida. De certa forma, não lhe parecia certo nem seguro entrar no meio daquela multidão nativa fedorenta. No entanto, ela confiava em Flory, que provavelmente sabia o que era apropriado, e aceitou que ele a conduzisse até as cadeiras. Os birmaneses abriam caminho em suas esteiras, olhando para ela e falando; suas canelas roçavam nos corpos cobertos por musseline, e sentia-se um odor animalesco de suor. U Po Kyin inclinou-se em sua direção, curvando-se o máximo que podia e dizendo com uma voz anasalada:

— Faça o favor de se sentar, madame! Estou muito honrado em conhecê-la. Boa noite. Bom dia, sr. Flory! Que prazer tão inesperado. Se soubéssemos que teríamos a honra de sua companhia, teríamos providenciado uísque e outras bebidas europeias. Rá, rá!

Ele riu e seus dentes avermelhados pelo bétele brilharam à luz dos lampiões como papel laminado vermelho. Era tão imenso e horrível que Elizabeth não pôde deixar de se encolher diante dele. Uma jovem esguia em um *longyi* roxo fazia-lhe reverências e segurava uma bandeja com duas taças de sorvete amarelo. U Po Kyin bateu palmas bruscamente: — *Hey huang galay!* — chamando um menino ao seu lado. Deu-lhe algumas instruções em birmanês e o menino abriu caminho até a beirada do palco.

— Ele está lhes dizendo para trazerem sua melhor dançarina em nossa homenagem — disse Flory. — Olhe, aí vem ela.

Uma garota que estava agachada no fundo do palco, fumando, avançou para a luz. Era muito jovem, com ombros estreitos, sem seios, vestida com um *longyi* de cetim azul-claro que escondia seus pés. As saias do seu *ingyi* curvavam-se para fora acima dos quadris, com pequenas armações, de acordo com a moda birmanesa antiga. Pareciam pétalas de uma flor voltadas para baixo. Sensualmente, ela entregou seu charuto para um dos homens da orquestra e, então, estendendo um braço esguio, torceu-o como que para soltar os músculos.

A orquestra irrompeu em um choro alto e repentino. Havia flautas parecidas com gaitas de fole, um estranho instrumento composto por placas de bambu em que um homem batia com um pequeno martelo e, no meio da orquestra, um homem cercado por doze tambores altos de tamanhos diferentes. Ele passava rapidamente de um para outro tambor, batendo neles com a palma da mão. Depois de um instante, a jovem começou a dançar. Mas, no início, não era uma dança, era um conjunto ritmado de acenos, poses e torções dos cotovelos, tal qual os movimentos de uma figura de madeira articulada de um carrossel antigo. A forma como seu pescoço e seus cotovelos giravam era precisamente como uma boneca com articulações, mas incrivelmente sinuosa. Suas mãos, torcendo-se como cabeças de cobra com os dedos unidos, viravam-se para trás até quase encostarem-se nos antebraços. Aos poucos, seus movimentos se aceleraram. Ela começou a pular de um lado para o outro, dobrando-se em uma espécie de reverência e voltando a se levantar com extraordinária agilidade, apesar do longo *longyi* que prendia seus pés. Então, começou a dançar em uma pose grotesca, como se estivesse sentada, com os joelhos dobrados e o corpo inclinado para a frente, os braços estendidos contorcendo-se e a cabeça movendo-se ao ritmo dos tambores. A música acelerou, rumo ao clímax. A garota levantou-se e começou a girar tão rápido quanto um pião, as armações do seu *ingyi* voando ao seu redor como hastes de um floco de neve. Então, a música parou tão abruptamente quanto havia começado, e a garota voltou a fazer uma reverência, em meio aos gritos estridentes da plateia.

Elizabeth assistiu à dança com um misto de espanto, tédio e algo parecido com horror. Tomara um gole de sua bebida e descobrira que tinha gosto de óleo para cabelo. Em uma esteira aos seus pés, três garotas birmanesas dormiam profundamente com a cabeça em um único travesseiro, os rostinhos ovais lado a lado, como três gatinhos. Encoberto pela música, Flory falava em voz baixa no ouvido de Elizabeth, comentando a dança.

— Sabia que isso lhe interessaria, é por isso que a trouxe aqui. A senhorita leu livros e esteve em lugares civilizados, não é como o resto de nós, selvagens miseráveis deste lugar. A senhorita não acha que vale a pena assistir, mesmo sendo algo tão estranho? Basta olhar para os movimentos daquela garota — olhar para aquela pose estranha e inclinada para a frente como uma marionete, e também para a forma como seus braços se retorcem a partir do cotovelo, como uma naja pronta para dar o bote. É grotesco, até mesmo feio, mas com uma espécie de feiura intencional. E há algo sinistro também. Há um toque diabólico em todos os mongóis. E, no entanto, quando se olha de perto, quanta arte, quantos séculos de cultura pode-se ver por trás de tudo isso! Cada movimento que essa garota faz foi estudado e transmitido por inúmeras gerações. Sempre que se olha de perto a arte desses povos orientais, pode-se ver isso — uma civilização que remonta a um passado longínquo, mantendo-se praticamente a mesma, desde os tempos em que nos pintávamos com extratos de plantas. De uma forma que não consigo definir para a senhorita, toda a vida e o espírito da Birmânia estão resumidos na maneira como aquela garota torce os braços. Quando a vemos, podemos ver os campos de arroz, as aldeias à sombra das árvores de teca, os pagodes, os monges com suas túnicas amarelas, os búfalos nadando nos rios no início da manhã, o palácio de Thibaw...

Sua voz parou abruptamente no momento em que a música cessou. Havia certas coisas — e a dança do *pwe* era uma delas, que o incitavam a elaborar discursos de forma imprudente; mas, agora, percebeu que estava falando como o personagem de um romance, e não de um romance muito bom. Desviou o olhar. Elizabeth ouvia-o sentindo um certo desconforto arrepiante. Do que aquele homem estava falando? — foi seu primeiro pensamento. Além disso, ela havia ouvido a odiada palavra arte mais de uma vez. Pela primeira vez, lembrou-se de que Flory era um completo estranho e que não fora sensato sair sozinha com ele. Olhou ao redor, para o mar de rostos escuros e o brilho sinistro dos lampiões; a estranheza da cena quase a assustou. O que ela estava fazendo neste lugar? Certamente não era certo sentar-se entre os negros daquela forma, quase a tocá-los, sentindo seu odor de alho e suor. Por que ela não estava no clube, junto com os outros brancos? Por que ele a trouxera ali, no meio daquela horda de nativos, para assistir a esse espetáculo horroroso e selvagem?

A música recomeçou e a garota do *pwe* começou a dançar novamente. Seu rosto estava tão coberto de pó de arroz que brilhava à luz do lampião como uma máscara de cal com olhos vivos ao fundo. Com aquele rosto oval branco e sem vida e aqueles gestos rígidos, ela tornava-se monstruosa, como um demônio. A música mudou de ritmo e a garota começou a cantar com uma voz estridente. Era uma música com um ritmo veloz, alternando batidas fortes e fracas, alegre, mas furioso. A multidão respondeu, uma centena de vozes entoando as sílabas ásperas em uníssono. Ainda na mesma postura estranha, a garota virou-se e dançou com as nádegas de frente para a plateia. Seu *longyi* de seda brilhava como metal. Com as mãos e os cotovelos ainda girando, ela balançava o traseiro de um lado para o outro. Então — uma façanha surpreendente, bem visível através do *longyi* — ela começou a mexer as duas nádegas de forma independente, no ritmo da música.

Uma salva de aplausos irrompeu da plateia. As três garotas adormecidas no tapete acordaram ao mesmo tempo e começaram a bater palmas freneticamente. Um funcionário gritou, com a voz anasalada — Bravo! Bravo! —, em inglês, em consideração aos europeus. Mas U Po Kyin franziu a testa e acenou com a mão. Ele sabia como eram as mulheres europeias. Elizabeth, no entanto, já se levantara.

— Vou embora. Já é hora de voltarmos — disse ela, abruptamente. Ela desviou o olhar, mas Flory percebeu que seu rosto estava corado.

Ele levantou-se ao lado dela, consternado. — Mas, olhe só! A senhorita não poderia ficar mais alguns minutos? Sei que é tarde, mas... Eles trouxeram essa garota duas horas antes do combinado, em nossa homenagem. Só mais alguns minutos?

— Não posso fazer nada, já deveria ter voltado há muito tempo. Não sei o que meu tio e minha tia vão pensar de mim.

Ela começou imediatamente a abrir caminho no meio da multidão, e ele seguiu-a, sem nem sequer ter tido tempo de agradecer à trupe do *pwe* por seu trabalho. Os birmaneses abriram caminho com um ar aborrecido. Típico desses ingleses atrapalhar tudo, mandando chamar a melhor dançarina e depois ir embora praticamente antes que ela pudesse começar! Houve uma briga horrível depois que Flory e Elizabeth partiram, a dançarina *pwe* recusando-se a continuar sua dança e o público exigindo sua volta. No entanto, a paz foi restaurada quando dois palhaços entraram correndo no palco e começaram a soltar estalinhos e a fazer piadas obscenas.

Flory seguiu a garota estrada acima, completamente arrasado. Ela caminhava rapidamente, a cabeça virada, e não falou nada por alguns instantes. Que coisa acontecer aquilo, justo quando estavam se dando tão bem! Ele continuou tentando se desculpar.

— Sinto muito! Não sabia que a senhorita se importaria...

— Não é nada. Por que o senhor está se desculpando? Apenas disse que era hora de voltar, só isso.

— Deveria ter pensado melhor. Com o tempo, paramos de notar esse tipo de coisa neste país. O senso de decência dessas pessoas não é igual ao nosso... É mais rígido em alguns aspectos... Mas...

— Não se trata disso! Não se trata disso! — ela exclamou, bastante enraivecida.

Ele percebeu que só estava piorando as coisas. Caminharam em silêncio, com ele atrás. Estava muito infeliz. Como tinha sido idiota! E, no entanto, o tempo todo não tinha ideia do verdadeiro motivo por ela estar tão irritada com ele. Não havia sido o comportamento da dançarina em si que a ofendeu; tinha apenas sido a gota d'água. Mas toda aquela excursão — a mera ideia de misturar-se àqueles nativos fedorentos — lhe impressionara demais. Ela tinha absoluta certeza de que não era assim que os brancos deveriam se comportar. E aquele discurso absurdo e desconexo que ele começara, com todas aquelas palavras difíceis — quase, ela pensou com amargor, como se ele recitasse poesia! Era como falavam aqueles artistas repugnantes que por vezes ela encontrava em Paris. Ela considerara-o um homem viril até aquela noite. Então, sua mente voltou-se ao incidente da manhã, à forma como ele enfrentara o búfalo com as mãos nuas, e um pouco de sua raiva se dissipou. Quando chegaram ao portão do clube, ela sentiu-se inclinada a perdoá-lo. Flory já reunira coragem para falar-lhe novamente. Ele parou, e ela também, em um canteiro onde a vegetação deixava passar a luz das estrelas e ele conseguia visualizar o rosto dela vagamente.

— Ora, ora, espero que a senhorita não tenha ficado zangada comigo por causa disso.

— Não, claro que não. Já lhe disse que não.

— Não deveria tê-la levado lá. Por favor, perdoe-me. Sabe, não acho que deveria contar aos outros onde esteve. Talvez seja melhor dizer que a senhorita acabou de dar um passeio, no jardim... Ou algo assim. Eles podem achar estranho uma garota branca participar de um *pwe*. Por mim, não lhes diria nada.

— Ah, claro que não! — ela concordou, com uma delicadeza que o surpreendeu. Depois disso, ele teve certeza de que fora perdoado. Mas do que fora perdoado, ainda não compreendia.

Entraram separados no clube, em um consentimento implícito. A excursão fora um fracasso, decididamente. Havia um ar formal no salão do clube naquela noite. Toda a comunidade de europeus esperava para saudar Elizabeth, e o mordomo e os seis *chokras* vestiram seus melhores ternos brancos engomados e colocaram-se em ambos os lados da porta, sorrindo e fazendo-lhe reverências. Quando os europeus terminaram de cumprimentá-la, o mordomo apresentou uma enorme guirlanda de flores, que os criados haviam preparado para a "missiesahib". O sr. Macgregor fez um discurso de boas-vindas muito engraçado, apresentando a todos. Introduziu Maxwell como "nosso especialista arbóreo local", Westfield como "o guardião da lei e da ordem e... Ah... O terror dos bandidos locais", e assim por diante. Ouviram-se muitas risadas. A visão do rosto de uma bela garota deixara todos tão bem-dispostos que puderam até mesmo apreciar o discurso do sr. Macgregor — que, para falar a verdade, passara grande parte da tarde preparando-o.

Na primeira oportunidade, Ellis, com um ar malicioso, pegou Flory e Westfield pelo braço e conduziu-os para a sala de jogos. Estava com um humor muito melhor do que o normal. Beliscou o braço de Flory com os dedos pequeninos e duros, de forma dolorosa, mas bastante amigável.

— Bom, meu rapaz, todo mundo estava procurando por você. Onde estava esse tempo todo?

— Ah, só fui dar um passeio.

— Um passeio! E com quem?

— Com a srta. Lackersteen.

— Eu sabia! Então é você o idiota que caiu na armadilha, não é? Engoliu a isca antes mesmo que qualquer um tivesse tempo de olhar para ela. Achava que você era uma raposa velha demais para isso, por Deus, juro que achava!

— O que quer dizer com isso?

— O que quero dizer? Olhe só para ele fingindo que não sabe do que estou falando! Ora, quero dizer que a titia Lackersteen escolheu-o para seu amado sobrinho, é claro! Isso é, se você não tomar cuidado. Não é, Westfield?

— Tem toda razão, meu velho. Um jovem solteiro e bom partido. Pronto para o altar e tudo o mais. Já estão de olho nele.

— Não sei de onde vocês estão tirando tal ideia. A garota chegou não faz nem vinte e quatro horas.

— Tempo suficiente para você dar uma volta com ela pelo jardim, de qualquer forma. Abra os olhos! Tom Lackersteen pode ser um bêbado idiota, mas não a ponto de querer uma sobrinha pendurada no pescoço pelo resto da vida. E é claro que *ela* sabe muito bem o que quer. Por isso, tome cuidado e não vá se enforcar.

— Ora essa, você não tem o direito de falar assim sobre as pessoas. Afinal, a garota é praticamente uma criança…

— Meu querido idiota… — Ellis, em um tom quase carinhoso, agora que tinha um novo assunto para fazer intrigas, pegou Flory pela lapela do casaco —, meu querido e velho idiota, pare de devanear. Você está achando que aquela garota é fácil: não é. Essas garotas longe da Inglaterra são todas iguais. "Qualquer coisa que use em calças, mas nada antes de pisar no altar" — esse é o lema delas, todas sem exceção. Por que você acha que ela veio para essas bandas?

— Por quê? Não sei. Porque quis, imagino.

— Que belo tolo! Ela veio agarrar um marido, é claro. Como se ninguém soubesse. Quando uma garota não consegue se casar em nenhum outro lugar, vem para a Índia, onde todos os homens anseiam por ver uma mulher branca. O mercado de casamentos indiano, é como o chamam. Pois deviam chamá-lo mercado de carne. Carregamentos e mais carregamentos chegando todo ano como carcaças de carneiro congeladas, para serem apalpadas por solteirões velhos e nojentos como você. Congeladas e preservadas. Peças suculentas, direto do gelo.

— Você fala cada coisa repugnante.

— A melhor carne inglesa, alimentada direto no pasto — disse Ellis, com um ar satisfeito. — Remessas fresquinhas. Qualidade garantida.

E passou a imitar alguém examinando uma peça de carne, farejando como um bode. Tal piada, provavelmente, duraria bastante tempo para Ellis; como geralmente acontecia com suas piadas; e não havia nada que lhe desse tanto prazer quanto arrastar o nome de uma mulher na lama.

Flory não chegou a ver Elizabeth muito mais naquela noite. Ficaram todos juntos no salão, onde mantinham uma conversa tola e barulhenta sobre coisa nenhuma, como sempre acontece nessas ocasiões. Flory não era capaz de manter esse tipo de conversa por muito tempo. Mas, para Elizabeth, a atmosfera civilizada do clube, com os rostos brancos à sua volta e o cenário amigável das revistas ilustradas e dos quadros do Bonzo era um calmante depois daquele inquietante interlúdio do *pwe*.

Quando os Lackersteen deixaram o clube, às nove, não foi Flory, mas o sr. Macgregor quem os acompanhou até em casa, caminhando ao lado de Elizabeth como um simpático monstro pegajoso, entre as sombras tênues e tortuosas dos troncos dourados dos flamboiãs. O incidente de Prome, entre outras histórias, havia encontrado um novo público. Qualquer recém-chegado a Kyauktada costumava ser alvo de grande parte das conversas do sr. Macgregor, já que os outros o consideravam um chato incomparável, e era tradição no clube interromper suas histórias. Mas Elizabeth era, por natureza, uma boa ouvinte. O sr. Macgregor achou que raramente encontrara uma garota tão inteligente.

Flory ficou mais um pouco no clube, bebendo com os outros. Falaram muitas obscenidades sobre Elizabeth. A discussão sobre a admissão do dr. Veraswami foi deixada de lado, por enquanto. Além disso, o aviso que Ellis tinha colocado no quadro na véspera fora retirado. O sr. Macgregor vira a mensagem durante sua visita matinal ao clube e, com seus modos imparciais, insistiu em sua remoção. Portanto, o aviso fora retirado; contudo, atingira seu objetivo.

9

Durante a quinzena seguinte, muita coisa aconteceu.

A rivalidade entre U Po Kyin e o dr. Veraswami agora estava a todo vapor. A cidade inteira ficou dividida em dois grupos, e cada cidadão nativo, dos magistrados até os varredores do bazar, tomou um ou outro lado, todos dispostos a dar seu falso testemunho no momento oportuno. Mas, das duas partes, a do médico era muito menor e menos difamatória. O editor do *Patriota Birmanês* foi condenado por desordem e difamação, sem direito a fiança. Sua prisão provocou uma pequena rebelião em Rangum, reprimida pela polícia com a morte de apenas dois manifestantes. Na prisão, o editor fez greve de fome, da qual desistiu depois de seis horas.

Também em Kyauktada, coisas não paravam de acontecer. Um *dacoit* chamado Nga Shwe O escapou da prisão sob circunstâncias misteriosas. E toda uma leva de rumores sobre planos de um levante nativo no distrito surgiu. Tais rumores — ainda muito vagos — giravam em torno de um vilarejo chamado Thongwa, não muito longe do acampamento onde Maxwell derrubava teca. Dizia-se que um *weiksa*, ou bruxo, aparecera do nada e começara a profetizar o fim do poder inglês e distribuir casacos mágicos à prova de balas. O sr. Macgregor não levou os rumores muito a sério, mas pediu um reforço da polícia militar. Disseram-lhe que uma companhia de infantaria indiana comandada por um oficial britânico seria enviada em breve para Kyauktada. Westfield, é claro, fugiu para Thongwa à primeira ameaça, ou melhor, esperança, de problemas.

— Deus, se ao menos eles se rebelassem de verdade, ao menos uma vez! — disse ele a Ellis antes de partir. — Mas será apenas outro maldito fracasso, como antes. É sempre a mesma história com essas rebeliões — elas acabam antes mesmo de começar. Pode acreditar, nunca disparei minha arma contra um sujeito sequer, nem mesmo contra um *dacoit*. Já são onze anos disso, sem contar com a guerra, e nunca matei ninguém. É deprimente.

— Ah, oras... — disse Ellis — Se eles não corresponderem às suas expectativas, você sempre pode mandar prender os líderes e dar-lhes uma bela surra de bambu às escondidas. Melhor do que mantê-los em nossas malditas casas de repouso travestidas de prisões.

— Hmm, provavelmente. Mas hoje em dia não posso mais fazer isso. Todas essas leis cheias de consideração — temos de respeitá-las, já que fomos idiotas o bastante para criá-las.

— Ah, que se danem as leis. Uma bela surra de bambu é a única coisa capaz de impressionar os birmaneses. Você já viu como ficam depois de serem açoitados? Eu já. Saem da prisão em carros de bois, gritando, com suas mulheres passando bananas amassadas nas costas. É só isso que eles entendem. Se eu pudesse, mandaria açoitar-lhes nas solas dos pés, como os turcos fazem.

— Bom, vamos torcer para que tenham coragem de lutar um pouco, de uma vez por todas. Depois chamamos a polícia militar, com rifles e tudo mais. Dá-se cabo de umas dezenas deles... E a paz volta a reinar.

No entanto, a oportunidade tão esperada não apareceu. Westfield e a dúzia de policiais que ele levara para Thongwa — alegres rapazes *gurkha* de rostos redondos, ansiosos para usar suas *kukris*[92] em alguém — encontraram o distrito lamentavelmente pacífico. Não parecia haver nem sombra de qualquer rebelião em parte alguma; apenas a costumeira tentativa anual dos aldeões, tão regular quanto as monções, de evitar o pagamento dos impostos *per capita*.

---

92 *Kukri* ou *khukuri* é um tipo de faca curvada originária do subcontinente indiano, tradicionalmente associada ao povo *gurkha*. (N. do T.)

O tempo começava a ficar cada vez mais quente. Elizabeth tivera seu primeiro ataque de urticárias por causa do calor. Os jogos de tênis no clube praticamente pararam; os jogadores só conseguiam disputar um único *set* apático e depois desabavam nas cadeiras e ingeriam litros de limonada morna — morna porque o gelo vinha de Mandalay somente duas vezes por semana e derretia vinte e quatro horas depois de chegar. As chamas-da-floresta[93] estavam completamente floridas. As mulheres birmanesas, para proteger os filhos do sol, pintavam seus rostos com um cosmético amarelo que os deixava parecidos com pequenos feiticeiros africanos. Bandos de pombos-verdes e pombos-imperiais grandes como patos vinham comer os frutos das enormes figueiras-dos-pagodes ao longo da estrada do bazar.

Nesse meio-tempo, Flory expulsara Ma Hla May de sua casa.

Uma tarefa muito desagradável e suja! Havia pretexto suficiente para fazê-lo — ela roubara sua cigarreira de ouro e a tinha penhorado na loja de Li Yeik, o merceeiro chinês e agiota ilegal do bazar — mas, ainda assim, era apenas uma desculpa. Flory sabia muito bem, Ma Hla May também sabia e todos os criados sabiam que ele estava se livrando dela por causa de Elizabeth. Por causa da "*ingaleikma* do cabelo pintado", como Ma Hla May a chamava.

Ma Hla May não fez nenhuma cena violenta, a princípio. Permaneceu parada, ouvindo, emburrada, enquanto ele preenchia um cheque de cem rupias — Li Yeik ou o *chetty*[94] indiano do bazar descontaria o cheque — e dizia que ela fora dispensada. Ele sentia-se mais envergonhado do que ela; não conseguia olhá-la no rosto e sua voz mostrava-se incerta e culpada. Quando o carro de bois veio buscar os pertences dela, ele se trancou no quarto e escondeu-se até o desfecho da cena.

Rodas de carroça rangeram na frente da casa, ouviu-se o som de homens gritando; então, de repente, um terrível alvoroço de gritos irrompeu. Flory saiu. Sob o sol, todos brigavam ao redor do portão. Ma Hla May estava agarrada à coluna do portão e Ko S'la tentava arrastá-la para fora. Ela virou o rosto tomado pela fúria e pelo desespero para Flory, gritando sem parar:

---

93 Árvore nativa do Sudeste Asiático, considerada por alguns povos como sagrada e símbolo da chegada da primavera e do amor. (N. do T.)
94 "Agiota", em híndi. (N. do T.)

— *Thakin! Thakin! Thakin! Thakin! Thakin!* — Ele ficou profundamente sentido por ela ainda chamá-lo de *thakin* depois de tê-la mandado embora.

— O que foi? — disse ele.

Parecia haver um aplique de cabelo postiço que tanto Ma Hla May quanto Ma Yi alegavam ser de sua propriedade. Flory deu o aplique para Ma Yi e ofereceu a Ma Hla May duas rupias como indenização. Então o carro deu uma sacudidela e partiu, com Ma Hla May sentada ao lado de suas duas cestas de vime, com as costas eretas e uma expressão carrancuda, com um gatinho no colo. Fazia apenas dois meses que ele lhe oferecera o gatinho de presente.

Ko S'la, que há muito desejava a expulsão de Ma Hla May, não estava completamente satisfeito agora que ela se fora. Ficou ainda menos satisfeito quando viu seu patrão dirigir-se à igreja — ou, como ele chamava, ao "pagode inglês" —, pois Flory ainda estava em Kyauktada no domingo da visita do padre, e foi à igreja com os outros. Havia uma congregação de doze pessoas, incluindo o sr. Francis, o sr. Samuel e seis cristãos nativos, com a sra. Lackersteen tocando "Abide with Me"[95] no minúsculo órgão de fole com apenas um pedal. Era a primeira vez em dez anos que Flory ia à igreja, sem contar funerais. A ideia que Ko S'la tinha a respeito do que acontecia no "pagode inglês" era extremamente vaga; mas ele sabia que ir à igreja significava respeitabilidade — uma qualidade que, como todos os criados de homens solteiros — ele abominava profundamente.

— Há problemas à frente — disse ele, desanimado, para os outros criados. — Eu o tenho observado (referia-se a Flory) nesses dez últimos dias. Reduziu seus cigarros para quinze por dia, parou de beber gim no café da manhã, faz a barba todas as noites — embora ache que eu não sei disso, o idiota. E encomendou meia dúzia de camisas de seda novas! Tive de ficar do lado do *dirzi*[96], chamando-o de *bahinchut*[97], para que ele terminasse o serviço a tempo. Maus presságios! Dou-lhe mais três meses e, então, adeus à paz nesta casa!

---

95 "Habite em Mim", hino cristão inglês. (N. do T.)
96 "Alfaiate", em híndi. (N. do T.)
97 Termo abusivo usado pelos militares ingleses na Índia, dirigido a pessoas que se abomina. Corruptela de um termo extremamente chulo em híndi, *bahine ka chut*, que se refere ao órgão sexual feminino. (N. do T.)

— Por quê? Ele vai se casar? — perguntou Ba Pe.

— Tenho certeza disso. Quando um homem branco começa a ir ao pagode inglês, pode-se dizer que é o começo do fim.

— Tive muitos patrões na minha vida — disse o velho Sammy. — O pior deles foi o *sahib* coronel Wimpole, que fazia seu ordenança segurar-me debruçado sobre a mesa e vinha correndo por trás de mim e me chutava com botas bastante pesadas por ter-lhe servido bolinhos de banana repetidas vezes. Frequentemente, quando estava bêbado, disparava seu revólver para o teto dos aposentos dos criados, pouco acima de nossas cabeças. Mas eu preferiria servir dez anos sob o comando do *sahib* coronel Wimpole a apenas uma semana sob o comando de uma *memsahib* com suas implicâncias. Se nosso patrão se casar, partirei no mesmo dia.

— Não vou embora, pois sou criado dele há quinze anos. Mas sei o que nos espera quando essa mulher chegar. Ela gritará conosco por causa de manchas de poeira nos móveis, vai nos acordar para trazer xícaras de chá quando estivermos dormindo à tarde, e virá remexer na cozinha em tudo quanto é hora, reclamando das panelas sujas e das baratas no pote de farinha. Tenho certeza de que essas mulheres ficam acordadas à noite pensando em novas maneiras de atormentar os criados.

— Elas mantêm um livrinho vermelho — disse Sammy — no qual anotam todo o dinheiro que vai para o bazar, dois *annas* para isso, quatro *annas* para aquilo, e ninguém consegue ganhar nem um centavo a mais. E implicam mais com o preço de uma cebola do que um *sahib* por causa de cinco rupias.

— Ah, não sei, não! Ela será ainda pior do que Ma Hla May. Essas mulheres! — acrescentou ele enfaticamente, com uma espécie de suspiro.

Suspiro que foi ecoado pelos outros, até mesmo por Ma Pu e Ma Yi. Nenhuma delas pensou que os comentários de Ko S'la atingiam seu próprio sexo, já que as mulheres inglesas eram consideradas uma raça à parte, possivelmente nem mesmo humana, e tão temível que o casamento de um inglês é geralmente sinal para a debandada de todos os criados da casa, mesmo aqueles que o acompanham há anos.

10

Mas, na verdade, o alarme de Ko S'la era prematuro. Depois de encontrar Elizabeth por dez dias, Flory não havia se tornado mais íntimo dela do que no dia em que a conheceu.

E ele teve a companhia dela apenas para si durante esses dez dias, já que a maioria dos europeus encontrava-se na selva. O próprio Flory não tinha o direito de ficar vagueando na sede da empresa, já que nessa época do ano a extração de madeira estava a todo vapor e, na sua ausência, tudo desmoronava sob o comando de seu incompetente supervisor eurasiano. Mas, mesmo assim, ele permanecera — com a desculpa de estar com um pouco de febre — enquanto cartas desesperadas chegavam todos os dias do supervisor, relatando desastres. Um dos elefantes adoecera, a locomotiva da pequena estrada de ferro que era usada para transportar as toras de teca até o rio quebrara, quinze dos *coolies* haviam desertado. Mas Flory, ainda assim, protelava sua partida, incapaz de afastar-se de Kyauktada enquanto Elizabeth ali estivesse, e procurava continuamente — ainda com pouco sucesso — recuperar aquela amizade descomplicada e agradável do primeiro encontro.

Encontravam-se todos os dias, de manhã e à noite, isso era verdade. Todas as tardes, jogavam uma partida de tênis no clube — a sra. Lackersteen era molenga demais e o sr. Lackersteen estava irritadiço demais para jogar nessa época do ano — e depois sentavam-se no salão, os quatro juntos, jogando bridge e conversando. Mas, embora Flory passasse horas na companhia de Elizabeth, e eles ficassem a sós muitas vezes, ele nunca ficava à vontade com ela, nem por um instante. Conversavam — desde que falassem de trivialidades — com a maior liberdade, mas permaneciam distantes, como completos desconhecidos. Ele sentia-se tenso na presença dela, não conseguia esquecer-se de sua marca de nascença; seu queixo barbeado duas vezes ao dia ardia-lhe, seu corpo torturava-o implorando-lhe uísque e tabaco — já que ele tentava reduzir o consumo de álcool e fumo quando estava com ela. Depois de dez dias, não pareciam nem um pouco mais próximos do relacionamento que ele almejava.

De algum forma, ele nunca fora capaz de falar-lhe como desejava. Falar, simplesmente falar! Parece tão pouco, mas significa tanto! Quando nos aproximamos da meia-idade em meio a uma dolorosa solidão, entre pessoas que consideram sua opinião sincera sobre qualquer assunto uma blasfêmia, a necessidade de falar é a maior de todas as necessidades. No entanto, falar seriamente com Elizabeth parecia impossível. Era como se pairasse um feitiço sobre eles que fazia com que toda conversa caísse na banalidade; discos de gramofone, cães, raquetes de tênis — toda aquela tagarelice lastimável do clube. Ela parecia não querer falar de nada além disso. Bastava ele tocar em um assunto de algum interesse para ouvi-la escapulir, o tom de "não quero brincar disso" surgindo em sua voz. Ele ficou chocado ao descobrir os livros de que ela gostava. No entanto, ela era jovem, ele tentava se convencer, e, afinal, ela não tinha bebido vinho branco e conversado sobre Marcel Proust à sombra dos plátanos de Paris? Mais tarde, sem dúvida, ela o compreenderia e proporcionaria-lhe a companhia de que ele tanto precisava. Talvez fosse apenas uma questão de conquistar sua confiança.

Ele não tinha o menor tato com ela. Como todos os homens que viveram muito tempo sozinhos, ele adaptava-se melhor às ideias do que às pessoas. E assim, embora toda a conversa fosse superficial, ele começava a irritá-la por vezes; não pelo que dizia, mas pelo que insinuava. Havia um mal-estar entre eles, um mal-estar indefinido, que muitas vezes beirava o desentendimento. Quando duas pessoas, uma vivendo há muito tempo no país e a outra recém-chegada, são colocadas juntas, é inevitável que a primeira atue como cicerone da segunda. Elizabeth, naqueles dias, estava apenas conhecendo a Birmânia; era Flory, naturalmente, quem atuava como seu intérprete, explicando isso, comentando aquilo. E as coisas que ele dizia, ou a forma como as dizia, provocavam nela uma vaga, mas profunda, discordância. Pois ela percebeu que Flory, quando falava dos "nativos", sempre falava *a favor deles*. Estava sempre elogiando os costumes e o caráter birmanês; chegava ao ponto de compará-los favoravelmente frente aos ingleses. Isso a inquietava. Afinal, os nativos eram nativos — interessantes, sem dúvida nenhuma, mas, no fim das contas, tratava-se apenas de um povo "submisso", um povo inferior com rostos negros. Sua atitude era um pouco tolerante demais. E ele tampouco compreendia como a hostilizava. Queria tanto que ela amasse a Birmânia tal qual ele a amava, que não visse aquele país com os olhos opacos e indiferentes de uma *memsahib*! Mas ele se esquecera de que a maioria das pessoas só consegue ficar à vontade em um país estrangeiro quando despreza seus habitantes.

Ele mostrava-se ansioso demais em suas tentativas de despertar o interesse dela pelas coisas orientais. Tentou induzi-la, por exemplo, a aprender birmanês, o que não deu em nada. (Sua tia lhe explicara que somente as missionárias falavam birmanês; as mulheres de boa família precisavam aprender apenas o urdu usado na cozinha.) E havia inumeráveis outros desentendimentos como esse. Ela começava a perceber, vagamente, que as opiniões dele não eram apropriadas a um inglês. Percebeu com muito mais clareza que ele lhe pedia que gostasse dos birmaneses, até mesmo que os admirasse; admirar gente de rosto negro, praticamente uns selvagens, cuja aparência fazia-lhe estremecer completamente!

Esse assunto surgiu em centenas de formas. Um bando de birmaneses passava por eles na estrada. Ela, com seus olhos ainda desacostumados, olhava para eles, entre curiosa e repelida; e ela dizia a Flory, como teria dito a qualquer um:

— Essas pessoas são repulsivamente feias, não são?

— São? Sempre achei que os birmaneses tinham uma aparência bastante encantadora. Têm corpos esplêndidos! Olhe para os ombros daquele sujeito — parece uma estátua de bronze. Pense no que veria na Inglaterra se as pessoas andassem seminuas como aqui!

— Mas suas cabeças têm um formato horroroso! Seus crânios alongam-se para trás como os crânios dos gatos. E a maneira como suas testas são tão inclinadas — eles ficam parecendo tão perversos. Lembro-me de ter lido em alguma revista sobre o formato da cabeça das pessoas; dizia que as pessoas com a testa inclinada dessa forma eram algum tipo de criminoso.

— Ora, francamente, isso é um pouco exagerado! Cerca de metade das pessoas do mundo tem esse tipo de testa.

— Ah, sim, se o senhor contar as pessoas de cor, é claro…!

Ou, talvez, uma fileira de mulheres passava na direção do poço: camponesas corpulentas, com a pele amarronzada feito cobre, eretas sob seus potes de água, com nádegas fortes e proeminentes, como as das éguas. As mulheres birmanesas repeliam Elizabeth ainda mais do que os homens; ela sentia sua associação com elas e odiava ter qualquer relação com criaturas de rostos negros.

— Elas não são simplesmente horrendas? De aparência tão grosseira; como algum tipo de animal. O senhor acha que alguém poderia achar essas mulheres atraentes?

— Seus próprios homens acham, penso eu.

— Imagino que sim. Mas essa pele negra… Não sei como alguém consegue suportar isso!

— Mas, sabe, com o tempo a gente se acostuma com a pele morena. Na verdade, dizem — e creio que seja verdade — que depois de alguns anos nesses países a pele morena pareça mais natural do que a branca. E, afinal, é mesmo. Considere o mundo como um todo, ser branco é que é uma excentricidade.

— O senhor tem realmente algumas ideias curiosas!

E assim por diante. Ela sentia o tempo todo uma espécie de insatisfação, uma certa insanidade nas coisas que ele lhe dizia. E ficou particularmente abalada na noite em que Flory permitiu que o sr. Francis e o sr. Samuel, os dois eurasianos degradados, o detivessem para uma conversa em frente ao portão do clube.

Elizabeth, por acaso, chegara ao clube poucos minutos antes de Flory e, ao ouvir sua voz no portão, deu a volta na cerca que delimitava a quadra de tênis para recebê-lo. Os dois eurasianos se aproximaram de Flory e encurralaram-no como dois cachorros que queriam brincar. Francis era quem mais falava. Era um homem magro, agitado e escuro como uma folha de tabaco, filho de uma mulher do sul da Índia; Samuel, cuja mãe era uma *karen*, tinha a pele amarelo-clara, com cabelos vermelhos e opacos. Ambos vestiam roupas surradas, com enormes *topis*, sob os quais seus corpos esguios pareciam caules de cogumelos.

Elizabeth desceu a trilha a tempo de ouvir fragmentos de uma extensa e complicada autobiografia. Falar com homens brancos — e, preferencialmente, sobre si mesmo — era a grande alegria da vida de Francis. Quando, depois de meses, ele encontrava um europeu disposto a ouvi-lo, a história de sua vida fluía em torrentes infinitas. Falava com uma voz anasalada e cantada, com uma rapidez incrível:

— Do meu pai, meu senhor, lembro muito pouco, mas era um homem muito enraivecido, e sobravam muitas surras com varas compridas de bambu para mim, para meu meio-irmão menor e para as duas mães. Também me lembro que, na ocasião da visita do bispo, meu meio-irmão e eu tivemos de nos vestir com *longyis* e nos misturar com as outras crianças birmanesas, para continuarmos incógnitos. Meu pai nunca se tornou bispo, meu senhor. Só chegou a converter quatro pessoas em vinte e oito anos, e também gostava bastante da aguardente de arroz chinesa bastante forte feita no exterior, o que estragou as vendas do livrinho dele, chamado *O Flagelo do Álcool*, publicado pela editora batista de Rangum, e custava uma rupia e oito *annas*. Meu meio-irmão mais novo morreu certo verão, tossindo e tossindo sem parar, etc. etc.

Os dois eurasianos perceberam a presença de Elizabeth. Ambos tiraram os *topis*, curvaram-se e, exultantes, exibiram os dentes. Provavelmente, já fazia vários anos desde a última vez que qualquer um deles tivera a chance de falar com uma inglesa. Francis irrompeu a falar, mais efusivo do que nunca. Tagarelava com evidente pavor de ser interrompido e ter sua palestra encurtada.

— Boa noite para a madame, boa noite, boa noite! É uma enorme honra conhecê-la, madame! O tempo está muito sufocante ultimamente, não é? Mas adequado ao mês de abril. A senhorita não está sofrendo muito com urticárias, não é? Tamarindo amassado aplicado no local afetado é infalível.

Eu mesmo sofro muito todas as noites. Uma doença muito comum entre nós, *europius*.

Ele falava *europius*, como o sr. Chollop, do *Martin Chuzzlewit*[98]. Elizabeth não lhe respondeu. Olhava para os eurasianos com certa frieza. Tinha apenas uma vaga ideia de quem ou o que eles eram, e pareceu-lhe muito impertinente que falassem com ela.

— Obrigado, vou me lembrar do tamarindo — disse Flory.

— Recomendação de um renomado médico chinês, meu senhor. Além disso, meu senhor e madame, se é que posso lhes dar um conselho, não é sensato usar um chapéu *terai* em abril, meu senhor. Para os nativos, não há problema, pois têm o crânio duro. Mas para nós, o sol é sempre uma ameaça. O sol é bastante fatal para o crânio europeu. Mas por acaso estou detendo a madame?

Essa última frase foi dita com um tom de decepção. Elizabeth tinha, de fato, decidido desprezar os eurasianos. Ela não entendia o porquê de Flory permitir-lhes conversar com ele. Ao virar-se para voltar à quadra de tênis, deu uma raquetada no ar, para lembrar a Flory que estavam atrasados para o jogo. Ele viu-a e foi ao seu encontro, com certa relutância, pois não gostava de desprezar o pobre Francis, por mais entediante que ele fosse.

— Tenho de ir — disse ele. — Boa noite, Francis. Boa noite, Samuel.

— Boa noite, meu senhor! Boa noite, madame! Boa noite, boa noite! — Eles recuavam fazendo grandes floreios com os chapéus.

— Quem são aqueles dois? — perguntou Elizabeth quando Flory chegou junto dela. — Que criaturas bizarras! Estavam na igreja no domingo. Um deles quase parece branco. Certamente ele não é inglês, ou é?

— Não, eles são eurasianos — filhos de pais brancos e mães nativas. Barriga-amarela é nosso apelido carinhoso para eles.

— Mas o que eles fazem aqui? Onde é que vivem? Têm algum trabalho?

— Eles trabalham, de uma forma ou de outra, no bazar. Acredito que

---

98 *A Vida e Aventuras de Martin Chuzzlewit*, romance picaresco de Charles Dickens, publicado de forma seriada entre 1842 e 1844. (N. do T.)

Francis seja o escriturário de um agiota indiano, e Samuel é uma espécie de advogado de uns e outros. Mas provavelmente morreriam de fome se não fosse a caridade dos nativos.

— Dos nativos? O senhor quer dizer que eles... Dependem das esmolas dos nativos?

— Acho que sim. É algo muito comum de acontecer, quando se precisa. Os birmaneses não deixam ninguém morrer de fome.

Elizabeth nunca tinha ouvido falar de nada parecido antes. A ideia de homens que eram, ao menos parcialmente, brancos vivendo na pobreza em meio aos "nativos" chocou-a de tal forma que ela parou no meio do caminho, e a partida de tênis teve de ser adiada por alguns minutos.

— Mas que coisa horrível! Quero dizer, isso é um péssimo exemplo! É quase tão ruim quanto se um de nós vivesse assim. Não poderíamos fazer algo por aqueles dois? Organizar uma arrecadação para mandá-los para longe daqui, ou algo do tipo?

— Receio que isso não ajudaria muito. Aonde quer que fossem, veriam-se na mesma posição.

— Mas eles não seriam capazes de conseguir um trabalho adequado?

— Duvido. Veja bem, eurasianos como eles — homens que foram criados no bazar, sem nenhum acesso à educação — estão condenados desde o início. Os europeus não tocam neles nem com suas bengalas, e eles são impedidos de entrar no serviço público, mesmo nos cargos mais inferiores. Não há nada que possam fazer, a não ser mendigar, a menos que abandonem qualquer pretensão de serem tidos como europeus. E, na verdade, não se pode esperar tal coisa desses pobres-diabos. Sua parcela de sangue branco é o único bem que possuem. Pobre Francis, sempre que o encontro, ele vem me falar de suas urticárias. Os nativos parecem não sofrer de urticária — uma bobagem, claro, mas todos acreditam nisso. E é a mesma coisa com a insolação. Eles usam aqueles *topis* enormes para lembrar-nos que têm crânios europeus. Uma espécie de brasão. A marca dos bastardos, pode-se dizer.

Elizabeth não ficou satisfeita. Ela percebeu que Flory, como sempre, nutria uma dissimulada simpatia pelos eurasianos. E a aparência daqueles dois homens despertara nela uma ojeriza especial. Ela finalmente conseguira identificar seu perfil. Eles pareciam latinos. Como aqueles mexicanos, italianos e outros tipos morenos que sempre tinham papéis de vilões na maioria dos filmes.

— Eles pareciam terrivelmente degenerados, não é? Tão magros, franzinos e encolhidos; e suas expressões não eram de gente honesta. Imagino que esses eurasianos sejam todos uns degenerados. Ouvi dizer que os mestiços sempre herdam o que há de pior em ambas as raças a que pertencem. Será que é verdade?

— Não sei se é verdade. A maioria dos eurasianos não é lá muito boa, e é difícil imaginar que pudessem vir a ser, com a educação que tiveram. Mas nossa atitude para com eles é realmente horrível. Sempre falamos deles como se tivessem brotado na terra, como cogumelos, com todos os defeitos já prontos. Mas, no fim das contas, nós é que somos responsáveis por sua existência.

— Responsáveis por sua existência?

— Ora, todos eles têm um pai, entende?

— Ah... Claro, há isso... Mas afinal, não é o senhor que é responsável. Quero dizer, apenas um homem muito baixo teria... Ahn... Alguma coisa com mulheres nativas, não é?

— Ah, certamente. Mas os pais de ambos eram padres em ordens eclesiásticas, acredito eu.

Ele lembrou-se de Rosa McFee, a garota eurasiana que seduzira em Mandalay em 1913. A maneira como ele costumava entrar escondido na casa em um *gharry*[99], com as persianas fechadas; os cachos encaracolados dos cabelos de Rosa; a mãe birmanesa dela, velha e definhando, servindo-lhe chá na sala sombria decorada com vasos de samambaia e o divã de vime. E depois, quando abandonou Rosa, aquelas horríveis cartas cheias de súplicas em papel perfumado, que, por fim, ele nem chegava mais a abrir.

Elizabeth voltou a falar sobre Francis e Samuel depois da partida de tênis.

---

99 Carruagem ou carro puxado por cavalos, usados especialmente na Birmânia. (N. do T.)

— Aqueles dois eurasianos — alguém aqui mantém qualquer contato com eles? Alguém os convida para suas casas ou algo do gênero?

— Por Deus, não. São completos párias. Falar com eles não é considerado de bom-tom, na verdade. A maioria de nós apenas lhes diz bom dia — Ellis nem mesmo chega a tanto.

— Mas o senhor conversou com eles.

— Ah, bem, ocasionalmente eu quebro as regras. Quis dizer que um *pukka sahib* provavelmente jamais seria visto conversando com eles. Mas, veja bem, eu tento — às vezes, quando tomo coragem — não ser um *pukka sahib*.

Foi um comentário imprudente. A essa altura, ela já sabia muito bem o significado do termo *"pukka sahib"* e tudo que ele representava. Seu comentário tornava a diferença do seu ponto de vista um pouco mais clara. O olhar que ela lhe lançou foi quase hostil e curiosamente duro; pois seu rosto, às vezes, tornava-se duro, apesar de sua juventude e de sua pele macia como uma flor. Aqueles óculos de aro de tartaruga modernos davam-lhe um ar muito confiante. Os óculos são coisas estranhamente expressivas — quase mais expressivas, na verdade, do que os olhos.

Ele ainda não a compreendia, nem havia conquistado sua confiança por completo. Ainda assim, na superfície pelo menos, as coisas não iam mal entre eles. Ele a irritava às vezes, mas a boa impressão que lhe causara naquela primeira manhã ainda não havia sido apagada. Era curioso perceber que, a essa altura, ela mal notava sua marca de nascença. E havia alguns assuntos sobre os quais ela gostava de ouvi-lo falar. Sobre caçadas, por exemplo — ela parecia entusiasmar-se muitíssimo por caçadas, algo notável em uma garota. Sobre cavalos também; mas ele não sabia tanto sobre cavalos. Combinara de levá-la para caçar algum dia, mais tarde, quando conseguisse fazer todos os preparativos. Ambos aguardavam tal excursão com certa ansiedade, embora não exatamente pelos mesmos motivos.

11

Flory e Elizabeth caminhavam pela estrada do bazar. Era de manhã, mas o ar estava tão quente que caminhar dava-lhes a impressão de que navegavam por um mar escaldante. Fileiras de birmaneses passavam por eles, vindos do bazar, arrastando as sandálias, e bandos de garotas andavam a passos curtos e rápidos, em grupinhos de quatro ou cinco, tagarelando, com os cabelos penteados, brilhando ao sol. Na beira da estrada, pouco antes de chegar-se à prisão, estavam espalhados fragmentos de um pagode de pedra, rachados e encobertos pelas fortes raízes de uma figueira-dos-pagodes. Da grama onde tinham caído, os rostos raivosos dos demônios esculpidos na pedra olhavam para o alto. Ao lado, outra figueira-dos-pagodes havia se enrolado em uma palmeira, agarrando-a e curvando-a para trás em um combate que já durava uma década.

Seguiram em frente e chegaram à prisão, um vasto bloco quadrado com duzentos metros de lado e brilhantes paredes de concreto de seis metros de altura. Um pavão, o animal de estimação da prisão, caminhava a passos de pombo ao longo do parapeito. Seis prisioneiros passaram por eles de cabeça baixa, arrastando dois pesados carrinhos de mão, cheios de terra, vigiados por carcereiros indianos. Eram prisioneiros com longas sentenças a cumprir, com membros fortes, vestidos com uniformes feitos com um tecido branco e grosseiro, e um pequeno gorro empoleirado sobre seus crânios raspados.

Tinham o rosto acinzentado, acuado e curiosamente achatado. Os grilhões que prendiam suas pernas emitiam um nítido tilintar. Uma mulher passou carregando uma cesta de peixes na cabeça. Dois corvos voavam em círculos ao redor dela, lançando-se sobre os peixes, e a mulher agitava uma das mãos languidamente para mantê-los afastados.

Ouvia-se um barulho de vozes por perto. — O bazar fica logo depois da esquina — disse Flory. — Acho que hoje é dia de feira. É algo muito divertido de assistir.

Ele a convidara para ir ao bazar com ele, dizendo-lhe que ela se divertiria ao conhecê-lo. Dobraram a esquina. O bazar era uma área cercada, semelhante a um enorme curral, com baias baixinhas, a maioria coberta por folhas de palmeira em toda a volta. No interior, havia uma multidão fervilhante de pessoas gritando e acotovelando-se; a confusão de suas roupas multicoloridas era como uma cascata de confeitos granulados de frutas sendo lançados de um pote. Para além do bazar, podia-se ver o enorme rio lamacento. Galhos de árvores e longas fileiras de espuma desciam a correnteza a mais de dez quilômetros por hora. Junto à margem, uma frota de sampanas, com as proas afiadas em forma de bico ostentando olhos pintados, balançava amarrada aos postes de atracação.

Flory e Elizabeth ficaram observando por um momento. Filas de mulheres passavam equilibrando cestas com legumes e verduras na cabeça e crianças com os olhos esbugalhados encaravam os europeus. Um velho chinês de macacão desbotado azul-celeste passou correndo, carregando restos irreconhecíveis e sanguinolentos das vísceras de um porco.

— Que tal darmos uma olhadela nas barracas? — perguntou Flory.

— Não há problema de nos misturarmos a essa multidão? Tudo é tão terrivelmente sujo.

— Ah, não se preocupe, eles abrirão caminho para nós. Você vai se distrair.

Elizabeth seguiu-o, duvidosa e até mesmo contra a vontade. Por que ele sempre a trazia a esses lugares? Por que ele a arrastava para o meio dos "nativos", tentando fazê-la interessar-se por eles e observar seus hábitos imundos e repulsivos? De certa forma, aquilo não estava certo. No entanto, ela o seguiu, sentindo-se incapaz de explicar sua relutância. Uma onda de ar sufocante recebeu-os; um cheiro forte de alho, peixe seco, suor, poeira, erva-doce, cravo e açafrão. A multidão avançava ao redor deles, enxames de camponeses atarracados com rostos escuros como charutos, idosos enrugados com seus cabelos grisalhos amarrados para trás em um coque, jovens mães carregando bebês nus ao redor da cintura. Flo foi pisada e ganiu. Ombros fortes e baixos chocavam-se contra Elizabeth, enquanto os camponeses, ocupados demais até mesmo para olhar para a mulher branca, esforçavam-se para mover-se de barraca em barraca.

— Olhe! — Flory apontava com sua bengala para uma barraca e dizia algo, mas suas palavras foram encobertas pelos gritos de duas mulheres que agitavam os punhos uma para a outra, disputando uma cesta de abacaxis. Elizabeth recuara diante do fedor e do barulho, mas ele não percebeu e conduziu-a para o meio da multidão, apontado para uma e outra barraca. As mercadorias pareciam estrangeiras, esquisitas e pobres. Havia imensos pomelos pendurados em cordões, parecendo luas verdes, bananas vermelhas, cestas de camarões da cor de heliotrópios do tamanho de lagostas, feixes de peixes secos e quebradiços, pimentões vermelhos, patos abertos ao meio e curados como presuntos, cocos verdes, larvas de besouros-de-chifre, maços de cana-de-açúcar, *dahs*, sandálias laqueadas, *longyis* de seda xadrez, afrodisíacos no formato de imensas pílulas parecidas com sabão, potes de cerâmica vitrificada com mais de um metro de altura, doces chineses feitos de alho e açúcar, charutos verdes e brancos, berinjelas roxas, colares de sementes de caqui, galinhas vivas em gaiolas de vime, estatuetas de Buda de latão, folhas de bétele em formato de coração, frascos de sais Kruschen, apliques de cabelo postiço, panelas de barro vermelho, ferraduras de aço para bois, marionetes de papel machê, tiras de couro de crocodilo com propriedades mágicas. A cabeça de Elizabeth começou a girar. Na outra ponta do bazar, o sol brilhava refletido na sombrinha de um padre, com um tom vermelho-sangue, como se partisse da orelha de um gigante. Diante de uma barraca, quatro mulheres dravidianas moíam cúrcuma com pesados socadores em um grande pilão de madeira. O pó amarelo, quente e perfumado pairava no ar e roçou nas narinas de Elizabeth, fazendo-a espirrar. Ela sentiu que não poderia suportar aquele lugar nem mais um minuto. Tocou o braço de Flory.

— Essa multidão... O calor está tão terrível. O senhor acha que poderíamos ir para a sombra?

Ele virou-se. A bem da verdade, ele estivera ocupado demais falando — praticamente inaudível, por causa do barulho — para perceber como o calor e os odores a estavam afetando.

— Ah, olhe só, sinto muito. Vamos sair daqui de uma vez por todas. Já sei o que faremos, vamos até a loja do velho Li Yeik — o merceeiro chinês — e ele nos trará algo para beber. Está realmente abafado aqui.

— Todos esses temperos — eles meio que roubam nosso ar. E que cheiro horrível parecido com peixe é esse?

— Ah, é só um tipo de molho que eles fazem com camarão. Eles os enterram e desenterram depois de várias semanas.

— Que coisa horrorosa!

— É bastante saudável, acredito eu. Saia daí! — acrescentou ele para Flo, que farejava uma cesta de peixinhos parecidos com gobiões cheios de espinhas nas guelras.

A loja de Li Yeik ficava na outra extremidade do bazar. O que Elizabeth realmente queria era voltar para o clube, mas o visual europeu da vitrine de Li Yeik — repleta de camisas de algodão feitas em Lancashire e relógios alemães inacreditavelmente baratos — reconfortou-a um pouco depois das barbaridades do bazar. Estavam a ponto de subir os degraus quando um jovem magro de uns vinte anos, vestido medonhamente com um *longyi*, um paletó azul de críquete e sapatos amarelos lustrados, com o cabelo repartido e besuntado "à moda ingaleik", separou-se da multidão e veio até eles. Cumprimentou Flory com um leve aceno desajeitado, como se estivesse se contendo para não se prostrar.

— O que foi? — Flory perguntou.

— Uma carta, senhor — e mostrou-lhe um envelope sujo.

— Poderia me dar licença? — Flory disse para Elizabeth, abrindo a carta. Era da parte de Ma Hla May — ou melhor, fora escrita para ela, que assinara com uma cruz — e exigia cinquenta rupias, de uma forma ligeiramente ameaçadora.

Flory puxou o jovem de lado. — Você fala inglês? Diga a Ma Hla que tratarei disso mais tarde. E diga-lhe que, se ela tentar me chantagear, não receberá mais nenhum centavo. Entendeu?

— Sim, senhor.

— E agora suma daqui. Não me siga, ou terá problemas.

— Sim, senhor.

— Um escriturário querendo um emprego — explicou Flory a Elizabeth enquanto subiam a escada. — Nos incomodam todo o tempo — E ele pensou que o tom da carta era curioso, já que ele não esperava que Ma Hla May fosse chanteageá-lo tão cedo; no entanto, naquele instante não tinha tempo para perguntar-se o que poderia querer dizer.

Entraram na loja, que parecia escura depois da claridade do exterior. Li Yeik, que estava sentado fumando entre as cestas de mercadorias — não havia balcão —, avançou mancando para a frente ao ver quem entrava. Flory era seu amigo. Era um velho de joelhos arqueados vestido de azul, com os cabelos amarrados em um rabo de cavalo, um rosto amarelado sem queixo e enormes bochechas, como um crânio bonachão. Cumprimentou Flory com ruídos anasalados que lembravam uma buzina, que ele tentava fazer passar por birmanês, e mancou imediatamente até o fundo da loja para providenciar bebidas. Sentia-se um cheiro adocicado e suave de ópio. Longas tiras de papel vermelho com letras pretas foram coladas nas paredes e, em uma das laterais, havia um pequeno altar com o retrato de duas pessoas gordas, com um ar muito sereno, em mantos bordados, e dois bastões de incenso queimavam diante dele. Duas mulheres chinesas, uma velha e uma menina, estavam sentadas em uma esteira enrolando cigarros com palha de milho e um tabaco parecido com crina de cavalo picada. Elas usavam calças de seda preta e seus pés, com o peito saliente e inchado, estavam enfiados em chinelos de madeira com saltos vermelhos, tão pequenos quanto os chinelinhos de uma boneca. Uma criança nua engatinhava lentamente pelo chão como um grande sapo amarelo.

— Veja os pés dessas mulheres! — Elizabeth sussurrou assim que Li Yeik se virou. — Não é algo simplesmente horrível? Como conseguem fazer isso? Certamente não é natural.

— Não, eles os deformam artificialmente. Está saindo de moda na China, acredito eu, mas as pessoas aqui são antiquadas. O rabo de cavalo do velho Li Yeik é outro anacronismo. Esses pés minúsculos são lindos de acordo com o conceito chinês.

— Lindos! São tão horríveis que mal consigo olhar para eles. Essas pessoas devem ser completos selvagens!

— Ah, não! Eles são altamente civilizados; mais civilizados do que nós, na minha opinião. Beleza é uma questão de gosto. Há um povo neste país chamado *palaung* que admira pescoços longos nas mulheres. As meninas usam grossos anéis de metal para esticar o pescoço, e colocam mais e mais deles até que, por fim, elas ficam com pescoços iguais aos de girafas. Não é mais estranho do que as armações dos vestidos e os espartilhos.

Nesse momento, Li Yeik voltou acompanhado por duas garotas birmanesas gordas de rosto redondo, claramente irmãs, rindo e carregando duas cadeiras e um bule chinês azul, com capacidade para quase dois litros de chá. As duas garotas eram ou tinham sido concubinas de Li Yeik. O velho trouxe uma lata de chocolates e, enquanto abria a tampa, sorria de maneira paternal, expondo três dentes compridos e enegrecidos pelo fumo. Elizabeth sentou-se, sentindo-se muito desconfortável. Ela tinha certeza de que não era correto aceitar a hospitalidade dessas pessoas. Uma das garotas birmanesas colocou-se imediatamente atrás das cadeiras e começou a abanar Flory e Elizabeth, enquanto a outra ajoelhou-se a seus pés e serviu-lhes uma xícara de chá. Elizabeth sentia-se ridícula com a garota abanando sua nuca e o chinês sorrindo à sua frente. Flory parecia sempre colocá-la nesse tipo de situação desconfortável. Ela pegou um chocolate da lata que Li Yeik lhe ofereceu, mas não conseguiu dizer "obrigada".

— Isso está correto? — ela sussurrou para Flory.

— Correto?

— Quero dizer, podemos nos sentar na casa dessas pessoas? Não é uma espécie de... De degradação?

— Com os chineses, não há problema nenhum. Eles são uma raça privilegiada neste país. E são muito democráticos em suas ideias. O melhor é tratá-los mais ou menos como iguais.

— Este chá parece absolutamente repugnante. É completamente verde. O senhor acha que eles tiveram o bom senso de colocar um pouco de leite nele?

— Não é ruim. É um tipo especial de chá antigo que o velho Li Yeik recebe da China. Tem flores de laranjeira, acho.

— Argh! Tem gosto de terra — disse ela, depois de provar o chá.

Li Yeik segurava seu cachimbo, que tinha uns sessenta centímetros de comprimento e um fornilho de metal do tamanho de uma avelã, e observava os europeus para ver se eles gostavam do seu chá. A garota atrás da cadeira disse algo em birmanês, e ambas começaram a rir mais uma vez. A que estava ajoelhada no chão ergueu os olhos para Elizabeth, admirando-a com um ar de ingenuidade. Em seguida, ela virou-se para Flory e perguntou-lhe se a inglesa usava espartilho, com uma pronúncia engraçada.

— Shhh! — fez Li Yeik com ar escandalizado, cutucando a garota com o dedo do pé para fazê-la ficar quieta.

— Eu não teria coragem de perguntar — disse Flory.

— Ah, *thakin*, por favor, pergunte! Estamos tão ansiosas para saber!

Iniciou-se uma discussão, e a garota atrás da cadeira esqueceu-se de abanar e entrou na conversa. As duas, ao que parecia, sempre quiseram, durante toda a vida, ver um espartilho de verdade. Elas tinham ouvido tantas histórias a respeito; que eram feitos de aço, com o formato de um colete estreito, e comprimiam a mulher com tanta força que ela ficava sem seios, completamente sem seios! As garotas pressionavam suas gordas costelas com as mãos para mostrar o efeito. Flory não faria mesmo a gentileza de perguntar à senhorita inglesa? Havia uma sala nos fundos da loja onde ela poderia ir com ambas e despir-se. Elas queriam tanto ver um espartilho.

E então, a conversa parou subitamente. Elizabeth estava sentada, rígida, segurando sua pequena xícara com o chá que ela não tinha coragem de tomar novamente, e exibia um sorriso bastante forçado. Os orientais foram tomados por um arrepio; perceberam que a inglesa, que não conseguia participar da conversa, não estava à vontade. Sua elegância e sua beleza estrangeira, que os encantaram momentos antes, começavam a estarrecê-los um pouco. Até mesmo Flory compartilhava do mesmo sentimento. Sobreveio um daqueles terríveis momentos que se tem com os orientais, em que todos evitam olhar-se nos olhos, tentando, em vão, pensar no que dizer. Então, a criança nua, que estava explorando alguns cestos nos fundos da loja, engatinhou até onde o europeu estava sentado. Examinou seus sapatos e suas meias com grande curiosidade e então, olhando para cima, viu seus rostos brancos e foi tomado pelo terror. Soltou um choro inconsolável e começou a urinar no chão.

A velha chinesa ergueu os olhos, estalou a língua e continuou a enrolar os cigarros. Ninguém deu-lhe a menor atenção. Uma poça começou a se formar no chão. Elizabeth ficou tão horrorizada que largou a xícara com pressa e derramou o chá. Ela agarrou o braço de Flory.

— Essa criança! Olhe o que ela está fazendo! Sério, ninguém vai... É horrível demais! — Por um momento, todos olharam surpresos e, então, compreenderam o que estava acontecendo. Houve uma agitação e um estalar geral de línguas. Ninguém prestara atenção na criança — era um incidente comum demais para ser notado — e agora todos se sentiam terrivelmente envergonhados. Todos começaram a colocar a culpa na criança. Exclamavam: "Que criança infame! Que criança nojenta!". A velha chinesa carregou a criança, ainda chorando, até a porta, e a segurou sobre o degrau como se torcesse uma esponja de banho. E pareceu que, no mesmo instante, Flory e Elizabeth já estavam do lado de fora da loja, e ele a seguia de volta à estrada, com Li Yeik e os outros completamente consternados.

— Se é isso que o senhor chama de pessoas civilizadas...! — ela exclamava.

— Sinto muito — disse ele com a voz fraca. — Nunca esperaria...

— Que pessoas completamente nojentas!

Ela estava totalmente enfurecida. Seu rosto ostentou um tom rosa delicado e encantador, como um botão de papoula que se abre um dia antes do esperado. Era a cor mais profunda que tal flor adquiria. Ele seguiu-a através do bazar e de volta à estrada, e já haviam percorrido cerca de cinquenta metros até que ele tomou coragem de falar novamente.

— Sinto muito que isso tenha acontecido! Li Yeik é um sujeito tão decente. Ele odiaria pensar que a ofendeu. Na verdade, seria melhor ter ficado mais alguns minutos. Só para lhe agradecer pelo chá.

— Agradecer? Depois daquilo?

— Mas, sendo sincero, a senhorita não deveria se importar com esse tipo de coisa. Não neste país. O ponto de vista dessas pessoas é tão diferente do nosso. É preciso se ajustar. Suponha, por exemplo, que a senhorita voltasse à Idade Média...

— Acho que prefiro não falar mais sobre isso.

Foi a primeira vez que discutiram de fato. Ele estava tão infeliz que nem chegou a se perguntar como a tinha ofendido. Não percebia que esse constante esforço para fazê-la interessar-se pelas coisas orientais parecia, para ela, simplesmente uma atitude perversa, pouco cavalheiresca, uma busca deliberada de tudo que era sórdido e "repugnante". Ele ainda não percebera com que olhos ela via os "nativos". Só sabia que, a cada tentativa de fazê-la compartilhar sua vida, seus pensamentos, seu senso estético, ela se afastava mais dele, como um cavalo assustado.

Caminharam pela estrada, ele à esquerda e um pouco atrás dela. Observava seu rosto virado e os minúsculos fios de cabelo dourados em sua nuca, sob a aba do chapéu *terai*. Como ele a amava, como a amava! Era como se nunca a tivesse amado de verdade até aquele instante, caminhando atrás dele tomado pela vergonha, nem sequer tendo coragem de mostrar-lhe seu rosto desfigurado. Pensou em falar algo por diversas vezes, mas se conteve. Sua voz não estava totalmente pronta, e ele não sabia o que dizer sem correr o risco de ofendê-la de alguma forma. Por fim, disse, friamente, fingindo que nada acontecera:

— Está ficando terrivelmente quente, não?

Com uma temperatura de mais de trinta graus à sombra, não foi um comentário brilhante. Para sua surpresa, ela agarrou-se às suas palavras com uma espécie de aflição. Virou-se para olhá-lo e estava sorrindo novamente.

— Sim, está simplesmente um forno!

E, assim, fizeram as pazes. O comentário tolo e banal, trazendo consigo a atmosfera reconfortante das conversas do clube, acalmou-a como que por encanto. Flo, que ficara para trás, alcançou-os ofegante, babando; em um instante, estavam conversando, como de costume, sobre cachorros. Conversaram sobre cachorros pelo resto do caminho até em casa, quase sem parar. Os cães eram um assunto inesgotável. "Cachorros, cachorros!", pensava Flory enquanto subiam a ladeira escaldante, com o sol que subia queimando-lhes os ombros através das roupas finas, como um suspiro de fogo — será que nunca falariam sobre nada além de cachorros? Ou, na falta de cães, sobre discos de gramofone e raquetes de tênis? E, ainda assim, quando se apegavam àquelas conversas tolas, como a conversa se tornava fácil, amistosa!

Passaram pelo muro branco e cintilante do cemitério e chegaram ao portão da casa dos Lackersteen. Velhos flamboiãs cresciam ao seu redor, além de um amontoado de malvas-rosa de mais de dois metros, com flores vermelhas e redondas, parecidas com rostos de garotas muito coradas. Ao chegar à sombra, Flory tirou o chapéu e abanou o rosto.

— Bom, voltamos antes do pior do calor começar. Receio que nossa viagem ao bazar não tenha sido um sucesso.

— Ah, de jeito nenhum! Eu gostei, gostei de verdade!

— Não... Não sei, parece que algo infeliz sempre acontece... Ah, a propósito! A senhorita não se esqueceu de que vamos caçar depois de amanhã, não é? Espero que seja um bom dia para a senhorita.

— Sim, e meu tio vai me emprestar a arma dele. Será tão divertido! O senhor vai ter de me ensinar tudo sobre tiro. Estou tão ansiosa.

— Eu também. É uma péssima época do ano para caçar, mas faremos o melhor possível. Até logo, então.

— Até logo, sr. Flory.

Ela ainda o chamava de sr. Flory, embora ele a chamasse de Elizabeth. Separaram-se e cada um seguiu seu caminho, pensando na caçada que, ambos sentiam, acertaria de alguma forma as coisas entre os dois.

12

No calor pegajoso e sonolento da sala de estar, escurecida por causa da cortina de contas, U Po Kyin andava lentamente de um lado para o outro, gabando-se. De vez em quando, colocava a mão sob a camiseta e coçava os peitos suados, enormes como os seios de uma mulher, por causa da gordura. Ma Kin estava sentada em sua esteira, fumando charutos brancos e finos. Pela porta aberta do quarto, via-se o canto da enorme cama quadrada de U Po Kyin, com colunas de teca entalhadas, parecida com um palanque, sobre o qual ele cometera muitos e muitos estupros.

Ma Kin ouvia pela primeira vez "o outro caso" que estava por trás do ataque de U Po Kyin ao dr. Veraswami. Por mais que desprezasse sua inteligência, U Po Kyin geralmente deixava Ma Kin ficar sabendo de seus segredos, mais cedo ou mais tarde. Ela era a única pessoa de seu círculo imediato que não tinha medo dele e, portanto, era um prazer poder impressioná-la.

— Bom, Kin Kin — dizia ele —, você pode ver que tudo está correndo de acordo com o plano! Já são dezoito cartas anônimas até agora, e cada uma delas uma obra-prima. Leria algumas delas para você, se eu achasse que você fosse capaz de apreciá-las.

— Mas e se os europeus não derem importância às suas cartas anônimas? O que vai fazer então?

— Não dar importância? Ah, não precisa se preocupar com isso! Acho que sei uma coisa ou outra sobre a mentalidade dos europeus. Vou dizer-lhe uma coisa, Kin Kin, se há uma coisa que sei fazer, é escrever uma carta anônima.

Isso era verdade. As cartas de U Po Kyin já surtiam efeito, especialmente sobre seu alvo principal, o sr. Macgregor.

Apenas dois dias antes dessa conversa, o sr. Macgregor passara uma noite muito complicada, tentando decidir se o dr. Veraswami era ou não culpado de deslealdade ao governo. Claro, não se tratava de nenhum ato declarado de deslealdade — o que era totalmente irrelevante. A questão era saber se o médico era o tipo de homem que tinha ideias insubordinadas. Na Índia, não se é julgado pelo que se faz, mas pelo que se é. Uma leve suspeita contra sua lealdade pode arruinar um funcionário oriental. O sr. Macgregor tinha uma natureza justa demais para condenar alguém sem um bom motivo, até mesmo um oriental. Ele ficou quebrando a cabeça até meia-noite, diante de uma pilha de papéis sigilosos, incluindo as cinco cartas anônimas que recebera, além de duas outras que lhe foram encaminhadas por Westfield, presas por um espinho de cacto.

Não eram apenas as cartas. Boatos sobre o médico apareciam de todos os lados. U Po Kyin compreendeu perfeitamente que chamar o médico de traidor não era suficiente; era preciso atacar sua reputação de todos os ângulos possíveis. O médico foi acusado não só de insubordinação, mas também de extorsão, estupro, tortura, prática de operações ilegais, fazer cirurgias completamente bêbado, assassinato por envenenamento, assassinato usando bonecos de bruxaria, comer carne, vender certidões de óbito a assassinos, usar sapatos dentro de um pagode e investidas homossexuais no menino que tocava tambor na banda da polícia militar. Ao ouvir o que se dizia dele, qualquer um imaginaria que o médico era um misto de Maquiavel com Sweeney Todd e Marquês de Sade. De início, o sr. Macgregor não prestara muita atenção às cartas. Estava acostumado a esse tipo de coisa. Mas, na última das cartas anônimas, U Po Kyin desferira um golpe brilhante, até mesmo para ele.

A carta citava a fuga de Nga Shwe O, o *dacoit*, da prisão de Kyauktada. Nga Shwe O, que cumprira metade de uma merecida sentença de sete anos, vinha preparando sua fuga há vários meses e, para começar, seus amigos do lado de fora haviam subornado um dos carcereiros indianos. O carcereiro recebera suas cem rupias antecipadamente, pediu licença para visitar o leito de morte de um parente e passou vários dias bastante ocupado nos bordéis de Mandalay. O tempo passou e o dia da fuga foi adiado inúmeras vezes — enquanto isso, o carcereiro ficava cada vez mais saudoso dos bordéis. Por fim, decidiu ganhar mais algum dinheiro revelando a trama para U Po Kyin. Mas U Po Kyin, como sempre, viu ali uma oportunidade. Mandou o carcereiro ficar calado, sob pena de terríveis punições, e então, na exata noite da fuga, quando era tarde demais para fazer qualquer coisa, enviou outra carta anônima ao sr. Macgregor, avisando-o de que uma fuga estava prestes a acontecer. E acrescentava na carta, é desnecessário dizer, que o dr. Veraswami, o superintendente da prisão, fora subornado para ser conivente com tudo.

Na manhã seguinte, houve um alvoroço e uma enorme correria de carcereiros e policiais por toda a prisão, pois Nga Shwe O escapara. (E ele já estava muito longe, rio abaixo, em uma sampana fornecida por U Po Kyin.) Dessa vez, o sr. Macgregor foi pego de surpresa. Quem quer que tivesse escrito a carta devia estar a par da trama, e provavelmente falara a verdade a respeito da conivência do médico. Era uma questão muito séria. Um superintendente de uma prisão que aceita subornos para deixar um prisioneiro escapar é capaz de qualquer coisa. E portanto — talvez a sequência lógica não fosse assim tão clara, mas era suficiente para o sr. Macgregor — a acusação de insubordinação, que era a principal acusação contra o médico, tornou-se muito mais verossímil.

Ao mesmo tempo, U Po Kyin atacara os europeus. Flory, que era amigo do médico e sua principal fonte de prestígio, assustara-se facilmente e abandonou-o. Com Westfield, a situação foi um pouco mais difícil. Como era policial, Westfield sabia de muita coisa a respeito de U Po Kyin e poderia atrapalhar seus planos. Policiais e magistrados são inimigos naturais. Mas U Po Kyin sabia como tirar vantagem até mesmo desse fato. Acusou o médico, anonimamente é claro, de ter relações com o notório canalha e corrupto U Po Kyin. Isso era o bastante para Westfield. Quanto a Ellis, nenhuma carta anônima era necessária em seu caso; nada poderia fazê-lo ter uma ideia pior do médico do que aquela que já tinha formado.

U Po Kyin chegou até mesmo a enviar uma de suas cartas anônimas à sra. Lackersteen, pois conhecia o poder das mulheres europeias. O dr. Veraswami, dizia a carta, estava incitando os nativos a raptarem e estuprarem mulheres europeias — não forneceu nenhum detalhe, nem era necessário fazê-lo. U Po Kyin tocara no ponto fraco da sra. Lackersteen. Para ela, as palavras "insubordinação", "nacionalismo", "rebelião" e "governo autônomo" só lhe evocavam uma coisa, a imagem dela sendo estuprada por uma procissão de *coolies* negros com os olhos branquíssimos e revirados. Era um pensamento que, às vezes, a mantinha acordada a noite toda. Qualquer boa impressão que os europeus pudessem ter tido a respeito do médico vinha se desintegrando rapidamente.

— Então, está vendo — disse U Po Kyin, com um ar satisfeito —, está vendo como o enfraqueci? Agora assemelha-se a uma árvore serrada em sua base. Basta um toque para ele cair. E, em três semanas ou menos, é o que farei.

— Como?

— Já vou lhe dizer. Acho que é hora de você ficar sabendo. Você não entende muito bem desses assuntos, mas sabe como conter a língua. Já ouviu falar dessa rebelião que está se formando perto da aldeia de Thongwa?

— Claro. São muito tolos, esses aldeões. O que podem fazer com seus *dahs* e lanças contra os soldados indianos? Serão abatidos como animais selvagens.

— Claro. Se houver qualquer combate, será um massacre. Mas trata-se apenas de um bando de camponeses supersticiosos. Colocaram sua fé nesses coletes à prova de balas ridículos que estão lhes distribuindo. Desprezo esse tipo de ignorância.

— Pobres homens! Por que você não os impede, Ko Po Kyin? Não há necessidade de prender ninguém. Você só precisa ir até a aldeia e dizer-lhes que conhece seus planos e eles nunca ousariam levar nada adiante.

— Ah, bem, poderia detê-los se quisesse, é claro. Mas prefiro não fazê-lo. Tenho meus motivos. Veja bem, Kin Kin — e, por favor, mantenha-se calada a esse respeito —, essa rebelião é, de certa forma, minha. Eu mesmo a organizei.

— O quê?

Ma Kin largou o charuto. Seus olhos se arregalaram tanto que o branco azulado de seus olhos apareceu a redor de toda a pupila. Ela ficou horrorizada. E irrompeu:

— Ko Po Kyin, o que você está me dizendo? Não é isso que quis dizer! Você, organizando uma rebelião — isso não pode ser verdade!

— É claro que é verdade. E estamos fazendo um ótimo trabalho. Aquele mágico que mandei trazer de Rangum é um sujeito brilhante. Viajou por toda a Índia como mágico de circo. Os coletes à prova de balas foram comprados nas lojas Whiteaway & Laidlaw, uma rupia e oito *annas* cada. Estão me custando bastante dinheiro, posso lhe garantir.

— Mas, Ko Po Kyin! Uma rebelião! Os terríveis combates e os tiroteios, e todos os pobres coitados que serão mortos! Você tem certeza de que não ficou louco? Não tem medo de levar um tiro?

U Po Kyin parou de caminhar de um lado para o outro. Ficou abismado. — Por Deus, mulher, que ideia é essa agora? Você acha que estou me rebelando contra o governo de verdade? Eu — um servidor público há trinta anos! Céus, claro que não! Disse que havia organizado a rebelião, não que fosse participar dela. São esses aldeões tolos que vão arriscar suas peles, não eu. Ninguém nem imagina, nem jamais vai imaginar, que eu tenha algo a ver com isso, a não ser Ba Sein e mais uma ou duas pessoas.

— Mas você disse que foi você quem os estava incitando à rebelião.

— Claro. Se acusei Veraswami de organizar uma rebelião contra o governo, então preciso de uma rebelião para ter algo para mostrar, não é?

— Ah, entendi. E quando a rebelião estourar, você vai dizer que o dr. Veraswami é o culpado. É isso?

— Como você é lenta! Imaginava que até um idiota perceberia que estou levantando a rebelião simplesmente para esmagá-la. Eu sou... Qual é a expressão que o sr. Macgregor usa? Um *agent provocateur*... É latim, você não teria como entender. Sou o agente provocador. Primeiro, convenci esses idiotas de Thongwa a se rebelarem e, depois, prendo-os como rebeldes. No instante em que a rebelião estiver para começar, vou lá, pego os líderes e meto cada um deles na prisão. Depois disso, atrevo-me a dizer que pode até haver alguns combates. Alguns homens serão mortos e outros, mandados para as Andamã[100]. Mas, enquanto isso, serei o primeiro a chegar ao campo de batalha. U Po Kyin, o homem que reprimiu uma perigosíssima revolta a tempo! Serei o herói do distrito.

U Po Kyin, com orgulho do próprio plano, voltou a andar de um lado para o outro da sala, com as mãos atrás das costas e sorrindo. Ma Kin pensou sobre o plano por algum tempo, em silêncio. Finalmente, disse:

— Ainda não entendi por que você está fazendo tudo isso, Ko Po Kyin. Para onde tudo isso vai levar? E o que tem a ver com o dr. Veraswami?

— Nunca vou poder lhe transmitir sabedoria, Kin Kin! Não lhe disse no início que Veraswami está no meu caminho? Essa rebelião é justamente do que preciso para me livrar dele. É claro que nunca conseguiremos provar que ele é o responsável por ela; mas que importa? Todos os europeus terão certeza de que ele está envolvido de alguma maneira. É assim que suas mentes funcionam. Ele ficará arruinado para o resto da vida. E sua queda é minha ascensão. Quanto pior ficar a imagem dele, mais gloriosa parecerá minha conduta. Entendeu agora?

— Sim, entendi. E acho que é um plano vil e maligno. Fico me perguntando como você não tem vergonha de me contar tudo isso.

— Ora, Kin Kin! Certamente você não vai querer começar com toda aquela bobagem de novo?

— Ko Po Kyin, por que você só fica feliz quando faz maldades? Por que tudo que você faz precisa prejudicar as outras pessoas? Pense naquele pobre médico que será demitido de seu posto, e nos aldeões que serão baleados, açoitados com bambu, ou condenados à prisão perpétua. É preciso fazer esse tipo de coisa? O que você pode querer com mais dinheiro, quando já é tão rico?

— Dinheiro! Quem está falando de dinheiro? Algum dia, mulher, você vai perceber que há outras coisas no mundo além de dinheiro. Fama, por exemplo. Grandeza. Você entende que o governador da Birmânia muito provavelmente colocará uma ordem em meu peito por minha ação leal neste caso? Você não ficaria orgulhosa nem mesmo de uma honra como essa?

Ma Kin balançou a cabeça, nem um pouco impressionada. — Quando você vai se lembrar, Ko Po Kyin, que não vai viver mil anos? Pense no que acontece com aqueles que viveram de forma perversa. Ser transformado em

---

100 Ilhas Andamã e Nicobar, no arquipélago indiano. (N. do T.)

um rato ou em um sapo é algo real. Até mesmo o inferno é real. Lembro-me do que um sacerdote me disse certa vez sobre o inferno, algo que ele traduzira das escrituras em páli, e era terrível. Ele disse "Uma vez a cada mil séculos, duas lanças em brasa vão se encontrar em seu coração e você dirá a si mesma: 'Mais mil séculos de meu tormento terminaram e há tanto sofrimento pela frente quanto aquele que já passou'". Não é horrível demais pensar nessas coisas, Ko Po Kyin?

U Po Kyin riu e acenou despreocupado com a mão, algo que significava "coisas dos pagodes".

— Bom, espero que você ainda possa rir quando chegar seu fim. Eu, no entanto, não gostaria de ter de olhar para trás e vislumbrar uma vida assim.

Ela reacendeu seu charuto com o ombro magro virado de forma reprovadora para U Po Kyin, enquanto ele continuava a andar para um lado e para o outro na sala. Quando falou, foi com um tom mais sério do que antes, até mesmo com um toque de reserva.

— Sabe, Kin Kin, há uma outra questão por trás de tudo isso. Algo que não contei, nem a você nem a mais ninguém. Nem mesmo Ba Sein sabe disso. Mas acho que vou lhe contar agora.

— Não quero ouvir mais nada, se for outra perversidade.

— Não, não. Você me perguntou qual era meu objetivo de verdade neste caso. Imagino que você ache que estou arruinando Veraswami simplesmente porque não gosto dele e por suas ideias acerca de subornos me incomodarem. Não é só isso. Há outra coisa muito mais importante, e diz respeito tanto a você quanto a mim.

— O que é?

— Você nunca sentiu, Kin Kin, um desejo por coisas superiores? Nunca lhe ocorreu que, depois de tudo que conquistamos — tudo que conquistei, deveria dizer —, estamos praticamente na mesma posição de quando começamos? Eu possuo, ouso dizer, dois *lakhs* de rupias, mas olhe para a vida que levamos! Olhe para esta sala! Definitivamente não é melhor do que a sala de um camponês. Estou cansado de comer com os dedos e de ter de me associar apenas com birmaneses — pessoas pobres e inferiores — e de viver, como posso dizer, como um miserável superintendente municipal.

O dinheiro não é suficiente; também gostaria de sentir que subi na vida. Você não deseja, às vezes, um estilo de vida um pouco mais — como posso dizer — mais elevado?

— Não sei como poderíamos querer mais do que já temos. Quando eu era menina em minha aldeia, nunca pensei que chegaria a morar em uma casa como esta. Veja aquelas cadeiras inglesas — nunca tinha me sentando em uma delas na vida. Mas tenho muito orgulho de poder olhar para elas e saber que são minhas.

— Tch! Por que você saiu daquela sua aldeia, Kin Kin? Você só serve para ficar fofocando do lado do poço com um jarro d'água na cabeça. Mas eu sou mais ambicioso, graças a Deus. E agora vou lhe contar a verdadeira razão das minhas intrigas contra Veraswami. Estou planejando algo realmente magnífico. Algo nobre, glorioso! Algo que representa a maior honra que um oriental pode alcançar. Você sabe do que estou falando, é claro.

— Não. Do que está falando?

— Ora essa! A maior conquista da minha vida! Certamente, você consegue adivinhar.

— Ah, já sei! Você vai comprar um automóvel. Mas, ah, Ko Po Kyin, por favor, não espere que eu vá andar nele!

U Po Kyin ergueu as mãos, desgostoso. — Um automóvel! Mas você tem a mente de um vendedor de amendoins do bazar! Poderia comprar vinte automóveis, se quisesses. E para que me serviria um automóvel neste lugar? Não, é algo muito mais grandioso do que isso.

— O que é, então?

— É o seguinte. Por acaso, sei que dentro de um mês os europeus vão admitir um membro nativo para o seu clube. Não querem fazê-lo, mas vão receber ordens do comissário e terão de obedecer. Naturalmente, elegeriam Veraswami, que é o oficial nativo mais graduado do distrito. Mas arruinei Veraswami. Então…

— O quê?

U Po Kyin não respondeu por um instante. Olhou para Ma Kin, e o grande rosto amarelo dele, com a mandíbula larga e incontáveis dentes, estava tão dócil que chegava a parecer infantil. Pode ser que até mesmo algumas lágrimas irromperam de seus olhos acastanhados. Disse com uma voz baixa, quase intimidada, como se a grandeza do que dizia fosse superior a si mesmo:

— Você não percebe, mulher? Você não vê que, se Veraswami cair em desgraça, serei eu o admitido no clube?

O efeito do que dissera foi esmagador. Não houve mais nenhuma palavra contraditória da parte de Ma Kin. A magnificência do plano de U Po Kyin a emudecera.

E não sem razão, pois todas as conquistas na vida de U Po Kyin não eram nada em comparação a isso. Era um verdadeiro triunfo — e seria um triunfo em dobro em Kyauktada — para um funcionário do escalão inferior entrar no Clube Europeu. O Clube Europeu, aquele templo remoto e misterioso, aquele santuário dos santuários, muito mais difícil de entrar do que no Nirvana! Po Kyin, o menino pelado das sarjetas de Mandalay, o escriturário gatuno e oficial obscuro, entraria naquele lugar sagrado, chamaria os europeus de "velhos camaradas", beberia uísque com soda e bateria bolas brancas de um lado para o outro naquela mesa verde! Ma Kin, a aldeã, que vira a luz pela primeira vez através das frestas de uma cabana de bambu coberta por folhas de palmeira, sentaria-se em uma cadeira alta com os pés vestidos com meias de seda e sapatos de salto alto (sim, ela usaria sapatos de verdade naquele lugar!) conversando com as damas inglesas em hindustâni sobre roupinhas de bebê! Era uma perspectiva que deixaria qualquer um deslumbrado.

Por um bom tempo, Ma Kin permaneceu em silêncio, com os lábios entreabertos, pensando no Clube Europeu e nos esplendores que ele poderia conter. Pela primeira vez na vida, ela viu as intrigas de U Po Kyin sem reprovação. Talvez tenha sido uma façanha ainda maior do que o acesso ao clube ter plantado uma semente de ambição no coração bondoso de Ma Kin.

13

Quando Flory passou pelo portão do complexo do hospital, quatro varredores esfarrapados passaram por ele, carregando algum *coolie* morto, envolto em um saco, para uma cova rasa na selva. Flory cruzou o pátio de terra cor de tijolo entre os prédios do hospital. Por todas as amplas varandas, em *charpoys*[101] sem lençol, fileiras de homens com rostos acinzentados jaziam silenciosos e imóveis. Uns patifes sujos que, supostamente, devoravam seus membros amputados enquanto cochilavam e mordiam suas pulgas entre os alicerces dos prédios. Todo o lugar tinha um ar de sujeira e decadência. O dr. Veraswami se esforçava muito para mantê-lo limpo, mas não havia como lidar com a poeira, o péssimo abastecimento de água e a inércia dos varredores e dos cirurgiões assistentes mal preparados.

Avisaram Flory de que o médico estava na ala do ambulatório. Era uma sala com paredes de gesso, mobiliada apenas com uma mesa e duas cadeiras, e um retrato empoeirado da rainha Vitória, completamente torto. Uma procissão de birmaneses, camponeses com músculos retorcidos sob seus trapos desbotados, entrava na sala e formava uma fila junto à mesa. O médico trajava uma camisa de manga curta e suava profusamente. Ele pôs-se

---

101 Cama típica indiana, consistindo de uma moldura de madeira com fitas ou cordas amarradas em toda sua extensão. (N. do T.)

imediatamente de pé com uma exclamação de prazer e, com sua habitual agitação, empurrou Flory para a cadeira vazia e tirou uma lata de cigarros da gaveta da mesa.

— Que visita deliciosa, sr. Flory! Por favor, fique à vontade — isto é, se alguém pode ficar à vontade em um lugar como este, rá, rá! Mais tarde, em minha casa, poderemos conversar, com cerveja e mais comodidade. Por favor, dê-me licença, enquanto atendo o povo.

Flory sentou-se e o suor quente imediatamente irrompeu, encharcando-lhe a camisa. O calor da sala era sufocante. Os camponeses exalavam alho por todos os poros. À medida que cada homem se aproximava da mesa, o médico saltava da cadeira, cutucava as costas do paciente, encostava uma orelha negra em seu peito, disparava várias perguntas em um péssimo birmanês, depois voltava para a mesa e rabiscava uma receita. Os pacientes carregavam a receita através do pátio até o farmacêutico, que lhes dava frascos cheios de água com várias tinturas vegetais. O farmacêutico ganhava a vida em grande parte com a venda ilegal dos remédios, pois o governo lhe pagava apenas vinte e cinco rupias por mês. No entanto, o médico não sabia de nada disso.

Na maioria das manhãs, o médico não tinha tempo para atender pessoalmente os pacientes ambulatoriais, e deixava-os a cargo de um dos cirurgiões assistentes. Os métodos de diagnóstico do cirurgião assistente eram breves. Ele simplesmente perguntava a cada paciente "Onde está doendo? Na cabeça, nas costas ou na barriga?" e, conforme a resposta, ele entregava uma receita das três pilhas que já preparara de antemão. Os pacientes preferiam muito mais esse método ao do médico. O médico costumava perguntar-lhes se já tinham sofrido de alguma doença venérea — uma pergunta nada delicada e completamente sem sentido — e, às vezes, deixava-os ainda mais horrorizados, sugerindo-lhes alguma operação. "Cortar a barriga" era o termo que eles usavam. A maioria preferiria morrer uma dúzia de vezes antes de ter de "cortar a barriga".

Depois que o último paciente desapareceu, o médico afundou na cadeira, abanando o rosto com o receituário.

— Ah, esse calor! Em certas manhãs acho que esse cheiro de alho nunca vai sair do meu nariz! Acho incrível como até mesmo o sangue deles parece ficar impregnado de alho. O senhor não se sente sufocado, sr. Flory? Vocês, ingleses, têm o olfato quase que apurado demais. Que tormentos devem sofrer em nosso imundo Oriente!

— "Abandonem vossos narizes, vós que entrais aqui", não é isso? Poderiam escrever essa frase sobre o Canal de Suez. O senhor está muito ocupado essa manhã?

— Como sempre. Ah, meu amigo, como é desanimador o trabalho de um médico neste país! Esses aldeões — um bando de selvagens, sujos e ignorantes! Fazer com que venham ao hospital é o máximo que conseguimos fazer, e eles preferem morrer de gangrena ou carregar um tumor tão grande quanto um melão a enfrentar a faca. E é cada remédio que os curandeiros deles lhes dão! Ervas colhidas na lua nova, bigodes de tigre, chifre de rinoceronte, urina, sangue menstrual! É repulsivo pensar em como os homens são capazes de beber essas misturas.

— Ao mesmo tempo, é bastante pitoresco. O senhor deveria compilar uma farmacopeia birmanesa, doutor. Seria quase tão boa quanto o Culpeper[102].

— Um gado bárbaro, um gado bárbaro — disse o médico, começando a vestir seu jaleco branco. — Vamos para a minha casa? Tenho cerveja e acho que sobraram alguns pedaços de gelo. Tenho uma operação às dez horas, uma hérnia estrangulada, bastante urgente. Mas até então, estou livre.

— Vamos. Na verdade, há algo que gostaria de falar com o senhor.

Cruzaram mais uma vez o pátio e subiram os degraus da varanda do médico. O doutor, depois de enfiar a mão no baú de gelo e descobrir que só havia sobrado água morna, abriu uma garrafa de cerveja e chamou às pressas os criados, pedindo-lhes que colocassem algumas garrafas para refrescar sob um amontoado de palha molhada. Flory ficou parado olhando por sobre as grades da varanda, ainda com o chapéu na cabeça. O fato é que tinha vindo ali para desculpar-se. Vinha evitando o médico por quase duas semanas — desde

---

[102] Referência a Nicholas Culpeper (1616-1654), botânico, médico e astrólogo inglês, que publicou inúmeros repositórios dos conhecimentos farmacêuticos e das ervas medicinais da época. (N. do T.)

o dia, na verdade, em que colocara seu nome no ofensivo aviso no quadro do clube. Mas o pedido de desculpas precisava ser articulado. U Po Kyin era bom em julgar as pessoas, mas errou ao supor que duas cartas anônimas seriam suficientes para afastar Flory de seu amigo de uma vez por todas.

— Escute, doutor, o senhor sabe o que queria lhe dizer?

— Eu? Não.

— Sim, o senhor sabe. É sobre aquela coisa horrorosa que cometi na outra semana. Quando Ellis colocou aquele aviso no quadro do clube e coloquei meu nome nele. Deve ter ouvido falar sobre isso. Quero tentar explicar-me...

— Não, não, meu amigo, não, não! — O médico ficou tão angustiado que atravessou a varanda e agarrou Flory pelo braço. — O senhor não me deve explicações! Por favor, nunca mais fale disso! Entendo perfeitamente... Entendo perfeitamente.

— Não, o senhor não entende. Não tem como entender. Não imagina o tipo de pressão que é colocada sobre alguém para levá-la a fazer coisas do tipo. Nada me obrigava a assinar aquele aviso. Nada aconteceria se tivesse recusado. Não há nenhuma lei que nos obrigue a nos comportarmos de forma horrorosa com os orientais — muito pelo contrário. Mas... É que ninguém ousa ser leal a um oriental quando isso significa ir contra todos os outros. Não é possível. Se eu teimasse em não assinar o aviso, teria caído em desgraça no clube por uma ou duas semanas. Então cedi, como sempre.

— Por favor, sr. Flory, por favor! Definitivamente, o senhor me deixará constrangido se continuar a falar nisso. Como se eu não fosse capaz de entender sua posição!

— Nosso lema, como o senhor sabe, é "na Índia, faça como os ingleses".

— Claro, claro. É um lema muito nobre. "Todos unidos", como dizem os senhores. É o segredo de sua superioridade sobre nós, orientais.

— Bom, de nada vale pedir desculpas. Mas o que vim dizer aqui é que não vai acontecer de novo. Na verdade...

— Ora, ora, sr. Flory, o senhor me faz um favor se não tocar mais nesse assunto. Está tudo acabado e esquecido. Por favor, beba sua cerveja antes que ela vire chá quente. Aliás, também tenho algo para lhe contar. O senhor ainda não me perguntou se tenho novidades.

— Ah, sim, suas novidades. Quais são suas novidades, por falar nisso? Como vão as coisas ultimamente? Como está a Coroa Britânica? Ainda moribunda?

— Ah, vai mal, muito mal! Mas não tanto quanto eu. Estou em uma situação complicadíssima, meu amigo.

— O que acontece? U Po Kyin de novo? Ainda está lhe caluniando?

— Se ele está me caluniando? Desta vez, é... Bom, é algo diabólico. Meu amigo, o senhor já ouviu falar dessa rebelião que dizem estar a ponto de estourar no distrito?

— Ouvi muitas conversas. Westfield está decidido a promover um massacre, mas também ouvi dizer que ele não conseguiu encontrar nenhum rebelde. Apenas os rebeldes de sempre, que se recusam a pagar seus impostos.

— Ah, sim. Idiotas miseráveis! O senhor sabe de quanto é o imposto que a maioria deles se recusa a pagar? Cinco rupias! Mas vão se cansar logo e acabarão pagando. É o mesmo problema todo ano. Mas, quanto à rebelião — a suposta rebelião, sr. Flory —, gostaria que o senhor soubesse que há mais coisas ocultas do que parece.

— Ah, é? O quê?

Para a surpresa de Flory, o médico fez um gesto de raiva tão violento que derramou quase toda sua cerveja. Ele apoiou o copo nas grades da varanda e explodiu:

— É U Po Kyin de novo! Aquele canalha indescritível! Aquele crocodilo privado de sentimentos! Aquele... Aquele...

— Continue.

— ... Aquele obsceno barril de banha, aquele pacote inchado de doenças, aquele poço de bestialidades...

— Continue. O que ele tem feito agora?

— Uma perversidade sem paralelos... — e, nesse momento, o médico descreveu o plano de uma rebelião simulada, da mesma forma que U Po Kyin havia explicado a Ma Kin. O único detalhe que ele não conhecia era a intenção de U Po Kyin de ser eleito para o Clube Europeu. Não se pode dizer com precisão como o rosto do médico enrubesceu, mas ficou vários tons mais escuro em decorrência de sua raiva. Flory ficou tão surpreso que continuou de pé.

— O velho demônio astucioso! Quem diria que fosse capaz de tudo isso? Mas como você conseguiu descobrir seu plano?

— Ah, ainda me restam alguns amigos. Mas agora o senhor entende, meu amigo, o tamanho da ruína que ele está preparando para mim? Já me caluniou a torto e a direito. Quando essa rebelião ridícula estourar, fará tudo ao seu alcance para ligar meu nome a ela. E lhe digo que a menor suspeita que pairar sobre minha lealdade pode me levar à ruína, à ruína! Se houver o mínimo sussurro de que sou simpatizante dessa rebelião, isso será meu fim.

— Mas, diabos, isso é ridículo! Certamente o senhor poderá se defender de alguma forma.

— Como poderei me defender se não posso provar nada? Sei que tudo isso é verdade, mas de que me adianta? Se eu exigir um inquérito público, para cada testemunha que eu apresentar a meu favor, U Po Kyin arranjará cinquenta contra mim. O senhor não percebe a influência desse homem no distrito. Ninguém ousa falar nada contra ele.

— Mas por que o senhor precisa provar alguma coisa? Por que não vai até o velho Macgregor e conta-lhe tudo? À sua maneira, é um velho bastante justo. Ele o ouviria.

— É inútil, inútil. O senhor não tem a mente de um conspirador, sr. Flory. *Qui s'excuse s'accuse*[103], não é? Não vale a pena gritar aos quatro ventos que há uma conspiração contra si mesmo.

— Bom, o que o senhor vai fazer, então?

— Não há nada que eu possa fazer. Devo simplesmente esperar e torcer para que o meu prestígio tenha algum valor. Em casos como este, em que a reputação de um funcionário nativo está em jogo, não se trata de uma questão de provas, de evidências. Tudo depende da posição de cada um junto aos europeus. Se minha posição for boa, não acreditarão que fiz tais coisas; se for ruim, vão acreditar. Prestígio é tudo.

---

103 "Quem se desculpa se acusa", em francês. (N. do T.)

Ficaram em silêncio por um instante. Flory entendia muito bem que "prestígio é tudo". Estava acostumado a esse tipo de conflito nebuloso, em que as suspeitas têm mais valor do que as provas, e a reputação é mais importante do que mil testemunhas. Veio-lhe um pensamento à cabeça, um pensamento desconfortável e assustador, algo que não lhe havia ocorrido três semanas atrás. Era um daqueles momentos em que se vê com clareza qual é seu dever e, mesmo com toda a vontade do mundo para evitá-lo, tem-se certeza de que é preciso cumpri-lo. Então, disse:

— Imagine, por exemplo, que o senhor seja admitido no clube. Isso faria bem ao seu prestígio?

— Se eu fosse admitido no clube? Ah, sim, sim! O clube! É uma fortaleza inatacável! Uma vez lá dentro, ninguém daria ouvidos a essas histórias a meu respeito, não mais do que histórias a respeito do senhor, ou do sr. Macgregor, ou de qualquer outro cavalheiro europeu. Mas que esperança tenho eu de que me admitam depois que suas mentes foram envenenadas contra mim?

— Bom, veja bem, doutor, vou lhe dizer uma coisa. Vou propor seu nome na próxima assembleia geral. Sei que a questão vai surgir então e, se alguém apresentar o nome de um candidato, ouso dizer que ninguém, a não ser Ellis, será contra. E, enquanto isso...

— Ah, meu amigo, meu querido amigo! — A emoção do médico quase o fez engasgar-se. Agarrou a mão de Flory. — Ah, meu amigo, que ato mais nobre! Verdadeiramente nobre! Mas é demais. Receio que o senhor se meta em problemas com seus amigos europeus novamente. Com o sr. Ellis, por exemplo... Será que ele iria tolerar que o senhor indicasse meu nome?

— Ah, que se dane Ellis. Mas o senhor precisa entender que não posso lhe prometer que será admitido. Vai depender do que Macgregor disser, e do humor dos outros. Pode ser que não dê em nada.

O médico continuava a segurar a mão de Flory entre as suas, que eram gordas e constantemente úmidas. As lágrimas começavam a brotar de seus olhos, e eles, ampliados pelos óculos, recaíram sobre Flory como os olhos cristalinos de um cachorro.

— Ah, meu amigo! Se ao menos eu fosse admitido! Seria o fim de todos os meus problemas! Mas, meu amigo, como já disse, não se precipite nesse assunto. Cuidado com U Po Kyin! A essa altura, ele já deve ter o senhor entre seus inimigos. E, mesmo para o senhor, sua inimizade pode ser um perigo.

— Ah, por Deus, ele não pode me atingir. Não me fez nada até agora... Apenas me enviou algumas tolas cartas anônimas.

— Eu não teria tanta certeza. Ele tem maneiras muito sutis de atacar. E, com certeza, moverá céus e terra para impedir que eu seja admitido no clube. Se o senhor tem algum ponto fraco, esconda-o, meu amigo. Ele acabará por descobri-lo. Ele sempre nos ataca no ponto mais fraco.

— Como o crocodilo — sugeriu Flory.

— Como o crocodilo — concordou o médico, grave. — Ah, meu amigo, como será gratificante se eu me tornar membro do seu Clube Europeu! Que honra estar associado a cavalheiros europeus! Mas há um outro assunto, sr. Flory, que não quis mencionar antes. É... Espero que fique bem entendido... Que não tenho nenhuma intenção de *usar* o clube de nenhuma forma. Ser membro é tudo que desejo. Mesmo se fosse admitido, não presumiria de forma nenhuma que eu frequentaria o clube.

— Não frequentaria o clube?

— Não, não! Deus me livre de impor minha companhia aos cavalheiros europeus! Simplesmente pagaria minha mensalidade. Isso, para mim, já é privilégio suficiente. Acredito que o senhor compreenda.

— Perfeitamente, doutor, perfeitamente.

Flory não pôde deixar de rir enquanto subia a ladeira. Agora, estava definitivamente comprometido a apoiar a indicação do médico. E haveria uma briga tão grande quando os outros o ouvissem — ah, uma briga dos diabos! Mas o mais surpreendente é que tudo isso apenas o fazia rir. Tal perspectiva o teria horrorizado um mês atrás, mas agora o deixava praticamente eufórico.

Por quê? E por que ele dera sua palavra? Era algo pequeno, um pequeno risco a correr — não havia nada de heroico naquilo — mas ainda assim era algo que ele nunca teria feito. Por que, depois de todos esses anos — os anos precavidos, anos de um *pukka sahib* —, quebrar as regras tão subitamente?

Ele sabia o porquê. Era porque Elizabeth, ao entrar em sua vida, a tinha mudado e renovado de tal forma que todos aqueles anos sujos e infelizes pareciam nem ter acontecido. A presença dela havia transformado toda a trajetória de sua mente. Ela lhe trouxe o ar da Inglaterra de volta — da querida Inglaterra, onde o pensamento é livre e ninguém está condenado a dançar eternamente a *danse du pukka sahib*[104] para a edificação das raças inferiores. "Onde está a vida que eu levava ultimamente?", pensou ele. Ela lhe tornara possível o simples fato de existir, e até mesmo lhe tornara natural agir com decência.

"Onde está a vida que eu levava ultimamente?", pensou ele novamente ao passar pelo portão do jardim. Estava feliz, feliz. Pois havia percebido que os devotos têm razão quando dizem que há salvação e que a vida pode recomeçar novamente. Percorreu o caminho até a entrada e teve a impressão de que sua casa, suas flores, seus criados, toda a vida que há tão pouco tempo fora inundada de tédio e saudades da Inglaterra, de alguma forma se renovara, se tornara significativa, de uma beleza inesgotável. Como tudo podia tornar-se divertido se havia alguém com quem compartilhar! Como podia-se amar aquele país quando não se estava sozinho! Nero estava no caminho, enfrentando o sol por alguns grãos de arroz que o *mali* havia deixado cair, ao levar comida para as cabras. Flo correu atrás dele, ofegante, e Nero saltou no ar com um bater de asas, pousando no ombro de Flory. Flory entrou em casa com o galinho vermelho nos braços, acariciando sua crista sedosa e as penas lisas em forma de losango do seu dorso.

Nem tinha posto os pés na varanda e já percebeu que Ma Hla May estava na casa. Não foi preciso que Ko S'la viesse correndo de seu interior com uma expressão de más notícias. Flory sentira o cheiro de sândalo, alho, óleo de coco e o perfume de jasmim de seus cabelos. Ele pousou Nero sobre o gradil da varanda.

— A *mulher* está de volta — disse Ko S'la.

Flory empalidecera. Quando ficava pálido, a marca de nascença deixava-o muito feio. Uma pontada, tal qual o golpe de uma lâmina de gelo, atravessou suas entranhas. Ma Hla May apareceu na porta do quarto. Permaneceu com a cabeça baixa, olhando para ele através das sobrancelhas inclinadas.

— *Thakin* — disse ela em voz baixa, entre emburrada e impaciente.

---

104 "A dança do *pukka sahib*", em francês. (N. do T.)

— Vá embora! — disse Flory para Ko S'la, com raiva, descarregando o medo e a irritação sobre o criado.

— *Thakin* — ela disse —, venha aqui até o quarto. Tenho algo para lhe dizer.

Ele a seguiu até o quarto. Em uma semana — passara-se apenas uma semana — sua aparência degenerara extraordinariamente. Seus cabelos pareciam engordurados. Todos os seus cachos sumiram, e ela usava um *longyi* de Manchester de algodão florido, que custava duas rupias e oito *annas*. Ela cobrira o rosto com um pó tão espesso que parecia uma máscara de palhaço e, na raiz dos cabelos, onde o pó acabava, havia uma faixa de pele em sua cor natural, marrom. Ela parecia uma prostituta. Flory não a encarou, mas fitava carrancudo a varanda através da porta aberta.

— O que você quer, voltando aqui desse jeito? Por que não voltou para sua aldeia?

— Estou hospedada em Kyauktada, na casa do meu primo. Como posso voltar para a minha aldeia depois do que aconteceu?

— E o que quis comigo, mandando homens para me pedir dinheiro? Como já pode querer mais dinheiro, quando lhe dei cem rupias apenas uma semana atrás?

— Como posso voltar? — repetiu ela, ignorando o que ele dissera. A voz dela elevou-se de tal forma que ele se virou. Ela estava muito ereta, amuada, com as sobrancelhas pretas unidas e os lábios fazendo beicinho.

— Por que você não pode voltar?

— Depois daquilo? Depois do que você fez comigo?

De repente, ela explodiu em um discurso furioso. Sua voz tornou-se um grito histérico e disforme, igual ao das mulheres do bazar quando brigam.

— Como posso voltar, para ser zombada e apontada por aqueles camponeses estúpidos que tanto desprezo? Eu, que já fui uma *bo-kadaw*, a esposa de um homem branco, ter de voltar para a casa dos meus pais e sacudir a cesta de arroz com velhas bruxas e mulheres feias demais para encontrar maridos! Ah, que vergonha, que vergonha! Por dois anos fui sua mulher, você me amou e cuidou de mim, e então, sem nenhum aviso, sem motivo, me escorraçou da sua casa como um cachorro. E agora tenho de voltar para a minha aldeia, sem dinheiro, todas as minhas joias e meus *longyis* de seda há muito tempo perdidos, e as pessoas apontarão para mim e dirão: "Lá vai a Ma Hla May, que se achava mais inteligente que todos nós. E vejam só! Seu homem branco fez com ela o que sempre fazem". Estou arruinada, arruinada! Que homem vai se casar comigo depois de morar dois anos em sua casa? Você roubou a minha juventude. Ah, que vergonha, que vergonha!

Ele não conseguia olhar para ela; ficou de pé, indefeso, pálido, envergonhado. Cada palavra que ela dissera era justificada, mas como dizer-lhe que ele não poderia ter feito outra coisa? Como dizer-lhe que teria sido uma afronta, um pecado, continuar como seu amante? Ele praticamente se encolhia para evitá-la, e a marca de nascença parecia uma mancha de tinta em seu rosto amarelado. Disse categoricamente, voltando-se instintivamente ao assunto do dinheiro — já que usar dinheiro nunca falhara com Ma Hla May:

— Vou lhe dar mais dinheiro. Posso dar-lhe as cinquenta rupias que me pediu — e mais, depois. Só terei mais no mês que vem.

O que era verdade. As cem rupias que ele lhe dera, e o que gastara com roupas, haviam praticamente acabado com seu dinheiro disponível. Para sua desolação, ela começou a chorar alto. Sua máscara branca ficou completamente enrugada e as lágrimas brotaram de imediato, escorrendo por suas bochechas. Antes que ele pudesse impedir, ela caiu de joelhos à sua frente e curvou-se, tocando o chão com a testa, em uma prostração completa, símbolo de absoluta humilhação.

— Levante-se, levante-se! — ele exclamou. Aquela prostração vergonhosa e abjeta, com o corpo dobrado como se estivesse à espera de um golpe, sempre o horrorizou. — Não posso aguentar isso. Levante-se agora.

Ela recomeçou o choro e tentou agarrar seus tornozelos. Rapidamente, ele deu um passo para trás.

— Levante-se, agora, e pare com esse barulho horrível. Não sei por que você está chorando.

Ela não se levantou, apenas ficou de joelhos e voltou a chorar. — Por que você está me oferecendo dinheiro? Você acha que só voltei por causa de dinheiro? Você acha que, quando me escorraçou de sua casa como um cachorro, foi só por causa do dinheiro que me importei?

— Levante-se — ele repetiu. Havia dado vários passos para longe dela, para evitar ser agarrado. — O que mais você quer, além de dinheiro?

— Por que você me odeia? — ela choramingou. — Que mal lhe fiz? Roubei sua cigarreira, mas não é por isso que você ficou zangado. Você vai se casar com aquela branca, eu sei, todo mundo sabe. Mas de que importa, por que você precisa me rejeitar? Por que você me odeia?

— Não a odeio. Não sou capaz de explicar-lhe. Levante-se, por favor, levante-se.

Ela chorava descaradamente agora. Afinal, era pouco mais que uma criança. Ela olhava para ele em meio às lágrimas, ansiosa, estudando sua expressão em busca de um sinal de misericórdia. Então, em um ato horroroso, ela estendeu todo o corpo no chão, com o rosto para baixo.

— Levante-se, levante-se! — ele gritou, em inglês. — Não posso aguentar isso... Que coisa abominável!

Ela não se levantou, mas começou a rastejar, como um verme, na direção dos pés dele. Seu corpo desenhou uma larga fileira no chão empoeirado. Ela ficou prostrada na sua frente, o rosto escondido, os braços estendidos, como se estivesse diante do altar de um deus.

— Meu senhor, meu senhor — ela choramingou —, o senhor não vai me perdoar? Desta vez, somente desta vez! Aceite Ma Hla May de volta. Serei sua escrava, até menos que uma escrava. Qualquer coisa para que não me mande embora.

Ela enrolara os braços em volta dos tornozelos dele e beijava de verdade os dedos dos seus pés. Ele ficou olhando para ela com as mãos nos bolsos, completamente indefeso. Flo entrou lentamente na sala, caminhou até onde Ma Hla May estava deitada e cheirou seu *longyi*. Ela abanou o rabo ligeiramente, reconhecendo seu cheiro. Flory não aguentou. Abaixou-se e pegou Ma Hla May pelos ombros, colocando-a de joelhos.

— Levante-se agora mesmo — disse ele. — Sinto-me mal em vê-la assim. Farei o que puder por você. De que adianta chorar?

No mesmo instante ela exclamou, com as esperanças renovadas: — Então vai me aceitar de volta? Ah, meu senhor, aceite Ma Hla May de volta!

Ninguém precisa saber. Ficarei aqui e, quando aquela mulher branca vier, ela vai pensar que sou uma das esposas dos criados. Vai me aceitar de volta?

— Não posso. É impossível — disse ele, virando-se mais uma vez.

Ela percebeu a determinação em seu tom de voz e soltou um grito áspero e hediondo. Prostrou-se novamente, batendo a testa no chão. Foi horrível. E, ainda mais horrível, o que doía em seu peito, era a completa falta de elegância, a baixeza das emoções por trás daquelas súplicas. Pois em tudo aquilo não havia uma centelha de amor por ele. Se ela chorava e rastejava, era apenas pela perda da posição que outrora ela tivera com o amante, a vida ociosa, as roupas caras e o poder sobre os criados. Havia algo extremamente lamentável em tudo aquilo. Se ela o amasse, ele poderia tê-la expulsado de sua casa com muito menos remorso. Nenhuma dor é mais amarga do que aquela desprovida de qualquer traço de nobreza. Ele abaixou-se e pegou-a nos braços.

— Ouça, Ma Hla May — disse ele —, não a odeio, você não me fez nenhum mal. Fui eu que a prejudiquei. Mas, agora, nada mais adianta. Você precisa voltar para casa e, mais tarde, lhe mandarei dinheiro. Se quiser, pode abrir uma loja no bazar. Você é jovem. Nada disso terá a mínima importância quando você tiver dinheiro e puder arranjar um marido.

— Estou arruinada! — lamentou ela novamente. — Vou me matar. Vou me jogar do cais, direto no rio. Como posso viver depois dessa desgraça?

Ele a segurava nos braços, quase a acariciando. Ela se agarrava a ele, o rosto escondido em sua camisa, o corpo tremendo com os soluços. O cheiro de sândalo penetrava nas narinas dele. Talvez mesmo agora ela pensasse que, com seus braços ao redor dele e seus corpos colados, fosse capaz de recuperar o poder sobre ele. Ele desvencilhou-se dela com cuidado e, então, vendo que ela não tornaria a pôr-se de joelhos novamente, afastou-se.

— Já chega. Agora você precisa ir embora. E olhe, vou lhe dar as cinquenta rupias que prometi.

Ele arrastou a caixa de metal do uniforme de debaixo da cama e tirou cinco notas de dez rupias. Guardou-as silenciosamente no seio de seu *ingyi*. Suas lágrimas pararam subitamente de correr. Sem falar nada, ela foi até o banheiro e voltou com o rosto lavado de volta ao seu tom marrom natural, e com os cabelos e o vestido arrumados. Pareceu-lhe amuada, mas não estava mais histérica.

— Pela última vez, *thakin*: você não vai me aceitar de volta? Essa é sua última palavra?

— Sim. Não posso fazer nada.

— Então vou embora, *thakin*.

— Muito bem. Deus a acompanhe.

Encostado no pilar de madeira da varanda, ele observou-a descer pelo caminho sob a forte luz do sol. Ela caminhava muito ereta, com uma expressão amargurada e ofendida na postura das costas e da cabeça. Era verdade o que ela dissera, que ele roubara sua juventude. Seus joelhos tremiam descontroladamente. Ko S'la apareceu atrás dele, em silêncio. Tossiu de forma depreciativa para atrair a atenção de Flory.

— Qual é o problema agora?

— O café da manhã do sagrado senhor está esfriando.

— Não quero nenhum café da manhã. Traga-me algo para beber... Gim. Onde está a vida que ultimamente eu levava?

14

Como longas agulhas curvas em meio a um bordado, as duas canoas que levavam Flory e Elizabeth subiam o riacho que levava rumo ao interior a partir da margem oriental do Irauádi. Era o dia da viagem de caça — uma viagem curta de uma tarde, posto que não podiam passar uma noite juntos na selva. Caçariam por algumas horas no relativo frescor do fim de tarde e voltariam a Kyauktada a tempo para o jantar.

As canoas, cada uma entalhada em um único tronco de árvore, deslizavam suavemente, sem praticamente produzir nenhuma ondulação nas águas amarronzadas. Aguapés com abundantes folhagens esponjosas e flores azuis haviam obstruído todo o curso d'água, de forma que restara apenas uma faixa sinuosa de pouco mais de um metro de largura por todo o canal. A luz, esverdeada, era filtrada pelos galhos entrelaçados. Às vezes, ouvia-se o grito de papagaios no alto, mas nenhuma criatura selvagem apareceu, a não ser uma única vez, quando uma cobra passou por eles apressada e desapareceu entre os aguapés.

— Quanto tempo até chegarmos à aldeia? — Elizabeth gritou para Flory. Ele estava em uma canoa maior logo atrás, junto com Flo e Ko S'la, conduzida por uma velha enrugada e vestida com farrapos.

— Quanto falta, vovó? — Flory perguntou para a condutora.

A velha tirou o charuto da boca e apoiou o remo nos joelhos para refletir. — A distância do grito de um homem — disse ela depois de pensar.

— Cerca de um quilômetro — Flory traduziu.

Haviam percorrido cerca de três quilômetros. As costas de Elizabeth doíam. As canoas poderiam tombar ao menor movimento descuidado, e era preciso sentar-se ereto no assento estreito e sem encosto, mantendo os pés longe do fundo, repleto de camarões mortos balançando para todo lado. O birmanês que conduzia Elizabeth tinha sessenta anos, estava seminu, era escuro como uma folha seca e tinha o corpo perfeito de um jovem. Tinha um rosto envelhecido, gentil e bem-humorado. A nuvem de cabelos negros, mais fina do que a maioria dos birmaneses, estava presa de forma descuidada sobre uma das orelhas, com uma ou duas mechas soltas, caindo por sobre a face. Elizabeth segurava a arma do tio sobre os joelhos. Flory oferecera-se para levá-la, mas ela recusou; na verdade, sentir o peso da arma encantava-a de tal forma que ela não teve coragem de entregá-la. Nunca tivera uma arma nas mãos até então. Ela usava uma saia grossa com sapatos escoceses e uma camisa de seda de corte masculino, e sabia que, com seu chapéu t*erai*, todo o traje lhe caía bem. Estava muito feliz, apesar das costas doloridas, do suor quente que ardia-lhe o rosto e dos imensos mosquitos manchados que zumbiam ao redor dos seus tornozelos.

O curso d'água se estreitou e os leitos de aguapés deram lugar a margens íngremes de lama cintilante, parecidas com chocolate. Casebres cobertos com palha erguiam-se acima das águas, apoiados sobre palafitas cravadas no rio. Um menino nu, de pé entre duas palhoças, fazia um besouro verde voar amarrado a um pedaço de linha, como se fosse uma pipa. Ele gritou ao ver os europeus, e mais crianças apareceram do nada. O velho birmanês conduziu a canoa até um cais feito com um único tronco de palmeira estendido na lama — estava coberto de cracas e, por isso, dava apoio para os pés — e, logo em seguida, saltou e ajudou Elizabeth a desembarcar. Os outros vieram logo atrás com as sacolas e os cartuchos, e Flo, como sempre fazia nessas ocasiões, jogou-se na lama, afundando até o pescoço. Um velho magro, vestindo um *paso* magenta, com uma verruga na bochecha de onde brotavam quatro pelos grisalhos de quase um metro de comprimento, avançou prostrando-se e dando tapinhas nas crianças que se reuniram ao redor do cais.

— O chefe da aldeia — disse Flory.

O velho abriu caminho até sua casa, tomando a frente com um extraordinário andar vergado, como uma letra L invertida — resultado de um reumatismo combinado às constantes prostrações exigidas de um funcionário do governo com um cargo inferior. Um bando de crianças marchava rapidamente atrás dos europeus, além de cães e mais cães, todos latindo e fazendo Flo encolher-se junto aos calcanhares de Flory. Na entrada de cada palhoça, aglomerados de rostos rústicos, parecidos com pequenas luas, olhavam boquiabertos para a *ingaleikma*. A aldeia mantinha-se escurecida pela sombra das largas folhagens. Nas chuvas, o riacho inundava, transformando as partes mais baixas da aldeia em uma imunda Veneza de madeira, onde os aldeões saíam de casa direto para suas canoas.

A casa do chefe era um pouco maior do que as outras e tinha um telhado de ferro corrugado que, apesar do barulho insuportável que fazia durante as chuvas, era o orgulho da vida do chefe. Ele renunciara à construção de um pagode, reduzindo sensivelmente suas chances de chegar ao Nirvana, para pagar pelo telhado. Ele subiu os degraus com pressa e chutou com delicadeza as costelas de um jovem que dormia na varanda. Então, virou-se e prostrou-se novamente para os europeus, pedindo-lhes que entrassem.

— Vamos entrar? — perguntou Flory. — Imagino que tenhamos de esperar cerca de meia hora.

— O senhor não poderia pedir-lhe para trazer algumas cadeiras para a varanda? — Elizabeth perguntou. Depois de sua experiência na casa de Li Yeik, ela decidira em seu íntimo que nunca mais entraria na casa de um nativo, se pudesse evitar.

Houve um alvoroço dentro da casa e o chefe, o jovem e algumas mulheres arrastaram duas cadeiras, decoradas de maneira espalhafatosa com hibiscos vermelhos e begônias plantadas em latas de querosene. Era evidente que haviam preparado uma espécie de trono duplo para os europeus. Quando Elizabeth se sentou, o chefe reapareceu com um bule de chá, um cacho de bananas muito compridas e verdes e seis charutos pretos como carvão. Mas, quando ele serviu uma xícara de chá para ela, Elizabeth recusou balançando a cabeça, pois o chá parecia, se é que era possível, ainda pior do que o que Li Yeik servira.

O chefe pareceu ter ficado envergonhado e esfregou o nariz. Virou-se para Flory e perguntou-lhe se a jovem *thakin-ma* gostaria de um pouco de leite no chá. Tinha ouvido falar que os europeus bebiam chá com leite. Os aldeões poderiam, se eles assim quisessem, ir ordenhar uma vaca. No entanto, Elizabeth continuou a recusar o chá; mas estava com sede e pediu a Flory que mandasse buscar uma das garrafas de soda que Ko S'la trouxera em sua sacola. Ao ver isso, o chefe retirou-se, sentindo-se culpado por seus preparativos terem sido insuficientes, e deixou os europeus sozinhos na varanda.

Elizabeth continuava a segurar a arma contra os joelhos, enquanto Flory encostou-se nas grades da varanda, fingindo fumar um dos charutos do chefe. Elizabeth estava ansiosa pelo início da caçada. Começou a encher Flory com uma série de perguntas.

— Quando poderemos começar? O senhor acha que temos cartuchos suficientes? Quantos batedores devemos levar? Ah, espero que tenhamos alguma sorte! O senhor acha que vamos conseguir pegar alguma coisa, não é?

— Nada de excepcional, provavelmente. Devemos pegar alguns pombos e talvez alguma ave selvagem. Estamos fora de temporada, mas não há problema nenhum em matar os machos. Dizem que há um leopardo pelas redondezas, que matou um boi bem perto da aldeia na semana passada.

— Ah, um leopardo! Seria encantador se pudéssemos caçá-lo!

— Receio que seja bastante improvável. A única regra para uma caçada na Birmânia é não esperar nada de especial. A selva está repleta de animais, mas, na maioria das vezes, não se tem nem mesmo a chance de disparar a arma.

— Por quê?

— A selva é muito densa. Um animal pode estar a cinco metros de distância e ficar completamente invisível e, na metade das vezes, consegue esquivar-se dos batedores. Mesmo quando conseguimos ver algum deles, é apenas por um segundo. E, além disso, há água por todo lugar, então os animais não ficam na dependência de apenas um lugar para beber. Um tigre, por exemplo, pode vagar centenas de quilômetros se lhe for conveniente. E, com toda a caça disponível, eles nunca precisam voltar para terminar de comer uma presa se perceberem algo suspeito. Quando era garoto, passei noite após noite sentado sobre vacas mortas que fediam terrivelmente, esperando por tigres que nunca apareceram.

Elizabeth contorceu os ombros contra a cadeira. Era um movimento que ela fazia às vezes, quando encontrava-se profundamente satisfeita. Ela amava Flory, realmente o amava, quando ele falava daquele jeito. Mesmo a informação mais trivial sobre caças a emocionava. Se ao menos ele falasse sobre caçadas todo o tempo, em vez de falar sobre livros, arte e aquela poesia horrorosa! Em um súbito acesso de admiração, ela decidiu que Flory era realmente um homem muito bonito, à sua maneira. Parecia tão esplendidamente viril, com sua camisa de *pagri* com o colarinho aberto, seus calções, os *puttees*[105] e as botas de caça! E seu rosto, enrugado e queimado de sol, como o rosto de um soldado. Ele estava de pé, com a marca de nascença virada para o outro lado. Ela pediu-lhe que continuasse falando.

— Conte um pouco mais sobre a caça ao tigre. É tão interessante!

Ele descreveu a caçada, anos atrás, de um tigre velho e sarnento, devorador de pessoas, que matara um de seus *coolies*. A espera no *manchan* infestado de mosquitos; os olhos do tigre aproximando-se através da selva escura, parecendo imensas lanternas verdes; o barulho da saliva e da respiração enquanto ele devorava o corpo do *coolie*, amarrado a uma estaca logo abaixo de onde estavam. Flory contou tudo com um tom bastante entediado — afinal, o anglo-indiano padrão não estava cansado de falar o tempo todo sobre caçadas a tigres? — mas Elizabeth balançou os ombros, mais uma vez extasiada. Ele não percebia quanto aquele tipo de conversa a tranquilizava, compensando todas as vezes em que ele a aborrecia e inquietava. Seis jovens com os cabelos desgrenhados apareceram caminho abaixo, carregando *dahs* nos ombros, liderados por um velho magro, mas muito ágil, de cabelos grisalhos. Pararam em frente à casa do chefe e um deles soltou um grito rouco, fazendo o chefe aparecer e explicar que aqueles eram os batedores. Agora estavam prontos para começar, se a jovem *thakin-ma* não achasse que estava quente demais.

Partiram. O lado da aldeia oposto ao riacho era protegido por uma cerca de cactos de quase dois metros de altura e quatro metros de espessura. Era preciso subir uma trilha estreita através dos cactos e, em seguida, ao longo de outra trilha esburacada e marcada pelos carros de bois, com bambus tão altos quanto mastros de bandeira crescendo densamente em ambos os lados do caminho. Os batedores marchavam rapidamente diante deles, em fila

---

[105] Espécie de caneleira usada para proteger as pernas em excursões por florestas e selvas. Palavra derivada de *patti*, "atadura", em híndi. (N. do T.)

indiana, cada um com seu largo *dah* apoiado no antebraço. O velho caçador andava logo à frente de Elizabeth. Seu *longyi* estava arregaçado, como uma tanga, e suas coxas magras tinham tatuagens com desenhos azuis-escuros, tão complicados que ele parecia estar usando calças de renda azul. Um bambu, da espessura do pulso de um homem, caíra e ficara atravessado no caminho. O batedor que ia à frente cortou-o com um único golpe do seu *dah*; a água aprisionada no bambu começou a jorrar, brilhando como um diamante. Depois de quase um quilômetro, chegaram a campo aberto, e todos estavam suando, pois haviam caminhado depressa e o sol estava feroz.

— É ali que vamos caçar, logo adiante — disse Flory.

Ele apontou para o descampado, uma vasta planície cor de terra, dividido em áreas de um ou dois acres com limites cobertos de lama. Era um lugar terrivelmente plano e sem vida, a não ser por algumas garças brancas. Ao fundo, uma selva de árvores imensas erguia-se abruptamente, como um grande penhasco verde-escuro. Os batedores digiram-se a uma pequena árvore, parecida com um espinheiro-branco, a uns vinte metros de distância. Um deles ficou de joelhos, prostrando-se para a árvore e murmurando alguma coisa, enquanto o caçador velho derramava no chão um líquido turvo de uma garrafa. Os outros olhavam com uma expressão séria e entediada, como se estivessem em uma igreja.

— O que eles estão fazendo? — Elizabeth perguntou.

— Algum tipo de oferenda para os deuses locais. *Nats*, é como eles os chamam, uma espécie de dríade. Estão orando para que nos tragam boa sorte.

O caçador voltou e, com a voz embargada, explicou que deveriam começar a caçada em uma pequena área de vegetação rasteira à direita, antes de prosseguir para a selva fechada. Aparentemente, era um conselho do *Nat*. O velho indicou onde Flory e Elizabeth deveriam ficar, apontando com seu *dah*. Os seis batedores entraram na mata; eles dariam a volta e retornariam na direção dos campos de arroz. Havia alguns arbustos de roseira-brava a uns trinta metros do limite da selva e Flory e Elizabeth esconderam-se atrás de um deles, enquanto Ko S'la agachava-se atrás de outro arbusto um pouco mais distante, segurando a coleira de Flo e acariciando-a para mantê-la quieta. Flory sempre mandava Ko S'la para longe quando caçava, pois ele tinha a irritante mania de estalar a língua sempre que Flory errava um tiro. Em seguida, um som ecoou ao longe — um misto de batidas e gritos estranhamente surdos; os batedores tinham começado a agitar a mata. Imediatamente, Elizabeth começou a tremer de forma tão descontrolada que não conseguia manter o cano da arma parado. Um pássaro formidável, pouco maior que um tordo, com asas cinzentas e o corpo vermelho brilhante, saltou das árvores, voando baixo na direção deles. As batidas e os gritos estavam cada vez mais perto. Um dos arbustos no limite da selva agitou-se com violência — algum animal de grande porte estava para surgir. Elizabeth ergueu a arma e tentou firmá-la. Mas era só um batedor amarelo e nu, com seu *dah* na mão. Ele percebeu que saíra do outro lado da mata e gritou para que os outros se juntassem a ele.

Elizabeth baixou a arma. — O que aconteceu?

— Nada. Terminaram de agitar a mata.

— Então não havia nada lá! — ela exclamou, claramente decepcionada.

— Não se preocupe, nunca se consegue nada na primeira batida. Teremos sorte da próxima vez.

Cruzaram a mata irregular, escalando os limites de lama que dividiam as áreas planas, e assumiram posição diante do paredão verde da selva. Elizabeth já tinha aprendido a carregar sua arma. Dessa vez, a batida mal havia começado e Ko S'la soltou um assobio agudo.

— Olhem! — gritou Flory. — Depressa, lá vêm eles!

Uma revoada de pombos-verdes veio na direção deles a uma velocidade inacreditável, a quarenta metros de altura. Pareciam um punhado de pedras catapultadas para o céu. Elizabeth ficou completamente paralisada de emoção. Por um instante, ela não conseguiu se mover, depois apontou o cano da arma para o ar, para algum ponto na direção dos pássaros, e puxou o gatilho com toda a força. Nada aconteceu — ela puxara o guarda-mato[106]. Enquanto os pássaros sobrevoavam suas cabeças, ela encontrou os gatilhos e puxou ambos ao mesmo tempo. Ouviu-se um rugido ensurdecedor e ela foi jogada para trás, à distância de um passo, e quase fraturou a clavícula. Atirara a uns trinta metros dos pássaros. No mesmo instante, ela viu Flory

---

106 Peça que circunda o gatilho de uma arma, protegendo-o de um disparo acidental. (N. do T.)

virar-se e apontar a arma. Dois pombos, subitamente alvejados em pleno voo, rodopiaram e caíram no chão como flechas. Ko S'la soltou um grito, e ele e Flo saíram correndo atrás das aves.

— Olhe ali! — disse Flory. — Aquilo é um pombo-imperial. Vamos pegá-lo!

Um pássaro grande e pesado, voando bem mais devagar que os demais, batia as asas acima deles. Elizabeth não quis disparar depois de seu fracasso anterior. Ficou observando Flory enfiar o cartucho no ferrolho, erguer a arma e a nuvem de fumaça branca surgir na ponta do cano. O pássaro planou em direção ao chão, com a asa quebrada. Flo e Ko S'la apareceram correndo, alvoroçados, Flo com o grande pombo-imperial na boca e Ko S'la sorrindo, tirando dois pombos-verdes de sua sacola *kachin*[107].

Flory pegou um dos pequenos corpos verdes para mostrar para Elizabeth.

— Olhe só. Não são umas coisinhas adoráveis? O pássaro mais bonito da Ásia.

Elizabeth tocou suas penas macias com a ponta do dedo. Aquilo encheu-a de muita inveja, porque não fora ela quem o alvejara. Mesmo assim, era curioso, ela sentia quase uma adoração por Flory agora que tinha visto como ele sabia atirar.

— Dê uma olhada nas penas do peito dele; parece uma joia. É um crime atirar neles. Os birmaneses dizem que, quando se mata um desses pássaros, eles vomitam, como se quisessem dizer "Olhe, aqui está tudo que possuo, e não tomei nada do que é seu. Por que você me mata?". Mas confesso que nunca vi isso acontecer.

— São bons para comer?

— Muito. Mas, mesmo assim, sempre fico com pena de matá-los.

— Gostaria de poder atirar como o senhor! — ela disse, com inveja.

— É uma questão de jeito, a senhorita logo se acostumará. Já sabe como segurar sua arma, e isso já é mais do que a maioria sabe quando começa.

No entanto, nas próximas duas batidas, Elizabeth não conseguiu pegar nada. Aprendera a não atirar com os dois canos ao mesmo tempo, mas estava tomada demais pela emoção para conseguir mirar. Flory abateu vários outros

---

107 Bolsa típica birmanesa, tecida com algodão ou lã, carregada a tiracolo. (N. do T.)

pombos, e uma rolinha-asa-de-bronze com o dorso verde como azinhavre. As aves selvagens eram astutas demais para aparecer, embora fosse possível ouvi-las cacarejando por toda parte e, vez ou outra, o clamor mais alto de um macho. Começavam a adentrar a selva agora. A luz era acinzentada, com manchas ofuscantes de luz do sol. Para qualquer lado que se olhasse, a visão era bloqueada pelas inúmeras fileiras de árvores e pelos arbustos e trepadeiras emaranhados, enredando-se ao redor dos troncos como o mar revolto nas pilastras de um píer. Era tão densa, como um arbusto de silveira estendendo-se quilômetro após quilômetro, que os olhos sentiam-se oprimidos por ela. Algumas das trepadeiras eram enormes, parecidas com serpentes. Flory e Elizabeth espremiam-se por picadas estreitas, subindo ribanceiras escorregadias, os espinhos rasgando suas vestes. As camisas de ambos estavam encharcadas de suor. Fazia um calor sufocante, com um odor de folhas esmagadas. Às vezes, por vários minutos, cigarras invisíveis entoavam um zumbido estridente e metálico que lembrava o ressoar das cordas de um violão e, então, paravam, provocando um silêncio que assustava a todos.

Enquanto caminhavam rumo à quinta batida, chegaram a uma imensa figueira-dos-pagodes de onde, bem no alto, ouvia-se o arrulhar de pombos-imperiais. Era um som parecido com o mugido de vacas ao longe. Um pássaro levantou voo e pousou sozinho no galho mais alto da árvore, uma figura pequena e acinzentada.

— Experimente atirar sentada — sugeriu Flory a Elizabeth. — Mire-o bem e puxe o gatilho sem esperar. Não feche o olho esquerdo.

Elizabeth ergueu a arma, que começou a tremer como de costume. Todos os batedores, ao mesmo tempo, pararam para assistir, e alguns deles não conseguiram evitar estalar a língua; achavam estranho e bastante chocante ver uma mulher segurando uma arma. Fazendo um tremendo esforço para se controlar, Elizabeth manteve a arma parada por um segundo e puxou o gatilho. Ela não ouviu o tiro; é o que acontece quando se acerta o alvo. O pássaro pareceu saltar da árvore e depois caiu, cambaleando pelos galhos, e ficou preso em uma forquilha a cerca de dez metros de altura. Um dos batedores largou seu *dah* e examinou a árvore; então caminhou até uma imensa trepadeira, grossa como a coxa de um homem e tortuosa como um doce retorcido, pendendo de um galho. Escalou a trepadeira como se fosse uma escada, caminhou ereto ao longo do galho largo e trouxe o pombo para o chão. Colocou-o, ainda mole e quente, nas mãos de Elizabeth.

Ela mal conseguia largar aquele corpinho, tamanha a sensação que tomara seu ser. Poderia tê-lo beijado, abraçando-o contra o peito. Todos os homens, Flory, Ko S'la e os batedores, sorriram uns para os outros ao vê-la acariciar o pássaro morto. Com relutância, ela entregou-o a Ko S'la para colocar na sacola. Tomou consciência de um desejo extraordinário de lançar os braços ao redor do pescoço de Flory e beijá-lo; e, de certa forma, foi a morte do pombo que a fez sentir-se assim.

Após a quinta batida, o caçador explicou a Flory que deveriam cruzar uma clareira que era usada para o cultivo de abacaxis, e que iriam bater em outro trecho de selva mais adiante. Saíram para a luz do sol, ofuscante depois da escuridão da selva. A clareira tinha um formato retangular, com um ou dois hectares rasgados na selva como um canteiro aparado no meio do mato alto, com os abacaxis, plantas espinhosas semelhantes a cactos, crescendo em fileiras, quase sufocados pela relva. Uma sebe baixa de espinhos dividia a plantação ao meio. Tinham praticamente cruzado a clareira quando ouviram o cacarejar alto de um galo do outro lado da sebe.

— Ah, escute! — disse Elizabeth, parando de andar. — Isso é um galo selvagem?

— Sim. Está na hora de eles saírem atrás de comida.

— Não podemos atirar nele?

— Podemos tentar, se quiser. Mas eles são muito astutos. Veja, vamos andar ao longo da sebe até chegarmos perto de onde ele está. Teremos de ficar em silêncio absoluto.

Ele mandou Ko S'la e os batedores seguirem, e os dois contornaram a plantação, arrastando-se ao longo da sebe. Tiveram de se curvar para não serem vistos. Elizabeth seguia à frente. O suor quente escorria pelo seu rosto, fazendo cócegas em seu lábio superior, e seu coração batia com violência. Ela sentiu Flory tocando seu calcanhar. Os dois puseram-se de pé e olharam juntos por sobre a sebe.

A dez metros deles, um pequeno galo do tamanho de uma galinha-da-índia bicava o chão vigorosamente. Era lindo, com suas longas e sedosas penas do pescoço, sua crista volumosa e a cauda em arco, verde-loura. Seis fêmeas o acompanhavam, aves menores de cor marrom, com penas parecidas com escamas de serpente nas costas. Elizabeth e Flory vislumbraram tudo isso no intervalo de um segundo e, então, com um guincho e um bater de asas, as aves saíram voando como balas em direção à selva. Instantaneamente, como em um reflexo involuntário, Elizabeth ergueu a arma e atirou. Foi um daqueles tiros sem pontaria, sem consciência da arma que se tem nas mãos, quando a mente parece voar atrás do cartucho, conduzindo-o para o alvo. Ela sabia que a ave estava condenada antes mesmo de puxar o gatilho. A ave caiu, espalhando suas penas a trinta metros deles. — Ótimo tiro, ótimo tiro! — gritou Flory. Em sua empolgação, os dois largaram as armas, atravessaram a sebe de espinhos e correram, lado a lado, para onde a ave tinha caído.

— Ótimo tiro! — Flory repetiu, tão animado quanto ela. — Por Deus, nunca vi ninguém matar uma ave em pleno voo no primeiro dia, nunca! A senhorita disparou a arma como um raio. Foi maravilhoso!

Estavam ajoelhados de frente um para o outro, com o pássaro morto entre eles. Atônitos, descobriram que suas mãos, a direita dele e a esquerda dela, estavam fortemente entrelaçadas. Sem perceber, correram para ali de mãos dadas.

Uma súbita calma recaiu sobre os dois, uma sensação de que algo importante estava para acontecer. Flory estendeu o braço e segurou a outra mão dela. Ela foi cedendo, de bom grado. Por um momento, ajoelharam-se com as mãos unidas. O sol ardia sobre eles e o calor exalava de seus corpos; pareciam flutuar sobre nuvens de excitação e alegria. Ele pegou-a pelos braços para puxá-la para si.

Então, subitamente, virou a cabeça e levantou-se, puxando Elizabeth e pondo-a de pé. Soltou os braços dela. Havia se lembrado de sua marca de nascença. Não ousou fazê-lo. Não ali, não à luz do dia! O desprezo que poderia provocar seria terrível demais. Para encobrir o desconforto do momento, ele se abaixou e pegou o galo selvagem.

— Foi esplêndido — disse. — A senhorita não precisa que ninguém lhe ensine. Já sabe atirar. É melhor irmos para a próxima batida.

Tinham acabado de cruzar a sebe para pegar suas armas quando ouviram uma série de gritos, vindos do limite da selva. Dois dos batedores corriam na direção deles aos saltos, agitando freneticamente os braços.

— O que foi? — Elizabeth perguntou.

— Não sei. Devem ter visto algum animal ou qualquer outra coisa. Algo bom, pelo jeito deles.

— Viva! Então, vamos!

Começaram a correr e atravessaram rapidamente a plantação, pisando nos abacaxis e nas folhagens duras, cheias de espinhos. Ko S'la e cinco batedores estavam reunidos, falando todos ao mesmo tempo, enquanto os outros dois acenavam animados para Flory e Elizabeth. Quando eles chegaram, viram no meio do grupo uma velha que segurava seu *longyi* com uma das mãos, e gesticulava com um longo charuto na outra. Elizabeth conseguiu ouvir uma palavra que soava como *"char"* repetidas vezes.

— O que eles estão dizendo? — perguntou ela.

Os batedores se aglomeraram ao redor de Flory, falando ansiosos e apontando para a selva. Depois de algumas perguntas, ele fez um gesto para silenciá-los e virou-se para Elizabeth:

— Ora, ora, estamos com sorte! Essa velha senhora estava vindo pela selva e disse que, ao ouvir o tiro que você acabou de dar, viu um leopardo atravessar seu caminho correndo. Esses sujeitos sabem onde pode ser que ele tenha se escondido. Se formos rápidos, poderemos cercá-lo antes que se afaste, e tirá-lo de seu esconderijo. Devemos tentar?

— Ah, claro! Ah, que divertido! Que maravilha, que maravilha se conseguirmos pegar esse leopardo!

— A senhorita entende que é perigoso? Vamos ficar juntos e provavelmente vai dar tudo certo, mas nunca é absolutamente seguro quando se está a pé. Está pronta para isso?

— Ah, claro, claro que sim! Não estou com medo. Ah, vamos logo com isso!

— Um de vocês, venha conosco e mostre-nos o caminho — disse ele aos batedores. — Ko S'la, prenda Flo na coleira e vá com os outros. Ela nunca vai ficar quieta ao nosso lado. Temos de nos apressar — acrescentou para Elizabeth.

Ko S'la e os batedores saíram apressados margeando a selva. Eles entrariam de volta pelo outro lado, começando a bater por ali. O outro batedor, o mesmo jovem que subira na árvore atrás do pombo, penetrou na selva, seguido por Flory e Elizabeth. Com passos rápidos e curtos, quase correndo, conduziu-os por um labirinto de trilhas de caça. A folhagem era tão densa que, às vezes, era preciso rastejar, e trepadeiras espalhavam-se pelo caminho como cordas de armadilhas. Sob seus pés, o solo de chão batido não emitia nenhum barulho. Em um ponto certeiro da selva, o batedor parou, apontou para o chão como sinal de que aquele era um bom lugar e encostou o dedo nos lábios, pedindo silêncio. Flory tirou quatro cartuchos de espingarda dos bolsos e pegou a arma de Elizabeth para carregá-la em silêncio.

Ouviram um leve farfalhar atrás deles, e assustaram-se. Um jovem quase nu com uma besta na mão, vindo sabe Deus de onde, surgiu no meio das folhagens. Olhou para o batedor, balançou a cabeça e apontou para o caminho. Houve um diálogo de sinais entre os dois e, por fim, o batedor pareceu concordar. Sem falar nada, os quatro percorreram uns quarenta metros ao longo do caminho, fizeram uma curva e pararam novamente. No mesmo instante, uma confusão de gritos apavorante, pontuada pelos latidos de Flo, irrompeu a algumas centenas de metros dali.

Elizabeth sentiu a mão do batedor em seu ombro, empurrando-a para baixo. Os quatro se agacharam atrás de um arbusto espinhoso, os europeus à frente, os birmaneses atrás. À distância, ouvia-se um tumulto, entremeado de gritos e batidas de *dahs* contra os troncos das árvores, tão grande que mal se podia acreditar que apenas seis homens eram capazes de fazer tanto barulho. Os batedores faziam de tudo para que o leopardo não se virasse na direção deles. Elizabeth percebeu uma fileira de formigas grandes amarelo-claras marchando como soldados sobre os espinhos do arbusto. Uma delas caiu em sua mão e subiu por seu antebraço. Ela não ousou fazer nenhum movimento para afastá-la. Estava rezando em silêncio: "Por favor, Deus, faça com que o leopardo apareça! Ah, por favor, Deus, faça com que o leopardo apareça!".

Ouviram então um súbito pisotear nas folhas. Elizabeth ergueu a arma, mas Flory balançou a cabeça com força e empurrou o cano para baixo. Uma ave selvagem cruzou o caminho deles, com passos apressados e ruidosos.

A impressão era que os gritos dos batedores não tinham como chegar mais perto e, neste extremo da selva, o silêncio era como uma mortalha. A formiga no braço de Elizabeth mordeu-a dolorosamente e caiu no chão. Um desespero terrível começou a se formar em seu coração; o leopardo não apareceria mais, havia escapado por algum lugar, eles o tinham perdido. Ela quase desejou nunca ter ouvido falar do leopardo, de tão agonizante que era sua decepção. Então, sentiu o batedor beliscar seu cotovelo. Ele esticava o rosto para a frente, sua face macia e amarela a apenas alguns centímetros do rosto dela; era possível sentir o cheiro de óleo de coco dos seus cabelos. Seus lábios ásperos estavam contraídos, como que prestes a assobiar; ele ouvira algo. Então, tanto Flory quanto Elizabeth também ouviram, um leve sussurrar, como se alguma criatura dos ares estivesse deslizando pela selva, roçando suavemente o chão com os pés. No mesmo instante, a cabeça e os ombros do leopardo emergiram da mata, a quinze metros deles.

O leopardo parou, com as patas dianteiras sobre a trilha. Podiam ver sua cabeça baixa, suas orelhas estendidas, os caninos à mostra e suas patas grossas e aterrorizantes. À sombra, não parecia amarelo, mas cinza. Ele ouvia com toda a atenção. Elizabeth viu Flory levantar-se, erguer a arma e puxar o gatilho no mesmo instante. O tiro fez um estrondo e, quase simultaneamente, ouviram um baque forte, quando o animal caiu no meio das folhagens. — Cuidado! — Flory gritou. — Ele ainda não está acabado! — Atirou novamente e ouviu-se outro baque quando o tiro acertou o alvo. O leopardo soltou um suspiro. Flory abriu seu rifle e tateou no bolso, à procura de um cartucho, depois jogou todos no chão e pôs-se de joelhos, procurando rapidamente entre eles.

— Maldição! — ele exclamou. — Não há nenhum cartucho de espingarda entre eles. Onde diabos os coloquei?

O leopardo desaparecera ao cair. Arrastava-se pela vegetação rasteira como uma grande cobra ferida, e seus gemidos eram uma mistura de rosnados e soluços, um som selvagem e deplorável. O barulho parecia aproximar-se. Cada cartucho que Flory pegava tinha os números seis ou oito marcados na ponta. O resto dos cartuchos de espingarda tinha, na verdade, ficado com Ko S'la. Os estalidos e rosnados estavam agora a menos de cinco metros de distância, mas eles não conseguiam ver mais nada, pois a selva era densa demais.

Os dois birmaneses gritaram: — Atire! Atire! Atire! — O som de "Atire! Atire!" foi ficando mais longe — eles correram para as árvores mais próximas que conseguiram escalar. Ouviram um estrondo na folhagem tão perto deles que o arbusto ao lado de Elizabeth foi sacudido.

— Por Deus, ele está quase em cima de nós! — disse Flory. — Devemos fazer com que se vire de alguma forma. Atire para o alto.

Elizabeth ergueu a arma. Seus joelhos batiam como castanholas, mas suas mãos estavam firmes como uma pedra. Ela atirou rapidamente, uma, duas vezes. O estrondo diminuiu. Agora, o leopardo rastejava para longe deles, ferido, mas ainda rápido e invisível.

— Muito bem! Assustou-o — disse Flory.

— Mas ele está fugindo! Ele está fugindo! — Elizabeth gritou, saltitando de tão agitada. Fez menção de seguir o leopardo. Flory levantou-se de um salto e puxou-a de volta.

— Não tenha medo! Fique aqui. Espere!

Ele enfiou dois cartuchos mais finos em sua arma e correu atrás do som do leopardo. Por um instante, Elizabeth não conseguiu ver nem o animal nem o homem, e então ambos reapareceram em uma clareira a cerca de trinta metros de onde ela estava. O leopardo gemia e contorcia-se de dor enquanto se arrastava sobre a barriga. Flory apontou a arma e atirou a uma distância de quatro metros dele. O leopardo saltou como uma almofada que acabara de levar uma pancada, e em seguida rolou para o lado, encolheu-se e ficou imóvel. Flory cutucou o corpo com o cano da arma. Ele não se moveu mais.

— Tudo bem, agora está acabado — exclamou ele. — Venham dar uma olhada nele.

Os dois birmaneses pularam da árvore e foram, junto com Elizabeth, até onde Flory estava. O leopardo — um macho — estava deitado encolhido no chão, com a cabeça entre as patas dianteiras. Parecia muito menor do que quando estava vivo; agora tinha um aspecto patético, como um gatinho morto. Os joelhos de Elizabeth ainda tremiam. Ela e Flory ficaram olhando para o leopardo, próximos um do outro, mas sem se dar as mãos dessa vez.

Em um instante, Ko S'la e os outros apareceram, gritando de alegria. Flo farejou o leopardo morto, depois enfiou o rabo entre as pernas e saiu correndo por uns cinquenta metros, choramingando. Ninguém a convenceu a aproximar-se de novo dele. Todos se agacharam ao redor do leopardo, fitando-o. Acariciaram sua linda barriga branca, macia como a de uma lebre, apertaram os largos dedos das patas para colocar as garras à mostra e puxaram seus lábios negros para examinar as presas. Em seguida, dois dos batedores cortaram um bambu alto e amarraram o leopardo nele pelas patas, com a longa cauda arrastando-se no chão, e iniciaram a marcha triunfal de volta à aldeia. Não se falou em continuar a caçada, apesar de o dia ainda estar claro. Todos estavam, inclusive os europeus, ansiosos para voltar para casa e gabar-se do que fizeram.

Flory e Elizabeth caminhavam lado a lado pela mata. Os outros andavam trinta metros à frente, com as armas e o leopardo, e Flo esgueirava-se atrás de todos. O sol começava a se pôr do outro lado do Irauádi. A luz irradiava-se por todo o descampado, dourando o matagal e atingindo seus rostos com suaves raios amarelos. O ombro de Elizabeth quase tocava o de Flory enquanto caminhavam. O suor que havia encharcado suas camisas secara novamente. Não falavam muito. Estavam felizes, com aquela felicidade excessiva que advém da exaustão e da realização, com a qual nada na vida — nenhuma alegria, do corpo ou da mente — pode se comparar.

— A pele de leopardo é sua — disse Flory quando se aproximaram da aldeia.

— Ah, mas foi o senhor quem o matou!

— Não importa, a senhorita vai ficar com a pele. Por Deus, fico me perguntando quantas mulheres neste país teriam mantido o sangue-frio como a senhorita! Posso até mesmo vê-las gritando e desmaiando. Vou mandar curtir a pele na prisão de Kyauktada. Um dos prisioneiros é capaz de curti-la, deixando-a macia como veludo. Está cumprindo uma sentença de sete anos, então teve tempo de aprender o ofício.

— Ah, tudo bem então, muitíssimo obrigado.

Não disseram mais nada. Mais tarde, depois de terem lavado todo o suor e a sujeira, depois de terem comido e descansado, encontrariam-se novamente no clube. Não marcaram nenhum encontro, mas ficou subentendido entre eles que se encontrariam. Além disso, também ficou claro que Flory pediria Elizabeth em casamento, embora tampouco nada tenha sido dito a respeito.

Na aldeia, Flory pagou oito *annas* a cada batedor, supervisionou o esfolamento do leopardo e deu ao chefe uma garrafa de cerveja e dois pombos-imperiais. A pele e o crânio do leopardo foram colocados em uma das canoas. Todos os bigodes foram roubados, apesar dos esforços que Ko S'la fizera para retê-los. Alguns jovens da aldeia carregaram a carcaça para comer o coração e vários outros órgãos, cuja ingestão acreditavam ser capaz de torná-los tão fortes e ágeis quanto o leopardo.

15

Quando Flory chegou ao clube, encontrou os Lackersteen com um inusitado mau humor. A sra. Lackersteen estava sentada, como sempre, no melhor lugar debaixo do *punkah*, e lia a *Lista Civil*, o Debrett[108] da Birmânia. Estava emburrada com o marido, que a desafiara ao pedir uma dose dupla assim que chegou ao clube, e continuava a desafiá-lo, folheando o *Pink'un*. Elizabeth estava sozinha na pequena e abafada biblioteca, olhando as páginas de um exemplar antigo da revista *Blackwood's*.

Desde que se separara de Flory, Elizabeth passou por uma situação bastante desagradável. Havia saído do banho e estava se vestindo para o jantar quando seu tio apareceu subitamente em seu quarto — com o pretexto de saber mais sobre as caçadas do dia — e começou a beliscar sua perna de uma forma que não tinha como ser um engano. Elizabeth ficou horrorizada. Foi a primeira vez que percebeu que alguns homens são capazes de assediar as próprias sobrinhas. Vivendo e aprendendo. O sr. Lackersteen tentara dar à coisa toda um tom de piada, mas era desajeitado demais e estava muito

---

108 Debrett é uma editora e empresa especializada em etiqueta social, profissional e comportamental. Foi fundada em 1769 e, desde o início, edita diversas publicações com listagens de famílias de nobres e pessoas tidas como importantes na sociedade britânica. (N. do T.)

bêbado para ter êxito. Foi muita sorte que sua esposa não estivesse perto o bastante para ouvi-los, ou poderia ter se sucedido um escândalo de primeira.

Depois disso, o jantar foi bastante desconfortável. O sr. Lackersteen estava emburrado. Que maldição essa mania das mulheres de acharem-se cheias de direitos, impedindo que tenhamos alguma diversão! A garota era bonita o suficiente para lembrá-lo das ilustrações da revista *La Vie Parisienne* e... Oras, dane-se! Ele não estava pagando por seu sustento? Que humilhação. Mas, para Elizabeth, a situação era muito séria. Ela não tinha um tostão e nem onde morar, além da casa do tio. Tinha percorrido quase treze mil quilômetros para hospedar-se ali. Seria terrível se, depois de apenas duas semanas, a casa do tio se tornasse inabitável para ela.

Consequentemente, ela tinha ainda mais certeza de uma coisa: se Flory a pedisse em casamento (o que ele faria, restavam-lhe poucas dúvidas), ela aceitaria. Em alguma outra ocasião, talvez ela tomasse outra decisão. Nesta mesma tarde, enfeitiçada por aquela aventura magnífica, excitante e completamente "encantadora", ela chegara perto de se apaixonar por Flory; tão perto quanto seria capaz de chegar, no caso particular dele. No entanto, mesmo depois do que aconteceu, talvez tenha voltado a ter dúvidas. Pois sempre havia algo duvidoso em relação a Flory; sua idade, a marca de nascença, o jeito estranho e perverso de falar — aquelas conversas eruditas, que eram ao mesmo tempo ininteligíveis e inquietantes. Houve dias em que chegou até mesmo a detestá-lo. Mas agora o comportamento do tio fizera a balança pender para outro lado. O que quer que acontecesse, ela tinha de sair da casa do tio, e depressa. Sim, sem dúvida nenhuma ela aceitaria se casar com Flory quando ele fizesse o pedido!

Ele podia ver a resposta dela em seu rosto quando entrou na biblioteca. Sua expressão estava mais suave, mais dócil do que jamais estivera. Estava usando o mesmo vestido lilás que usava na manhã em que se conheceram, e a visão daquela roupa familiar deu-lhe coragem. Parecia trazê-la mais perto de si, afastando a estranheza e a elegância que às vezes o deixavam nervoso.

Ele pegou a revista que ela estivera lendo e fez algum comentário; por algum tempo, conversaram sobre banalidades, algo que raramente conseguiam evitar. É curioso como o hábito de falar trivialidades acaba persistindo a todo tempo. No entanto, mesmo enquanto conversavam, se deram conta de que se dirigiam à porta e, depois, para fora do clube, em direção ao jasmim-manga perto da quadra de tênis. Era noite de lua cheia. Resplandecendo como uma moeda incandescente, tão brilhante que machucava os olhos, a lua subia, flutuando, ágil, em um céu azul esfumaçado, sobre o qual vagavam alguns tufos de nuvens amareladas. As estrelas estavam todas invisíveis. Os arbustos de folhas-imperiais, coisas horríveis como louros ressecados durante o dia, à luz da lua transformavam-se em desenhos irregulares em preto e branco, lembrando fantásticas xilogravuras. Perto da cerca do complexo, dois *coolies* dravidianos caminhavam pela estrada, transfigurados, seus trapos brancos brilhando. Através do ar morno, o perfume fluía do jasmim-manga feito algum composto intragável saído de uma máquina automática de bebidas.

— Olhe para a lua, olhe só para ela! — disse Flory. — É como um sol branco. A noite está mais clara do que um dia de inverno inglês.

Elizabeth olhou para os galhos do jasmim-manga, que a lua parecia ter transformado em hastes prateadas. A luz espalhava-se por sobre tudo, densa, quase palpável, formando uma crosta na terra e na casca áspera das árvores como uma espécie de sal cintilante, e cada folha parecia carregar uma carga sólida de luz, como uma camada de neve. Até mesmo Elizabeth, indiferente a esse tipo de coisa, ficou admirada.

— É maravilhoso! Nunca se vê um luar assim na Inglaterra. É tão... Tão... — Nenhum adjetivo além de "brilhante" vindo-lhe à mente, ela ficou quieta. Tinha o hábito de deixar as frases inacabadas, como Rosa Dartle[109], embora por diferentes razões.

— Sim, é neste país que a velha lua dá o seu melhor. Essa árvore fede muito, não acha? Uma coisa repugnante, tão tropical! Detesto árvores que florescem o ano todo, e a senhorita?

Ele falava meio distraído, para preencher o tempo até que os *coolies* desaparecessem da vista. Quando sumiram, ele colocou o braço em volta do ombro de Elizabeth e então, quando ela não se mexeu nem falou nada, virou-a e puxou-a para si. Sua cabeça ficava na altura do peito dele e seus cabelos

---

[109] Personagem do romance *David Cooperfield*, do autor inglês Charles Dickens (1812-1870). (N. do T.)

curtos roçaram-lhe os lábios. Ele colocou a mão sob o queixo dela e ergueu seu rosto, de modo que ficasse diante do dele. Ela não estava usando óculos.

— Não se importa?

— Não.

— Quero dizer, não se importa com a minha... Essa coisa minha? — ele balançou levemente a cabeça para indicar sua marca de nascença. Não poderia beijá-la sem antes lhe fazer esta pergunta.

— Não, não. Claro que não.

Um instante depois de suas bocas se encontrarem, ele sentiu os braços nus dela pousarem levemente em seu pescoço. Permaneceram juntos, um contra o outro, encostados no tronco liso do jasmim-manga, corpo com corpo, boca com boca, por um minuto ou mais. O perfume enjoativo da árvore misturou-se ao cheiro dos cabelos de Elizabeth. E tal cheiro produziu em Flory uma sensação de invalidação, de afastamento de Elizabeth, apesar de tê-la em seus braços. Tudo que aquela árvore estrangeira simbolizava para ele — seu exílio, os anos desperdiçados, em silêncio — era como um abismo intransponível entre eles. Como poderia fazê-la compreender o que queria dela? Ele se desvencilhou e pressionou suavemente os ombros dela contra a árvore, olhando para seu rosto, que podia ver com toda a clareza embora a lua estivesse atrás dela.

— É inútil tentar dizer o que a senhorita significa para mim — disse ele. — "O que significa para mim!" Essas frases estereotipadas! A senhorita não sabe, não tem como saber, quanto a amo. Mas tenho de tentar lhe explicar. Tenho tanto para lhe contar. Será que devemos voltar para o clube? Podem vir nos procurar. Podemos conversar na varanda.

— Meu cabelo está muito desarrumado? — ela perguntou.

— Está lindo.

— Mas ficou desarrumado? Pode arrumá-lo para mim, por favor?

Ela inclinou a cabeça em sua direção e ele alisou os cabelos curtos e viçosos com a mão. A maneira como ela inclinou a cabeça deu-lhe uma estranha sensação de intimidade, muito mais íntima do que o beijo, como se ele já fosse seu marido. Ah, ela tinha de ser sua, quanto a isso não tinha dúvidas! Sua vida só seria salva se ela se casasse com ele. Faria-lhe o pedido imediatamente. Caminharam lentamente através das folhas-imperiais, de volta ao clube, o braço dele ainda ao redor do ombro dela.

— Podemos conversar na varanda — repetiu ele. — De certa forma, nunca conversamos de verdade, você e eu. Meu Deus, como desejei todos esses anos ter alguém com quem conversar! Poderia falar com você sem parar, sem parar! O que deve lhe parecer maçante. Receio que seja realmente tedioso. Devo pedir-lhe que tenha certa paciência comigo.

Ela fez um som de protesto ao ouvir a palavra "tedioso".

— Não, é tedioso, sei disso. Nós, anglo-indianos, sempre somos considerados maçantes. E somos. Mas não podemos evitar. Veja bem, a verdade é que há — como posso dizer — um demônio dentro de nós que nos impele a falar. Andamos sob uma carga de memórias que ansiamos por compartilhar e que, de alguma forma, jamais conseguimos dividir com ninguém. É o preço que pagamos por termos vindo para este país.

Estavam relativamente a salvo de interrupções na varanda lateral, já que nenhuma porta se abria diretamente para ela. Elizabeth sentou-se com os braços sobre a mesinha de vime, mas Flory continuou andando de um lado para o outro, com as mãos nos bolsos do casaco, pondo-se sob a luz do luar que penetrava por baixo do beiral do lado leste da varanda, e voltando para a sombra.

— Disse agora há pouco que a amava. Amor! A palavra já foi tão usada que carece de sentido. Mas deixe-me tentar explicar. Esta tarde, quando a senhorita estava caçando comigo, pensei, meu Deus, finalmente eis alguém que pode compartilhar minha vida comigo, compartilhá-la de verdade, vivê-la comigo de verdade. Veja bem...

Ele ia pedi-la em casamento — na verdade, pretendia pedi-la sem mais demora. Mas as palavras ainda não haviam sido ditas; em vez disso, ele se viu falando sem parar sobre si mesmo. Não podia evitar. Era tão importante que ela entendesse pelo menos uma parte de como tinha sido a vida dele naquele país; que compreendesse a natureza da solidão que ele pretendia que ela suprimisse. E era algo terrivelmente difícil de explicar. É diabólico sofrer de uma dor que não tem nome. Bem-aventurados os que sofrem apenas de doenças devidamente classificadas! Bem-aventurados os pobres, os enfermos, os traídos no amor, porque ao menos os outros sabem o que se passa com eles e ouvirão suas dores cheios de compaixão. Mas quem, dentre aqueles que não a sofreram, pode entender a dor do exílio? Elizabeth observava-o enquanto ele andava de um lado para o outro, entrando e saindo da poça de luar que tingia seu casaco de seda de prata. O coração dela ainda batia com força por causa do beijo e, mesmo assim, seus pensamentos vagavam enquanto ele falava. Será que iria pedi-la em casamento? Estava demorando tanto! Ela tinha uma leve percepção de que ele falava algo sobre solidão. Ah, claro! Estava lhe contando sobre a solidão que ela teria de suportar na selva, quando se casassem. Ele não precisava se preocupar. Será que, às vezes, as pessoas se sentiam solitárias na selva? A quilômetros de qualquer lugar, sem cinemas, sem bailes, sem ninguém além um do outro para conversar, nada para fazer à noite além de ler – o que é bastante enfadonho. Ainda assim, poderiam ter um gramofone. Que diferença, quando aqueles novos aparelhos de rádio portáteis chegarem à Birmânia! Ela estava prestes a dizer-lhe a respeito quando ele acrescentou:

— Fui bem claro? A senhorita formou uma ideia da vida que vivemos aqui? A estranheza, a solidão, a melancolia! Árvores estrangeiras, flores estrangeiras, paisagens estrangeiras, rostos estrangeiros. Tudo tão estranho quanto se estivéssemos em um outro planeta. Mas a senhorita entende – e é isso que gostaria que entendesse – que pode até não ser tão ruim viver em um outro planeta, pode até mesmo ser a coisa mais interessante que se possa imaginar, se, pelo menos, houver alguém com quem compartilhar a experiência. Uma pessoa que seja capaz de ver com um olhar parecido com o seu. Este país tem sido uma espécie de inferno solitário para mim – e assim é para a maioria de nós —, mas ainda insisto que poderia tornar-se um paraíso se não estivesse sozinho. Tudo isso lhe parece sem sentido?

Ele parou ao lado da mesa e pegou a mão dela. Na penumbra, só podia ver seu rosto como uma forma oval pálida, como uma flor, mas, pela sensação de sua mão, logo percebeu que ela não entendera nem sequer uma palavra do que ele dizia. Como poderia, afinal? Era tão fútil toda aquela conversa cheia de rodeios! Ele deveria dizer-lhe imediatamente: gostaria de se casar comigo? Não teriam a vida toda pela frente para conversar? Pegou sua outra mão e puxou-a suavemente, para que ficasse de pé.

— Perdoe-me por todas as bobagens que fiquei falando.

— Está tudo bem — murmurou ela, confusa, achando que ele fosse beijá-la.

— Não, é terrível ficar falando assim. Certas coisas podem ser ditas com palavras, outras não. Além disso, foi uma impertinência ficar me lamentando sem parar. Mas estava tentando chegar a algum lugar. Ouça-me, eis o que queria lhe dizer. Gostaria...

— E-li-za-beth!

Era a voz aguda e lamuriosa da sra. Lackersteen, chamando-a de dentro do clube.

— Elizabeth? Onde está você, Elizabeth?

Evidentemente, ela estava perto da porta da frente... Estaria na varanda em um instante. Flory puxou Elizabeth contra si. Beijaram-se às pressas. Soltou-a, mas continuou a segurar-lhe as mãos.

— Rápido, temos pouco tempo. Responda-me apenas uma coisa. Gostaria de...

Mas a frase nunca foi além. No mesmo instante, algo extraordinário aconteceu sob seus pés — o chão começou a ondular e rolar como o mar — Flory cambaleou e depois caiu, perplexo, batendo o antebraço com força quando o assoalho ergueu-se e chocou-se contra seu corpo. Enquanto ficou ali deitado, viu-se empurrado violentamente para a frente e para trás, como se algum enorme animal estivesse balançando todo o prédio sobre suas costas.

O chão embriagado endireitou-se subitamente e Flory sentou-se, atordoado, mas sem grandes ferimentos. Percebeu vagamente Elizabeth estendida ao seu lado, e gritos vindo de dentro do clube. Além do portão, dois birmaneses corriam sob o luar com seus longos cabelos soltos ao vento. Gritavam o mais alto que podiam:

— *Nga Yin* está se sacudindo! *Nga Yin* está se sacudindo!

Flory ficou olhando para eles sem entender nada. Quem era *Nga Yin*? *Nga* é o honorífico atribuído aos criminosos. *Nga Yin* deve ser um *dacoit*. Por que estava se sacudindo? Então, lembrou-se. *Nga Yin* era um gigante que os birmaneses acreditavam estar enterrado, tal como Tifão[110], sob a crosta terrestre. Claro! Foi um terremoto.

— Um terremoto! — exclamou, e então lembrou-se de Elizabeth e foi buscá-la. Mas ela já estava sentada, ilesa, esfregando a nuca.

— Isso foi um terremoto? — perguntou, com uma voz aterrorizada.

A figura alta da sra. Lackersteen veio arrastando-se pelo canto da varanda, agarrando-se à parede como uma lagartixa comprida. Ela gritava, histérica:

— Meu Deus, um terremoto! Ah, que susto terrível! Não posso aguentar isso — meu coração não aguenta! Ah, meu Deus, meu Deus! Um terremoto!

O sr. Lackersteen veio cambaleando atrás dela, com um estranho andar debilitado, causado em parte pelos tremores de terra, em parte pelo gim.

— Um terremoto, mas que diabo! — disse ele.

Flory e Elizabeth levantaram-se lentamente. Todos entraram no clube, com a esquisita sensação na sola dos pés que temos ao pisar em terra firme depois de algum tempo a bordo de um barco instável. O velho mordomo veio correndo dos aposentos dos criados, colocando o *pagri* na cabeça ao entrar, seguido por um bando de *chokras* tagarelas.

— Terremoto, senhor, terremoto! — ele balbuciou, ansioso.

— Sei muito bem que foi um terremoto, ora essa — disse Lackersteen enquanto se sentava com muito cuidado em uma cadeira. — Traga-nos algumas bebidas, mordomo. Por Deus, gostaria de um trago de qualquer coisa depois de uma dessas.

Todos tomaram alguma coisa. O mordomo, tímido, mas radiante, apoiou-se em uma perna ao lado da mesa, com a bandeja na mão. — Foi um terremoto, senhor, um grande terremoto! — repetiu ele, entusiasmado. Estava louco de vontade de falar; aliás, como todo mundo. Uma extraordinária *joie de vivre* apoderou-se de todos assim que a sensação do tremor desaparecera de suas pernas. Um terremoto é muito divertido depois que acaba. É muito estimulante pensar que não estamos, como poderia muito bem acontecer, entre os mortos sob um monte de ruínas. Todos começaram a falar ao mesmo tempo: — Meu Deus, nunca passei por um susto tão grande... Caí de costas

---

110 Tifão é um gigante da mitologia grega, personificação dos terremotos e dos ventos fortes. (N. do T.)

do nada... Achei que era um maldito vira-lata se coçando debaixo do piso... Achei que havia acontecido uma explosão em algum lugar... — e assim por diante; as conversas habituais sobre terremotos. Até mesmo o mordomo foi incluído na conversa.

— Imagino que você se lembre de muitos terremotos, não é, mordomo? — perguntou a sra. Lackersteen, de forma bastante gentil, tratando-se dela.

— Ah, sim, madame, muitos terremotos! 1887, 1899, 1906, 1912... Muitos, posso me lembrar de muitos deles, madame!

— O de 1912 foi bem forte — Flory disse.

— Ah, meu senhor, mas o de 1906 foi pior! O tremor foi terrível, senhor! E um grande ídolo pagão do templo caiu em cima do *thathanabaing*, o bispo budista, madame, e para os birmaneses isso é um mau presságio, indicando que teríamos uma péssima colheita de arroz e um surto de febre aftosa. Lembro também do meu primeiro terremoto, em 1887, quando ainda era um pequeno *chokra*, e o major Maclagan enfiou-se debaixo da mesa e prometeu assinar um juramento de que nunca mais iria beber na manhã seguinte. Ele não sabia que se tratava de um terremoto. E, além disso, duas vacas morreram esmagadas por telhados caindo, etc. etc.

Os europeus ficaram no clube até meia-noite, e o mordomo apareceu no salão meia dúzia de vezes para contar novas histórias. Em vez de o esnobarem, os europeus até o encorajavam a falar. Nada como um terremoto para aproximar as pessoas. Mais um tremor, talvez dois, e teriam pedido ao mordomo que se sentasse à mesa com eles.

Enquanto isso, o pedido de casamento de Flory não foi adiante. Não se pode propor alguém em casamento logo depois de um terremoto. De qualquer forma, ele não ficou mais a sós com Elizabeth pelo resto da noite. Mas isso não importava, agora ele tinha certeza de que ela era sua. Pela manhã haveria tempo suficiente. Com esse pensamento na cabeça, com a mente tranquila e exausto como um cão, ele foi para a cama.

16

Os abutres nos enormes *pyinkados* perto do cemitério levantavam voo dos galhos embranquecidos pelo esterco, firmavam-se com as asas e subiam fazendo grandes espirais lá no alto. Era cedo, mas Flory já saíra de casa. Ia até o clube esperar que Elizabeth chegasse para, então, pedi-la formalmente em casamento. Algum instinto, que ele não compreendia muito bem, impelia-o a fazê-lo antes que os outros europeus voltassem da selva.

Ao atravessar o portão do complexo, viu que havia um recém-chegado a Kyauktada. Um jovem com uma longa lança na mão, parecida com uma agulha, galopava pelo *maidan* em um cavalo branco. Alguns siques[111], parecidos com sipaios[112], corriam atrás dele, levando outros dois cavalos pelas rédeas, um baio e outro castanho. Quando chegou perto dele, Flory parou de andar e deu-lhe bom dia, gritando. Ele não havia reconhecido o jovem, mas em lugares pequenos era comum dar as boas-vindas aos forasteiros. O outro viu que fora saudado, virou o cavalo de forma negligente e aproximou-se da beira da estrada. Era um jovem de cerca de vinte anos, magro, mas com um porte muito ereto, claramente um oficial de cavalaria. Tinha uma

---

111 Siques são adeptos do siquismo, religião monoteísta fundada em fins do século XV no Punjab (região dividida entre o Paquistão e a Índia) por Guru Nanak (1469-1539). (N. do T.)

112 Soldados indianos que serviam no exército da Companhia Britânica das Índias Orientais, sob as ordens de oficiais britânicos. (N. do T.)

daquelas caras de coelho muito comuns entre os soldados ingleses, com olhos azuis-claros e um pequeno triângulo formado pelos dentes da frente, visível por entre os lábios; no entanto, parecia ser duro, destemido, e até naturalmente bruto — um coelho, mas, talvez, um coelho durão e combativo. Ele montava em seu cavalo como se fosse parte dele e parecia, de forma quase ofensiva, jovem e robusto. Seu rosto juvenil tinha um tom de bronzeado que combinava precisamente com seus olhos claros, e ele era elegante como uma pintura, trajando seu *topi* branco de camurça e suas botas de polo brilhantes como um velho cachimbo Meerschaum. Flory sentiu-se incomodado em sua presença assim que o viu.

— Como vai? — disse Flory. — Acaba de chegar?

— Cheguei ontem, no trem noturno — Tinha uma voz de menino, mas completamente intratável. — Mandaram-me para cá com um grupamento de homens para ficar de prontidão caso os desordeiros locais criem algum problema. Meu nome é Verrall — da polícia militar — acrescentou, sem, no entanto, perguntar o nome de Flory.

— Ah, sim. Ouvimos falar que iriam mandar alguém. Onde está alojado?

— No posto da estrada, por enquanto. Havia um negro qualquer instalado lá quando cheguei ontem à noite — um oficial de impostos, ou algo assim. Coloquei-o para fora. Esse lugar é um fim de mundo, não é? — disse ele balançando a cabeça para trás, indicando a aldeia de Kyauktada.

— Imagino que seja igual aos outros lugarejos pequenos. Vai ficar muito tempo por aqui?

— Apenas um mês, mais ou menos, graças a Deus. Até o começo das chuvas. Que *maidan* podre vocês têm aqui, não? É um absurdo não conseguirem manter isso cortado direito — acrescentou ele, correndo a ponta da lança sobre o mato ressecado. — Assim, é impossível jogar polo ou qualquer outra coisa.

— Receio que não consiga jogar polo aqui — disse Flory. — Tênis é o melhor que se há para fazer. Somos apenas oito no total, e a maioria de nós passa três quartos do tempo na selva.

— Por Cristo! Que buraco!

Depois disso, fez-se silêncio. Os siques altos e barbudos formavam um grupo ao redor das cabeças dos cavalos, olhando para Flory sem muita simpatia. Ficou perfeitamente claro que Verrall estava entediado com aquela conversa e queria ir embora. Nunca em sua vida Flory se sentira tão *de trop*[113], nem tão velho e esfarrapado. Percebeu que a montaria de Verrall era um belo cavalo árabe, uma égua, com um pescoço imponente e a cauda arqueada e volumosa; um lindo animal branco como o leite, que valia vários milhares de rupias. Verrall já puxara a rédea para virar-se, evidentemente sentindo que já conversara o suficiente por uma manhã.

— Seu cavalo é maravilhoso — disse Flory.

— Não é ruim, melhor que essas montarias da Birmânia. Vim praticar um pouco de *tent-pegging*[114]. É inútil tentar acertar uma bola de polo nessa lama. Ei, Hira Singh! — ele gritou, virando seu cavalo para o outro lado.

O sipaio que segurava o cavalo baio entregou as rédeas a um de seus colegas, correu para um ponto a cerca de quarenta metros de distância e fixou uma fina cavilha no chão. Verrall não prestou mais atenção em Flory. Ergueu a lança e endireitou-se na sela, como se estivesse mirando na estaca, enquanto os indianos recuavam seus cavalos do caminho, observando-o com um ar crítico. Com um movimento levemente perceptível, Verrall cravou os joelhos nos flancos da montaria. A égua saltou para a frente como uma bala disparada por uma catapulta. Com a facilidade de um centauro, o jovem altivo e esguio inclinou-se na sela, baixou a lança e enfiou-a na cavilha. Um dos indianos murmurou rudemente *"Shabash!*[115]*"*. Verrall ergueu a lança atrás de si de maneira precisa e, em seguida, puxando seu cavalo para contê-lo, deu meia-volta e entregou a cavilha atravessada pela lança ao sipaio.

Verrall fez duas outras tentativas e, em ambas, acertou a cavilha. E o fez com uma graciosidade incomparável, e com uma pompa extraordinária. Todos os homens presentes, o inglês e os indianos, estavam concentrados na tarefa de acertar a cavilha, como se aquilo fosse um ritual religioso. Flory continuou assistindo, completamente ignorado — Verrall parecia ter um

---

113 "Demais" ou "a mais", em francês. No trecho acima, a melhor tradução seria "desprezado". (N. do T.)

114 Esporte equestre originário da Índia cujo objetivo é acertar, montado em um cavalo, pequenos alvos com a lança ao longo de um percurso definido. (N. do T.)

115 Termo em híndi, urdu e em outras línguas do subcontinente indiano, usado para louvar uma conquista, análogo a "bravo" em muitas línguas ocidentais. (N. do T.)

daqueles rostos feitos especialmente para ignorar estranhos indesejáveis —, mas justamente pelo fato de ter sido desprezado é que se sentia incapaz de afastar-se. De certa forma, Verrall enchera-o de uma horrível sensação de inferioridade. Ele tentava pensar em algum pretexto para retomar a conversa, quando olhou para o alto da ladeira e viu Elizabeth, vestida de azul-claro, saindo do portão da casa do tio. Era provável que ela tivesse visto a terceira investida à cavilha. Seu coração agitou-se dolorosamente. Um pensamento lhe ocorreu, um daqueles pensamentos impulsivos que geralmente levam a problemas. Ele chamou Verrall, que estava a poucos metros dele, e apontou com sua bengala.

— Esses outros dois também sabem fazer isso?

Verrall olhou por cima do ombro com um ar mal-humorado. Esperava que Flory tivesse ido embora depois de ter sido ignorado.

— O quê?

— Esses outros dois também sabem fazer isso? — Flory repetiu.

— O cavalo castanho não é de todo mau. No entanto, sai em disparada, se deixarmos.

— Então deixe-me tentar acertar uma cavilha. Posso?

— Tudo bem — disse Verrall, rispidamente. — Mas não vá cortar a boca do cavalo.

Um sipaio trouxe o cavalo e Flory fingiu examinar a corrente que prende o freio. Na verdade, estava ganhando tempo até que Elizabeth estivesse a trinta ou quarenta metros deles. Decidiu acertar o alvo no exato momento em que ela estivesse passando (o que é bastante fácil com os cavalos pequenos da Birmânia, contanto que sejam capazes de galopar em linha reta) e depois cavalgaria até ela com a cavilha na ponta da lança. Obviamente, era a coisa certa a fazer. Ele não queria que ela pensasse que aquele fedelho de cara cor-de-rosa era a única pessoa dali que sabia montar. Estava usando calções, desconfortáveis para cavalgar, mas sabia que, como quase todo mundo, ficava muito bem montado em um cavalo.

Elizabeth aproximava-se. Flory subiu na sela, pegou a lança da mão do indiano e acenou para Elizabeth com ela. No entanto, ela não respondeu. Provavelmente estava acanhada na presença de Verrall. Olhava para longe, na direção do cemitério, e suas faces estavam coradas.

— *Chalo*[116] — disse Flory para o indiano, e então cravou os joelhos nos flancos do cavalo.

No instante seguinte, antes mesmo que o cavalo começasse a trotar, Flory viu-se em pleno voo, e caiu no chão com um baque que quase lhe deslocou o ombro, rolando várias vezes. Felizmente, a lança caiu longe dele. Ficou deitado de costas, com uma visão turva do céu e de alguns abutres no alto. Então, seus olhos focalizaram o *pagri* cáqui e o rosto moreno de um sique barbudo, curvado sobre ele.

— O que aconteceu? — perguntou ele, em inglês, e apoiou-se dolorosamente sobre o cotovelo. O sique respondeu-lhe secamente e apontou. Flory viu o cavalo castanho afastando-se em disparada pelo *maidan*, com a sela sobre a barriga. A sela não tinha sido apertada e virou-se; por isso ele caíra.

Quando Flory se sentou, percebeu que sentia uma dor forte. O ombro direito de sua camisa estava rasgado e encharcado de sangue, e ele sentia mais sangue escorrendo-lhe do rosto. O impacto com a terra dura o havia esfolado. Seu chapéu também sumira. Sentindo uma pontada de dor, lembrou-se de Elizabeth e viu-a caminhando em sua direção, a apenas dez metros de distância, olhando diretamente para ele, caído ali de forma tão vergonhosa. "Meu Deus, meu Deus", pensou ele, "meu Deus, que idiota devo estar parecendo!" E tal ideia afastou de si a dor da queda. Colocou a mão sobre a marca de nascença, embora fosse a outra face a machucada.

— Elizabeth! Olá, Elizabeth! Bom dia!

Ele gritou ansioso, suplicante, como alguém que tinha consciência de ter feito papel de idiota. Ela não respondeu e, de forma quase inacreditável, continuou andando sem parar nem por um instante, como se não o tivesse visto nem ouvido.

— Elizabeth! — chamou ele novamente, surpreso. — A senhorita viu minha queda? A sela escorregou. O idiota do sipaio não tinha...

Não havia dúvidas de que ela o ouvira agora. Virou o rosto para encará-lo por um instante e olhou através dele, como se Flory não existisse.

---

116 "Vamos lá", em híndi. (N. do T.)

Então, olhou para longe novamente, além do cemitério. Algo terrível. Ele voltou a chamá-la, desesperado:

— Elizabeth! Elizabeth, escute!

Ela passou por ele sem dizer uma só palavra, sem fazer-lhe nenhum sinal, sem olhar para ele. Andava rapidamente pela estrada, batendo os calcanhares, de costas para ele.

Nesse momento, ele já estava cercado pelos sipaios, e Verrall também cavalgara até onde Flory estava caído. Alguns dos sipaios saudaram Elizabeth; Verrall ignorou-a, e talvez nem a tivesse visto. Flory levantou-se com dificuldade. Estava bastante ferido, mas não quebrara nenhum osso. Os indianos trouxeram-lhe o chapéu e a bengala, mas não se desculparam pelo descuido. Pareciam ter um leve ar de desprezo, como se pensassem que ele simplesmente tinha recebido o que merecera. Era possível até que tivessem afrouxado a sela de propósito.

— A sela escorregou — disse Flory de uma maneira fraca e estúpida, típica de momentos assim.

— Por que diabos você não a verificou antes de montar? — disse Verrall, seco. — Deveria saber que esses miseráveis não são confiáveis.

E, tendo dito isso, puxou as rédeas e partiu, dando o incidente por encerrado. Os sipaios o seguiram sem se despedirem de Flory. Quando Flory chegou ao portão de sua casa, viu que o cavalo castanho já havia sido recapturado e selado novamente, e que Verrall voltara a treinar, montado nele.

A queda o abalara tanto que ele continuava incapacitado de organizar seus pensamentos. O que poderia tê-la feito comportar-se de tal forma? Ela o tinha visto ensanguentado e com dor e passara por ele como se fosse um cachorro morto. O que poderia ter acontecido? Aquilo realmente acontecera? Era inacreditável. Será que ela estava com raiva dele? Poderia ele tê-la ofendido de alguma forma? Todos os criados estavam à sua espera junto à cerca da casa. Tinham saído para assistir ao *tent-pegging* e tinham testemunhado sua terrível humilhação. Ko S'la correu por parte do caminho ladeira abaixo para encontrá-lo, com uma expressão preocupada.

— O deus se machucou? Devo carregar o deus de volta para casa?

— Não — disse o deus. — Vá buscar um uísque e uma camisa limpa para mim.

Quando voltaram para casa, Ko S'la fez Flory sentar-se na cama e tirou-lhe a camisa rasgada, que o sangue lhe grudara no corpo. Ko S'la estalou a língua.

— Ah, *ma lay*[117]! Esses cortes estão cheios de terra. O senhor não deve se meter nessas brincadeiras infantis com cavalos estranhos, *thakin*. Não na sua idade. É perigoso demais.

— A sela escorregou — disse Flory.

— Essas brincadeiras — continuou Ko S'la — são muito boas para o jovem policial. Mas o senhor não é mais jovem, *thakin*. Uma queda pode fazer muito mal na sua idade. Deveria tomar mais cuidado.

— Está me chamando de velho? — disse Flory, com raiva. Seu ombro doía terrivelmente.

— O senhor tem trinta e cinco anos, *thakin* — disse Ko S'la com um tom polido, mas firme.

Era tudo muito humilhante. Ma Pu e Ma Yi, tendo feito as pazes temporariamente, trouxeram uma panela com uma pasta horrorosa que disseram ser boa para cortes. Sem que elas soubessem, Flory disse a Ko S'la para jogá-la pela janela e substituí-la por uma pomada de ácido bórico. Então, enquanto se sentava na banheira com água morna e Ko S'la limpava-lhe a sujeira dos arranhões, tornou a ficar intrigado e, conforme sua mente ia clareando, ainda mais desanimado, perguntava-se o que teria acontecido. Ele a ofendera terrivelmente, isso estava claro. Mas, se ele não a tinha visto mais desde a noite anterior, como poderia tê-la ofendido? E não havia nenhuma resposta plausível.

Explicou várias vezes a Ko S'la que sua queda se deu por causa do escorregamento da sela. Mas Ko S'la, apesar de compadecer-se dele, claramente não acreditava na história. Até o fim de seus dias, percebeu Flory, aquela queda seria atribuída à sua inabilidade em cavalgar. Por outro lado, quinze dias antes, ele conquistara um renome imerecido por ter afugentado um búfalo inofensivo. De certa forma, o acaso era justo.

---

117 "Velho irmão", em birmanês. (N. do T.)

17

Flory só voltou a ver Elizabeth quando foi ao clube, depois do jantar. Ao contrário do que poderia ter feito, ele não a procurou para exigir-lhe uma explicação. Seu próprio rosto deixava-o nervoso quando se olhava no espelho. Com a marca de nascença de um lado e os arranhões do outro, ficara tão desolado, tão horroroso, que não ousou mostrar-se à luz do dia. Ao entrar no salão do clube, colocou a mão sobre a marca de nascença — sob o pretexto de uma picada de mosquito na testa. Teria sido um feito maior do que sua coragem lhe permitia não cobrir sua marca de nascença naquele instante. No entanto, Elizabeth não estava ali.

Em vez disso, deparou com uma discussão inesperada. Ellis e Westfield tinham acabado de voltar da selva e estavam bebendo, com um mau humor tremendo. Chegara de Rangum a notícia de que o editor do *Patriota Birmanês* recebera a sentença de apenas quatro meses de prisão por suas calúnias contra o sr. Macgregor, e Ellis estava enfurecido com uma pena tão leve. Assim que Flory entrou no salão, Ellis começou a provocá-lo com comentários sobre "o negrinho do Verassonso". Naquele momento, a simples ideia de brigar entediava Flory, mas ele acabou respondendo de forma descuidada e iniciaram uma discussão. Os ânimos começaram a se exaltar e, depois que Ellis chamou Flory de "namoradinho de negro" e Flory respondeu na mesma moeda, Westfield também perdeu a paciência. Era um homem razoável, mas as ideias bolcheviques de Flory às vezes o incomodavam. Ele nunca conseguia entender o porquê, quando era tão claro que havia uma opinião correta e outra errada sobre tudo, de Flory sempre deliciar-se em escolher a opinião errada. Disse a Flory para "não começar a falar como um maldito agitador do Hyde Park" e então começou um pequeno sermão ríspido, recitando as cinco principais virtudes do *pukka sahib*, a saber:

Manter nosso prestígio Com a mão firme (sem luvas de pelica), Nós, homens brancos, devemos nos unir, Dê-lhes a mão e eles tomarão o braço,e esprit de corps[118]

Durante todo o tempo, a ansiedade de ver Elizabeth doía-lhe tanto no coração que Flory mal conseguia ouvir o que diziam. Além disso, já ouvira aquilo tantas vezes, tantas vezes — cem, mil, desde sua primeira semana em Rangum, quando seu *burra sahib* (um velho escocês, um viciado em gim e grande criador de cavalos de corrida, afastado do turfe por alguma canalhice, em que fizera o mesmo cavalo correr com dois nomes diferentes) tinha-o visto tirar seu chapéu *topi* à passagem do funeral de um nativo e disse-lhe, em tom de reprovação: — Lembre-se, rapaz, lembre-se sempre de que nós somos os *sahiblog* e eles não são nada! — Agora, sentia-se mal ao ouvir tamanha estupidez. Então, interrompeu Westfield bruscamente, e proferiu uma heresia:

— Ah, cale a boca! Estou farto desse assunto. Veraswami é um ótimo sujeito — muito melhor do que alguns homens brancos que conheço. De qualquer forma, vou propor seu nome para o clube quando chegar a próxima Assembleia Geral. Talvez ele traga um pouco de animação a este maldito lugar.

E a briga teria se tornado séria se não tivesse acabado como acabava a maioria das brigas no clube — com a chegada do mordomo, que ouvira as vozes alteradas.

— O patrão chamou, meu senhor?

— Não. Vá para o inferno — disse Ellis, carrancudo.

O mordomo se retirou, mas encerrou-se a discussão, por ora. Nesse instante, ouviram-se passos e vozes do lado de fora; os Lackersteen estavam chegando ao clube.

Quando entraram no salão, Flory não teve coragem de olhar diretamente para Elizabeth; mas notou que os três estavam mais bem vestidos do que de costume. O sr. Lackersteen trajava um paletó — branco, por causa da estação do ano — e estava completamente sóbrio. A camisa engomada e

---

[118] "Espírito de corporação", em francês. (N. do T.)

o colete de piquê pareciam mantê-lo ereto e reforçar sua fibra moral como uma armadura. A sra. Lackersteen estava bonita e longilínea em um vestido vermelho. Inexplicavelmente, os três davam a impressão de estarem à espera de algum convidado ilustre.

Quando pediram suas bebidas e a sra. Lackersteen usurpou o lugar sob o *punkah*, Flory sentou-se em uma cadeira do lado oposto ao grupo. Ele ainda não tomara coragem de abordar Elizabeth. A sra. Lackersteen começara a falar de uma forma extraordinária e tola sobre o querido príncipe de Gales, adotando um sotaque de uma corista temporariamente promovida ao papel de duquesa em um musical. Os demais se perguntavam intimamente que diabos teria lhe acontecido. Flory colocou-se quase atrás de Elizabeth. Ela usava um vestido amarelo bastante curto, como era a moda àquela época, com meias cor de champanhe e sapatos combinando, e carregava um enorme leque de penas de avestruz. Parecia tão elegante, tão adulta, que ele sentiu mais medo dela do que nunca sentira. Era inacreditável que ele a tivesse beijado. Ela conversava com desenvoltura, dirigindo-se a todos os demais ao mesmo tempo e, de vez em quando, Flory ousava fazer uma colocação em meio à conversa geral; mas ela nunca lhe respondia diretamente e, se estava realmente disposta ou não a ignorá-lo, ele não conseguia saber.

— Bom — disse então a sra. Lackersteen —, e quem gostaria de jogar uma partida de *rubbah*[119]?

Ela usou claramente *rubbah*. Seu sotaque tornava-se mais aristocrático a cada palavra que ela emitia. Era algo inexplicável. Ellis, Westfield e o sr. Lackersteen, ao que parecia, eram favoráveis a uma partida de *rubbah*. Flory recusou a proposta assim que percebeu que Elizabeth não iria jogar. Era agora ou nunca sua chance de ficar a sós com ela. Quando todos se dirigiram para a sala de jogos e ele viu, com uma mistura de medo e alívio, que Elizabeth ficara para trás. Ele parou junto à porta, barrando-lhe a passagem. Tinha ficado completamente pálido. Ela retraiu-se um pouco.

— Com licença — ambos disseram ao mesmo tempo.

— Um momento — disse ele e, por mais que tentasse se controlar, sua voz tremia. — Posso falar com a senhorita? Se não se importa… Tenho algo a lhe dizer.

— Poderia me deixar passar, sr. Flory?

---

[119] Termo pomposo para o jogo de bridge, usado pelas classes mais altas no início do século XX. (N. do T.)

— Por favor! Por favor! Estamos a sós agora. A senhorita não vai nem sequer me deixar falar?

— O que é, então?

— É pouca coisa. O que quer que eu tenha feito para ofendê-la... Por favor, diga-me o que foi. Diga-me e deixe-me reparar o mal. Prefiro cortar minha mão a ofendê-la. Apenas me diga, não me deixe continuar sem saber o que foi.

— Realmente não sei do que o senhor está falando. "Dizer-lhe o que o senhor fez para ofender-me?" E por que o senhor acha que teria me ofendido?

— Mas só pode ter sido isso! Depois da maneira como a senhorita se comportou!

— "Depois da maneira como me comportei?" Não sei do que o senhor está falando. Não sei porque está falando dessa forma incomum.

— Mas a senhorita nem mesmo fala comigo! Hoje de manhã fez de conta que eu estava morto.

— Certamente posso fazer o que quiser sem ser questionada.

— Mas, por favor, por favor! A senhorita não vê, não é possível que não veja, como é para mim ser desprezado assim de repente. Afinal, ontem à noite mesmo a senhorita...

Ela ficou corada. — Acho que é absolutamente... Absolutamente desprezível de sua parte mencionar esse tipo de coisa!

— Eu sei, eu sei. Sei disso tudo. Mas o que mais posso fazer? A senhorita passou por mim hoje de manhã como se eu fosse uma pedra. Sei que a ofendi de alguma forma. Pode me culpar por querer saber o que foi que eu fiz?

Como sempre, ele piorava a situação a cada palavra que dizia. Percebeu que, o que quer que tivesse feito, fazê-la explicar-se parecia a Elizabeth algo ainda pior do que o que ele fizera. Ela não pretendia falar a respeito. Iria deixá-lo no escuro — esnobá-lo e então fingir que nada acontecera; a costumeira tática feminina. No entanto, ele insistiu mais uma vez:

— Por favor, diga-me. Não posso deixar que tudo entre nós acabe assim.

— "Que tudo entre nós acabe"? Não havia nada entre nós — disse ela friamente.

A baixeza dessa observação feriu-o, e ele respondeu com rapidez:

— Isso não é típico da senhorita, Elizabeth! Não é nada generoso ignorar um homem depois de ter-lhe sido gentil, recusando-se até mesmo a dizer-lhe o motivo. A senhorita pode ser direta comigo. Por favor, diga-me o que lhe fiz.

Ela lançou-lhe um olhar evasivo e aflitivo, aflitivo não por causa do que ele fizera, mas porque a forçava a falar a respeito. Porém, ela talvez já estivesse ansiosa para acabar com aquela cena, e então disse-lhe:

— Bom, então, se o senhor me obriga absolutamente a falar sobre isso...

— Sim?

— Contaram-me que, ao mesmo tempo que o senhor fingia... Bom, que estava... Comigo... ah, é repugnante demais! Não consigo falar sobre isso.

— Continue.

— Disseram-me que o senhor sustenta uma mulher birmanesa. E agora, por favor, o senhor pode me deixar passar?

Com isso, ela zarpou — não há outra palavra para seu comportamento —, passou por ele com o farfalhar de suas saias curtas e desapareceu sala de jogos adentro. E ele ficou olhando para ela, chocado demais para falar, parecendo indescritivelmente ridículo.

Foi horrível. Ele não poderia mais encará-la depois daquilo. Virou-se apressado para sair do clube e não ousou nem sequer passar pela porta da sala de jogos, para que ela não o visse saindo. Foi para o salão, pensando em como poderia escapar e, finalmente, escalou as grades da varanda e pulou no pequeno gramado quadrado que descia até a margem do Irauádi. O suor escorria de sua testa. Poderia muito bem ter gritado de raiva e de angústia. Que maldito azar! Ser descoberto em uma coisa como aquela. "Sustentando uma mulher birmanesa", e aquilo nem era verdade! Mas seria inútil negar. Ah, que acaso maldito teria-lhe trazido a notícia até os ouvidos?

Mas, na verdade, não fora um acaso. Havia uma causa perfeitamente válida, que também era a causa do estranho comportamento da sra. Lackersteen no clube aquela noite. Na noite anterior, pouco antes do terremoto, a sra. Lackersteen estava lendo a *Lista Civil*. A *Lista Civil* (que informa a renda exata de cada funcionário na Birmânia) era uma fonte de inesgotável interesse para ela. Estava no meio da somatória do salário e dos benefícios de um conservador de florestas que conhecera certa vez em Mandalay quando ocorreu-lhe procurar o nome do tenente Verrall, que, de acordo com o que ela ouvira do sr. Macgregor, estava prestes a chegar a Kyauktada no dia seguinte, com cem policiais militares. Quando encontrou seu nome, viu diante dele duas palavras que quase a transtornaram.

As palavras eram "O Honorável[120]".

O Honorável! Tenentes com títulos de nobreza são raros em qualquer lugar, raros como diamantes no Exército Indiano, raros como dodôs[121] na Birmânia. E quando se é tia da única jovem em idade de se casar em um raio de quase cem quilômetros, e ouve-se que um tenente honorável chegará no dia seguinte... Oras! Bastante consternada, a sra. Lackersteen lembrou-se de que Elizabeth estava no jardim com Flory — aquele bêbado miserável do Flory, que mal ganhava setecentas rupias por mês e que, muito provavelmente, já a estava pedindo em casamento! Ela apressou-se no mesmo instante em chamá-la para dentro, mas, nesse momento, o terremoto interveio. No entanto, a caminho de casa, tiveram a chance de conversar. A sra. Lackersteen pousou afetuosamente a mão no braço de Elizabeth e disse-lhe, com a voz mais terna que já produzira em toda a sua vida:

— É claro que você sabe, querida Elizabeth, que Flory está sustentando uma mulher birmanesa...

Por um instante, pareceu-lhe que aquela bomba mortal não explodiria. Elizabeth conhecia tão pouco dos costumes do país que tal comentário não lhe surtiu grande efeito. Talvez lhe soaria como "sustentar um papagaio".

— Está sustentando uma mulher birmanesa? Para quê?

— Para quê? Minha querida, para que um homem sustenta uma mulher?

E, claro, isso foi o suficiente.

Flory ficou bastante tempo parado junto à margem do rio. A lua estava alta, refletida na água como um enorme escudo eletrizado. O frescor do ar da noite mudara o humor de Flory. Nem mesmo tinha coragem de ficar com raiva por muito mais tempo. Pois percebera, com um autoconhecimento e uma autoaversão certeiros, típicos de quem passa por uma situação semelhante, que o que lhe acontecera fora bem merecido. Por um momento, teve a impressão de que uma procissão interminável de mulheres birmanesas, um

---

120 *The honourable*, no original. Título usado para membros da nobreza britânica. (N. do T.)
121 Ave extinta. (N. do T.)

regimento de fantasmas, passara diante de si sob o luar. Céus, foram tantas! Mil — mil não, mas mais de cem, pelo menos. "Meia-volta, volver", pensou ele, desanimado. As cabeças das mulheres voltaram-se para ele, mas nenhuma delas tinha rosto, eram apenas círculos sem expressão. Ele se lembrou de um *longyi* azul aqui, um par de brincos de rubi ali, mas dificilmente de um rosto ou nome. Os deuses são justos e nossos vícios lascivos (lascivos, realmente!) acabam tornando-se mecanismos de tormento. Ele se sujara além da possibilidade de redenção, e essa era sua justa punição.

Caminhou lentamente através das folhas-imperiais e contornou a sede do clube. Estava triste demais para sentir toda a dor daquele desastre. Começaria a doer, como acontece com todas as feridas profundas, muito tempo depois. Ao passar pelo portão, algo agitou as folhagens atrás dele. Tomou um susto. Ouviu um sussurrar de ríspidas palavras birmanesas.

— *Pike-san pay-like! Pike-san pay like!*

Virou-se bruscamente. Repetiram mais uma vez a frase *"pike-san pay-like"* ("Dê-me o dinheiro"). Ele viu então uma mulher parada sob o flamboiã dourado. Era Ma Hla May. Ela avançou para a luz da lua com cautela, com um ar hostil e mantendo distância, como se temesse que ele fosse atacá-la. Seu rosto estava coberto de pó de arroz, com um tom branco doentio sob o luar, e ela parecia tão feia quanto uma caveira, mantendo uma expressão desafiadora.

Ela o assustara. — Que diabos você está fazendo aqui? — ele disse com raiva, em inglês.

— *Pike-san pay-like!*

— Que dinheiro? Do que está falando? Por que está me seguindo assim?

— *Pike-san pay-like!* — ela repetiu, quase gritando. — O dinheiro que você me prometeu, *thakin*. Você disse que me daria mais dinheiro. Quero agora, nesse instante!

— Como poderia lhe dar dinheiro agora? Vai recebê-lo no mês que vem. Já lhe dei cento e cinquenta rupias.

Para seu susto, ela começou a gritar *"Pike-san pay-like!"* e uma série de frases semelhantes a plenos pulmões. Parecia à beira de um ataque histérico. O volume de ruído que ela produzia era surpreendente.

— Fique quieta! Vão ouvi-la no clube! — ele exclamou e, imediatamente, arrependeu-se de ter-lhe colocado a ideia na cabeça.

— Arrá! Agora eu sei o que lhe assusta! Dê-me o dinheiro agora mesmo, ou gritarei por ajuda e farei com que todos venham para cá. Rápido, agora, ou começo a gritar!

— Sua vadia! — disse ele, e deu um passo na direção dela. Ligeira, ela deu um salto, pondo-se fora de seu alcance, tirou o chinelo e ficou ali, desafiando-o.

— Seja rápido! Cinquenta rupias agora, e o resto amanhã. Ande com isso! Ou dou um grito que poderão ouvir até no bazar!

Flory praguejou. Não era o momento para uma cena como aquela. Por fim, tirou a carteira do bolso, encontrou vinte e cinco rupias e jogou-as no chão. Ma Hla May agarrou-se às notas e contou-as.

— Eu disse cinquenta rupias, *thakin*!

— Como posso dar-lhe uma quantia que não tenho comigo? Você acha que ando por aí com centenas de rupias no bolso?

— Eu disse cinquenta rupias!

— Ah, saia do meu caminho! — disse ele, em inglês, passando por ela.

Mas a desgraçada não o deixaria em paz. Começou a segui-lo estrada acima como um cachorro desobediente, gritando *"Pike-san pay-like! Pike-san pay-like!"* como se o simples barulho fosse capaz de materializar o dinheiro. Ele apertou o passo, em parte para afastá-la do clube, em parte na esperança de livrar-se dela, mas ela parecia disposta a segui-lo até em casa, se necessário. Depois de um tempo, ele não aguentou mais e virou-se para fazê-la recuar.

— Vá embora agora mesmo! Se continuar me seguindo, nunca mais lhe darei um *anna* sequer.

— *Pike-san pay-like!*

— Sua idiota — ele disse —, de que adianta fazer isso? Como vou poder lhe dar o dinheiro se não tenho nem mais um tostão aqui comigo?

— Até parece!

Ele apalpou os bolsos, desconsolado. Estava tão cansado que teria lhe dado qualquer coisa para livrar-se dela. Seus dedos encontraram a cigarreira, que era de ouro. Tirou-a do bolso.

— Olhe aqui, se lhe der isso, vai embora? Pode penhorá-la por trinta rupias.

Ma Hla May deu a impressão de refletir e, então, falou, contrariada:

— Dê para mim.

Ele jogou a cigarreira no mato ao lado da estrada. Ela a agarrou e, imediatamente, saltou para trás, apertando-o contra seu *ingyi*, como se temesse que ele o pegasse de volta. Flory virou-se e foi para casa, agradecendo a Deus por ver-se longe do alcance da voz dela. Era a mesma cigarreira que ela roubara dez dias antes.

No portão, ele olhou para trás. Ma Hla May ainda estava de pé ao pé da ladeira, uma estatueta acinzentada sob o luar. Ela deve tê-lo observado subindo a ladeira, como um cachorro observando uma figura suspeita até que saísse de sua vista. Foi estranho. Passou-lhe pela mente o mesmo pensamento de alguns dias antes, quando ela lhe enviara a carta chantageando-o, que seu comportamento era estranho, incomum para ela. Estava demonstrando uma obstinação que ele nunca pensara que ela fosse capaz de ter — quase, na verdade, como se outra pessoa a estivesse incitando a fazê-lo.

18

Depois da briga que tiveram durante a noite, Ellis estava planejando uma semana inteira de provocações a Flory. Apelidou-o de Namoradinho — abreviação de Namoradinho do Negro, mas as mulheres não sabiam disso — e já começava a inventar perversidades escandalosas a seu respeito. Ellis sempre inventava perversidades sobre qualquer pessoa com quem brigava — perversidades que se transformavam, por seus adereços repetidos à exaustão, em uma espécie de saga. A observação incauta de Flory de que o dr. Veraswami era um "ótimo sujeito" havia se transformado em um exemplar completo do *Daily Worker*[122], repleto de blasfêmias e insubordinação.

— Palavra de honra, sra. Lackersteen — disse Ellis. A sra. Lackersteen foi tomada por uma súbita antipatia por Flory depois de ter descoberto o grande segredo de Verrall, e mostrou-se bastante disposta a ouvir as histórias de Ellis —, palavra de honra, se a senhora estivesse no clube ontem à noite e tivesse ouvido as coisas que esse Flory disse — bom, a senhora tremeria de medo.

— É mesmo? Sabe, sempre achei que ele tinha ideias muito estranhas. Sobre o que ele anda falando agora? Não é sobre socialismo, espero.

— Pior.

---

122 Jornal do Partido Comunista britânico. (N. do T.)

Houve longas récitas. No entanto, para a decepção de Ellis, Flory não ficara em Kyauktada para ser alvo das provocações. Voltara para o acampamento um dia depois de ser rejeitado por Elizabeth. Elizabeth ouviu muitas das histórias escandalosas a seu respeito. Entendia perfeitamente seu caráter agora. Entendia o porquê de ele tê-la aborrecido e irritado tantas vezes. Era um intelectual — a pior palavra possível, em sua opinião —, um intelectual, comparável a Lenin, A. J. Cook[123] e aqueles poetas imundos dos cafés de Montparnasse. Ela poderia até ter perdoado sua amante birmanesa com mais facilidade do que tudo aquilo. Flory escreveu-lhe três dias depois; uma carta débil e afetada, que ele mandou entregar-lhe em mãos — seu acampamento ficava a um dia de marcha de Kyauktada. Elizabeth não respondeu.

Para a sorte de Flory, no momento ele estava ocupado demais para ter tempo de pensar. O acampamento ficara uma confusão só desde que ele se ausentara. Quase trinta *coolies* haviam sumido, o elefante doente estava pior do que nunca e uma imensa pilha de troncos de teca que deveria ter sido enviada dez dias antes ainda esperava o conserto da locomotiva. Flory, um fanático por máquinas, lutou com as entranhas do motor até ficar completamente preto de graxa e Ko S'la disse-lhe, com rispidez, que os brancos não deveriam fazer o "trabalho de um *coolie*". A locomotiva foi finalmente convencida a funcionar ou, pelo menos, a estremecer. Descobriram que o elefante doente estava com solitária. Quanto aos *coolies*, haviam abandonado o trabalho, pois seu suprimento de ópio fora cortado — não ficariam na selva sem ópio, que consideravam preventivo contra a febre. U Po Kyin, na ânsia de prejudicar Flory, fez com que os oficiais de impostos fizessem uma batida para apreender o ópio. Flory escreveu ao dr. Veraswami, pedindo-lhe ajuda. O médico mandou uma certa quantidade de ópio, obtida ilegalmente, remédio para o elefante e uma carta com minuciosas instruções. Uma tênia medindo mais de seis metros foi extraída. Flory mantinha-se ocupado doze horas por dia. À noite, se não havia mais nada a fazer, ele embrenhava-se na selva e caminhava e caminhava, até o suor começar a arder em seus olhos e seus joelhos começarem a sangrar por causa dos espinhos dos arbustos.

---

123 Arthur James Cook (1883-1931) foi um sindicalista britânico. (N. do T.)

As noites eram seu pior momento. O desgosto pelo que tinha acontecido penetrava nele lentamente, como sempre acontece.

 Enquanto isso, vários dias se passaram e Elizabeth ainda não tinha visto Verrall a menos de cem metros de distância. Fora uma grande decepção ele não ter aparecido no clube na noite de sua chegada. O sr. Lackersteen ficou bastante zangado quando percebeu que tinha sido obrigado a usar seu paletó por nada. Na manhã seguinte, a sra. Lackersteen fez com que o marido enviasse um prestativo bilhete ao seu alojamento, convidando Verrall para o clube; no entanto, não lhe responderam. Mais dias se passaram e Verrall não fez menção de ingressar na sociedade local. Chegou até mesmo a negligenciar suas visitas oficiais, nem mesmo se dando ao trabalho de apresentar-se no escritório do sr. Macgregor. O posto da estrada ficava do outro lado da cidade, perto da estação, e ele se acomodara muito bem ali. Há uma regra que diz que deve-se desocupar o posto após um determinado número de dias, mas Verrall ignorou-a completamente. Os europeus só o viam de manhã e à noite no *maidan*. No segundo dia após sua chegada, cinquenta de seus homens saíram com foices e limparam uma grande área do *maidan* e, depois, era possível vê-lo galopando de um lado para o outro, praticando manobras de polo. Ele nem sequer tomava conhecimento dos europeus que passavam pela estrada. Westfield e Ellis ficaram furiosos, e até mesmo o sr. Macgregor disse que o comportamento de Verrall fora "indelicado". Todos teriam se atirado aos pés de um tenente jonorável se ele tivesse demonstrado o mínimo de cortesia; no caso, porém, todos o detestaram desde o início, com exceção das duas mulheres. É sempre assim com os nobres, são odiados ou adorados. Se nos aceitam, são de uma simplicidade encantadora; se nos ignoram, são de um esnobismo repugnante; não há meias medidas.

 Verrall era o filho mais novo de um lorde, e nem um pouco rico, mas, por causa do método de raramente ter de pagar uma conta até que um mandado fosse emitido contra ele, conseguia manter seus gastos nas duas únicas coisas que realmente lhe importavam: roupas e cavalos. Viera para a Índia como parte de um regimento de cavalaria britânico, mas obtivera transferência para o Exército Indiano porque o trabalho era mais fácil e lhe proporcionava mais tempo livre para jogar polo. Depois de dois anos, suas dívidas ficaram tão enormes que ele ingressou na polícia militar da Birmânia, onde era notoriamente possível economizar dinheiro; no entanto, detestava a Birmânia — aquilo não era país para um cavaleiro — e já se candidatara para voltar ao seu antigo regimento. Ele era o tipo de oficial que conseguia transferências sempre que queria. Enquanto isso, ficaria em Kyauktada por apenas um mês e não tinha nenhuma intenção de se misturar com os medíocres *sahiblogs* do distrito. Conhecia muito bem a sociedade daquelas pequenas localidades da Birmânia — uma gentalha nojenta, bajuladora e sem cavalos. Ele os desprezava.

No entanto, não eram as únicas pessoas que Verrall desprezava. Seria preciso muito tempo para catalogar detalhadamente todo mundo que lhe desagradava. Ele desprezava toda a população não militar da Índia, à exceção de alguns jogadores famosos de polo. Desprezava todo o exército também, a não ser a cavalaria. Desprezava todos os regimentos de indianos, tanto de infantaria quanto de cavalaria. Era verdade que ele próprio pertencia a um regimento nativo, mas apenas porque lhe era conveniente. Não se interessava pelos indianos, e o pouco urdu que falava consistia principalmente de palavrões, com todos os verbos na terceira pessoa do singular. Considerava seus próprios policiais militares como meros *coolies*. "Por Cristo, que porcos esquecidos por Deus!" ele costumava murmurar enquanto inspecionava suas fileiras, com o velho *subahdar*[124] carregando sua espada atrás dele. Certa vez, Verrall tivera problemas por causa de suas opiniões francas a respeito das tropas nativas. Aconteceu durante uma inspeção em que Verrall fazia parte de um grupo de oficiais postado atrás do general. Um regimento de infantaria indiano aproximava-se marchando.

— São os... Fuzileiros — alguém disse.

— *Pra você ver...* — disse Verrall, com sua voz intratável de menino.

O coronel de cabelos brancos dos... Fuzileiros estava do lado deles. Corou até o pescoço e denunciou Verrall ao general. Verrall foi repreendido, mas o general, ele próprio um oficial do Exército Britânico, não fez muito caso do ocorrido. De certa forma, nada de muito sério jamais acontecia com Verrall, por mais ofensivo que ele se mostrasse. Em toda a Índia, onde quer que fosse

---

124 "Governador da província", em urdu. (N. do T.)

alocado, ele deixava um rastro de pessoas insultadas, deveres negligenciados e contas por pagar. No entanto, as desgraças que deveriam incidir sobre ele nunca se realizavam. Ele levava uma vida encantadora, e não era apenas o título que acompanhava seu nome o único responsável. Havia algo em seu olhar que acovardava cobradores, *burra memsahibs* e até mesmo coronéis.

Era um olhar desconcertante, com olhos azuis-claros, um pouco protuberantes, mas extremamente claros. Pondo-o na balança, eles o examinavam e, depois de um frio escrutínio que durava por volta de cinco segundos, descobriam suas faltas. Se você fosse o tipo certo de homem — isto é, se você fosse um oficial de cavalaria ou um jogador de polo —, Verrall lhe faria alguma concessão e até o trataria com certo respeito; se você fosse qualquer outro tipo de homem, ele o desprezaria tanto que não seria capaz de ocultar seu sentimento nem que quisesse. Também não fazia diferença se você era rico ou pobre, pois, em um sentido estritamente social, ele nada mais era que um esnobe. Claro, como todos os filhos de famílias ricas, ele achava a pobreza repulsiva e que os pobres eram pobres porque preferiam manter hábitos repulsivos. Contudo, ele desprezava a vida cheia de indulgências. Ainda que gastasse, ou melhor, devesse, quantias fabulosas em roupas, levava uma vida quase tão austera quanto a de um monge. Exercitava-se de forma incessante e brutal, racionava a bebida e os cigarros, dormia em uma cama de campanha (mas vestia um pijama de seda) e banhava-se com água fria, mesmo no inverno mais rigoroso. A equitação e a boa forma física eram os únicos deuses que ele conhecia. A batida dos cascos do cavalo no *maidan*, a sensação de equilíbrio e força de seu corpo, fixo à sua sela como um centauro, o maleável taco de polo na mão — essa era sua religião, sua razão de viver. Os europeus da Birmânia — uns vagabundos bêbados e mulherengos de cara amarela — davam-lhe nojo sempre que pensava em seus hábitos. Quanto às obrigações sociais de qualquer tipo, achava tudo aquilo uma frescura, ignorando-as completamente. Abominava as mulheres. Para ele, eram uma espécie de sereias cujo único objetivo era desviar a atenção que os homens dedicavam ao polo, enredando-os em partidas de tênis e discussões fúteis regadas a chá. Não era, no entanto, imune às mulheres. Era jovem e mulheres de todo tipo atiravam-se aos seus pés; de vez em quando, ele sucumbia. Mas seus lapsos logo o enojavam e ele era insensível demais para ter qualquer dificuldade quando chegava a hora da separação. E já tivera, talvez, uma dúzia de rupturas do tipo durante seus dois anos na Índia.

Uma semana inteira se passou. Elizabeth nem mesmo conseguira ser apresentada a Verrall. Era tão emocionante! Todos os dias, de manhã e à noite, ela e a tia dirigiam-se ao clube e voltavam para casa, passando pelo *maidan*; e lá estava Verrall, acertando as bolas de polo que os sipaios jogavam para ele, ignorando completamente as duas mulheres. Tão perto e, ainda assim, tão longe! O que tornava tudo ainda pior era que nenhuma delas achava decente dirigir-lhe a palavra. Certa noite, a bola de polo, rebatida com muita força, veio zunindo pela relva e rolou pela estrada, diante delas. Elizabeth e a tia pararam, involuntariamente. Mas foi um sipaio quem veio buscar a bola. Verrall tinha visto as mulheres e manteve-se longe.

Na manhã seguinte, a sra. Lackersteen fez uma pausa ao sair pelo portão de sua casa. Havia desistido de andar de riquixá ultimamente. Na outra ponta do *maidan*, os policiais militares estavam em formação, uma fileira cor de terra com baionetas cintilantes. Verrall estava de frente para eles, mas não usava seu uniforme — ele raramente colocava o uniforme para as manobras da manhã, achando desnecessário fazê-lo com reles policiais militares. As duas mulheres olhavam para todo lado, menos para Verrall e, ao mesmo tempo, de certa forma, davam um jeito de observá-lo.

— E o pior é — disse a sra. Lackersteen, e isso era apenas um *à propos de bottes*[125], mas o assunto não precisava de nenhum pretexto —, o pior é que receio que seu tio será obrigado a voltar para o acampamento em breve.

— Ele realmente é obrigado a voltar?

— Receio que sim. O acampamento é tão horrível nesta época do ano! Ah, aqueles mosquitos!

— Ele não poderia ficar mais um pouco? Talvez uma semana?

— Não sei como poderia. Já está há quase um mês no escritório. Ficariam furiosos na firma se soubessem disso. E é claro que nós duas teremos de ir com ele. Que chatice! Os mosquitos... É simplesmente horrível!

---

125 Literalmente "a propósito das botas", em francês. Expressão usada para introduzir um assunto irrelevante. (N. do T.)

Realmente horrível! Ter de ir embora antes mesmo que Elizabeth pudesse dizer um "como vai o senhor?" a Verrall! Mas certamente teriam de ir caso o sr. Lackersteen fosse para a selva. Nunca era bom deixá-lo sozinho. O diabo sempre encontra alguma perdição, mesmo na selva. Uma onda como fogo passou pela fileira de sipaios; estavam abaixando as baionetas antes de continuar a marchar. A tropa empoeirada virou à esquerda, bateu continência e partiu, em colunas de quatro. Os ordenanças saíram das fileiras com os cavalos e os tacos de polo. A sra. Lackersteen tomou uma decisão heroica.

— Acho — disse ela — melhor pegarmos um atalho, atravessando o *maidan*. É muito mais rápido do que dar a volta pela estrada.

O caminho era cerca de cinquenta metros mais curto, mas ninguém nunca andava por ali a pé, por causa da turfa, que entrava nas meias. A sra. Lackersteen precipitou-se corajosamente na grama e, então, abandonando até mesmo a desculpa de ter de ir ao clube, foi em linha reta até Verrall, seguida por Elizabeth. Qualquer uma delas teria preferido morrer torturada a admitir que não estava exatamente pegando um atalho. Verrall viu-as chegando, praguejou e puxou as rédeas do cavalo. Agora não poderia dar-lhes as costas, já que vinham abordá-lo diretamente. O maldito atrevimento daquelas mulheres! Ele cavalgou lentamente na direção delas com uma expressão aborrecida no rosto, conduzindo a bola de polo com leves tacadas.

— Bom dia, sr. Verrall! — a sra. Lackersteen exclamou com uma voz melosa, a cerca de vinte metros dele.

— Bom dia! — ele respondeu, carrancudo, reconhecendo seu rosto e identificando-a como uma das velhas galinhas-mortas habituais dos lugarejos da Índia.

No instante seguinte Elizabeth alcançou a tia. Havia tirado os óculos e balançava o chapéu t*erai* na mão. Por que se importar com uma insolação? Tinha plena consciência da beleza de seus cabelos curtos. Uma brisa — ah, aquelas benditas brisas, vindas do nada nos dias de calor sufocante — agarrou seu vestido de algodão e soprou-o contra seu corpo, mostrando o contorno de sua silhueta, esguia e forte como uma árvore. Seu súbito aparecimento ao lado da mulher mais velha, queimada pelo sol, foi uma revelação para Verrall. Ele teve um sobressalto, sentido pela égua árabe, que teria empinado as patas dianteiras se ele não puxasse as rédeas. Até aquele momento ele não sabia, nem se preocupara em perguntar, que havia uma jovem mulher em Kyauktada.

— Minha sobrinha — disse a sra. Lackersteen.

Ele não respondeu, mas lançou longe o taco de polo e tirou seu *topi*. Por um momento, ele e Elizabeth trocaram olhares. Seus rostos jovens permaneceram intocados sob aquela luz impiedosa. A turfa fazia cócegas nas canelas de Elizabeth de forma quase agoniante e, sem os óculos, ela só conseguia ver Verrall e seu cavalo como um borrão esbranquiçado. Mas estava feliz, feliz! Seu coração disparou e o sangue começou a fluir em seu rosto, tingindo-o como uma fina demão de aquarela. O pensamento "Por Cristo, como um pêssego!" invadiu com ferocidade a mente de Verrall. Os indianos, calados, segurando as cabeças dos cavalos, olhavam a cena com curiosidade, como se a beleza dos dois jovens lhes tivesse impressionado.

A sra. Lackersteen quebrou o silêncio, que durou meio minuto.

— Sabe, sr. Verrall — disse ela, com um tom um tanto quanto malicioso —, achamos muito cruel de sua parte nos ter ignorado, pobres de nós, todo esse tempo. Ainda mais quando estamos sempre ansiosos por um novo rosto no clube.

Ele ainda olhava para Elizabeth quando respondeu, mas a mudança em sua voz foi notável.

— Faz alguns dias que venho querendo ir. Estive terrivelmente ocupado — instalando meus homens em seus aposentos e tudo mais. Sinto muito — acrescentou ele, que não tinha o hábito de se desculpar, mas que, na verdade, havia decidido que a garota era um achado excepcional. — Sinto muito por não ter respondido à sua mensagem.

— Ah, de maneira nenhuma! Entendemos perfeitamente. Mas esperamos vê-lo no clube hoje à noite! Pois, o senhor sabe — concluiu ela com um tom ainda mais malicioso —, se o senhor nos decepcionar por mais tempo, começaremos a pensar que é um jovem muito ardiloso!

— Sinto muito — ele repetiu. — Estarei lá hoje à noite.

Não havia muito mais a ser dito, e as duas mulheres seguiram para o clube. Mas lá ficaram por apenas cinco minutos. A turfa causava tanto tormento aos seus tornozelos que foram obrigadas a voltar correndo para casa e trocar de meias imediatamente.

Verrall cumpriu sua promessa e foi ao clube naquela noite. Chegou um pouco mais cedo do que os outros, e já fez sua presença ser profundamente notada antes mesmo de ter permanecido cinco minutos no local. Quando Ellis entrou no clube, o velho mordomo entrou apressado na sala de jogos e abordou-o. Estava muito angustiado, as lágrimas escorrendo-lhe pelo rosto.

— Meu senhor! Meu senhor!

— Que diabos aconteceu agora? — perguntou Ellis.

— Meu senhor! Meu senhor! O novo patrão me bateu, senhor!

— O quê?

— Ele me bateu, senhor! — Ele alterou a voz ao falar "bateu", emitindo um longo lamento choroso — bateeeeeeu...

— Bateram em você? Deve ter merecido. Mas quem andou batendo em você?

— O novo patrão, senhor. O *sahib* da polícia militar. Ele me deu um pontapé, senhor... bem aqui! — E ele esfregou o traseiro.

— Que inferno! — disse Ellis.

Ele foi para o salão. Verrall estava lendo a revista *Field*, invisível a não ser pela ponta das calças de lã fria e dois sapatos lustrosos marrom-escuros. Nem se deu ao trabalho de se mexer ao ouvir outra pessoa entrar na sala. Ellis deteve-se.

— Ei, você... Qual é o seu nome... Verrall!

— O quê?

— Você chutou nosso mordomo?

O olhar azul e irritado de Verrall apareceu a um canto da *Field*, como o olho de um crustáceo espiando por trás de uma rocha.

— O quê? — ele repetiu, seco.

— Perguntei se você chutou nosso maldito mordomo.

— Sim.

— E que diabos você está pensando ao fazer isso?

— O miserável me respondeu com pouco-caso. Mandei-lhe buscar um uísque com soda, e trouxe-o quente. Mandei que colocasse algum gelo e ele se negou — falou alguma tolice sobre economizar os últimos pedaços de gelo. Então, chutei-lhe o traseiro. Ele bem que mereceu.

Ellis empalideceu. Estava furioso. O mordomo era propriedade do clube e não podia ser chutado por estranhos. Mas o que mais irritou Ellis foi a ideia de que Verrall provavelmente suspeitara que ele sentisse pena do mordomo — na verdade, o que ele desaprovava era o chute em si.

— Bem que mereceu? Tenho certeza de que ele bem que mereceu. Mas que diabos tem uma coisa a ver com a outra? Quem é você para chegar aqui chutando nossos criados?

— Que bobagem, meu camarada. O chute era necessário. Foram vocês que deixaram seus criados escaparem ao controle por aqui.

— Seu maldito carrapato insolente, o que você tem a ver com o fato de ele precisar levar um chute? Você nem mesmo é membro deste Clube. É obrigação nossa chutar os criados, não sua.

Verrall baixou a *Field* e colocou o outro olho na situação. Sua voz áspera não mudou de tom. Ele nunca perdia a paciência com outro europeu; nunca era necessário.

— Meu camarada, se alguém me responde com pouco-caso, eu lhe chuto o traseiro. Quer que eu também chute o seu?

Subitamente, todo o fervor de Ellis apagou-se. Ele não estava com medo, nunca teve medo na vida; mas o olhar de Verrall era demais para ele. Aqueles olhos eram capazes de fazer qualquer um se sentir afogando-se no Niágara! As blasfêmias murcharam nos lábios de Ellis; sua voz quase sumiu. Ele disse, irritadiço, com um certo tom de lamúria:

— Mas, que diabos, ele estava certo em não lhe dar o último pedaço de gelo. Você acha que compramos o gelo para você? Só recebemos gelo duas vezes por semana neste lugar.

— Então é um problema de administração da parte de vocês — disse Verrall, e voltou para detrás da *Field*, contente por encerrar o assunto.

Ellis ficou desarmado. A forma calma com que Verrall voltara à sua revista, esquecendo-se completamente da existência de Ellis, era de enlouquecer. Será que ele não deveria dar um belo chute naquele jovem idiota?

Mas, por fim, o chute nunca foi desferido. Verrall merecera muitos chutes em sua vida, mas nunca os recebeu e, provavelmente, nunca os receberia. Ellis voltou, desamparado, para a sala de jogos, decidido a descarregar sua raiva no mordomo, deixando Verrall de posse do salão.

Quando o sr. Macgregor entrou pelo portão do clube, ouviu o som de música. Feixes amarelos da luz do lampião apareciam através da trepadeira que cobria o alambrado da quadra de tênis. O sr. Macgregor estava de bom humor naquela noite. Prometera a si mesmo ter uma longa e boa conversa com a srta. Lackersteen — que garota de inteligência excepcional! — e tinha um caso muito interessante para lhe contar (na verdade, uma história que já havia sido publicada em uma das resenhas despretensiosas que escrevera para a *Blackwood's*) sobre um assalto que acontecera em Sagaing em 1913. Ela adoraria a história, ele tinha certeza disso. Ele contornou o alambrado da quadra de tênis cheio de expectativas. Na quadra, sob a luz dos lampiões pendurados nas árvores mesclada ao luar do quarto minguante, Verrall e Elizabeth dançavam. Os *chokras* trouxeram cadeiras e uma mesa para o gramofone e, ao redor deles, os europeus sentavam-se ou permaneciam em pé. Quando o sr. Macgregor parou a um canto da quadra, Verrall e Elizabeth rodopiaram diante dele, a menos de um metro de distância. Dançavam muito juntos, o corpo dela inclinado para trás sob o dele. Nenhum dos dois notou a presença do sr. Macgregor.

O sr. Macgregor deu a volta na quadra. Uma sensação fria e desoladora tomou conta de suas entranhas. Adeus, então, à conversa com a srta. Lackersteen! Foi preciso muito esforço para manter sua expressão bem-humorada costumeira ao se aproximar da mesa.

— Uma noite em honra a Terpsícore[126]! — comentou ele com uma voz que, mesmo contra sua vontade, soava triste.

Ninguém lhe respondeu. Todos assistiam à dupla na quadra de tênis. Completamente alheios aos demais, Elizabeth e Verrall deslizavam, girando e girando, girando e girando, os sapatos deslizando com facilidade sobre o cimento escorregadio. Verrall dançava como cavalgava, com uma graça

---

126 Musa da dança na mitologia grega. (N. do T.)

incomparável. O gramofone tocava "Show Me the Way to Go Home"[127] que, àquela época, dava a volta ao mundo como uma praga, e chegara também à Birmânia:

> *Show me the way to go home I'm tired and I wanna go to bed*
> *I had a little drink 'bout an hour ago An' it's gone right to my head!*[128], etc.

Aquele lixo sombrio e deprimente flutuava por entre as árvores frondosas e o aroma forte das flores, de novo e de novo, pois a sra. Lackersteen continuava a colocar a agulha do gramofone de volta ao início assim que ela se aproximava do centro. A lua subiu mais alto no céu, muito amarela, parecendo, ao erguer-se da escuridão das nuvens do horizonte, uma mulher doente rastejando para fora da cama. Verrall e Elizabeth dançavam sem parar, incansáveis, uma figura voluptuosa e pálida na escuridão. Moviam-se em perfeita sincronia, como um animal único. O sr. Macgregor, Ellis, Westfield e o sr. Lackersteen ficaram observando-os, com as mãos nos bolsos, sem encontrar nada para dizer. Os mosquitos vinham mordiscar seus tornozelos. Alguém pediu uma rodada de bebidas, mas o uísque tinha gosto de cinzas em suas bocas. As entranhas dos quatro homens mais velhos contorciam-se em uma inveja intensa.

Verrall não convidou a sra. Lackersteen para dançar e tampouco, quando finalmente ele e Elizabeth se sentaram, tomou conhecimento dos outros europeus. Simplesmente monopolizou Elizabeth por mais meia hora e, então, com um breve boa-noite para os Lackersteen e nenhuma palavra para os demais, saiu do clube. A longa dança com Verrall deixara Elizabeth em uma espécie de sonho. Ele a convidara para cavalgar com ele! Ia emprestar-lhe um de seus cavalos! Ela nem sequer notou que Ellis, irritado com o comportamento dela, fazia o possível para mostrar-se abertamente indelicado. Já era tarde quando os Lackersteen chegaram em casa, mas nem

---

[127] "Show Me the Way to Go Home" ("Mostre-me o Caminho de Casa", em tradução livre) é uma canção escrita em 1925 pela dupla de compositores Jimmy Campbell (1903-1967) e Reg Connelly (1895-1963), que fez muito sucesso em países de língua inglesa nos anos 1920. (N. do T.)

[128] Em tradução livre: "Mostre-me o caminho de casa,/Estou cansado e quero ir para a cama;/ Tomei uma bebida uma hora atrás,/E ela me subiu à cabeça". (N. do T.)

Elizabeth nem sua tia estavam com sono. Trabalharam arduamente até a meia-noite, encurtando a barra de um par de *jodhpurs*[129] da sra. Lackersteen e soltando-lhe a bainha, para fazê-lo caber em Elizabeth.

— Espero, minha querida, que você saiba andar a cavalo — disse a sra. Lackersteen.

— Ah, claro que sim! Cavalguei muito na Inglaterra.

Cavalgara talvez uma dúzia de vezes ao todo, quando tinha dezesseis anos. Isso não importava, ela daria um jeito! Montaria em um tigre, se Verrall a acompanhasse.

Quando finalmente terminaram de ajustar o par de *jodhpurs* e Elizabeth o experimentou, a sra. Lackersteen suspirou ao vê-la. Ela ficava deslumbrante em calças de montaria, simplesmente deslumbrante! E pensar que em apenas um ou dois dias teriam de voltar ao acampamento, por semanas, talvez meses, deixando Kyauktada e aquele jovem tão DESEJÁVEL! Que pena! Enquanto se preparavam para subir para os quartos, a sra. Lackersteen parou junto à porta. Passou-lhe pela cabeça a ideia de fazer um enorme e doloroso sacrifício. Ela segurou Elizabeth pelos ombros e beijou-a com a mais legítima afeição que já demonstrara em sua vida.

— Minha querida, seria uma pena você se afastar de Kyauktada nesse momento!

— Sim, realmente.

— Então vou lhe dizer uma coisa, minha querida. Não vamos voltar para aquela selva terrível! Seu tio irá sozinho. Você e eu devemos ficar em Kyauktada.

---

129 Calças de montaria. (N. do T.)

19

O calor piorava cada vez mais. Abril estava a ponto de acabar, mas não havia esperanças de chuva por mais três semanas, talvez cinco. Até mesmo as breves e adoráveis alvoradas eram estragadas pela lembrança das longas e ofuscantes horas que se sucederiam, quando a cabeça doía e a luminosidade atravessava todos os obstáculos e penetrava nas pálpebras como um sono agitado. Ninguém, oriental ou europeu, conseguia ficar acordado no calor do dia sem fazer muito esforço; à noite, por outro lado, com o uivo dos cães e as poças de suor que se acumulavam e irritavam as urticárias, ninguém conseguia dormir. Os mosquitos do clube eram tão ferozes que era preciso manter incensos acesos por todos os cantos, e as mulheres se sentavam com as pernas cobertas por fronhas. Apenas Verrall e Elizabeth mostravam-se indiferentes ao calor. Eram jovens e seu sangue era fresco, Verrall era impassível demais e Elizabeth estava muito feliz para prestar atenção ao clima.

Havia muitas fofocas e rumores de escândalos no clube ultimamente. Verrall deixara todo mundo desconcertado. Costumava ficar no clube por uma ou duas horas toda noite, mas ignorava os demais membros, recusava as bebidas que lhes ofereciam e respondia às tentativas de conversas com rudes monossílabos. Sentava-se na cadeira sob o *punkah* que um dia fora o lugar cativo da sra. Lackersteen, lendo os jornais que lhe interessavam, até a chegada de Elizabeth, quando dançaria e conversaria com ela por uma ou

Dias na Birmânia

duas horas e, então, iria embora sem se despedir de ninguém. Enquanto isso, o sr. Lackersteen estava sozinho no acampamento e, de acordo com os boatos que chegavam de Kyauktada, consolava sua solidão com uma considerável combinação de mulheres birmanesas.

Elizabeth e Verrall saíam para cavalgar juntos quase todo fim de tarde agora. As manhãs de Verrall, depois da inspeção das tropas, eram sagradas para a prática do polo, mas ele decidira que valia a pena abrir mão dos fins de tarde para Elizabeth. Ela tinha um talento natural para a equitação, assim como acontecera com a caça; sentiu-se até mesmo segura o bastante para dizer a Verrall que "caçara muitas vezes" na Inglaterra. Ele percebeu que ela estava mentindo, mas, pelo menos, ela não cavalgava tão mal a ponto de tornar-se um incômodo para ele.

Costumavam subir a estrada vermelha que dava na selva, atravessar o riacho perto do grande *pyinkado* coberto de orquídeas e depois seguir pela estreita trilha das carroças, onde a terra era macia e os cavalos podiam galopar. Fazia um calor sufocante na selva empoeirada e sempre se ouvia um burburinho de trovões secos ao longe. Andorinhas pairavam ao redor dos cavalos, acompanhando seus passos, à caça das moscas que seus cascos erguiam. Elizabeth montava o cavalo baio, Verrall, o branco. De volta para casa, caminhavam lado a lado conduzindo os cavalos escurecidos pelo suor, tão próximos que às vezes os joelhos se roçavam, e conversavam. Verrall conseguia abandonar sua atitude arrogante e conversar amigavelmente quando queria, e era o que queria ao lado de Elizabeth.

Ah, a alegria dessas cavalgadas juntos! A alegria de estar a cavalo e no mundo dos cavalos — o mundo das caçadas e das corridas, do polo e da caça ao javali! Se Elizabeth não fosse capaz de amar Verrall por nada além disso, já o teria amado por trazer os cavalos para a sua vida. Ela o atormentava para falar de cavalos, como fizera antes com Flory, insistindo que ele falasse de caçadas. Verrall não era de falar muito, era verdade. Umas frases soltas e bruscas sobre polo e a caça ao javali, e um catálogo de lugarejos indianos e nomes de regimentos era o máximo que ele conseguia proferir. E, mesmo assim, de certa forma, o pouco que ele dizia conseguia animar Elizabeth muito mais do que toda a conversa de Flory jamais fizera. A simples visão dele montado no cavalo era mais evocativa do que quaisquer palavras. Uma aura de cavalaria e vida militar o envolvia. Em seu rosto bronzeado e no corpo rígido e ereto, Elizabeth via todo o romance, o brilho esplêndido da vida de um cavaleiro. Via nele a Fronteira Noroeste[130] e o Clube de Cavalaria — via os campos de polo e os pátios ressequidos dos quartéis, os esquadrões marrons de cavaleiros galopando com suas lanças compridas em punho com a ponta dos *pagris* tremulando; ouvia os clarins e o tilintar das esporas, e as bandas dos regimentos tocando do lado de fora dos refeitórios enquanto os oficiais jantavam em seus lindos uniformes engomados. Como era esplêndido aquele mundo equestre, como era esplêndido! E aquele era seu mundo, ela pertencia a ele, ela nascera nele. Naqueles dias, ela vivia, pensava e sonhava com cavalos, quase tanto quanto o próprio Verrall. Chegou um momento em que ela não apenas mentia sobre ter "caçado muitas vezes", ela acreditava na própria mentira.

Eles se davam bem juntos em todos os aspectos possíveis. Ele nunca a entediava ou irritava como Flory costumava fazer. (Na verdade, ultimamente ela quase se esquecera de Flory; nos últimos tempos, sempre que pensava nele por qualquer motivo, só se lembrava de sua marca de nascença.) Um dos vínculos que ela tinha com Verrall era o fato de ele detestar qualquer coisa "intelectual", ainda mais do que ela. Ele disse-lhe certa vez que não lera livro nenhum desde os dezoito anos e que, de fato, "abominava" livros; "exceto, é claro, Jorrocks[131] e coisas do gênero". Na tarde da terceira ou quarta cavalgada deles juntos, estavam se despedindo em frente ao portão dos Lackersteen. Verrall conseguira resistir a todos os convites da sra. Lackersteen para uma refeição com sucesso; ainda não havia posto os pés dentro da casa dos Lackersteen e não tinha nenhuma intenção de fazê-lo. Enquanto o cavalariço pegava o cavalo de Elizabeth, Verrall disse:

— Vou lhe dizer uma coisa. Da próxima vez que sairmos, vou deixá-la montar em Belinda. Vou cavalgar o cavalo baio. Acho que você já sabe montar bem o suficiente para não cortar a boca de Belinda.

Belinda era a égua árabe. Verrall já a possuía há dois anos e, até aquele

---

130 Região do Império Britânico da Índia, atualmente parte do Paquistão. (N. do T.)
131 Personagem cômico criado pelo escritor britânico Robert S. Surtees (1805-1864). Jorrocks era um quitandeiro que se metia em inúmeras confusões e figurou em vários romances do autor, tornando-se bastante popular em fins do século XIX e no início do século XX. (N. do T.)

instante, nunca deixara ninguém montá-la, nem mesmo o cavalariço. Era a maior gentileza que ele conseguia conceber. E Elizabeth era capaz de perceber as convicções de Verrall a tal ponto que compreendeu a magnitude de tal favor e ficou muito grata.

Na tarde seguinte, enquanto voltavam para casa lado a lado, Verrall pôs o braço em volta do ombro de Elizabeth, ergueu-a da sela e puxou-a para si. Ele era muito forte. Largou o freio e, com a mão livre, ergueu o rosto dela para junto ao dele; suas bocas se encontraram. Por um momento, manteve-a na mesma posição, então abaixou-a até o chão e desmontou do cavalo. Mantiveram-se abraçados, as camisas finas e encharcadas grudadas uma na outra, as duas rédeas presas no braço dele.

Foi mais ou menos no mesmo instante em que Flory, a trinta quilômetros de distância, decidiu voltar para Kyauktada. Estava parado no limite da selva, à beira de um riacho seco, até onde caminhara para se cansar, observando alguns pintarroxos sem nome, comendo os grãos do mato alto. Os machos tinham uma coloração amarelada e as fêmeas pareciam pardais. Eram pequenos demais para envergar os talos da relva, vinham voando na direção deles, chocavam-se em pleno voo e caíam no chão por conta do próprio peso. Flory observava os pássaros sem curiosidade, e quase chegava a detestá-los por não conseguirem acender nenhuma centelha de interesse nele. Em sua ociosidade, ele atirou seu *dah* neles, assustando-os. Se ela estivesse aqui, se ela estivesse aqui! Aquilo tudo — os pássaros, as árvores, as flores, tudo — parecia enfadonho e sem sentido por ela não estar ali. Com o passar dos dias, a certeza de que ele a perdera tornou-se mais forte e mais real, até envenenar cada momento de sua vida.

Ele vagou mais um pouco no interior da selva, acertando as trepadeiras com seu *dah*. Seus membros pareciam frouxos e pesados. Notou um pé de baunilha silvestre preso a um arbusto e abaixou-se para cheirar suas favas finas e perfumadas. O cheiro trouxe-lhe uma sensação rançosa e enfadonha. Sozinho, sozinho, ilhado no mar da vida! A dor era tão grande que ele esmurrou uma árvore, machucando o braço e esfolando dois de seus dedos. Ele tinha de voltar para Kyauktada. Era uma loucura, já que mal se passaram duas semanas desde aquela cena entre os dois, e sua única chance era dar-lhe tempo para esquecer tudo aquilo. Ainda assim, ele deveria voltar. Não podia mais ficar naquele lugar maçante, sozinho com seus pensamentos em meio àquelas infinitas e irracionais folhagens.

Um pensamento feliz lhe ocorreu. Poderia levar para Elizabeth a pele do leopardo que estava sendo curtida para ela na prisão. Seria um pretexto para vê-la, e quando alguém traz um presente geralmente é bem recebido. Dessa vez, ele não a deixaria proibi-lo de dizer o que queria. Iria explicar, amenizar o que fizera — ele a faria perceber que fora injusta com ele. Não era certo condená-lo por causa de Ma Hla May, a quem ele expulsara justamente por causa de Elizabeth. Certamente ela o perdoaria quando soubesse de toda a verdade. E, dessa vez, ela teria de ouvi-lo; ele a obrigaria a escutar, mesmo que tivesse de segurá-la pelos braços enquanto falava.

Ele voltou na mesma noite. Era uma viagem de cerca de trinta quilômetros, por trilhas abertas para carros de bois, cheias de buracos, mas Flory decidiu fazer o percurso à noite, alegando que era mais fresco. Os criados quase se rebelaram diante da ideia de uma caminhada noturna e, no último instante, o velho Sammy desmaiou, em um ataque nada verídico, e só conseguiu partir depois de muito gim. Era uma noite sem lua. Abriram caminho à luz de lampiões, que faziam os olhos de Flo cintilarem como esmeraldas, e os olhos dos bois como pedras-da-lua. Quando o sol nasceu, os criados pararam para colher gravetos e preparar o café da manhã, mas Flory não via a hora de chegar a Kyauktada e seguiu na frente, com pressa. Não sentia nenhum cansaço. A ideia da pele de leopardo encheu-o de esperanças excepcionais. Ele cruzou o rio cintilante em uma sampana e foi direto para o bangalô do dr. Veraswami, chegando lá por volta das dez da manhã.

O médico convidou-o para o desjejum e — depois de enxotar as mulheres para algum esconderijo adequado — conduziu-o até o próprio banheiro para que ele pudesse se lavar e fazer a barba. No café da manhã, o médico mostrou-se muito animado, cheio de acusações contra o "crocodilo"; parecia que a pseudorrebelião estava a ponto de estourar. Só depois de comer Flory teve a chance de mencionar a pele do leopardo.

— Ah, por falar nisso, doutor. E aquela pele que mandei para a prisão para ser curtida? Já está pronta?

— Ah — respondeu o médico com um tom levemente desconcertado, esfregando o nariz. Entrou em casa — estavam tomando o café da manhã na varanda, já que a mulher do médico protestara violentamente contra trazer Flory para o interior da residência — e voltou logo depois com a pele enrolada.

— Na verdade... — começou a falar, desenrolando a pele.

— Ah, doutor!

A pele estava completamente arruinada. Estava dura como papelão, com o couro rachado, o pelo descolorido e faltando em algumas partes. Também fedia terrivelmente. Em vez de curtida, a pele fora convertida em lixo.

— Ah, doutor! Que desgraça eles fizeram! Como diabos isso foi acontecer?

— Sinto muito, meu amigo! Estava a ponto de pedir-lhe desculpas. Foi o melhor que pudemos fazer. Não há mais ninguém na prisão que saiba curtir peles.

— Mas, ora bolas, aquele condenado costumava curti-las tão bem!

— Ah, sim. Mas, infelizmente, ele partiu já faz três semanas.

— Partiu? Pensei que tivesse sido condenado a sete anos.

— O quê? O senhor não ficou sabendo, meu amigo? Achei que soubesse quem era o homem que curtia as peles. Era Nga Shwe O.

— Nga Shwe O?

— O *dacoit* que fugiu com a ajuda de U Po Kyin.

— Ah, que inferno!

O incidente o desanimara terrivelmente. No entanto, à tarde, depois de tomar banho e vestir um terno limpo, subiu para a casa dos Lackersteen, por volta das quatro horas. Era muito cedo para uma visita, mas ele queria ter certeza de encontrar Elizabeth antes que ela fosse para o clube. A sra. Lackersteen, que estava dormindo e não esperava receber visitas, recebeu-o de má vontade, sem nem mesmo lhe pedir para sentar-se.

— Receio que Elizabeth ainda não tenha descido. Está se vestindo para cavalgar. Não seria melhor se o senhor lhe deixasse um recado?

— Gostaria de vê-la, se não se importa. Trouxe-lhe a pele daquele leopardo que matamos juntos.

A sra. Lackersteen deixou-o sozinho, em pé, na sala de visitas, sentindo-se desajeitado e anormalmente grande, como qualquer um se sente numa hora dessas. No entanto, ela foi chamar Elizabeth, aproveitando para sussurrar ao seu ouvido, junto à porta: — Livre-se desse homem horroroso o mais rápido possível, minha querida. Não suporto a ideia de tê-lo aqui em casa a esta hora do dia.

Quando Elizabeth entrou na sala, o coração de Flory bateu tão forte que uma névoa avermelhada passou diante de seus olhos. Ela vestia uma camisa de seda e calças de montaria, e estava levemente queimada de sol. Nem mesmo em suas lembranças ela estivera tão bonita. Ele acovardou-se; perdeu-se no mesmo instante — cada fração de sua já frágil coragem se fora. Em vez de dar um passo à frente para aproximar-se dela, ele recuou. E ouviu um estrondo terrível atrás de si; havia virado uma mesinha e derrubado um vaso de zínias no chão.

— Sinto muito! — exclamou ele, horrorizado.

— Ah, não se preocupe! Por favor, não se preocupe com isso!

Ela o ajudou a levantar a mesa, tagarelando o tempo todo com muita alegria e desenvoltura, como se nada tivesse acontecido. — O senhor ficou *muito* tempo longe, sr. Flory! Virou praticamente um *desconhecido*! Sentimos *tanto* sua falta no clube!, etc. etc. Ela enfatizava uma a cada duas palavras, com aquela vivacidade mortal e cintilante que as mulheres exibem quanto se esquivam de uma obrigação moral. Ele estava com um medo terrível dela. Nem sequer conseguia olhá-la no rosto. Ela pegou uma cigarreira e ofereceu-lhe um cigarro, mas ele recusou. Sua mão tremia demais para pegar um cigarro.

— Trouxe-lhe aquela pele de leopardo — disse ele, com um tom desanimado.

Desenrolou a pele sobre a mesa que haviam acabado de levantar. Estava com um aspecto tão surrado e lastimável que ele desejou nunca tê-la trazido. Ela se aproximou dele para examiná-la, tão perto que sua face acetinada ficou a menos de trinta centímetros dele, e foi possível sentir o calor de seu corpo. Ele estava com tanto medo dela que afastou-se com pressa. No mesmo instante ela também se afastou com nojo, ao sentir o mau cheiro da pele. Ele ficou terrivelmente envergonhado. Era quase como se fosse ele que fedia tanto, e não a pele.

— Muito obrigado, sr. Flory! — Ela afastara-se por mais um metro da pele. — Uma pele tão grande e encantadora, não é mesmo?

— Era, mas arruinaram-na por completo, infelizmente.

— Ah, não! Vou adorar ficar com ela! O senhor voltou há muito tempo para Kyauktada? Deveria estar terrivelmente quente no acampamento!

— Sim, estava muito quente.

Por três minutos, ficaram falando do tempo. Ele sentia-se desamparado. Tudo o que prometera a si mesmo dizer, todos os seus argumentos e súplicas, tudo definhara em sua garganta. "Seu idiota, seu idiota," ele pensava, "o que está fazendo? Você percorreu trinta quilômetros para isso? Vá em frente, diga o que veio dizer! Pegue-a em seus braços; faça-a ouvir, dê-lhe pontapés, bata nela — faça qualquer coisa, mas não a deixe sufocá-lo com essas asneiras!" Mas era inútil, não havia esperança. Sua língua não conseguiria pronunciar uma palavra sequer, além de trivialidades fúteis. Como poderia implorar ou argumentar, quando aquele ar desenvolto e alegre dela, que arrastava cada palavra para o nível de eloquência do clube, silenciava-o antes mesmo que começasse? Onde será que elas aprendem isso, essas risadinhas reluzentes e horríveis? Nessas escolas modernas para moças, sem dúvida. O pedaço de carniça estendido na mesa o deixava mais constrangido a cada momento. Ficou ali parado, quase mudo, terrivelmente feioso, com o rosto amarelo e enrugado depois da noite sem dormir, com a marca de nascença parecendo uma mancha de sujeira.

Ela se livrou dele depois de alguns minutos. — E agora, sr. Flory, se não se importa, eu realmente preciso...

Ele respondeu aos resmungos: — A senhorita não gostaria de sair comigo novamente qualquer dia desses? Para caminhar, caçar... Algo assim?

— Ultimamente tenho tido tão pouco tempo! Todas as minhas tardes estão ocupadas. Hoje vou cavalgar. Com o sr. Verrall — acrescentou ela.

É possível que ela tenha acrescentado a última parte apenas para feri-lo. Era a primeira vez que ele ouvia falar da amizade entre ela e Verrall. Ele não conseguiu disfarçar o tom receoso e desolado de ciúmes na voz ao dizer:

— A senhorita tem saído muito para cavalgar com Verrall?

— Quase todas as tardes. Ele é um cavaleiro maravilhoso! E tem uma série de cavalos de polo!

— Ah. E, claro, eu não tenho nenhum cavalo de polo.

Era a primeira coisa que ele dizia próxima de algo sério, e não fez nada além de ofendê-la. No entanto, ela respondeu com o mesmo ar alegre e descontraído de antes, e depois conduziu-o até a porta. A sra. Lackersteen voltou para a sala, sentiu o cheiro e imediatamente ordenou aos criados que levassem a fedorenta pele de leopardo para fora e a queimassem.

Flory recostou-se no portão do jardim, fingindo alimentar os pombos. Não podia negar a si mesmo a dor de ver Elizabeth e Verrall partirem para sua cavalgada. Como ela se comportara de forma vulgar e cruel com ele! É terrível quando as pessoas não têm nem sequer a decência de brigar. Logo depois, Verrall apareceu cavalgando rumo à casa dos Lackersteen no cavalo branco, com um cavalariço montado no cavalo baio; em seguida, houve uma pausa, e eles emergiram juntos, agora Verrall no cavalo baio e Elizabeth no branco, e trotaram rapidamente ladeira acima. Conversavam e riam, o ombro dela, envolto em uma camisa de seda, muito próximo a ele. Nenhum dos dois olhou para Flory.

Depois que desapareceram na selva, Flory continuou a vagar pelo jardim. A claridade começava a diminuir, tornando-se amarelada. O *mali* trabalhava arrancando as flores inglesas, muitas das quais já mortas, arruinadas pelo excesso de sol, e plantando mudas de não-me-toques, cristas-de-galo e mais zínias. Passou-se uma hora e um indiano melancólico cor de terra passou pela entrada, vestindo uma tanga e um *pagri* rosa-salmão onde equilibrava um cesto de roupa suja. Largou o cesto e saudou Flory.

— Quem é você?

— O *wallah* de livros, *sahib*.

O *wallah* de livros era um mascate que vagava de vilarejo em vilarejo por toda a Alta Birmânia. Seu sistema consistia em trocar qualquer livro de seu estoque por quatro *annas* e um outro livro que você tivesse. Mas não poderia ser qualquer livro, pois o *wallah*, embora analfabeto, tinha aprendido a reconhecer, e recusar, a *Bíblia*.

— Não, *sahib* — dizia ele, queixoso —, não. Esse livro (ele o viraria para todo lado em suas mãos marrons achatadas, com um ar de reprovação), esse livro com capa preta e letras douradas — esse não posso aceitar. Não sei do que se trata, mas todos os *sahibs* me oferecem esse livro, e ninguém o quer aceitar. O que pode ter dentro desse livro preto? Alguma coisa ruim, sem dúvida.

— Deixe-me ver seu lixo — disse Flory.

E percorreu todos eles à procura de um bom suspense — Edgar Wallace, Agatha Christie, ou algo do gênero; qualquer coisa para acalmar a inquietação mortal que jazia em seu coração. Ao inclinar-se sobre os livros, viu que os dois indianos gritavam e apontavam na direção da entrada da floresta.

— *Dekko*[132]! — disse o *mali* com sua voz afetada.

Os dois cavalos estavam emergindo da selva. Mas sem cavaleiros. Desceram a ladeira trotando com o ar tolo e culpado dos cavalos que escapavam de seus donos, com os estribos balançando e batendo na barriga.

Sem perceber, Flory continuou apertando um dos livros contra o peito. Verrall e Elizabeth haviam desmontado. Não acontecera um acidente; era impossível imaginar Verrall caindo do cavalo. Desmontaram e os cavalos escaparam.

Tinham desmontado... Para quê? Ah, mas ele sabia muito bem! Não era uma questão de suspeitar; ele tinha certeza. Podia imaginar a coisa toda acontecendo, uma daquelas alucinações tão perfeitas em todos os detalhes, tão cruelmente obscenas, que se tornam insuportáveis. Ele jogou o livro no chão com violência e foi para casa, desapontando o *wallah*. Os criados ouviram-no andando pela casa, e não demorou para que pedisse uma garrafa de uísque. Bebeu uma dose, e de nada lhe adiantou. Em seguida, encheu dois terços de um copo, acrescentou água suficiente para tornar a mistura bebível e engoliu-a. Assim que a mistura nauseante desceu pela garganta, repetiu a dose. Tinha feito a mesma coisa no acampamento certa vez, anos atrás, quando fora torturado por uma dor de dente, a quinhentos quilômetros de qualquer dentista. Às sete horas, como sempre, Ko S'la entrou para dizer que a água do banho estava quente. Flory estava deitado em uma das espreguiçadeiras, sem o paletó e com o colarinho da camisa aberto.

— Seu banho, *thakin* — disse Ko S'la.

Flory não respondeu e Ko S'la tocou seu braço, pensando que ele estava dormindo. Flory estava bêbado demais para se mexer. A garrafa vazia rolara pelo chão, deixando um rastro de gostas de uísque. Ko S'la chamou Ba Pe e pegou a garrafa, estalando a língua.

— Olhe só para isto! Ele bebeu mais de três quartos da garrafa!

---

132 "Olhe!", em híndi. (N. do T.)

— O que, de novo? Pensei que ele tinha parado de beber.

— É aquela mulher maldita, imagino. Agora precisamos carregá-lo com cuidado. Você pega seus calcanhares, eu fico com a cabeça. Isso mesmo. Levante-o!

Carregaram Flory para o outro quarto e deitaram-no com cuidado na cama.

— Ele vai mesmo se casar com aquela *ingaleikma*? — perguntou Ba Pe.

— Só Deus sabe. Agora, ela virou amante do jovem policial, pelo que me disseram. Os hábitos deles são diferentes dos nossos. Acho que sei o que ele vai querer hoje à noite — acrescentou, enquanto soltava os suspensórios de Flory — pois Ko S'la tinha a destreza, tão necessária aos criados de um homem solteiro, de despir o patrão sem acordá-lo.

Os criados ficaram muitíssimo satisfeitos ao vê-lo retornar aos hábitos de solteiro. Flory acordou por volta da meia-noite, nu, em meio a uma poça de suor. Parecia-lhe que algum objeto de metal grande e pontiagudo estava batendo em sua cabeça, pelo lado de dentro. O mosquiteiro estava levantado e uma jovem sentada ao lado da cama o abanava com um leque de vime. Ela tinha um simpático rosto negroide, com um tom bronze-dourado à luz das velas. Ela explicou-lhe que era prostituta e que Ko S'la a contratara, por sua própria conta, por dez rupias.

A cabeça de Flory parecia que ia rachar ao meio. — Pelo amor de Deus, dê-me algo para beber — disse ele para a mulher, com a voz fraca. Ela trouxe-lhe um pouco de água com gás que Ko S'la havia resfriado antes, ensopou uma toalha e colocou a compressa úmida sobre sua testa. Era uma criatura gorda e bem-humorada. Disse-lhe que seu nome era Ma Sein Galay e que, além de exercer seu ofício, vendia cestas de arroz no bazar, perto da loja de Li Yeik. A cabeça de Flory começou a melhorar e ele pediu um cigarro; ao que Ma Sein Galay, ao buscar o cigarro, perguntou em um tom ingênuo: — Devo tirar a roupa agora, *thakin*?

"Por que não?", pensou ele, incerto. Abriu espaço para ela na cama. Mas, quando sentiu o odor familiar de alho e óleo de coco, uma dor surgiu dentro dele e, com a cabeça apoiada no ombro gordo de Ma Sein Galay, começou a chorar, algo que não fazia desde os quinze anos.

20

Na manhã seguinte, houve uma enorme agitação em Kyauktada, pois a tão anunciada rebelião finalmente estourou. Flory ouviu apenas um vago relato sobre o que ocorreu. Voltara para o acampamento assim que se sentiu em condições de caminhar depois da noite de bebedeira, e somente alguns dias depois é que soube da verdadeira história da rebelião, em uma longa e indignada carta do dr. Veraswami.

O estilo epistolar do médico era estranho. Sua sintaxe era instável e ele tomava tantas liberdades com as letras maiúsculas quanto um teólogo do século XVII, enquanto rivalizava com a rainha Vitória no uso de itálicos. Eram oito páginas de sua caligrafia pequena e espalhada.

MEU QUERIDO AMIGO (dizia a carta), O senhor vai lamentar ficar sabendo que *as artimanhas do crocodilo* amadureceram. A rebelião — a *suposta* rebelião — acabou, chegou ao fim. E foi, infelizmente!, muito mais sangrenta do que eu esperava que fosse.

Tudo aconteceu como lhe profetizei que seria. No dia em que o senhor voltou para Kyauktada, os *espiões* de U Po Kyin informaram-lhe que os pobres infelizes que ele iludira estavam reunidos na selva, perto de Thongwa. Na mesma noite, ele reuniu-se em segredo com U Lugale, o Inspetor de Polícia, que é tão vigarista quanto ele, se é que é possível, e doze policiais. Eles fizeram um ataque rápido a Thongwa, surpreendendo os rebeldes, que eram apenas Sete!!, em uma cabana em ruínas no meio da selva. E o sr. Maxwell, que ouvira rumores sobre a rebelião, veio do seu acampamento trazendo seu rifle e chegou a tempo de juntar-se a U Po Kyin e à polícia em seu ataque à cabana. Na manhã seguinte, o escriturário Ba Sein, que é o chacal que faz o *trabalho sujo* para U Po Kyin, recebeu ordens de anunciar a rebelião da forma mais sensacionalista possível, o que fez, e o sr. Macgregor, o sr. Westfield e o tenente Verrall correram para Thongwa com cinquenta sipaios armados com rifles, além dos homens da Polícia Civil. Mas só chegaram para descobrir que tudo já estava acabado e encontrar U Po Kyin sentado sob uma grande teca no meio da aldeia *com ar superior*, proferindo sermões para os aldeões, enquanto eles permaneciam curvados, muito assustados, encostando a testa no chão e jurando serem sempre leais ao Governo, e a rebelião já terminou. O *suposto weiksa*, que nada mais é do que um mágico de circo e *empregadinho* de U Po Kyin, desapareceu para não mais ser visto, mas seis rebeldes foram Presos. E foi assim o fim.

Também devo informá-lo de que houve, lamentavelmente, uma Morte. O sr. Maxwell estava, acho eu, *ansioso demais* para usar seu rifle e, quando um dos rebeldes tentou fugir, ele atirou e atingiu-o no abdome, e ele morreu. Acho que os aldeões ficaram *bastante ressentidos* com o sr. Maxwell por causa disso. Mas, do ponto de vista da lei, ficou tudo bem para o sr. Maxwell, porque os homens estavam, sem dúvida nenhuma, conspirando contra o governo.

Ah, mas, meu Amigo, espero que o senhor entenda como tudo isso pode ser desastroso para mim! O senhor entende, acho eu, qual é a consequência que isso vai ter na Disputa entre U Po Kyin e mim, a tremenda *ajuda* que isso vai lhe dar. É o *triunfo do crocodilo*. U Po Kyin agora é o Herói do distrito. Ele é o PREFERIDO dos europeus. Disseram-me até que o sr. Ellis elogiou a conduta dele. Se o senhor pudesse ter visto a abominável Presunção e as *mentiras* que ele agora está dizendo, que não havia só sete rebeldes, mas Duzentos!!, e como ele os derrotou com apenas um revólver na mão — ele, que apenas comandava as operações de uma *distância segura* enquanto a polícia e o sr. Maxwell esgueiraram-se ao redor da cabana — o senhor iria ver como tudo é incrivelmente Nauseante, eu lhe garanto. Ele teve a ousadia de enviar um relatório oficial sobre o assunto que começava assim "Devido à minha leal prontidão e minha ousadia destemida", e ouvi dizer, de fonte segura, que ele mandou escrever esse Aglomerado de mentiras dias *antes do ocorrido*. É nojento. E pensar que, agora, quando está no Auge do triunfo, ele começará novamente a me caluniar com todo o veneno que tiver à disposição, etc. etc.

Todo o estoque de armas dos rebeldes fora capturado. O arsenal com o qual pretendiam marchar sobre Kyauktada, assim que reunissem todos seus seguidores, consistia no seguinte:

primeiro, uma espingarda com o cano esquerdo danificado, roubada de um guarda florestal três anos atrás;

segundo, seis armas caseiras com canos de zinco roubadas da ferrovia. Podiam ser disparadas, por assim dizer, enfiando um prego no ouvido do cano e batendo nele com uma pedra;

terceiro, trinta e nove cartuchos de calibre doze;

quarto, onze armas de mentira, esculpidas em teca;

quinto, alguns fogos de artifício chineses para serem disparados *in terrorem*[133].

Mais tarde, dois dos rebeldes foram condenados a quinze anos de expatriação, três deles foram condenados a três anos de prisão e vinte e cinco chibatadas, e um deles, a dois anos de prisão.

Toda a ridícula rebelião chegara tão obviamente ao fim que os europeus não se consideravam correndo nenhum perigo, e Maxwell voltara para seu acampamento sem escolta. Flory pretendia ficar no acampamento até o início das chuvas ou, pelo menos, até a assembleia geral do clube. Havia prometido estar presente para propor a admissão do médico; embora agora, com seus próprios problemas para se preocupar, toda a história da intriga entre U Po Kyin e o médico lhe enojasse.

Mais semanas se arrastaram. O calor estava terrível agora. A demora nas chuvas parecia ter criado uma febre em todo o ambiente. Flory estava doente e trabalhava sem parar, preocupando-se com pequenas tarefas que

---

[133] Literalmente "como (forma de) terror", em latim; ameaça, intimidação. (N. do T.)

deveriam ser relegadas ao supervisor, e fazendo com que tanto os *coolies* quanto os criados o odiassem. Ele bebia gim o tempo todo, mas nem mesmo a bebida conseguia distraí-lo agora. A visão de Elizabeth nos braços de Verrall assombrava-o como uma nevralgia ou uma dor de ouvido. Ela o visitava a todo momento, vívida e repugnante, dispersando seus pensamentos, arrancando-o da chegada do sono, transformando sua comida em terra na sua boca. Às vezes, ele ficava furioso e, certa vez, chegou a bater em Ko S'la. O pior de tudo eram os detalhes — os detalhes sempre sórdidos — com que a cena imaginada lhe aparecia. A perfeição dos detalhes parecia provar-lhe que tudo era verdade.

Existe algo no mundo mais amoral, mais desonroso, do que desejar uma mulher que você nunca terá? Ao longo de todas aquelas semanas, a mente de Flory dificilmente nutriu um pensamento que não fosse sanguinário ou obsceno. É um efeito comum do ciúme. Por um momento, ele amou Elizabeth de uma forma espiritual e sentimental, de fato, desejando mais sua afeição do que suas carícias; agora, depois que a perdera, era atormentado pelos desejos físicos mais baixos. Nem mesmo a idealizava mais. Agora, ele a via como ela era — uma tola, esnobe e sem coração — e isso não alterava seu desejo por ela. Será que alguma vez faria diferença? À noite, quando ficava acordado, com a cama arrastada para fora da tenda para sentir menos calor, contemplando a escuridão aveludada de onde, às vezes, surgia o bramir de um *gyi*[134], ele se odiava pelas imagens que povoavam sua mente. Era algo tão vil, essa inveja do homem superior, que havia tomado seu lugar. Pois era simplesmente inveja — até mesmo ciúme era um nome bom demais para aquele sentimento. Que direito tinha ele de ter ciúme? Ele se oferecera a uma garota que era jovem e bonita demais para ele, e ela o recusara — e com razão. Ele recebeu o desprezo que merecia. E não haveria nenhuma forma de apelar contra sua decisão; nada o tornaria jovem novamente, nem tiraria sua marca de nascença ou sua década de libertinagem solitária. Ele só podia ficar parado olhando o homem superior levá-la embora e invejá-lo, como... Nem valia a pena mencionar a comparação. A inveja é uma coisa horrível. É diferente de

---

134 Espécie de cervo de pequeno porte encontrado nas florestas de Myanmar. (N. do T.)

todos os outros tipos de sofrimento, pois não há meios de disfarçá-la, nem é possível elevá-la à tragédia. É mais do que apenas dolorosa, é asquerosa.

Mas, enquanto isso, seria verdade o que ele suspeitava? Verrall realmente se tornara amante de Elizabeth? Não havia como saber, mas, via de regra, tudo contava contra, pois, se assim fosse, não seria possível esconder o caso em um lugar como Kyauktada. A sra. Lackersteen provavelmente teria descoberto, mesmo que ninguém mais o fizesse. Porém, uma coisa era certa: Verrall ainda não havia feito nenhum pedido de casamento. Uma semana se passou, duas semanas, três semanas; três semanas é tempo demais em um vilarejo indiano. Verrall e Elizabeth cavalgavam juntos todas as noites; no entanto, Verrall nunca tinha entrado na casa dos Lackersteen. Um escândalo desmedido para Elizabeth, é claro. Todos os orientais da cidade tinham como certo que ela era a amante de Verrall. A versão de U Po Kyin (ele tinha um jeito especial de estar sempre certo, mesmo quando se enganava nos detalhes) era que Elizabeth havia sido a concubina de Flory e abandonou-o por Verrall porque ele lhe pagava mais. Ellis também começou a inventar histórias sobre Elizabeth que faziam o sr. Macgregor envergonhar-se. A sra. Lackersteen, por ser parente, não ficava sabendo de tais comentários, mas começava a ficar nervosa. Todas as noites, quando Elizabeth voltava de seus passeios, ela enchia-se de esperança ao vê-la, aguardando um "Ah, tia! Imagine só!" — seguido das esplêndidas notícias. Mas essas notícias nunca chegavam e, por mais atentamente que ela estudasse o rosto de Elizabeth, nunca conseguia adivinhar nada.

Assim que se passaram três semanas, a sra. Lackersteen ficou inquieta e, finalmente, praticamente furiosa. A ideia de seu marido, sozinho — ou melhor, nada sozinho — no acampamento, estava incomodando-a. Afinal, ela mandara-o de volta para o acampamento para dar a Elizabeth uma chance com Verrall (não que a sra. Lackersteen fosse capaz de colocar a situação assim, de forma tão vulgar). Certa noite, ela começou a repreender Elizabeth, insinuando ameaças, como era seu costume. A conversa consistiu em um monólogo cheio de suspiros e longas pausas — já que Elizabeth não lhe respondia nada.

A sra. Lackersteen começou com algumas observações generalizadas, a propósito de uma fotografia que saíra na revista *Tatler*, ostentando essas garotas rápidas e modernas que andavam com calças compridas e tudo o mais, e mostravam-se tão oferecidas para os homens. Uma garota, disse a sra. Lackersteen, nunca deveria mostrar-se como algo barato para os homens; ela deveria mostrar-se... — mas, como o oposto de "barato" era "caro", e isso tampouco parecia certo, a sra. Lackersteen decidiu mudar de tática. Passou a contar para Elizabeth sobre uma carta que recebera da Inglaterra com mais notícias acerca daquela pobre, pobre moça que ficou por algum tempo na Birmânia e, de uma forma tão estúpida, deixara passar uma oportunidade de casamento. Seu sofrimento era de partir o coração, e isso apenas mostrava como uma garota deveria ficar feliz por casar-se com qualquer um, literalmente qualquer um. Parecia que a pobre, pobre moça havia perdido seu emprego e estava praticamente morrendo de fome há um bom tempo, e agora fora obrigada a aceitar um emprego como uma reles ajudante de cozinha, trabalhando sob as ordens de um cozinheiro horroroso e vulgar, que a intimidava das formas mais chocantes. E parece que, na cozinha, havia besouros pretos simplesmente inacreditáveis! Elizabeth não achava tudo aquilo absolutamente terrível? Besouros pretos!

A sra. Lackersteen ficou em silêncio por algum tempo, para permitir que ela compreendesse a situação dos besouros pretos, antes de acrescentar:

— É uma pena que o sr. Verrall vá nos deixar quando as chuvas começarem. Kyauktada parecerá tão vazia sem ele!

— Quando as chuvas começam, normalmente? — perguntou Elizabeth, tentando soar o mais indiferente que pôde.

— Por volta do início de junho, aqui no norte. Daqui a uma ou duas semanas... Minha querida, parece um absurdo ter de repetir isso, mas não consigo tirar da cabeça a ideia daquela pobre, pobre moça na cozinha, rodeada de besouros pretos!

Os besouros pretos apareceram mais de uma vez na conversa da sra. Lackersteen durante o resto da noite. Só no dia seguinte é que ela comentou, com o tom de alguém que conta uma fofoca sem importância:

— A propósito, acredito que Flory deva voltar para Kyauktada no início de junho. Ele disse que deve comparecer à assembleia geral do clube. Talvez possamos convidá-lo para jantar qualquer dia desses.

Era a primeira vez que uma delas mencionava o nome de Flory desde o dia em que ele trouxera a pele de leopardo para Elizabeth. Depois de ser praticamente esquecido por várias semanas, ele voltara à mente das duas mulheres, um deprimente último recurso.

Três dias depois, a sra. Lackersteen mandou um recado ao marido, pedindo-lhe que voltasse a Kyauktada. Estava no acampamento há tempo suficiente para gozar de um curto período na sede. Ele voltou, mais corado do que nunca — queimado de sol, explicou ele — e com tanta tremedeira nas mãos que mal conseguia acender um cigarro. No entanto, naquela mesma noite ele comemorou seu retorno, dando um jeito para que a sra. Lackersteen saísse de casa, invadindo o quarto de Elizabeth e tentando bravamente estuprá-la.

Durante todo esse tempo, sem o conhecimento de ninguém importante, uma nova rebelião estava se formando. O *weiksa* (agora distante, vendendo sua pedra filosofal para os inocentes aldeões de Martaban) talvez tivesse feito seu trabalho um pouco melhor do que o esperado. De qualquer forma, havia a possibilidade de novos transtornos — algum desacato isolado e inútil, provavelmente. Nem mesmo U Po Kyin sabia disso ainda. Mas, como sempre, os deuses estavam do seu lado, pois qualquer nova rebelião faria com que a primeira parecesse mais séria do que fora, aumentando assim sua glória.

21

Ó, vento do oeste, quando soprarás para que a chuva possa afinal cair? Era primeiro de junho, dia da assembleia geral, e ainda não havia chovido. Quando Flory subiu o caminho que levava até o clube, o sol da tarde, tão inclinado que passava sob a aba do seu chapéu, ainda era forte o suficiente para queimar seu pescoço desconfortavelmente. O *mali* cambaleava pelo caminho, os músculos do peito encharcados de suor, carregando duas latas de querosene cheias d'água em uma cangalha. Apoiou-as no chão, derramando um pouco de água nos pés escuros e magros, e cumprimentou Flory.

— Então, *mali*, a chuva está chegando?

O homem gesticulou ligeiramente em direção ao oeste. — Ela ficou presa nas colinas, *sahib*.

Kyauktada era quase toda cercada por colinas, e eram elas as primeiras a receber as chuvas, de modo que, às vezes, ficava sem chover até quase o fim de junho. A terra dos canteiros de flores, revirada em grandes torrões irregulares, parecia dura e cinzenta como concreto. Flory foi até o salão e encontrou Westfield à toa na varanda, olhando para o rio, pois as persianas haviam sido recolhidas. Ao pé da varanda, um *chokra* estava deitado de costas sob o sol, puxando a corda do *punkah* com o calcanhar e protegendo o rosto com uma larga folha de bananeira.

— Olá, Flory! Você está tão magro quanto um rastelo.

— Você também.

— Hmm, sim. É esse tempo maldito. Não tenho apetite, a não ser por bebida. Por Cristo, vou ficar muito feliz quando as rãs começarem a coaxar. Vamos tomar alguma coisa antes dos outros chegarem. Mordomo!

— Você sabe quem vem para a reunião? — perguntou Flory, depois que o mordomo trouxe uísque e soda morna.

— Todo mundo, acredito eu. Lackersteen voltou do acampamento faz três dias. Por Deus, como aquele homem se diverte longe da esposa! Meu inspetor me contou as coisas que andaram acontecendo no acampamento dele. Vadias aos montes. Devem ter sido trazidas especialmente de Kyauktada. Ele vai pagar caro quando a mulher vir o tamanho da conta do clube. Onze garrafas de uísque foram enviadas ao seu acampamento em apenas duas semanas.

— O jovem Verrall também vem?

— Não, ele é só um membro temporário. Não que ele hesitasse em aparecer mesmo assim, aquele safado. Maxwell também não estará presente. "Ainda não posso sair do acampamento", disse ele. Mandou dizer para Ellis que votasse por ele, caso houvesse qualquer votação. Suponho que não haja nada para votarmos, não é? — acrescentou ele, olhando de soslaio para Flory, já que ambos se lembravam da briga anterior sobre o assunto.

— Suponho que vá depender de Macgregor.

— O que quero dizer é que Macgregor deve ter desistido da maldita idiotice de admitir um membro nativo, não é? Agora não é o momento para isso. Depois da rebelião, e tudo o mais.

— E a rebelião, a propósito? — perguntou Flory. Ele não queria começar a discutir a admissão do médico ainda. Haveria problemas, e dentro de alguns minutos. — Mais alguma notícia a respeito... Você acha que eles vão tentar novamente?

— Não. Receio que esteja tudo acabado. Eles se acovardaram, como medrosos que são. O distrito inteiro está tão calmo quanto uma maldita escola para garotas. É muito decepcionante.

O coração de Flory parou por um instante. Ele ouvira a voz de Elizabeth na sala ao lado. No mesmo instante, o sr. Macgregor entrou, acompanhado por Ellis e pelo sr. Lackersteen. Toda a cota de votantes estava completa, já que as mulheres do clube não tinham direito a voto. O sr. Macgregor trajava um terno de seda e carregava os livros-caixa do clube debaixo do braço. Ele conseguia dar um ar quase oficial até mesmo a questões insignificantes, como uma reunião do clube.

— Como parece que estamos todos aqui — disse ele, após as saudações habituais —, vamos... Ah... Dar início aos nossos trabalhos?

— Vá em frente, Macduff — disse Westfield, sentando-se.

— Alguém chame o mordomo, pelo amor de Deus — disse o sr. Lackersteen. — Não ouso deixar minha mulher ouvir-me chamá-lo.

— Antes de começarmos a cuidar dos itens em pauta — disse o sr. Macgregor, depois de recusar uma bebida enquanto todos os outros a aceitavam —, imagino que queiram que eu repasse as contas do último semestre.

Eles não estavam muito interessados, mas o sr. Macgregor, que gostava desse tipo de coisa, repassou todas as contas com muito cuidado. Os pensamentos de Flory começaram a vagar. Haveria uma discussão tão grande dali a pouco — ah, uma discussão dos diabos! Ficariam furiosos quando, afinal, descobrissem que ele ia indicar a admissão do médico. E Elizabeth estava na sala ao lado. Que Deus não permita que ela ouça o barulho da discussão. Isso faria com que ela o desprezasse ainda mais, ao perceber que os demais estavam contra ele. Será que ele a veria esta noite? Será que ela falaria com ele? Ele contemplou as centenas de metros do rio cintilante. Na margem oposta, um grupo de homens, um deles usando um *gaungbaung* verde, esperava ao lado de uma sampana. No canal, na margem mais próxima, uma enorme e desajeitada barcaça indiana lutava contra a correnteza com uma lentidão desesperadora. A cada impulso, os dez remadores, alguns dravidianos esfomeados, punham-se para a frente e mergulhavam seus longos remos primitivos, umas lâminas em formato de coração, na água. Firmavam seus corpos magros e então puxavam, contorciam-se, esticavam-se para trás como criaturas agonizantes de borracha preta, e o imenso casco avançava um ou dois metros. Então, os remadores saltavam para a frente, ofegantes, para mergulhar mais uma vez os remos antes que a corrente empurrasse a barcaça para trás.

— E agora — disse o sr. Macgregor com um tom mais sério — chegamos à questão principal de nossa pauta. Essa é, claro... Ah... Uma questão desagradável, mas, infelizmente, vamos ter de enfrentá-la, a questão da admissão de um membro nativo neste clube. Quando discutimos esse assunto anteriormente...

— Mas que diabos!

Foi Ellis quem o interrompeu. Estava tão agitado que se pôs de pé.

— Mas que diabos! Certamente não vamos começar com isso de novo? Falar em admitir um maldito negro neste clube, depois de tudo que aconteceu! Meu Deus, achei que até mesmo Flory já tinha desistido a essa altura!

— Nosso amigo Ellis parece surpreso. O assunto já foi discutido antes, acho eu.

— Acredito que já foi discutido o bastante! E todos nós falamos o que pensamos a respeito. Por Deus...

— Se nosso amigo Ellis se sentar por alguns momentos... — disse o sr. Macgregor, de forma bastante tolerante.

Ellis se jogou em sua cadeira novamente, exclamando: — Idiotice maldita! — Do outro lado do rio, Flory avistou o embarque do grupo de birmaneses. Estavam carregando um pacote comprido, de formato estranho, para a sampana. O sr. Macgregor tirou uma carta de sua pasta de papéis.

— Em primeiro lugar, talvez seja melhor eu explicar como essa questão surgiu. O comissário me comunicou que o governo emitiu uma circular sugerindo que, nos clubes onde não houvesse membros nativos, pelo menos um fosse incorporado; isto é, admitido automaticamente. A circular diz — ah, sim, aqui está ela: "É um equívoco político afrontar socialmente os funcionários nativos em uma hierarquia alta". Devo dizer que discordo enfaticamente. Sem dúvida, todos nós discordamos. Nós, que temos de fazer o trabalho de verdade do governo, vemos as coisas de forma muito diferente desses... Ah... Desses parlamentares como aquele Paget[135], que interferem em nosso trabalho do alto de seus cargos. O comissário concorda inteiramente comigo. Contudo...

— Mas que monte de asneiras! — interrompeu Ellis. — O que isso tem a ver com o comissário ou qualquer outra pessoa? Certamente podemos fazer o que quisermos em nosso maldito clube. Eles não têm o direito de nos impor ordens em nossos momentos de folga.

— Realmente — disse Westfield.

— Os senhores estão se antecipando. Disse ao comissário que apresentaria a questão aos outros membros. E o rumo que ele sugeriu foi o seguinte. Se a ideia encontrar apoio no clube, ele acha que seria melhor admitirmos

---

135 O major Thomas Paget (1886-1952), político britânico do Partido Conservador. (N. do T.)

nosso membro nativo. Por outro lado, se todo o clube for contra, podemos descartar a ideia. Isto é, se a decisão for completamente unânime.

— Bom, com certeza é unânime — disse Ellis.

— Você quer dizer — disse Westfield — que só depende de nós mesmos querer ou não um deles aqui?

— Imagino que possamos dizer que é assim mesmo.

— Bom, então, pode dizer-lhe que somos todos contra tal ideia.

— E diga-lhe com toda a convicção, por Deus. Queremos dar um fim a essa ideia de uma vez por todas.

— Isso mesmo! — disse o sr. Lackersteen, com a voz rouca. — Vamos manter esses pretos malditos fora daqui. *Esprit de corps* e tudo o mais.

Sempre se poderia confiar no sr. Lackersteen para manifestar opiniões sensatas em casos como este. No fundo, ele não se importava, nunca se importou, nem um pouco com o Raj Britânico, e ficava tão feliz bebendo ao lado de um oriental quanto de um branco; mas estava sempre pronto a emitir um "Isso mesmo!" em voz alta quando alguém sugeria uma surra de bambu em criados desrespeitosos ou um banho de óleo fervente nos nacionalistas. Orgulhava-se de ser leal, oras bolas, mesmo bebendo um pouco e tudo o mais. Esse era seu conceito de respeitabilidade. O sr. Macgregor, secretamente, ficou bastante aliviado com o consenso. Se algum membro oriental fosse incorporado, teria de ser o dr. Veraswami, e ele passara a desconfiar profundamente do médico desde a fuga suspeita de Nga Shwe O da prisão.

— Então, suponho que todos estejam de acordo — disse ele. — Em caso afirmativo, comunicarei ao comissário. Caso contrário, devemos começar a discutir quem admitiremos.

Flory levantou-se. Tinha de fazer o que viera fazer. Seu coração parecia ter-lhe subido à garganta, sufocando-o. Pelo que o sr. Macgregor dissera, ficou claro que ele teria o poder de garantir a admissão do médico ao fazer sua declaração. Mas, ah, que maçada, como aquilo era enfadonho! Que alvoroço seria aquilo! Como gostaria de nunca ter dado sua palavra ao médico! Não importa, ele havia prometido e não poderia quebrar sua promessa. Há pouco tempo, ele teria faltado com sua palavra com muita facilidade, como um autêntico *pukka sahib*. Mas não agora. Tinha de ir até o fim com aquilo.

Virou-se de lado para esconder sua marca de nascença. Já começava a sentir sua voz assumindo um tom vago e culpado.

— Nosso amigo Flory tem algo a sugerir?

— Sim. Proponho a admissão do dr. Veraswami como membro deste clube.

Ouviu-se uma exclamação tão grande de consternação dos três outros homens que o sr. Macgregor teve de bater com força na mesa para lembrar-lhes de que as mulheres estavam na sala ao lado. Ellis não lhe deu a mínima atenção. Levantara-se novamente e a pele ao redor de seu nariz empalidecera completamente. Ele e Flory puseram-se frente a frente, como se estivessem prestes a trocar socos.

— Ora, seu indecente maldito, retire o que disse.

— Não, não retiro.

— Seu porco nojento! Seu Namoradinho dos Negros! Seu bastardo rasteiro, sorrateiro... Maldito!

— Ordem! — exclamou o sr. Macgregor.

— Olhe só pra ele, olhe só! — gritou Ellis, quase aos prantos. — Traindo toda a sua gente por causa de um preto pançudo! Depois de tudo que dissemos! Quando bastava ficarmos unidos para manter o fedor de alho longe deste clube para sempre. Meu Deus, não lhes dá vontade de botar as tripas para fora ao ver alguém se comportar assim, como um...?

— Retire o que disse, Flory, meu velho! — disse Westfield. — Não seja idiota!

— Que diabos, é um bolchevismo declarado!

— Vocês acham que me importo com o que dizem? Vocês decidem alguma coisa? Quem decide é o Macgregor.

— Então você... Ah... Mantém sua declaração? — perguntou o sr. Macgregor com um tom sombrio.

— Sim.

O sr. Macgregor suspirou. — É uma pena! Bom, nesse caso, suponho que eu não tenha escolha...

— Não, não, não! — gritou Ellis, pulando de raiva. — Não vá ceder a ele!

Coloque em votação. E se esse filho da mãe não colocar uma bola preta na urna como todos nós[136], primeiro vamos expulsá-lo do clube, e depois... Bom! Mordomo!

— *Sahib!* — disse o mordomo, aparecendo.

— Traga a urna e as bolas de votação. E suma daqui! — ele acrescentou, rude, quando o mordomo apareceu.

O ar ficou bastante estagnado; por algum motivo, o *punkah* tinha parado de funcionar. O sr. Macgregor levantou-se com uma expressão de reprovação, mas formal, e retirou as duas gavetas de bolas pretas e brancas da urna.

— Devemos proceder com ordem. O sr. Flory indica o dr. Veraswami, o cirurgião civil, como membro deste clube. Algo equivocado, na minha opinião, muito equivocado; no entanto... Antes de colocar a indicação em votação...

— Ah, por que tanto alarde a respeito? — disse Ellis. — Aqui está meu voto! E mais um, em nome de Maxwell! — Ele jogou duas bolas pretas na urna. Então, tomado por um de seus repentinos acessos de raiva, pegou a gaveta de bolas brancas e jogou todas as bolas no chão. Elas voaram para todo lado. — Pronto! Agora vá pegar uma se quiser usá-la.

— Seu idiota maldito! Você acha que alguma coisa vai mudar ao fazer isso?

— *Sahib!*

Todos se assustaram e olharam para trás. O *chokra* tinha acabado de escalar as grades da varanda e, por cima delas, olhava para eles com os olhos arregalados. Com um braço magro, agarrava-se à grade e, com o outro, gesticulava na direção do rio.

— *Sahib! Sahib!*

— O que foi? — perguntou Westfield.

Todos foram até a janela. A sampana que Flory vira do outro lado do rio estava atracada na margem ao pé do gramado, e um dos homens segurava-se a um arbusto para firmá-la. O birmanês de *gaungbaung* verde estava desembarcando.

— É um dos guardas florestais de Maxwell! — disse Ellis, com um tom de voz muito diferente. — Por Deus! Algo aconteceu!

---

[136] No sistema de votação mencionado, uma bola preta significa rejeição à questão proposta, enquanto uma bola branca significa adesão, aceite. (N. do T.)

O guarda florestal viu o sr. Macgregor, prostrou-se apressado e com um ar inquieto e virou de volta para a sampana. Quatro outros homens, camponeses, desceram atrás dele e, com dificuldade, trouxeram para a terra o estranho embrulho que Flory vira ao longe. Tinha um metro e oitenta de comprimento e estava envolto em panos, como uma múmia. Algo se remexeu nas entranhas de todos. O guarda florestal olhou para a varanda, viu que não havia maneira de subir e conduziu os camponeses pelo caminho para a entrada do clube. Eles haviam içado o pacote sobre os ombros, como quem carrega um caixão em um funeral. O mordomo entrara na sala novamente, e até seu rosto se empalideceu — à sua maneira, ou seja, ficou cinza.

— Mordomo! — disse o sr. Macgregor bruscamente.

— Senhor!

— Vá depressa fechar a porta da sala de jogos. Mantenha-a trancada. Não deixe as *memsahibs* verem.

— Sim, senhor!

Os birmaneses, com o fardo que carregavam, desceram lentamente o caminho. Ao entrarem, o homem que liderava o grupo tropeçou e quase caiu; ele pisara em uma das bolas brancas que estavam esparramadas pelo chão. Os birmaneses se ajoelharam, baixaram o pacote no chão e pararam ao longo dele com um estranho ar de reverência, curvando-se levemente, as mãos postas em respeito. Westfield pôs-se de joelhos e abriu o pano.

— Por Cristo! Olhem só para ele! — disse ele, mas sem muita surpresa. — Olhem só para o pobre bastardo!

O sr. Lackersteen recuara para o outro lado da sala, soltando um gemido. Desde o momento em que o pacote havia sido trazido para a terra, todos sabiam o que continha. Era o corpo de Maxwell, praticamente retalhado a golpes de *dah* por dois parentes do homem em quem ele atirara.

22

A morte de Maxwell causara um choque profundo em Kyauktada. Causaria um choque em toda a Birmânia e o caso — "lembra do caso Kyauktada?" — continuaria a ser comentado anos depois que o nome do jovem infeliz já tivesse sido esquecido. Mas, do ponto de vista puramente pessoal, ninguém ficou tão abalado. Maxwell fora praticamente uma nulidade — apenas um "bom sujeito" como quaisquer outros dos dez mil bons sujeitos *ex colore* da Birmânia — e não tinha nenhum amigo íntimo. Nenhum dos europeus lamentou genuinamente sua morte. Mas isso não queria dizer que não estivessem com raiva. Pelo contrário, no momento, estavam completamente furiosos. Porque o imperdoável havia acontecido — um homem branco havia sido morto. Quando isso acontecia, uma espécie de calafrio percorria o corpo de todos os ingleses do Oriente. Oitocentas pessoas, possivelmente, são assassinadas todos os anos na Birmânia; essas mortes não significavam nada; mas o assassinato de um homem branco era uma monstruosidade, um sacrilégio. O pobre Maxwell seria vingado, com toda a certeza. Mas apenas um criado ou dois e o guarda florestal que trouxera seu corpo, e que gostava dele, derramaram lágrimas por sua morte.

Por outro lado, ninguém ficara realmente satisfeito com a morte, a não ser U Po Kyin.

— Definitivamente é um presente dos céus! — ele disse a Ma Kin. —

Não poderia ter planejado algo melhor. A única coisa de que precisava para fazê-los levar a sério a minha rebelião era um pouco de derramamento de sangue. E pronto! Vou lhe dizer uma coisa, Ma Kin, a cada dia tenho mais certeza de que algum poder superior está trabalhando a meu favor.

— Ko Po Kyin, realmente você não tem vergonha! Não sei como ousa dizer essas coisas. Não tem medo de carregar um assassinato em sua alma?

— O quê? Eu? Carregar um assassinato em minha alma? Do que está falando? Nunca matei nem uma galinha em toda a minha vida.

— Mas você está tirando proveito da morte desse pobre rapaz.

— Tirando proveito! Claro que estou tirando proveito com tudo isso! E, afinal, por que não o faria? Devo me sentir culpado se outra pessoa escolheu cometer um assassinato? O pescador pega peixes e será condenado por isso. Mas nós somos condenados por comer o peixe? Claro que não. Por que não comer o peixe, depois de morto? Você deveria estudar as escrituras com mais afinco, minha querida Kin Kin.

O funeral aconteceu na manhã seguinte, antes do café da manhã. Todos os europeus estavam presentes, à exceção de Verrall, que cavalgava pelo *maidan* como de costume, quase em frente ao cemitério. O sr. Macgregor presidiu a cerimônia. O pequeno grupo de ingleses aglomerava-se ao redor do túmulo, com os *topis* nas mãos, suando sob os ternos escuros que haviam retirado do fundo de seus baús. A luz forte da manhã batia sem piedade em seus rostos, mais amarelados do que nunca contra as roupas feias e surradas. Todos os rostos, a não ser o de Elizabeth, pareciam enrugados e envelhecidos. O dr. Veraswami e meia dúzia de orientais estavam presentes, mas mantiveram-se discretamente ao fundo. Havia dezesseis lápides no pequeno cemitério; assistentes de madeireiras, oficiais e soldados mortos em batalhas esquecidas.

"Consagrado à memória de John Henry Spagnall, ex-membro da Polícia Imperial Indiana, abatido pelo cólera durante o incessante exercício de...", etc. etc. etc.

Flory lembrava-se vagamente de Spagnall. Ele morrera repentinamente no acampamento depois de seu segundo acesso de *delirium tremens*. A um canto ficavam alguns túmulos de eurasianos, com cruzes de madeira.

A trepadeira de jasmins, com pequenas flores alaranjadas em formato de coração, havia tomado conta de tudo. Entre as flores, grandes buracos de ratos levavam às sepulturas.

O sr. Macgregor concluiu o serviço fúnebre com uma voz madura e reverente, e liderou o cortejo para fora do cemitério, segurando seu *topi* cinza — o equivalente oriental de uma cartola — apoiado na barriga. Flory parou perto do portão, esperando que Elizabeth lhe falasse algo, mas ela passou sem nem sequer olhar para ele. Todo mundo o evitara naquela manhã. Ele caíra em desgraça; o assassinato fez com que sua deslealdade da noite anterior parecesse, de certa forma, algo horrendo. Ellis agarrou Westfield pelo braço e ambos pararam ao lado do túmulo, tirando as cigarreiras do bolso. Flory ouvia suas vozes vulgares do outro lado da cova aberta.

— Meu Deus, Westfield, meu Deus, quando penso naquele pobre bastardo... Deitado ali... Ah, meu Deus, como meu sangue ferve! Não consegui dormir a noite toda de tanta raiva.

— É uma maldição, devo admitir. Não se preocupe, prometo-lhe que uns dois sujeitos vão pagar por ele. Dois cadáveres contra o que eles produziram — é o melhor que podemos fazer.

— Dois? Deveriam ser cinquenta! Precisamos fazer de tudo para enforcar esses sujeitos. Você já sabe o nome deles?

— Sim, com certeza! Todo o distrito sabe quem fez isso. Sempre sabemos quem faz esse tipo de coisa. Fazer os aldeões falarem — esse é o único problema.

— Bom, pelo amor de Deus, faça com que abram a boca dessa vez. Esqueça a maldita lei. Surre-os até conseguir a confissão. Torture... Faça qualquer coisa. Se quiser subornar qualquer testemunha, estou disposto a gastar algumas centenas de moedas.

Westfield suspirou. — Não posso fazer esse tipo de coisa, infelizmente. Gostaria que pudéssemos. Meus companheiros saberiam como arrancar a verdade de uma testemunha, se eu lhes deixasse. Amarram o sujeito em um formigueiro. Usam pimentas vermelhas. Mas, hoje em dia, nada disso funciona. Temos de cumprir nossas malditas leis idiotas. Mas não importa, esses sujeitos vão balançar na corda com toda a certeza. Temos todas as provas de que precisamos.

— Muito bom! E, depois de prendê-los, se não tiver certeza de que serão condenados, atire neles, basta atirar neles! Fingir uma fuga ou algo assim. Qualquer coisa, menos libertar esses bastardos.

— Eles não vão ficar livres, não precisa ter medo. Vamos pegá-los.

De qualquer forma, vamos pegar *alguém*. "É muito melhor enforcar o sujeito errado do que não enforcar ninguém" — acrescentou, citando Dickens inconscientemente.

— Exatamente! Não vou conseguir dormir tranquilo novamente até vê-los na forca — disse Ellis, enquanto se afastavam do túmulo. — Por Cristo! Vamos sair desse sol! Estou a ponto de morrer de sede.

Todo mundo morria de sede, uns mais, outros menos, mas não parecia decente ir ao clube beber logo depois do funeral. Os europeus dispersaram-se para suas casas, enquanto quatro coveiros com *mamooties* jogavam a terra cinza parecida com cimento de volta ao túmulo, dando-lhe a forma de um montículo grosseiro.

Depois do café da manhã, Ellis desceu para o escritório com a bengala na mão. Fazia muito calor. Ellis tomara um banho e vestira uma camisa e calções, mas ter usado um terno grosso, mesmo que por apenas uma hora, causara-lhe urticárias terríveis. Westfield já havia saído, em sua lancha a motor, com um inspetor e meia dúzia de homens, para prender os assassinos. Ele ordenara a Verrall que o acompanhasse — não que Verrall fosse necessário, mas, como disse Westfield, faria bem ao rapaz trabalhar um pouco.

Ellis balançou os ombros — as urticárias estavam quase insuportáveis. A raiva fervilhava em seu corpo como um suco amargo. Ele ficou a noite toda pensando sobre o que tinha acontecido. Tinham matado um homem branco, matado um homem branco, os canalhas malditos, os cachorros sorrateiros e covardes! Ah, aqueles porcos, aqueles porcos, como iriam sofrer por ter feito aquilo! Por que criamos essas malditas leis tão condescendentes? Por que aceitamos tudo prostrados? Imagine se isso acontecesse em uma colônia alemã antes da guerra! Os bons e velhos alemães! Eles sabiam como tratar os negros. Represálias! Chicotes de couro de rinoceronte! Eles invadiam as aldeias, matavam o gado, queimavam as safras, eles os dizimavam, arremessavam-nos vivos dos canhões.

Ellis olhou para as terríveis cascatas de luz que passavam pelas brechas das árvores. Seus olhos esverdeados estavam arregalados e tristes. Um birmanês de meia-idade aproximou-se, equilibrando um enorme bambu, passando-o de um ombro para o outro com um gemido ao passar por Ellis. Ele segurou a bengala com mais força. Se aquele porco, nesse instante, simplesmente o atacasse! Ou se o insultasse — se fizesse qualquer coisa, para que ele tivesse o direito de espancá-lo! Se ao menos esses covardes malditos tivessem a coragem de lutar de alguma forma! Em vez de simplesmente passar furtivamente ao seu lado, cumprindo a lei para que nunca houvesse uma chance de vingança. Ah, se houvesse uma rebelião de verdade — a lei marcial seria proclamada, sem clemência! Imagens sanguinárias e encantadoras passaram por sua mente. Gritos de nativos; os soldados massacrando-os. Atirando neles, pisando neles, os cascos dos cavalos arrancando suas tripas, os chicotes cortando seus rostos em pedaços!

Cinco garotos da escola secundária desciam a estrada, lado a lado. Ellis viu-os chegando, uma fileira de rostos amarelados e maliciosos — rostos sem sexo, horrivelmente lisos e juvenis, sorrindo para ele com uma insolência deliberada. Era seu costume provocá-lo, pelo simples fato de ser um homem branco. Provavelmente já tinham ouvido falar do assassinato e — sendo nacionalistas, como todos os estudantes — consideravam isso uma vitória. Sorriram bem na cara de Ellis ao passar por ele. Estavam tentando provocá-lo abertamente, e sabiam que a lei estava do lado deles. Ellis sentiu seu peito inchar. A expressão de seus rostos zombando dele, como uma fileira de manchas amarelas, era enlouquecedora. Ele parou bruscamente.

— Ei! Do que estão rindo, seus canalhas?

Os garotos se viraram.

— Perguntei de que diabos estão rindo.

Um dos garotos respondeu, com um tom insolente — mas talvez seu inglês ruim o fizesse parecer mais insolente do que pretendia.

— Não é da sua conta.

Por cerca de um segundo, Ellis não soube o que estava fazendo. Naquele segundo, ele acertou um golpe com toda a força e sua bengala atingiu o garoto, pum!, bem nos olhos. O garoto recuou gritando e, no mesmo instante, os outros quatro atiraram-se sobre Ellis. Mas ele era forte demais para os rapazes. Jogou-os para o lado e saltou para trás, ameaçando-lhes com a bengala tão furiosamente que nenhum deles ousou se aproximar.

— Fiquem longe, seus bastardos! Fiquem longe ou, por Deus, vou arrebentar mais um de vocês! — Embora fossem quatro contra um, ele mostrava-se tão desafiador que eles recuaram amedrontados. O garoto ferido caiu de joelhos com os braços sobre o rosto e gritava. — Estou cego! Estou cego! — De repente, os outros quatro se viraram e dispararam em direção a uma pilha de laterita[137], usada para consertar estradas, a vinte metros dali. Um dos funcionários de Ellis apareceu na varanda do escritório e começou a pular, agitado.

— Suba logo, senhor, suba imediatamente. Eles vão matá-lo!

Ellis recusou-se a correr, mas caminhou até os degraus da varanda. Um pedaço de laterita veio voando pelo ar e espatifou-se contra um pilar, ao que o funcionário correu para dentro do escritório. Ellis, contudo, virou-se na varanda para encarar os garotos, que estavam lá embaixo, cada um carregando um bocado de laterita. Ele gargalhava, extático.

— Seus negrinhos sujos e malditos! — gritou para eles. — Tiveram uma surpresa dessa vez, não foi? Subam aqui na varanda e venham lutar comigo, vocês quatro! Vocês não têm coragem. Quatro a um e, mesmo assim, não têm coragem de me enfrentar! Vocês se acham homens? Seus ratos sorrateiros, covardes, sarnentos!

Ele começou a falar em birmanês, chamando-os de filhos incestuosos de porcas. Durante todo o tempo, os garotos atiravam pedaços de laterita nele, mas seus braços eram fracos e eles não sabiam arremessar. Ellis esquivava-se das pedras e, à medida que cada uma delas errava o alvo, ele gargalhava, triunfante. Em seguida, surgiram gritos na estrada, já que o barulho havia sido ouvido na delegacia de polícia e alguns policiais apareceram para ver o que estava acontecendo. Os garotos se assustaram e fugiram, Ellis sentindo-se um vencedor absoluto.

Ellis gostara muitíssimo da confusão, mas ficou furioso assim que tudo acabou. Escreveu um bilhete violento ao sr. Macgregor, dizendo-lhe que fora agredido gratuitamente, e exigindo vingança. Dois funcionários que haviam testemunhado a cena e um *chaprassi*[138] foram chamados ao escritório do sr. Macgregor para confirmar a história. Eles mentiram com uma unanimidade perfeita. — Os garotos atacaram o sr. Ellis sem nenhuma provocação, ele apenas se defendeu — etc. etc. Ellis, justiça seja feita, provavelmente acreditava que essa era a versão verdadeira da história. O sr. Macgregor ficou um tanto quanto perturbado e ordenou à polícia que encontrasse os quatro estudantes e os interrogasse. Os garotos, no entanto, esperavam que algo parecido acontecesse e simplesmente desapareceram; a polícia vasculhou o

---

137 Espécie de solo saturado de ferro e alumínio que serve como elemento construtivo no sudeste da Ásia. (N. do T.)
138 "Supervisor", em híndi. (N. do T.)

bazar durante o dia todo e não os encontrou. No fim da tarde, o garoto ferido foi levado a um médico birmanês que, ao aplicar uma mistura venenosa de folhas esmagadas em seu olho esquerdo, conseguiu finalmente cegá-lo.

Como de costume, todos os europeus encontraram-se no clube naquela noite, à exceção de Westfield e Verrall, que ainda não tinham retornado. Todo mundo estava de mau humor. Somando-se ao assassinato, o ataque gratuito a Ellis (pois essa era a versão aceita) os deixara ao mesmo tempo assustados e irritados. A sra. Lackersteen ficava choramingando diferentes versões de "todos seremos assassinados em nossas camas". O sr. Macgregor, para acalmá-la, disse-lhe que, em caso de tumulto, as damas europeias eram trancadas na prisão até que tudo acabasse; mas ela não se mostrou muito consolada. Ellis agia de modo hostil com Flory, e Elizabeth ignorava-o quase por completo. Ele fora ao clube na esperança absurda de resolver a briga que tivera com ela, e sua atitude deixou-o tão infeliz que ele passou a maior parte do tempo escondido na biblioteca. Foi só às oito horas, depois que todos já tinham bebido o bastante, que a atmosfera começou a ficar um pouco mais amigável, e Ellis disse:

— Que tal mandarmos alguns *chokras* para nossas casas para que nos tragam nosso jantar para cá? Podíamos muito bem jogar algumas partidas de bridge. Melhor do que ficarmos preocupados em casa.

A sra. Lackersteen, que estava com medo de voltar para casa, aceitou a sugestão. Ocasionalmente, os europeus jantavam no clube quando queriam ficar até mais tarde. Dois dos *chokras* foram chamados e, ao ouvirem o que queriam deles, começaram a chorar. Parecia que, se subissem a ladeira, com certeza encontrariam o fantasma de Maxwell. O *mali* foi enviado no lugar deles. Quando o homem saiu, Flory percebeu que era novamente noite de lua cheia — exatamente quatro semanas desde aquela noite, agora incrivelmente distante, quando ele beijara Elizabeth sob o jasmim-manga.

Tinham acabado de sentar-se à mesa de bridge, e a sra. Lackersteen acabara de perder uma rodada por puro nervosismo, quando ouviram uma pancada forte no telhado. Todos se assustaram e olharam para cima.

— É apenas um coco caindo! — disse o sr. Macgregor.

— Mas não há coqueiros por aqui — disse Ellis.

No momento seguinte, várias coisas aconteceram ao mesmo tempo. Ouviram outro estrondo ainda mais alto, um dos lampiões a querosene soltou-se do gancho e caiu no chão, por pouco não atingindo o sr. Lackersteen, que pulou para o lado gritando, a sra. Lackersteen começou a berrar, e o mordomo entrou correndo no salão, com a cabeça descoberta, o rosto da cor de café estragado.

— Senhor, senhor! Homens maus estão vindo! Vão matar todos nós, senhor!

— O quê? Homens maus? O que você quer dizer com isso?

— Senhor, todos os aldeões estão aí fora! Com paus enormes e *dahs* nas mãos, pulando para todo lado! Vão cortar o pescoço do patrão, senhor!

A sra. Lackersteen jogou-se para trás na cadeira. Gritava alto o suficiente para abafar a voz do mordomo.

— Ah, cale-se! — disse Ellis bruscamente, virando-se para ela. — Escutem, todos vocês! Ouçam com atenção!

Ouviram um som profundo, murmurante e ameaçador do lado de fora, parecido com o zumbido de um gigante furioso. O sr. Macgregor, que se levantara, enrijeceu ao ouvir aquilo, e colocou os óculos no nariz com um gesto agressivo.

— Isso é algum tipo de tumulto! Mordomo, pegue esse lampião. Srta. Lackersteen, cuide de sua tia. Veja se ela está ferida. O resto de vocês vem comigo!

Todos foram para a porta da frente, que alguém, provavelmente o mordomo, havia fechado. Uma enxurrada de pedrinhas batia contra a porta como granizo. O sr. Lackersteen vacilou ao ouvir o ruído e recuou, para trás dos outros.

— Ora, maldição, alguém tranque essa maldita porta! — disse ele.

— Não, não! — disse o sr. Macgregor. — Devemos ir lá fora. Será fatal se não os enfrentarmos.

Ele abriu a porta e mostrou-se corajosamente no topo das escadas. Havia cerca de vinte birmaneses no caminho, com *dahs* ou pedaços de pau na mão. Do lado de fora da cerca, estendendo-se pela estrada em todas as direções, até o *maidan*, havia uma multidão enorme. Parecia um mar de gente, duas mil no mínimo, um mar preto e branco à luz da lua, com o brilho de um *dah* encurvado reluzindo aqui e ali. Ellis colocara-se friamente ao lado do sr. Macgregor, com as mãos nos bolsos. O sr. Lackersteen desaparecera.

O sr. Macgregor ergueu a mão, pedindo silêncio. — O que significa isso? — gritou ele, com severidade.

Ouviram-se gritos, e alguns pedaços de laterita do tamanho de bolas de críquete saíram voando pela estrada, mas, felizmente, não atingiram ninguém. Um dos homens no caminho se virou e acenou para os outros, gritando-lhes que não deviam começar a atirar ainda. Em seguida, ele deu um passo à frente para dirigir-se aos europeus. Era um sujeito forte e cortês, com cerca de trinta anos e tinha bigodes curvados para baixo, usava uma camiseta e o *longyi* amarrado no joelho.

— O que significa isso? — o sr. Macgregor repetiu.

O homem respondeu com um sorriso alegre, não muito insolente.

— Não temos nenhum problema com o senhor, *min gyi*[139]. Viemos em busca do comerciante de madeira, Ellis. (Ele pronunciou *Ellit*.) — O menino em quem ele bateu hoje de manhã ficou cego. O senhor deve nos entregar *Ellit* para que possamos puni-lo. O resto dos senhores não vai se machucar.

— Lembre-se do rosto desse sujeito — disse Ellis por cima do ombro para Flory. — Vamos prendê-lo por sete anos só por isso.

O sr. Macgregor ficara temporariamente bastante roxo. Sua raiva era tão grande que ele quase se sufocou. Por um bom tempo, não conseguiu falar nada e, quando falou, foi em inglês.

— Com quem você pensa que está falando? Em vinte anos, nunca ouvi tamanha insolência! Vão embora agora mesmo ou chamarei a polícia militar!

— Então é melhor que o senhor chame **rápido**, *min gyi*. Sabemos que não há justiça para nós em seus tribunais, **então nós** mesmos vamos punir *Ellit*. Entregue-o para nós agora. Caso contrário, todos os senhores vão se lamentar por isso.

O sr. Macgregor fez um movimento **furioso** com o punho, como se estivesse martelando um prego. — Vá embora, seu filho de uma cadela! — ele gritou, proferindo seu primeiro insulto em **muitos** anos.

Ouviu-se um rugido estrondoso vindo **da estrada** e surgiu uma chuva de pedras tão forte que todos foram atingidos, incluindo os birmaneses no caminho. Uma pedra acertou o sr. Macgregor bem **no rosto**, quase derrubando-o.

---

139 "Grande líder", em birmanês. (N. do T.)

Os europeus correram para dentro e trancaram a porta. Os óculos do sr. Macgregor tinham sido quebrados e escorria sangue de seu nariz. Voltaram ao salão e encontraram a sra. Lackersteen dando voltas ao redor de uma espreguiçadeira como uma cobra histérica, o sr. Lackersteen parado indeciso no meio do recinto segurando uma garrafa vazia, o mordomo de joelhos a um canto, fazendo o sinal da cruz (ele era católico), os *chokras* chorando e apenas Elizabeth estava calma, apesar de bastante pálida.

— O que aconteceu? — ela perguntou.

— Estamos fritos, foi isso que aconteceu! — disse Ellis com raiva, apalpando a nuca, onde uma pedra o atingira. — Os birmaneses nos cercaram e estão atirando pedras. Mas fique calma! Eles não têm coragem de arrombar as portas.

— Chame a polícia imediatamente! — disse o sr. Macgregor de uma forma estranha, já que estancava o sangue do nariz com o lenço.

— Não posso! — disse Ellis. — Estava olhando ao redor enquanto vocês conversavam. Eles nos isolaram, que suas almas apodreçam no inferno! Ninguém conseguiria chegar até a delegacia de polícia. O complexo de Veraswami está lotado de homens.

— Então devemos esperar. Podemos confiar nos policiais, certamente agirão por conta própria. Acalme-se, minha cara sra. Lackersteen, por favor, acalme-se! O perigo é muito pequeno.

Não soava nada pequeno. Agora, não havia pausas no barulho, e os birmaneses pareciam estar invadindo o complexo do clube às centenas. O barulho aumentou repentinamente, a um volume tal que ninguém conseguia se fazer ouvir, a não ser gritando. Todas as janelas do salão foram fechadas, e algumas venezianas de zinco perfurado, que às vezes eram usadas para impedir a entrada de insetos, foram baixadas e presas às vidraças. Ouviu-se uma série de estrondos quando as janelas foram estilhaçadas e, em seguida, uma saraivada incessante de pedras surgiu de todos os lados, sacudindo as finas paredes de madeira, dando a impressão de que iriam rachar ao meio. Ellis abriu uma das venezianas e atirou uma garrafa com força no meio da multidão, mas uma dúzia de pedras entrou violentamente pelo vão e ele teve de fechar a veneziana às pressas. Parecia que os birmaneses não tinham nenhum plano além de atirar pedras, gritando e esmurrando as paredes, mas o mero barulho que produziam era insuportável. Os europeus ficaram um tanto quanto atordoados no início. Nenhum deles pensou em culpar Ellis, o único culpado do que acontecera; o risco que corriam juntos pareceu, de fato, torná-los mais próximos por um tempo. O sr. Macgregor, praticamente cego sem seus óculos, permanecia distraído, em pé no meio da sala, com a mão direita estendida para a sra. Lackersteen, que a acariciava, enquanto um *chokra* aos prantos agarrava-se à sua perna esquerda. O sr. Lackersteen desaparecera novamente. Ellis caminhava furioso para um lado e para o outro, sacudindo os punhos na direção da delegacia de polícia.

— Onde está a polícia, aqueles covardes, cretinos, filhos da mãe? — gritava ele, sem se importar com as mulheres. — Por que não aparecem? Meu Deus, não teremos outra chance como essa nem em cem anos! Se tivéssemos ao menos uns dez rifles aqui, poderíamos derrubar esses bastardos!

— Eles estarão aqui em breve! — o sr. Macgregor gritou de volta. — Levarão alguns minutos para atravessar toda essa multidão.

— E por que não usam logo seus rifles, esses miseráveis filhos de uma mãe? Poderiam massacrá-los aos montes se simplesmente abrissem fogo. Ah, Deus, e pensar que estão perdendo uma chance como essa!

Uma rocha atravessou uma das venezianas de zinco. Outra passou pelo buraco que a anterior havia feito, espatifou um dos quadros do Bonzo, ricocheteou, cortou o cotovelo de Elizabeth e, finalmente, caiu na mesa. Ouviu-se um rugido de triunfo lá fora e, em seguida, uma sucessão de pancadas fortes no telhado. Algumas crianças haviam subido nas árvores e se divertiam à beça, escorregando pelo telhado. A sra. Lackersteen superou todos os seus esforços anteriores, soltando um grito que soou mais alto do que todo o barulho vindo do lado de fora.

— Alguém asfixie essa maldita bruxa! — gritou Ellis. — Qualquer um diria que estamos matando um porco. Temos de fazer algo. Flory, Macgregor, venham aqui! Alguém pense em uma maneira de sairmos dessa enrascada!

De repente, Elizabeth perdeu a coragem e começou a chorar. A pedrada a machucara. Para espanto de Flory, ela agarrou-se com força ao seu braço. Mesmo em um momento como aquele, seu coração disparou. Ele ficara observando a cena com um certo distanciamento — atordoado pelo barulho, é verdade, mas não muito assustado. Ele sempre achou difícil acreditar que os orientais pudessem ser realmente perigosos. Só quando sentiu a mão de Elizabeth em seu braço é que percebeu a gravidade da situação.

— Ah, sr. Flory, por favor, pense em algo! O senhor pode, o senhor pode! Faça qualquer coisa antes daqueles homens horríveis entrarem aqui!

— Se ao menos um de nós conseguisse chegar à delegacia de polícia! — lamentou o sr. Macgregor. — Um oficial britânico para liderá-los! Na pior das hipóteses, devo tentar ir sozinho.

— Não seja idiota! Iriam cortar-lhe o pescoço! — gritou Ellis. — Eu irei se eles realmente estiverem a ponto de invadir o clube. Mas, ah, ser morto por porcos como esses! Isso me deixaria furioso! E pensar que poderíamos matar toda essa multidão dos infernos se a polícia chegasse!

— Será que alguém não poderia ir ao longo da margem do rio? — Flory gritou, desesperado.

— Não é possível! Há centenas deles rondando para todo lado. Estamos isolados — birmaneses por três lados e o rio do outro!

— O rio!

Uma daquelas ideias surpreendentes que passam despercebidas simplesmente por serem óbvias demais surgiu na mente de Flory.

— O rio! Claro! Podemos chegar à delegacia de polícia em um piscar de olhos. Não percebem?

— Como?

— Ora, rio abaixo, dentro d'água! Nadando!

— Ah, meu bom homem! — gritou Ellis, dando um tapa no ombro de Flory. Elizabeth apertou seu braço e chegou até mesmo a dar um ou dois passos de dança de tanta alegria. — Eu vou, se vocês quiserem! — Ellis gritou, mas Flory balançou a cabeça. Ele já começara a tirar os sapatos. Obviamente, não havia tempo a perder. Os birmaneses comportaram-se como idiotas até então, mas ninguém poderia dizer o que aconteceria caso conseguissem invadir o clube. O mordomo, tendo superado o susto inicial, preparou-se para abrir a janela que dava para o gramado e olhou de soslaio para fora. Não havia muitos birmaneses no gramado. Eles haviam deixado a parte de trás do clube desprotegida, supondo que o rio fosse impedir qualquer fuga.

— Desça o gramado tão rápido quanto puder! — Ellis gritou no ouvido de Flory. — Eles vão dispersar quando o virem passar.

— Ordene à polícia que abra fogo imediatamente! — gritou o sr. Macgregor do outro lado. — Pode falar com minha permissão.

— E pode dizer-lhes para mirar para baixo! Nada de disparar para o alto. Que atirem para matar. De preferência, na barriga deles!

Flory saltou da varanda, machucando os pés na terra dura, e chegou à margem do rio em seis passos. Como Ellis havia previsto, os birmaneses recuaram por um momento quando o viram aos saltos. Atiraram-lhe algumas pedras, mas ninguém o perseguiu — acharam, sem dúvida, que ele simplesmente estava tentando escapar e, à luz do luar, podiam ver que não era Ellis. Em pouco tempo, ele abriu caminho entre os arbustos e chegou à água.

Mergulhou fundo, e o lodo horrível do rio agarrou-o, sugando-o até os joelhos de modo que ele precisou de vários segundos para que pudesse emergir. Quando voltou à superfície, uma espuma morna, parecida com a espuma da cerveja preta, rodeava seus lábios e alguma coisa esponjosa flutuara para dentro de sua garganta, sufocando-o. Era um ramo de aguapé. Conseguiu cuspi-lo e descobriu que a correnteza já o havia carregado por vinte metros. Os birmaneses corriam sem rumo para cima e para baixo na margem, gritando. Com os olhos ao nível da água, Flory não conseguia ver toda a multidão que cercava o clube; mas podia ouvir seu rugido estrondoso e diabólico, que soava ainda mais alto do que em terra. No momento em que chegou à frente do destacamento da polícia militar, as margens pareciam praticamente vazias. Ele conseguiu se desvencilhar da correnteza e saiu tropeçando pela lama, que levou sua meia esquerda. Um pouco mais abaixo na margem, dois velhos estavam sentados ao lado de uma cerca, afiando suas estacas, como se não houvesse revolta nenhuma ali perto. Flory rastejou até a margem, pulou a cerca e saiu em disparada pelo pátio de manobras à luz do luar, com as calças molhadas caindo. Pelo que podia perceber pelo barulho, o lugar estava completamente vazio. Em algumas cocheiras à direita, os cavalos de Verrall agitavam-se em pânico. Flory correu para a estrada e viu o que acontecera.

Todo o corpo de policiais, militares e civis, cerca de cento e cinquenta homens ao todo, havia atacado a multidão pela retaguarda, armados apenas com cassetetes. Foram completamente neutralizados. A multidão era tão grande que parecia um enorme enxame em ebulição, girando constantemente. Em todos os lugares podia-se ver policiais comprimidos, indefesos entre as hordas de birmaneses, lutando furiosa e inutilmente, espremidos demais até mesmo para usar seus cassetetes. Grupos inteiros de homens emaranhavam-se como Laocoonte nas dobras de seus *pagris* desenrolados. Ouvia-se uma terrível gritaria de insultos em três ou quatro línguas, nuvens de poeira e um fedor sufocante de suor e cravos-da-índia — mas ninguém parecia ter se ferido seriamente. Provavelmente os birmaneses não usaram seus *dahs* com medo de provocar saraivadas dos rifles. Flory abriu caminho por entre a multidão e foi imediatamente engolido, como os outros. Um mar de corpos fechou-se ao seu redor e empurrou-o de um lado para o outro, batendo em suas costelas e sufocando-o com seu calor animalesco. Ele lutou para conseguir avançar, com a sensação de que estava em um sonho, de tão absurda e irreal aquela situação. Todo o motim era absurdo desde o início, e o mais incrível de tudo era que os birmaneses, que poderiam tê-lo matado, não sabiam o que fazer com ele agora que encontrava-se no meio deles. Alguns gritavam-lhe insultos na cara, alguns o empurravam e pisavam em seus pés, alguns até mesmo tentavam dar-lhe passagem, já que ele era um homem branco. Ele não tinha certeza se estava lutando para sobreviver ou apenas abrindo caminho no meio da multidão. Por um longo tempo, ficou preso, indefeso, com os braços colados ao corpo, e, então, viu-se lutando com um birmanês atarracado muito mais forte do que ele e, em seguida, uma dúzia de homens juntou-se contra ele, como uma onda, empurrando-o mais ainda para o meio da multidão. De repente, ele sentiu uma dor agonizante no dedão do pé direito — alguém calçando botas havia pisado nele. Era o *subahdar* da polícia militar, um rajaputo[140], muito gordo, bigodudo, que havia perdido seu *pagri*. Estava segurando um birmanês pelo pescoço e tentava esmurrar seu rosto, enquanto o suor lhe escorria da cabeça careca e descoberta. Flory agarrou o pescoço do *subahdar* e conseguiu separá-lo

---

140 Etnia encontrada no norte da Índia e em partes do atual Paquistão, descendentes dos xátrias, uma casta indiana de guerreiros. (N. do T.)

do seu adversário, gritando em seu ouvido. O idioma urdu desapareceu de sua mente e berrou, então, em birmanês:

— Por que não abriram fogo?

Por muito tempo ele não conseguiu entender a resposta do homem. Então, compreendeu:

— *Hukm ne aya!* — não recebi nenhuma ordem!

— Idiota!

Nesse momento, outro grupo de homens avançou contra eles e, por um ou dois minutos, ficaram imobilizados, incapazes de se mover. Flory percebeu que o *subahdar* tinha um apito no bolso e estava tentando pegá-lo. Finalmente alcançou-o e começou a soltar assobios penetrantes, mas não havia nenhuma esperança de reunir parte de seus homens enquanto não conseguissem achar um espaço vazio na multidão. Era um esforço terrível deslocar-se em meio àquela gente — era como atravessar um mar viscoso com água até o pescoço. Às vezes, a exaustão dos membros de Flory era tão completa que ele se entregava e deixava a multidão segurá-lo e empurrá-lo para trás. Por fim, mais pelos movimentos giratórios do povaréu do que por seu próprio esforço, viu-se lançado para uma área livre. O *subahdar* também se livrara do grupo, assim como dez ou quinze sipaios e um inspetor de polícia birmanês. A maioria dos sipaios pôs-se de cócoras, quase caindo de cansaço e mancando, pois seus pés haviam sido pisoteados.

— Vamos, levantem-se! Corram como loucos para a delegacia! Peguem alguns rifles e um pente de munição para cada um.

Ele estava emocionado demais até mesmo para falar em birmanês, mas os homens o compreenderam e foram em direção à delegacia de polícia. Flory seguiu-os para afastar-se da multidão antes que se voltassem contra ele. Quando chegou ao portão, os sipaios já saíam com seus rifles e preparavam-se para atirar.

— O *sahib* vai dar a ordem! — o *subahdar* disse, ofegante.

— Ei, você! — gritou Flory para o inspetor. — Você fala hindustâni?

— Sim, senhor.

— Então diga-lhes para atirar para o alto, bem acima da cabeça das pessoas. E, acima de tudo, atirem todos ao mesmo tempo. Façam com que eles entendam o que está acontecendo.

O inspetor gordo, cujo hindustâni era ainda pior do que o de Flory, explicou o que deviam fazer, basicamente pulando para todo lado e gesticulando. Os sipaios ergueram os rifles, ouviram-se um rugido e um eco vindo da encosta. Por um momento, Flory pensou que sua ordem havia sido desconsiderada, pois quase toda a parte da multidão mais próxima deles caíra como um fardo de feno. No entanto, eles apenas haviam se atirado ao chão em pânico. Os sipaios dispararam uma segunda vez, mas não teria sido preciso. Imediatamente, a multidão começou a sair do clube como um rio mudando de curso. Vieram correndo pela estrada, viram os homens barrando a passagem e tentaram recuar, iniciando uma nova batalha entre os que estavam na frente e os que seguiam atrás; finalmente, toda a multidão correu para os lados e começou a dissipar-se lentamente pelo *maidan*. Flory e os sipaios avançaram lentamente em direção ao clube, nos calcanhares da multidão que se retirava. Os policiais que haviam sido engolidos pelo grupo voltavam sozinhos ou dois a dois. Seus *pagris* haviam sumido e seus *puttees* arrastavam-se por metros atrás deles, mas não sofreram nada além de alguns hematomas. Os policiais civis arrastavam uns poucos prisioneiros consigo. Quando chegaram ao complexo do clube, ainda havia birmaneses saindo, uma fila interminável de jovens pulando graciosamente por uma abertura na cerca-viva, parecendo um desfile de gazelas. Flory teve a impressão de que a noite ficava mais escura, muito depressa. Uma pequena figura vestida de branco desvencilhou-se do resto da multidão e tropeçou, sem forças, nos braços de Flory. Era o dr. Veraswami, com a gravata rasgada, mas os óculos milagrosamente intactos.

— Doutor!

— Ai, meu amigo! Ai, como estou exausto!

— O que está fazendo aqui? Estava no meio daquela multidão?

— Estava tentando contê-los, meu amigo. Não havia a menor esperança até o senhor chegar. Mas há, pelo menos, um homem que ficará com a marca disso aqui, acho eu!

E estendeu seu punho para Flory, para que ele visse os nós dos dedos machucados. Certamente estava bastante escuro agora. No mesmo instante, Flory ouviu uma voz anasalada atrás de si.

— Bom, sr. Flory, já está tudo acabado! Um simples fogo de palha, como sempre. O senhor e eu, juntos, éramos um pouco demais para eles... Rá, rá!

Era U Po Kyin. Veio na direção deles com um ar combatente, carregando um enorme cassetete e com um revólver enfiado no cinto. Seu traje era cuidadosamente casual — uma camiseta e calças *shan* — para dar a impressão de que ele saíra correndo de casa. Tinha estado escondido até que o perigo passasse e agora apressava-se para conseguir uma parte do crédito pelo que ocorrera.

— Um ótimo trabalho, senhor! — disse ele com entusiasmo. — Veja como eles correm ladeira acima! Nós os enxotamos de uma maneira bastante satisfatória.

— *Nós?* — ofegou o médico, indignado.

— Ah, meu caro médico! Não percebi que estava aí. Será possível que o senhor também tenha lutado? O senhor... Arriscando sua vida tão valiosa! Quem acreditaria em algo assim?

— O senhor demorou bastante para chegar aqui! — disse Flory, com raiva.

— Ora, ora, meu senhor, já é o bastante termos conseguido dispersar a multidão. Embora — acrescentou ele com um toque de satisfação, ao notar o tom de Flory — eles estejam indo na direção das casas dos europeus, como podem observar. Imagino que possa lhes ocorrer de saquear qualquer coisa no caminho.

Era preciso admirar o atrevimento do homem. Ele enfiou seu cassetete debaixo do braço e caminhou ao lado de Flory de uma maneira quase condescendente, enquanto o médico ficava para trás, envergonhado. No portão do clube, os três homens pararam. Agora estava extraordinariamente escuro e a lua havia desaparecido. No alto, quase invisíveis, algumas nuvens negras corriam para o leste como uma matilha de cães. Um vento quase frio soprou encosta abaixo e levantou uma nuvem de poeira, trazendo uma chuva fina diante de si. De repente, sentiu-se um cheiro intenso de umidade. O vento aumentou, as árvores farfalharam e começaram a bater umas nas outras furiosamente, o imenso jasmim-manga perto da quadra de tênis lançando uma nuvem de flores quase invisíveis. Os três homens se viraram e correram em busca de abrigo, os orientais para suas casas e Flory para o clube. Começara a chover.

23

No dia seguinte, a cidade estava mais calma do que uma catedral na manhã de segunda-feira. É o que geralmente acontece depois de um motim. A não ser pelo punhado de prisioneiros, todos os que poderiam ter se envolvido no ataque ao clube tinham um álibi incontestável. O jardim do clube parecia ter sido pisoteado por uma manada de búfalos, mas as casas não foram saqueadas e não houve novas vítimas entre os europeus, a não ser o sr. Lackersteen, que fora encontrado completamente bêbado sob a mesa de bilhar, onde se escondera com uma garrafa de uísque. Westfield e Verrall voltaram no início da manhã, trazendo presos os assassinos de Maxwell; ou, pelo menos, trazendo dois sujeitos que seriam enforcados pelo assassinato de Maxwell. Westfield, quando soube da notícia do motim, mostrou-se deprimido, mas resignou-se. Acontecera novamente — um tumulto de verdade, e ele não estava presente para reprimi-lo! Parecia predestinado a nunca matar um homem. Deprimente, deprimente! O único comentário de Verrall foi que tinha sido uma "tremenda ousadia" da parte de Flory (um civil) dar ordens à polícia militar.

Enquanto isso, quase não parava de chover. Assim que acordou e ouviu a chuva batendo no telhado, Flory vestiu-se e saiu correndo, Flo no seu encalço. Fora do alcance dos habitantes, ele tirou a roupa e deixou que a chuva caísse sobre seu corpo nu. Para sua surpresa, ele descobriu que estava coberto de hematomas da noite anterior; mas a chuva havia lavado todos os traços de sua urticária em três minutos. É maravilhoso o poder curativo da água da chuva. Flory desceu até a casa do dr. Veraswami, com os sapatos encharcados e jatos d'água escorrendo pelo seu pescoço de tempos em tempos, caídos da aba do seu chapéu t*erai*. O céu estava pesado e inúmeras tempestades rodopiantes perseguiam umas às outras através do *maidan*, como esquadras de cavalaria. Os birmaneses passavam com enormes chapéus de madeira na cabeça que de nada serviam, já que a água jorrava pelos seus corpos como nos deuses de bronze das fontes. Uma rede de córregos já lavava a terra das pedras da estrada. O médico acabara de entrar em casa quando Flory chegou, sacudindo um guarda-chuva molhado nas grades da varanda. Ele saudou Flory com entusiasmo.

— Suba, senhor Flory, suba agora mesmo! O senhor chegou na hora certa. Estava prestes a abrir uma garrafa de gim Old Tommy. Venha e deixe-me beber em sua homenagem, o salvador de Kyauktada!

Tiveram uma longa conversa juntos. O médico estava com um humor esfuziante. Parecia que o que acontecera na noite anterior resolvera todos os seus problemas quase por milagre. As intrigas de U Po Kyin estavam desfeitas. O médico não estava mais à sua mercê — na verdade, era o contrário. O médico explicou a Flory:

— Veja bem, meu amigo, esse motim — ou melhor, seu comportamento extremamente nobre durante o motim — estava totalmente fora dos planos de U Po Kyin. Ele iniciara a suposta rebelião e teve a glória de esmagá-la, e calculou que qualquer outra rebelião significaria simplesmente mais glória para si. Disseram-me que, quando ele soube da morte do sr. Maxwell, sua alegria foi definitivamente... — o médico apertou o polegar contra o indicador — Qual é a palavra mais adequada?

— Obscena?

— Ah, sim. Obscena. Dizem que, na verdade, ele chegou a dançar — o senhor pode imaginar um espetáculo mais grotesco? — e exclamou: "Agora, pelo menos, vão levar minha rebelião a sério!". Tal é seu respeito pela vida humana. Mas agora seu triunfo está chegando ao fim. O motim acabou com seus planos no meio do caminho.

— Como?

— Porque, o senhor não entendeu ainda, as honras do motim não são dele, mas do senhor! E sou conhecido por ser amigo do senhor. Fico, por assim dizer, na sombra de sua glória. O senhor não é o herói do momento? Seus amigos europeus não o receberam de braços abertos quando o senhor voltou ao clube na noite passada?

— É verdade, devo admitir. Foi uma experiência inédita para mim. A sra. Lackersteen não largava do meu pé. "Querido sr. Flory" é como ela me chama agora. Agora é Ellis quem ela hostiliza. Não se esqueceu de que ele a chamou de bruxa e mandou que parasse de guinchar como uma porca.

— Ah, às vezes, o sr. Ellis é enfático demais em suas expressões. Já notei isso.

— O único problema é que eu disse aos policiais que atirassem para o alto, em vez de abrir fogo diretamente contra as pessoas. Parece que isso é contra o regulamento do governo. Ellis ficou um pouco irritado com isso. "Por que você não passou fogo naqueles bastardos quando teve a chance?", ele me disse. Mostrei-lhe que isso significaria atirar nos policiais que estavam no meio da multidão; mas, como ele disse, de qualquer forma, eram apenas negros. No entanto, todos os meus pecados foram perdoados. E Macgregor até mesmo citou algo em latim — Horácio, acho eu.

Meia hora depois, Flory dirigiu-se ao clube. Havia prometido ver o sr. Macgregor e resolver o assunto da indicação do médico. Mas não apresentaria nenhuma dificuldade agora. Os outros comeriam na sua mão até que aquele tumulto absurdo fosse esquecido; poderia entrar no clube e fazer um discurso a favor de Lenin, e até isso tolerariam. A adorável chuva continuava caindo, encharcando-o da cabeça aos pés e enchendo suas narinas com o cheiro de terra molhada, esquecido durantes os amargos meses de seca. Ele passou pelo jardim destruído, onde o *mali*, curvado, com a chuva batendo em suas costas nuas, cavava buracos para as mudas de zínias. Quase todas as flores haviam sido pisoteadas até sumirem. Lá estava Elizabeth, na varanda lateral, quase como se estivesse à sua espera. Ele tirou o chapéu, derramando a água que estava na aba, e deu a volta para juntar-se a ela.

— Bom dia! — disse ele, levantando a voz por causa da chuva que batia ruidosamente no telhado baixo.

— Bom dia! Não está forte a chuva? Um pé d'água!

— Ah, isso ainda não é nada. Espere até julho. Toda a baía de Bengala vai se derramar sobre nossas cabeças, a prestações.

Parecia que jamais iriam se encontrar sem falar sobre o tempo. Mesmo assim, o rosto dela dizia algo muito diferente daquelas palavras banais. Seu comportamento havia mudado completamente desde a noite anterior. Ele tomou coragem.

— Como está o lugar onde aquela pedra lhe atingiu?

Ela estendeu-lhe o braço, deixando que ele o tocasse. Seu ar era gentil, quase submisso. Ele percebeu que a façanha da véspera o transformara praticamente em um herói aos olhos dela. Ela não tinha como saber quão pequeno fora o risco que ele correra, e perdoou-o por tudo, até mesmo por Ma Hla May, pois ele demonstrara coragem na hora certa. Era a situação do búfalo e do leopardo de novo. O coração dele batia forte no peito. Ele deslizou a mão pelo seu braço e entrelaçou os dedos nos dela.

— Elizabeth...

— Alguém vai nos ver! — disse ela, retirando a mão, mas sem raiva.

— Elizabeth, tenho algo a lhe dizer. A senhorita se lembra de uma carta que lhe escrevi da selva, depois de nossa... Algumas semanas atrás?

— Sim.

— A senhorita se lembra do que eu dizia nela?

— Sim. Perdoe-me por não ter respondido. É que...

— Eu não esperava que a senhorita respondesse naquele momento. Mas só queria lembrar-lhe do que disse.

Na carta, é claro, ele apenas disse, timidamente, que a amava — que sempre a amaria, não importando o que acontecesse. Estavam frente a frente, muito próximos. Num impulso — e foi tudo tão rápido que depois ele teve dificuldades em acreditar que algo realmente tivesse acontecido — ele a tomou nos braços e puxou-a para junto de si. Por um momento, ela cedeu e deixou que ele erguesse seu rosto e a beijasse; então, subitamente, ela recuou e sacudiu a cabeça. Talvez ela tivesse medo de que alguém os visse, talvez fosse apenas porque o bigode dele estava completamente molhado da chuva. Sem dizer mais nada, ela desvencilhou-se dele e correu para dentro do clube. Havia uma expressão de angústia ou remorso em seu rosto; mas ela não parecia estar com raiva.

Ele a seguiu sem pressa até o clube e encontrou o sr. Macgregor, que estava de muito bom humor. Assim que viu Flory, exclamou cordialmente — Arrá! Lá vem o herói glorioso! — e, então, com um tom mais sério, deu-lhe novamente os parabéns. Flory aproveitou a ocasião para dizer algumas palavras em favor do médico. Pintou um quadro bastante vivo do heroísmo do médico durante o motim. — Ele pôs-se bem no meio da multidão, lutando como um tigre, etc. etc. — Não era de todo exagerado — pois o médico certamente havia arriscado a própria vida. O sr. Macgregor ficou impressionado, assim como os demais, quando ficaram sabendo disso. Em qualquer ocasião, o testemunho de um europeu tem um efeito mais benéfico para um oriental do que o de mil de seus compatriotas; e, naquele momento, a opinião de Flory tinha um peso todo especial. A reputação do médico foi praticamente restaurada. Sua admissão no clube poderia ser considerada como garantida.

No entanto, ainda não havia um consenso final, já que Flory precisava regressar para o acampamento. Ele partiu na mesma noite, caminhando durante a madrugada, e não viu Elizabeth novamente antes de partir. Era bastante seguro viajar pela selva agora, já que a rebelião frustrada havia, obviamente, terminado. Raramente se fala de rebelião depois do início das chuvas — os birmaneses estão ocupados demais arando a terra e, de qualquer forma, os campos alagados ficam intransitáveis para grandes grupos de homens. Flory retornaria a Kyauktada dentro de dez dias, quando chegasse o dia da visita do capelão, o que ocorria a cada seis semanas. A verdade é que ele não tinha a mínima vontade de ficar em Kyauktada enquanto Elizabeth e Verrall estivessem ali. E, no entanto, era estranho, mas toda a amargura — toda aquela inveja obscena e baixa que o atormentara antes — se fora, agora que ele sabia que Elizabeth o perdoara. Nesse momento, era apenas Verrall que estava entre eles. E mesmo imaginá-la nos braços de Verrall já não o incomodava, pois ele sabia que, na pior das hipóteses, aquele caso teria um fim. Verrall, era evidente, nunca se casaria com Elizabeth; os jovens do tipo de Verrall não se casam com garotas sem um tostão que conhecem casualmente em obscuros vilarejos indianos. Ele simplesmente se divertia com Elizabeth. Em breve, ele a abandonaria e ela voltaria para ele — para Flory. E isso lhe bastava — era muito mais do que ele esperava. Existe uma certa humildade no amor genuíno que chega a ser, sob certos aspectos, horrenda.

U Po Kyin estava extremamente furioso. Aquele motim miserável o pegara de surpresa, até onde era possível pegá-lo de surpresa, e isso foi como um punhado de areia jogado nas engrenagens de seus planos. A tática de desonrar o médico precisava ser reiniciada. E já recomeçara, claro, com uma enxurrada de cartas anônimas que fizera Hla Pe ter de se ausentar do escritório por dois dias inteiros — desta vez, com bronquite — para poder escrevê-las. O médico foi acusado de tudo quanto é crime, de pederastia a roubo de selos postais do governo. O guarda da prisão que deixara Nga Shwe O fugir fora julgado e absolvido triunfalmente, já que U Po Kyin desembolsara duzentas rupias para subornar as testemunhas. Mais cartas eram despejadas sobre o sr. Macgregor, provando em detalhes que o dr. Veraswami, o verdadeiro responsável pela fuga, tentara colocar a culpa em um subordinado indefeso. No entanto, os resultados foram decepcionantes. A carta confidencial que o sr. Macgregor escreveu ao comissário, relatando a rebelião, foi aberta com vapor e seu tom era tão alarmante — o sr. Macgregor dizia que o médico "se comportara de forma extremamente valorosa" na noite da rebelião — que U Po Kyin convocou um conselho de guerra.

— Chegou o momento de uma ação enérgica — disse ele aos outros — estavam em assembleia na varanda da frente, antes do café da manhã. Ma Kin estava presente, além de Ba Sein e Hla Pe — este último um garoto atraente e promissor de dezoito anos, com a atitude de alguém que certamente terá sucesso na vida.

— Estamos dando murros em uma parede de tijolos — continuou U Po Kyin — e essa parede é Flory. Quem poderia prever que aquele covarde miserável apoiaria o amigo? No entanto, esses são os fatos. Enquanto Veraswami tiver seu apoio, não temos nada a fazer.

— Tenho conversado com o mordomo do clube, senhor — disse Ba Sein. — Ele me disse que o sr. Ellis e o sr. Westfield ainda não querem que o médico seja admitido no clube. O senhor não acha que eles voltarão a brigar com Flory assim que esse assunto do motim for esquecido?

— Claro que vão brigar, eles sempre brigam. Mas, enquanto isso, o mal está feito. Imaginem se esse homem for admitido! Acho que eu morreria de raiva se isso acontecesse. Não, só temos uma coisa a fazer. Devemos atacar o próprio Flory!

— O próprio Flory, meu senhor? Mas ele é branco!

— E que me importa? Já arruinei outros homens brancos antes. Uma vez que Flory caia em desgraça, o médico cai junto. E ele deve cair em desgraça! Vou desonrá-lo de tal forma que nunca mais ousará aparecer naquele clube!

— Mas, meu senhor! Um homem branco! Do que devemos acusá-lo? Quem acreditaria em qualquer coisa contra um homem branco?

— Você não sabe o que é estratégia, Ko Ba Sein. Não se acusa um homem branco; é preciso pegá-lo em flagrante. Desonra pública, *in flagrante delicto*. Vou decidir o que faremos com ele. Agora fiquem calados enquanto eu penso.

Houve uma pausa. U Po Kyin ficou olhando para a chuva com as mãos pequeninas cruzadas atrás das costas, pousadas no platô natural do seu traseiro. Os outros três olhavam para ele do fundo da varanda, levemente assustados com aquela conversa de atacar um homem branco, e esperando por algum golpe de mestre para enfrentar aquela situação que ia além de suas forças. Era uma circunstância parecida com aquela imagem familiar (seria de Meissonier[141]?) de Napoleão em Moscou, examinando mapas enquanto seus marechais esperavam em silêncio, com seus chapéus altos nas mãos. Mas é claro que U Po Kyin estava mais preparado para aquela situação do que Napoleão. Seu plano ficou pronto em apenas dois minutos. Quando ele se virou, seu enorme rosto estava transbordando de alegria. O médico enganara-se ao descrever U Po Kyin arriscando uns passos de dança; a figura de U Po Kyin não fora projetada para dançar; mas, se fosse possível, ele teria dançado naquele momento. Acenou para Ba Sein e sussurrou algo em seu ouvido por alguns segundos.

— É a coisa certa a fazer, não acha? — concluiu ele.

Um sorriso largo, relutante e incrédulo apareceu lentamente no rosto de Ba Sein.

— Cinquenta rupias devem cobrir todas as despesas — acrescentou U Po Kyin, radiante.

O plano foi explicado em detalhes. E, quando os outros entenderam, todos, inclusive Ba Sein, que raramente ria, até mesmo Ma Kin, que reprovava tudo aquilo do fundo de sua alma, irromperam em gargalhadas descontroladas. O plano era realmente bom demais, irresistível. Era genial.

Durante todo o tempo continuava a chover, chover. Depois que Flory voltou ao acampamento, choveu por trinta e oito horas seguidas, às vezes com um ritmo mais brando, com a intensidade de uma chuva inglesa, às vezes

---

141 Jean-Louis Meissonier (1815-1891) foi um pintor e escultor francês, famoso por suas representações de Napoleão. (N. do T.)

caindo em uma torrente tão grande que parecia que todo o oceano tivesse sido sugado pelas nuvens. O barulho no telhado tornava-se enlouquecedor depois de algumas horas. Nos intervalos entre as chuvas, o sol brilhava com a intensidade de sempre, a lama começava a rachar e fumegar, e as urticárias voltavam a se espalhar por todo o corpo das pessoas. Hordas de besouros voadores emergiram de seus casulos assim que as chuvas começaram; alastrou-se uma praga de criaturas repugnantes, conhecidas como percevejos, que invadiam as casas em quantidades inacreditáveis, espalhando-se pelas mesas de jantar e tornando qualquer refeição intragável. Verrall e Elizabeth continuavam a sair para cavalgar nos fins de tarde, quando a chuva não era muito forte. Para Verrall, todos os climas eram a mesma coisa, mas ele não gostava de ver seus cavalos cobertos de lama. Quase uma semana se passou. Nada mudou entre eles — não se tornaram nem menos nem mais íntimos do que antes. O pedido de casamento, ainda esperado com segurança, continuava sem ser proferido. Então, algo alarmante aconteceu. Chegou ao clube a notícia, por meio do sr. Macgregor, de que Verrall estava a ponto de deixar Kyauktada; a polícia militar permaneceria em Kyauktada, mas outro oficial viria substituir Verrall, ninguém sabia ao certo quando. Elizabeth encontrava-se em um suspense terrível. Certamente, se ele estava prestes a ir embora, deveria dizer-lhe algo definitivo em breve. Ela não poderia lhe perguntar nada — nem sequer ousava perguntar se ele realmente estava de partida; só podia esperar que ele dissesse alguma coisa. E ele não disse nada. Então, certa noite, sem nenhum aviso, ele não apareceu no clube. E dois dias inteiros se passaram sem que Elizabeth o visse.

Era terrível, mas não havia nada que pudesse ser feito. Verrall e Elizabeth mantiveram-se inseparáveis durante semanas, mas, de certa forma, eram praticamente estranhos. Ele se mantivera distante de todos — nunca nem sequer vira o interior da casa dos Lackersteen. Eles não o conheciam bem o suficiente para procurá-lo no seu bangalô ou escrever-lhe; ele tampouco reapareceu nas manobras matinais no *maidan*. Não havia nada a fazer além de esperar até que ele decidisse aparecer novamente. E, quando o fizesse, será que a pediria em casamento? Com certeza, com certeza que sim! Tanto Elizabeth quanto sua tia (embora nenhuma das duas tenha falado abertamente a respeito) consideravam impossível ele não lhe fazer o pedido. Elizabeth aguardava o próximo encontro com uma esperança quase dolorosa. Queira Deus que ainda demore, pelo menos, uma semana até sua partida! Se ela fosse cavalgar com ele por mais quatro vezes, ou três vezes — mesmo que fossem apenas duas vezes mais —, tudo ficaria bem. Queira Deus que ele volte a procurá-la em breve! Era impensável que, quando ele aparecesse, fosse apenas para se despedir! As duas mulheres iam ao clube todas as noites e ficavam lá sentadas até bem tarde, esperando ouvir os passos de Verrall do lado de fora, fingindo não estarem ali com aquele propósito; mas ele não apareceu mais. Ellis, que compreendia perfeitamente a situação, observava Elizabeth com uma satisfação perversa. O que tornava tudo ainda pior era que, agora, o sr. Lackersteen importunava Elizabeth o tempo todo. Ele se tornara bastante imprudente. Emboscava-a quase debaixo dos olhos dos criados, segurando-a, e começava a beliscá-la e acariciá-la de formas muitíssimo revoltantes. Sua única defesa era ameaçar contar tudo à tia; felizmente, ele era estúpido demais para perceber que ela nunca ousaria fazê-lo.

Na terceira manhã, Elizabeth e a tia chegaram ao clube bem a tempo de escaparem de uma violenta tempestade. E já estavam sentadas no salão por alguns minutos quando ouviram o som de alguém batendo a água dos sapatos no corredor. O coração das duas agitou-se, já que poderia muito bem ser Verrall. E então, um jovem entrou no salão, desabotoando uma longa capa de chuva ao entrar. Era um jovem robusto, risonho e com jeito brincalhão, de cerca de vinte e cinco anos, com faces gorduchas e rosadas, cabelo cor de manteiga, sem testa e, como se veria depois, uma risada ensurdecedora.

A sra. Lackersteen emitiu algum som inarticulado — arrancado inconscientemente dela por causa de sua decepção. O jovem, no entanto, cumprimentou-as com uma singeleza sincera, pois era uma daquelas pessoas que tornam-se íntimas de todos assim que os conhecem.

— Olá, olá! — disse ele. — O príncipe encantado chegou! Espero não estar incomodando, nem nada que o valha. Não está havendo nenhuma reunião de família ou algo do gênero?

— De forma nenhuma! — disse a sra. Lackersteen, surpresa.

— O que queria dizer... Pensei em simplesmente aparecer no clube e dar uma olhada, sabem como é. Só para me acostumar com o uísque local. Cheguei ontem à noite.

— O senhor foi transferido para cá? — perguntou a sra. Lackersteen, perplexa, já que não esperavam ninguém novo.

— Sim, exatamente. O prazer é todo meu.

— Mas não ficamos sabendo... Ah, claro! Suponho que o senhor seja do Departamento Florestal. Vai ficar no lugar do pobre sr. Maxwell?

— O quê? Departamento Florestal? De forma nenhuma! Sou o novo sujeito da polícia militar, entendeu?

— O... Quê?

— O novo sujeito da polícia militar. Estou assumindo o lugar do nosso querido Verrall. O velho colega recebeu ordens para voltar ao seu regimento. Está indo embora com uma pressa terrível. E deixou uma bela bagunça para este coitado aqui.

O policial militar era um jovem insensível, mas até mesmo ele notou que o rosto de Elizabeth, de repente, adquiriu uma expressão doentia. Ela ficou completamente incapaz de falar. Passaram-se vários segundos até que a sra. Lackersteen conseguisse exclamar:

— O sr. Verrall... Indo embora? Certamente ele não partiu ainda?

— Indo? Ele já se foi!

— Já foi?

— Bom, o que quis dizer é... O trem deve partir em cerca de meia hora. Ele deve estar na estação nesse momento. Enviei um grupo uniformizado para ajudá-lo no embarque. Colocar seus cavalos a bordo e tudo o mais.

Provavelmente ele dera outras explicações, mas nem Elizabeth nem sua tia ouviram uma só palavra delas. De qualquer forma, sem nem sequer se despedirem do policial militar, elas já se encontravam nos degraus da saída do clube em menos de quinze segundos. A sra. Lackersteen chamou bruscamente o mordomo.

— Mordomo! Mande meu riquixá vir nos pegar aqui na frente

Dias na Birmânia

imediatamente! Para a estação, *jaldi*[142]! — acrescentou ela assim que o condutor do riquixá apareceu e, depois de se instalar, cutucou-o nas costas com a ponta do guarda-chuva para apressá-lo.

Elizabeth vestira a capa e a sra. Lackersteen estava encolhida no riquixá embaixo de seu guarda-chuva, mas nenhum dos dois objetos mostrou-se muito útil contra a tempestade. A água vinha na direção delas em ondas tão violentas que o vestido de Elizabeth ficou encharcado antes de chegarem ao portão e o riquixá quase tombou com o vento. O condutor abaixou a cabeça e lutou para avançar, gemendo. Elizabeth estava agoniada. Era um engano, com certeza era um engano. Ele havia lhe escrito e a carta se extraviara. Era isso, só podia ser isso! Ele não poderia querer partir sem nem ao menos se despedir! E se assim fosse... Não, nem assim ela perderia as esperanças! Quando ele a visse na plataforma, pela última vez, não poderia ser tão cruel a ponto de abandoná-la! À medida que se aproximavam da estação, ela recostou-se no riquixá e beliscou o rosto para que ficasse corado. Um esquadrão de sipaios da polícia militar passou por elas apressado, com os uniformes puídos encharcados, empurrando uma carroça. Devia ser o esquadrão que ajudara Verrall. Graças a Deus, ainda faltavam quinze minutos. O trem demoraria mais quinze minutos para partir. Graças a Deus, pelo menos uma última oportunidade de vê-lo!

Elas chegaram à plataforma bem a tempo de ver o trem sair da estação e ganhar velocidade com uma série de roncos ensurdecedores. O chefe da estação, um negro baixinho e gorducho, estava parado sobre os trilhos olhando com pesar para o trem, e segurava seu *topi* impermeável sobre a cabeça com uma das mãos e, com a outra, tentava afastar dois indianos barulhentos que acenavam para ele tentando chamar-lhe a atenção. A sra. Lackersteen inclinou-se para fora do riquixá e gritou, agitada, em meio à chuva:

— Chefe da estação!

— Sim, madame!

— Que trem é esse?

— Esse é o trem para Mandalay, madame.

142 "Rápido", em urdu. (N. do T.)

— O trem para Mandalay? Não pode ser!

— Eu lhe garanto, madame! É precisamente o trem para Mandalay — e veio caminhando na direção delas, tirando o *topi* da cabeça.

— Mas, o sr. Verrall... O oficial da polícia? Certamente ele não embarcou.

— Sim, madame, ele foi com o trem — e indicou o trem com a mão, que afastava-se rapidamente em meio a uma nuvem de chuva e vapor.

— Mas ainda não era hora do trem partir!

— Não, madame. Só deveria partir daqui a dez minutos.

— Então por que já foi embora?

O chefe da estação balançou o *topi* de um lado para o outro, desculpando-se. Seu rosto moreno e atarracado parecia bastante angustiado.

— Eu sei, madame, eu sei! É algo sem precedentes! Mas o jovem policial militar me mandou fazer o trem partir! Ele declarou que estava tudo pronto e não queria ficar esperando. Eu lhe apontei a irregularidade. Ele disse que não se importava com irregularidades. Protestei. Ele insistiu. Em suma...

Ele fez outro gesto. Significava que Verrall era o tipo de homem que fazia o que queria, mesmo quando se tratava de fazer um trem partir dez minutos antes do horário. Houve uma pausa. Os dois indianos, imaginando que chegara sua chance de falar, avançaram subitamente, lamentando-se, e mostraram-lhe algumas cadernetas sujas para a inspeção da sra. Lackersteen.

— O que esses homens querem? — exclamou a sra. Lackersteen, sem lhes dar atenção.

— Eles são comerciantes de capim, madame. Estão dizendo que o tenente Verrall foi embora devendo-lhes grandes somas de dinheiro. Comprou feno de um e milho do outro. Isso não é assunto meu.

Ouviram o apito distante do trem. Ele fez a curva, como uma lagarta com o traseiro negro que olha por cima do ombro enquanto caminha, e desapareceu. As calças brancas encharcadas do chefe da estação balançavam, deploráveis, sobre suas pernas. Se Verrall havia ordenado que o trem partisse mais cedo para fugir de Elizabeth ou dos comerciantes, era uma questão interessante que nunca seria esclarecida.

Elas voltaram pela estrada e, depois, subiram com dificuldade a ladeira, diante de um vento tão forte que às vezes eram forçadas a dar vários passos para trás. Quando chegaram à varanda, estavam quase sem fôlego. Os criados pegaram suas capas de chuva ensopadas e Elizabeth sacudiu um pouco da água do cabelo. A sra. Lackersteen quebrou o silêncio pela primeira vez desde que tinham deixado a estação:

— Ora, bolas! De todas as grosserias... De tudo que é simplesmente abominável...!

Elizabeth parecia pálida e doente, apesar de toda a chuva e do vento que haviam lhe atingido o rosto. Mas ela não se daria por vencida.

— Ele bem que deveria ter esperado para se despedir de nós — disse, com frieza.

— Acredite em mim, querida, você está bem melhor sem ele!... Como lhe disse desde o início, era um jovem realmente odioso!

Algum tempo depois, quando elas se sentaram para tomar o café da manhã, depois de ter tomado um banho e vestido roupas secas, sentindo-se melhor, ela comentou:

— Deixe-me ver, que dia é hoje?

— É sábado, tia.

— Ah, sábado. Então nosso querido capelão chega hoje à noite. Quantos seremos para o culto de amanhã? Ora, acho que estaremos todos presentes! Que bom! O sr. Flory também vai ter chegado. Acho que ele disse que voltaria da selva amanhã — e acrescentou com um tom quase afetuoso: — O querido sr. Flory!

24

Eram quase seis horas da tarde e o ridículo sino no campanário de zinco de dois metros de altura da igreja começou a badalar, blem-blem, blem-blem!, enquanto o velho Mattu puxava sua corda interna. Os raios do sol poente, refratados por tempestades distantes, inundaram o *maidan* com uma linda luz soturna. Tinha chovido no início do dia, e choveria novamente. A comunidade cristã de Kyauktada, de quinze pessoas no total, estava se reunindo na porta da igreja para o culto noturno.

Flory já estava lá, além do sr. Macgregor, com seu *topi* cinza e tudo o mais, e o sr. Francis e o sr. Samuel, empertigados em seus ternos recém-lavados — já que o serviço religioso que acontecia de seis em seis semanas era o grande evento social de suas vidas. O capelão, um homem alto de cabelos grisalhos e rosto refinado e sem cor, usando um pincenê, encontrava-se de pé nos degraus da igreja, de batina e sobrepeliz, que vestira na casa do sr. Macgregor. Sorria de maneira afável, mas um tanto quanto indefesa, para quatro cristãos de Karen de bochechas rosadas que tinham vindo se prostrar diante dele, posto que ele não falava uma palavra da língua deles, nem eles da sua. Havia um outro cristão oriental, um indiano moreno e tristonho sem uma raça certa, que ficara de pé humildemente no fundo. Estava sempre presente nos cultos da igreja, mas ninguém sabia quem ele era ou por que era cristão. Sem dúvida, fora capturado e batizado na infância por missionários, já que os indianos que se convertiam quando adultos geralmente voltavam atrás em sua decisão.

Flory pôde ver Elizabeth descendo a ladeira, vestida de lilás, com a tia e o tio. Ele a vira de manhã no clube — tiveram apenas um minuto a sós antes dos outros entrarem. E ele só lhe fizera uma pergunta.

— Verrall foi embora... Para sempre?

— Sim.

Não houve necessidade de dizer mais nada. Ele simplesmente pegou-a pelos braços e puxou-a para si. Ela se deixou levar, sentindo-se até mesmo feliz — ali, em plena luz do dia, sem sentir pena do seu rosto desfigurado. Por um momento, ela agarrou-se a ele quase como uma criança. Agia como se ele a tivesse salvado ou protegido de algo. Ele ergueu o rosto dela para beijá-la e descobriu, surpreso, que ela chorava. Não houve tempo para conversar, nem mesmo para dizer-lhe: "Quer se casar comigo?". Isso não importava agora, depois do culto haveria tempo suficiente. Talvez em sua próxima visita, dali a apenas seis semanas, o capelão os casasse.

Ellis, Westfield e o novo policial militar se aproximavam, vindo do clube, onde haviam bebido algumas doses para conseguir aguentar o serviço religioso até o fim. O funcionário do Departamento de Florestas que fora enviado para tomar o lugar de Maxwell, um homem alto e pálido, completamente careca a não ser por dois tufos de pelos, parecidos com costeletas, na frente das orelhas, vinha atrás deles. Flory não teve tempo de dizer nada além de "Boa noite" para Elizabeth quando ela chegou. Mattu, vendo que todos estavam presentes, parou de tocar os sinos e o capelão entrou na frente, seguido pelo sr. Macgregor, com o *topi* contra a barriga, pelos Lackersteen e pelos cristãos nativos. Ellis beliscou o cotovelo de Flory e sussurrou, bêbado, em seu ouvido:

— Vamos, entre na fila. É hora do festival de choramingos. Ordinário, marche!

Ele e o policial militar entraram atrás dos outros, de braços dados, dando passos de dança — o policial, até entrarem na igreja, balançava o traseiro gordo, imitando uma dançarina de *pwe*. Flory sentou-se no mesmo banco que os dois, à direita de Elizabeth, do outro lado da nave. Era a primeira vez que ele se arriscava a sentar-se com a marca de nascença virada para ela. — Feche os olhos e conte até vinte e cinco — sussurrou Ellis enquanto eles se sentavam, arrancando uma risadinha do policial. A sra. Lackersteen já havia tomado seu lugar ao órgão de fole, que era do tamanho de uma escrivaninha. Mattu parou junto à porta e começou a puxar a corda do *punkah* — montado de tal forma que só abanava os bancos da frente, onde os europeus se sentavam. Flo entrou farejando pela nave, encontrou o banco de Flory e acomodou-se debaixo dele. O serviço começou.

Flory assistia apenas de forma ininterrupta. Tinha uma vaga noção de ter ficado de pé, de ter se ajoelhado e murmurado "Amém" após orações intermináveis, e de Ellis ficar cutucando-o e sussurrando blasfêmias por trás de seu hinário. Mas estava feliz demais para organizar as ideias. O inferno estava lhe devolvendo Eurídice[143]. A luz amarelada inundou a igreja, entrando pela porta aberta, tingindo de ouro as costas largas do casaco de seda do sr. Macgregor. Elizabeth, do outro lado da estreita nave, estava tão perto de Flory que ele podia ouvir cada farfalhar de seu vestido e sentir, ou pelo menos imaginar que sentia, o calor de seu corpo; no entanto, ele não olhou para ela nem uma única vez, para que os outros não notassem nada. O órgão de fole estremeceu como em um acesso de bronquite, ao passo que a sra. Lackersteen se esforçava para injetar-lhe ar suficiente com o único pedal que funcionava. A cantoria era um som estranho e irregular — um estrondo genuíno vindo do sr. Macgregor, uma espécie de murmúrio envergonhado por parte dos outros europeus e, ao fundo, um uivo alto e sem palavras, já que os cristãos de Karen conheciam a melodia dos hinos, mas desconheciam a letra.

Lá estavam de joelhos novamente. — Mais um maldito ajoelha-levanta — sussurrou Ellis. O céu escureceu e começou um leve tamborilar de chuva no telhado; as árvores do lado de fora balançaram e uma nuvem de folhas amarelas passou rodopiando pela janela. Flory observava-as através das frestas dos dedos. Vinte anos antes, nos domingos de inverno, no banco da igreja de sua paróquia na Inglaterra, ele costumava olhar as folhas amarelas, como naquele instante, flutuando e revoando contra o céu de chumbo. Seria possível, agora, recomeçar mais uma vez, como se aqueles anos sujos nunca lhe tivessem maculado? Por entre os dedos, ele olhou de soslaio para Elizabeth, ajoelhada com a cabeça baixa e o rosto escondido nas mãos jovens e repletas de sardas. Quando se casassem, ah, quando se casassem! Como

---

143 Referência ao mito grego de Orfeu e Eurídice, em que Orfeu desce até o inferno (*Hades*) para resgatar Eurídice do mundo dos mortos. (N. do T.)

se divertiriam juntos nessa terra tão estranha, mas amável! Já via Elizabeth em seu acampamento, recebendo-o quando ele voltasse para casa cansado do trabalho, e Ko S'la sairia correndo de sua barraca com uma garrafa de cerveja; ele a via caminhando na selva com ele, observando os calaus nas figueiras-dos-pagodes, colhendo flores sem nome e, nos pastos enlameados, vagando pela névoa fria atrás de narcejas e marrecos. Ele viu sua casa, depois que ela a tivesse redecorado. Viu a sala de visitas, não mais desarrumada como a típica sala de um solteirão, mas com móveis novos vindos de Rangum, um vaso de não-me-toques rosadas sobre a mesa, parecidas com botões de rosas, livros, aquarelas e um piano preto. Principalmente o piano! Sua imaginação demorou-se no piano — um símbolo, talvez por ele não ser uma pessoa musical — de uma vida civilizada e estável. Ele seria liberado para sempre da subvida da década anterior — das devassidões, das mentiras, da dor do exílio e da solidão, das relações com prostitutas, agiotas e *pukka sahibs*.

O capelão subiu na pequena tribuna de madeira, que também servia de púlpito, tirou o elástico do rolo de papel do sermão, pigarreou e anunciou a pregação. — Em nome do Pai, do Filho e do Espírito Santo. Amém.

— Seja rápido, pelo amor de Deus — murmurou Ellis.

Flory não percebeu quantos minutos se passaram. As palavras do sermão fluíam calmamente por sua mente, um som borbulhante indistinto, quase inaudível. Quando eles se casassem, ele ainda pensava, quando eles se casassem...

Opa, mas o que estava acontecendo?

O capelão parou de falar no meio de uma palavra. Tirara o pincenê e sacudia-o com um ar contrariado para alguém que estava à porta. Ouviu-se um grito estridente, assustado.

— *Pike-san pay-like! Pike-san pay-like!*

Todos saltaram de seus assentos e viraram-se. Era Ma Hla May. Assim que se viraram, ela invadiu a igreja e empurrou o velho Mattu com violência para o lado. E sacudiu o punho na direção de Flory.

— *Pike-san pay like! Pike-san pay-like!* Sim, é com esse aí que estou falando — Flory, Flory! (ela pronunciava *Porley.*) Esse aí sentado na frente, de cabelo preto! Vire-se e olhe para mim, seu covarde! Onde está o dinheiro que me prometeu?

Ela gritava como uma maníaca. As pessoas ficaram boquiabertas, surpresas demais para se moverem ou falarem. Seu rosto estava cinza, coberto de pó, seu cabelo oleoso caía-lhe sobre a fronte, seu *longyi* estava esfarrapado na bainha. Ela parecia uma bruxa do bazar gritando. As entranhas de Flory pareciam ter congelado. Ah, Deus, Deus! Será que eles precisavam saber... Elizabeth precisava saber... Que aquela mulher fora sua amante? Mas não havia esperança, nenhuma esperança sequer, de tudo aquilo ser simplesmente um erro. Ela gritou seu nome repetidamente. Flo, ouvindo a voz familiar, saiu de debaixo do banco, caminhou pela nave e abanou o rabo para Ma Hla May. A desgraçada mulher começou a relatar aos gritos, com todos os detalhes, tudo que Flory lhe fizera.

— Olhem para mim, homens brancos, e vocês também, mulheres, olhem para mim! Vejam como ele me arruinou! Olhem só os trapos que estou usando! E ele está sentado ali, o mentiroso, o covarde, fingindo que não me vê! Ele me deixaria morrer de fome em seu portão como um vira-lata. Ah, mas vou cobri-lo de vergonha! Vire-se e olhe para mim! Olhe para esse corpo que você beijou milhares de vezes... Olhe... Olhe...

E ela começou a rasgar as próprias roupas... O pior insulto possível para uma mulher birmanesa nascida pobre. O órgão de fole emitiu um gemido, em resposta a um espasmo da sra. Lackersteen. Todos, por fim, recuperaram-se do susto e voltaram a se mexer. O capelão, que vinha balindo sem sucesso, recuperou a voz. — Tirem essa mulher daqui! — disse ele bruscamente.

O rosto de Flory ficou lívido. Depois do primeiro momento, ele virou de costas para a porta e cerrou os dentes, em um esforço desesperado para parecer despreocupado. Mas era inútil, completamente inútil. Seu rosto estava amarelo como um osso e o suor brilhava em sua testa. Francis e Samuel, realizando talvez a primeira ação útil de suas vidas, subitamente saltaram de seu banco, agarraram Ma Hla May pelos braços e a arrastaram para fora, ainda gritando.

Estabeleceu-se um silêncio profundo na igreja quando finalmente conseguiram levá-la para longe do alcance dos ouvidos de todos. Fora uma cena tão violenta, tão sórdida, que todos ficaram perturbados. Até mesmo Ellis parecia enojado. Flory não conseguia falar, nem se mover. Permaneceu sentado, olhando fixamente para o altar, com o rosto tão rígido e esquálido que sua marca de nascença parecia brilhar como uma mancha de tinta azul.

Elizabeth olhou para ele do outro lado do corredor, e a repulsa que sentia deixou-a quase doente de verdade. Ela não tinha entendido uma só palavra do que Ma Hla May dissera, mas o significado da cena ficara perfeitamente claro. A ideia de que ele tivesse sido amante daquela criatura desequilibrada de rosto cinza fez com que todo seu corpo se arrepiasse. Mas, pior do que isso, pior do que qualquer coisa, era quão feio ele parecia naquele momento. Seu rosto assustou-a, de tão medonho, rígido e velho. Parecia uma caveira. Apenas a marca de nascença parecia ter vida nele. Ela, agora, odiava-o por sua marca de nascença. Até então, não tinha percebido quão desonroso e imperdoável aquilo era.

Como um crocodilo, U Po Kyin atacara-o em seu ponto mais fraco. Pois, nem é preciso dizer, aquela cena era obra de U Po Kyin. Como sempre, ele vislumbrara sua oportunidade e instruíra com muito cuidado Ma Hla May a fazer seu papel. O capelão encerrou seu sermão quase que imediatamente. Assim que acabou, Flory correu para fora da igreja, sem olhar para ninguém. Estava escurecendo, graças a Deus. A cinquenta metros da igreja, ele parou e observou os demais seguirem para o clube em duplas. Pareceu-lhe que avançavam com bastante pressa. Ah, mas é claro que sim! Não faltaria assunto no clube naquela noite! Flo esfregou-se em seus tornozelos de barriga para cima, pedindo-lhe que brincasse com ela. — Saia daqui, seu animal maldito! — disse ele, chutando-a. Elizabeth parou na porta da igreja. O sr. Macgregor, por um feliz acaso, parecia estar apresentando-a ao capelão. Logo depois, os dois homens seguiram na direção da casa do sr. Macgregor, onde o capelão deveria passar a noite, e Elizabeth saiu atrás dos demais, a cerca de trinta metros de distância. Flory correu atrás dela e a alcançou já quase no portão do clube.

— Elizabeth!

Ela olhou para trás, viu que era ele, ficou pálida e teria disparado sem lhe dizer nenhuma palavra. Mas a aflição de Flory era tão grande que ele a agarrou pelo pulso.

— Elizabeth! Eu preciso... Eu tenho de falar com a senhorita!

— Deixe-me ir embora, por favor!

Principiaram um confronto, mas pararam subitamente. Dois dos cristãos de Karen que haviam saído da igreja estavam parados a cinquenta metros deles, observando-os na penumbra com profundo interesse. Flory recomeçou, falando mais baixo:

— Elizabeth, sei que não tenho o direito de detê-la assim. Mas preciso falar com a senhorita, preciso! Por favor, ouça o que tenho a dizer. Por favor, não fuja de mim!

— O que o senhor está fazendo? Por que está segurando meu braço? Deixe-me ir agora mesmo!

— Vou deixá-la ir... Pronto! Mas me escute, por favor! Responda-me apenas uma coisa. Depois do que aconteceu, a senhorita é capaz de me perdoar?

— Perdoá-lo? O que o senhor quer dizer com perdoá-lo?

— Sei que caí em desgraça. Foi a coisa mais vil que poderia ter acontecido! Só que, de certa forma, não foi minha culpa. A senhorita perceberá isso quando estiver mais calma. A senhorita acha... Não agora, porque foi horrível, mas depois... A senhorita acha que é capaz de esquecer aquilo?

— Realmente não sei do que o senhor está falando. Esquecer? O que aquilo tem a ver comigo? Achei tudo repulsivo, mas nada daquilo é da minha conta. Não posso imaginar o porquê do senhor ficar me questionando dessa forma.

Ele quase entrou em desesperou ao ouvir isso. O tom, e até mesmo as palavras, era o mesmo da briga anterior que tiveram. Era a mesma reação, mais uma vez. Em vez de ouvi-lo, ela iria evitá-lo, afastá-lo... Ela o trataria com desprezo, fingindo que ele não tinha nenhum direito sobre ela.

— Elizabeth! Por favor, responda-me. Por favor, seja justa comigo! A situação é séria agora. Não espero que me aceite de volta de repente. Nem poderia, já que fui difamado publicamente. Mas, afinal, a senhorita praticamente prometeu casar-se comigo...

— O quê? Prometi casar-me com o senhor? Quando foi que prometi casar-me com o senhor?

— Não com palavras, eu sei. Mas era um arranjo que havia entre nós.

— Nada parecido foi arranjado entre nós! Acho que o senhor está se comportando da forma mais detestável possível. Vou imediatamente para o clube. Boa noite!

— Elizabeth! Elizabeth! Ouça-me. Não é justo condenar-me sem me ouvir. A senhorita já sabia o que eu tinha feito, e sabe que minha vida mudou desde que a conheci. O que aconteceu hoje à noite foi um acidente. Aquela mulher miserável que, eu admito, já foi minha... Bem...

— Não vou ouvir, não vou ouvir tais coisas! Estou indo embora!

Ele pegou-a novamente pelos pulsos e, desta vez, segurou-a com força. Felizmente, os nativos de Karen haviam sumido.

— Não, não, a senhorita vai me ouvir! Prefiro ofendê-la profundamente a ficar com essa incerteza. Ela já se prolonga por semanas, meses, e nunca fui capaz de falar-lhe diretamente. A senhorita parece não saber, ou se importar, com o tanto que me faz sofrer. Mas dessa vez a senhorita tem de me responder.

Ela se debateu para livrar-se dele, e sua força era surpreendente. Ele jamais imaginaria uma expressão tão furiosa em seu rosto quanto a que via agora. Odiava-o tanto que o teria esmurrado se suas mãos estivessem livres.

— Deixe-me ir embora! Ah, seu animal, seu animal, deixe-me ir!

— Meu Deus, meu Deus, nós dois brigando assim! Mas o que mais posso fazer? Não posso deixá-la ir sem nem ao menos me ouvir. Elizabeth, a senhorita precisa me ouvir!

— Não vou ouvi-lo! Não vou falar sobre esse assunto! Que direito tem o senhor de me questionar? Deixe-me ir!

— Perdoe-me, perdoe-me! Só uma pergunta. A senhorita aceita... Não agora, mas mais tarde, quando essa história vil tiver sido esquecida... Aceita casar-se comigo?

— Não, nunca, nunca!

— Não fale assim! Não torne tudo tão definitivo. Diga não por enquanto, se quiser... Mas em um mês, um ano, cinco anos...

— Já não lhe disse não? Por que o senhor continua insistindo?

— Elizabeth, ouça-me. Tentei de novo e de novo dizer-lhe o que significa para mim... Ah, de que adianta falar sobre isso! Mas, tente me entender. Não lhe contei sobre a vida que levamos aqui? É uma terrível morte em vida! A decadência, a solidão, a autopiedade? Tente entender o que isso significa, e que a senhorita é a única pessoa na Terra que pode me salvar disso tudo.

— O senhor pode me deixar ir embora? Por que tem de fazer essa cena terrível?

— Não significa nada para a senhorita quando digo que a amo? Não acredito que tenha compreendido o que quero da senhorita. Se aceitar, nos casamos e prometo nunca tocar um dedo na senhorita. Não me importaria, contanto que ficasse comigo. Mas não posso continuar a viver sozinho, sempre sozinho. Será que nunca poderia me perdoar?

— Nunca, nunca! Não me casaria com o senhor nem se fosse o último homem na Terra. Preferiria me casar com o... O gari!

Nesse instante, ela começou a chorar. E ele percebeu quão decidida ela estava. As lágrimas surgiram em seus próprios olhos. Ele disse mais uma vez:

— Pela última vez. Lembre-se do que significa ter uma pessoa no mundo que a ama. Lembre-se de que, embora possa encontrar homens mais ricos, mais jovens e melhores do que eu, em todos os aspectos, nunca encontrará ninguém que se importe tanto com a senhorita. E, mesmo que eu não seja rico, pelo menos poderia lhe proporcionar um lar. Há uma forma de viver... Civilizada, decente...

— Já não falamos o suficiente? — disse ela, com mais calma. — O senhor pode me soltar antes que apareça alguém?

Ele soltou os pulsos dela. Ele a perdera, tinha certeza. Como uma alucinação, dolorosamente nítida, ele viu mais uma vez sua casa como a imaginara; viu o jardim dos dois, com Elizabeth alimentando Nero e os pombos na entrada, ao lado das flox amarelo-enxofre que cresciam até a altura do ombro dela; e a sala de visitas com aquarelas nas paredes e não-me-toques no vaso de porcelana refletindo na mesa polida, e as estantes de livros, e o piano preto. O piano impossível, mítico — símbolo de tudo que aquele acidente irremediável havia destruído!

— A senhorita deveria ter um piano — disse ele, desesperado.

— Eu não sei tocar piano.

Ele a deixou ir. Não adiantava continuar. Mal se livrou dele, ela deu um salto e correu de verdade para o jardim do clube, tão odiosa era-lhe a presença dele. Em meio às árvores, ela parou para tirar os óculos e remover os vestígios de lágrimas do rosto. Ah, que animal, que animal! Ele machucara seus pulsos de uma forma abominável. Ah, que monstro horrível ele era! Quando pensava em seu rosto, da maneira como tinha ficado na igreja, amarelado e cintilante, com aquela horrenda marca de nascença, ela chegava a desejar sua morte. Não era o que ele tinha feito que a horrorizava. Ele poderia ter cometido milhares de atos abomináveis, e ela o perdoaria. Mas não depois daquela cena vergonhosa e sórdida, e da feiura diabólica de seu rosto desfigurado naquele momento. Por fim, foi a marca de nascença que o condenou.

Sua tia ficaria furiosa ao saber que ela havia recusado o pedido de Flory. E ainda havia seu tio e os beliscões na perna — entre um e outro, sua vida ali seria impossível. Talvez ela tivesse de voltar para a Inglaterra solteira, no fim das contas. Besouros pretos! Não importa. Qualquer coisa — tornar-se uma solteirona, um trabalho duro, qualquer coisa — era melhor do que aquela alternativa. Nunca, nunca, ela jamais se renderia a um homem que fora tão rebaixado! Preferiria a morte, muito mais. Se ela havia nutrido ideias mercenárias em sua mente há uma hora, já as havia esquecido. Ela nem sequer se lembrava de que Verrall a abandonara e que se casar com Flory a teria salvo. Só sabia que ele caíra em desgraça e se transformara em menos do que um homem, e que o odiava como teria odiado um leproso ou um louco. O instinto era mais forte do que a razão, até mesmo do que o interesse próprio, e ela não tinha como ir contra seu instinto, assim como não conseguiria parar de respirar.

Ao subir a ladeira, Flory não correu, mas caminhou o mais rápido que pôde. O que tinha a fazer deveria ser feito depressa. Estava ficando escuro demais. A miserável Flo, que até agora ainda não havia entendido que o que estava acontecendo era sério, trotava perto de seus calcanhares, choramingando como uma vítima para censurá-lo pelo chute que ele lhe dera. Quando ele subia a trilha, um vento soprou em meio às bananeiras, sacudindo suas folhas retalhadas e levantando um cheiro de umidade. Ia começar a chover novamente. Ko S'la havia posto a mesa do jantar e removia alguns besouros que tinham se suicidado ao voar contra o lampião de querosene. Evidentemente, ele ainda não ouvira falar da cena na igreja.

— O jantar do sagrado senhor está pronto. O sagrado senhor vai jantar agora?

— Não, ainda não. Passe-me esse lampião.

Ele pegou o lampião, foi para o quarto e fechou a porta. Deparou com o cheiro rançoso de poeira e fumaça de cigarro e, à luz intermitente e branca do lampião, ele viu os livros mofados e as lagartixas na parede. Então, era para aquilo que voltara — para sua vida antiga, secreta — depois de tudo, de volta ao mesmo ponto.

Não seria possível suportar tudo aquilo? Já suportara antes. Havia sempre paliativos — os livros, seu jardim, a bebida, o trabalho, as prostitutas, a caça, as conversas com o médico.

Não, não era mais possível suportar tudo aquilo. Desde a chegada de Elizabeth, sua capacidade de sofrer e, acima de tudo, de ter esperanças, que ele pensava já estar morta dentro dele, ganhara vida nova. A letargia em que vivia, em parte confortável, rompera-se. E se ele estava sofrendo agora, o pior ainda estava por vir. Em pouco tempo, outra pessoa se casaria com ela. E ele já podia imaginar muito bem... O momento em que ouvisse a notícia! "Já soube que a sobrinha dos Lackersteen finalmente desencalhou? Coitado do fulano... Já está pronto para o altar, que Deus o ajude", etc. etc. E a pergunta casual, "Ah, é mesmo? E quando vai ser?", e o rosto enrijecido, na tentativa de fingir desinteresse. E depois o dia do casamento se aproximando, sua noite de núpcias... Ah, isso não! Obsceno, obsceno. Mantenha os olhos fixos nessa cena. Obsceno. Puxou a caixa de metal do uniforme de debaixo da cama, tirou sua pistola automática, carregou-a com um pente de balas e puxou uma delas para a culatra.

Ko S'la foi lembrado em seu testamento. Restava Flo. Colocou a pistola na mesa e saiu. Flo estava brincando com Ba Shin, o filho mais novo de Ko S'la, sob a cobertura da cozinha, onde os criados tinham deixado os resquícios de uma fogueira. Ela dançava ao redor dele com os dentinhos à mostra, fingindo mordê-lo, enquanto o garotinho, com a barriga vermelha com o reflexo das brasas, batia nela sem força, rindo, mas um pouco assustado.

— Flo! Venha aqui, Flo!

Ela ouviu-o e veio, obediente, parando depois junto à porta do quarto.

Agora, ela parecia ter percebido que havia algo errado. Recuou um pouco e ficou olhando para ele com medo, sem vontade de entrar no quarto.

— Venha aqui!

Ela abanou o rabo, mas não se mexeu.

— Venha, Flo! A boa e velha Flo! Venha!

Subitamente, Flo foi tomada pelo terror. Começou a choramingar, baixou o rabo e encolheu-se toda. — Venha aqui, sua maldita! — ele gritou, agarrou-a pela coleira e atirou-a para dentro do quarto, fechando a porta atrás dela. Foi até a mesa pegar a pistola.

— Agora, venha aqui! Faça o que lhe digo!

Ela se agachou e ganiu, pedindo perdão. Doeu-lhe ouvir isso. — Venha aqui, minha garota! Querida e velha Flo! Seu dono não a machucaria. Venha aqui! — Ela rastejou muito devagar até os pés dele, de barriga para baixo, ganindo, a cabeça baixa, como se estivesse com medo de olhar para ele. Quando estava a um metro de distância, ele atirou nela, despedaçando-lhe o crânio.

Seu cérebro em pedaços parecia feito de veludo vermelho. Era assim que o cérebro dele ficaria? No coração, então, não na cabeça. Ele podia ouvir os criados correndo para fora de seus aposentos, gritando — devem ter ouvido o som do tiro. Rapidamente abriu o paletó e apertou o cano da pistola contra a camisa. Uma lagartixa minúscula, translúcida como uma criatura feita de gelatina, perseguia uma mariposa branca na beira da mesa. Flory puxou o gatilho com o polegar.

Quando Ko S'la irrompeu no quarto, por um momento viu apenas o corpo do cachorro. Então, viu os pés do patrão, com os calcanhares para cima, projetando-se por detrás da cama. Gritou para os outros manterem as crianças longe do quarto, e todos recuaram ao chegar à porta, aos berros. Ko S'la ajoelhou-se ao lado do corpo de Flory no mesmo instante em que Ba Pe entrava correndo pela varanda.

— Ele atirou nele mesmo?

— Acho que sim. Vire-o de costas. Ah, olhe só isso! Vá correndo chamar o médico indiano! O mais rápido que puder!

Havia um buraco bem nítido, do tamanho do orifício feito por um lápis ao atravessar o papel mata-borrão, na camisa de Flory. Estava obviamente morto. Com grande dificuldade, Ko S'la conseguiu arrastá-lo para a cama, pois os outros criados recusavam-se a tocar no corpo. Passaram-se apenas vinte minutos até que o médico chegasse. Ouvira um vago relato de que Flory se ferira e subira de bicicleta o mais rápido possível, em meio a uma tempestade. Jogou a bicicleta no canteiro de flores e entrou correndo pela varanda. Estava sem fôlego e não conseguia ver nada através dos óculos. Tirou-os, olhando míope para a cama. — O que foi, meu amigo? — disse ele, ansioso. — Onde se feriu? — Então, chegando mais perto, viu o que havia na cama e emitiu um som desagradável.

— Ah, o que foi? O que aconteceu com ele?

O médico caiu de joelhos, rasgou a camisa de Flory e encostou o ouvido em seu peito. Uma expressão de agonia surgiu em seu rosto, ele agarrou o morto pelos ombros e sacudiu-o com força, como se a mera violência pudesse trazê-lo de volta à vida. Um braço caiu inerte ao lado da cama. O médico ergueu-o novamente e, então, com a mão morta entre as suas, subitamente começou a chorar. Ko S'la estava em pé junto à cama, o rosto escuro cheio de rugas. O médico se levantou e, perdendo o controle por um instante, encostou-se na cabeceira da cama e chorou ruidosa e grotescamente, de costas para Ko S'la. Seus ombros gordos tremiam. Em seguida, recuperou o controle e virou-se novamente.

— Como isso aconteceu?

— Ouvimos dois tiros. Foi ele quem atirou, com certeza. Não sei o porquê.

— Como você sabe que fez isso de propósito? Como sabe que não foi um acidente?

Como resposta, Ko S'la apontou para o corpo de Flo em silêncio. O médico refletiu por um instante e então, com mãos gentis e experientes, envolveu o morto no lençol, dando-lhe nós na altura dos pés e da cabeça. Com a morte, a marca de nascença desbotara imediatamente, tornando-se uma discreta mancha cinza. — Enterre o cachorro o mais rápido possível. Direi ao sr. Macgregor que foi um acidente, enquanto ele limpava o revólver. Enterre o cachorro logo. Seu patrão era meu amigo. Não deve ficar escrito em sua lápide que ele cometeu suicídio.

25

Foi uma sorte o capelão estar em Kyauktada, pois assim pôde, antes de embarcar no trem na noite seguinte, presidir o funeral da forma correta e até mesmo fazer um breve discurso acerca das virtudes do morto. Todos os ingleses são virtuosos quando morrem. "Morte acidental" foi o veredicto oficial (o dr. Veraswami provou, com toda a sua habilidade de médico legista, que todas as circunstâncias apontavam para um acidente) e foi devidamente inscrito em sua lápide. Não que alguém tenha acreditado, é claro. O verdadeiro epitáfio de Flory foi a observação, proferida muito casualmente — pois um inglês que morre na Birmânia é logo esquecido — "Flory? Ah, sim, era um sujeito moreno, com uma marca de nascença. Ele se matou em 1926. Por causa de uma garota, é o que dizem. Que idiota." Provavelmente ninguém, além de Elizabeth, tenha ficado muito surpreso com o que aconteceu. Há muitos suicídios entre os europeus na Birmânia, e sempre causam pouca surpresa.

A morte de Flory teve várias consequências. A primeira e mais importante delas foi que o dr. Veraswami ficou arruinado, como previra. A glória de ser amigo de um branco — a única coisa que o salvava antes — havia desaparecido. A posição de Flory junto aos outros europeus nunca foi boa, é verdade; mas, afinal, ele era um homem branco e sua amizade conferia-lhe certo prestígio. Depois de morto, a ruína do médico era certa. U Po Kyin esperou o tempo necessário e, então, voltou a atacar, com mais força do que nunca. Foram necessários apenas três meses para que ele pudesse incutir na mente de todos os europeus em Kyauktada que o médico era um canalha absoluto. Nenhuma acusação pública foi feita contra ele — U Po Kyin era muito cuidadoso quanto a isso. Até mesmo Ellis teria dificuldade em dizer exatamente de que tipo de canalhice o médico era culpado; mas, ainda assim, todos concordavam que ele era um canalha. Aos poucos, a desconfiança generalizada em relação a ele consolidou-se em uma típica expressão birmanesa — *shok de*. Dizia-se que Veraswami era um sujeitinho muito astuto, à sua maneira — um bom médico, para os nativos, mas era completamente *shok de*. *Shok de* significa, aproximadamente, indigno de confiança e, quando um funcionário "nativo" passa a ser considerado *shok de*, sua vida acaba.

As temidas insinuações, de alguma forma, chegaram às posições mais importantes, e o médico foi rebaixado para o posto de cirurgião assistente e transferido para o Hospital Geral de Mandalay. Ainda está lá e provavelmente lá permanecerá. Mandalay é uma cidade bastante desagradável — empoeirada e insuportavelmente quente, e dizem que só é capaz de gerar cinco produtos, todos começando com "p", a saber: pagodes, párias, porcos, padres e prostitutas — e a rotina do hospital é terrível. O médico mora ao lado do complexo do hospital em um bangalô que é um verdadeiro forno, com uma cerca de ferro corrugado em torno do minúsculo terreno e, à noite, ele preside um consultório particular para complementar seu parco salário. Associou-se a um clube de segunda linha, frequentado por advogados indianos. Sua principal glória é possuir um único membro europeu — um eletricista de Glasgow chamado Macdougall, demitido por embriaguez da Companhia de Navegação do Irauádi e que, atualmente, ganha a vida precariamente em uma oficina de automóveis. Macdougall é um sujeito estúpido e enfadonho, interessado apenas em uísque e dínamos. O médico, que nunca acreditaria que um homem branco possa ser um idiota, tenta quase todas as noites envolvê-lo no que ainda chama de "conversa culta", mas os resultados são muito insatisfatórios.

Ko S'la herdou quatrocentas rupias no testamento de Flory e, com a família, abriu uma casa de chá no bazar. Mas a loja faliu, como era de se esperar, com as duas mulheres brigando a toda hora, e Ko S'la e Ba Pe foram obrigados a voltar a trabalhar como criados. Ko S'la era um ótimo criado. Além de suas habilidades úteis, como a cafetinagem, saber lidar com os agiotas, levar o patrão bêbado para a cama e a preparação de remédios contra a ressaca no dia seguinte, ele era capaz de costurar, alinhavar, recarregar cartuchos, cuidar dos cavalos, passar ternos a ferro e decorar a mesa do jantar com maravilhosos e intrincados desenhos com folhas recortadas e espigas de arroz tingidas. Ele valia cinquenta rupias mensais. Mas tanto ele quanto Ba Pe tornaram-se preguiçosos ao trabalhar para Flory e eram demitidos de um emprego após o outro. Passaram um ano em completa miséria, o pequeno Ba Shin começou a tossir e, por fim, tossiu até a morte durante uma noite de calor sufocante. Ko S'la é agora o criado assistente de um vendedor de arroz de Rangum, que tem uma esposa neurótica que implica o tempo todo, e Ba Pe é *pani-wallah*[144] na mesma casa, ganhando dezesseis rupias por mês. Ma Hla May foi parar em um bordel em Mandalay. Sua beleza está quase extinta, seus clientes pagam-lhe quatro *annas* e, às vezes, chutam e batem nela. Talvez de forma ainda mais amarga do que os outros, ela sente falta dos bons tempos em que Flory estava vivo, quando não teve a sabedoria de economizar o dinheiro que extorquira dele.

 U Po Kyin realizou todos os seus sonhos, exceto um. Depois da desonra do médico, era inevitável que U Po Kyin fosse admitido no clube, o que aconteceu, a despeito dos amargos protestos de Ellis. Por fim, os outros europeus ficaram bastante contentes com sua admissão, já que U Po Kyin era um acréscimo tolerável ao clube. Não aparecia com muita frequência, tinha modos agradáveis, pagava bebidas à vontade e tornara-se quase que imediatamente um brilhante jogador de bridge. Poucos meses depois, foi transferido de Kyauktada e promovido. Durante um ano inteiro, antes de sua aposentadoria, ficou no cargo de vice-comissário e apenas durante esse ano acumulou vinte mil rupias em subornos. Um mês depois de se aposentar, foi convocado para um *durbar*[145] em Rangum, para receber a condecoração que lhe fora concedida pelo governo indiano.

 Foi uma cena impressionante, aquele *durbar*. Na plataforma, decorada com bandeirolas e flores, sentou-se o governador, vestido com uma sobrecasaca, em uma espécie de trono, com um bando de ajudantes de ordens e secretários atrás dele. Por todo o salão, como reluzentes bonecos

---

144 "Carregador de água", em hindustâni. (N. do T.)
145 Recepção pública realizada por um príncipe indiano, governador ou vice-rei britânico na Índia. (N. do T.)

de cera, espalhavam-se os *sowars*[146] altos e barbudos da guarda pessoal do governador, com lanças decoradas com flâmulas nas mãos. Do lado de fora, uma banda tocava de tempos em tempos. A galeria estava bastante festiva, com os *ingyis* brancos e lenços cor-de-rosa das senhoras birmanesas e, no meio do salão, uma centena de homens, ou mais, esperava para receber suas condecorações. Havia oficiais birmaneses vestidos com cintilantes *pasos* de Mandalay, indianos com *pagris* de tecidos dourados, funcionários britânicos em uniforme de gala, com as bainhas das espadas retinindo, e velhos *thugyis* com os cabelos grisalhos amarrados atrás da cabeça e *dahs* com empunhaduras de prata pendendo de seus ombros. Com uma voz alta e clara, um secretário lia a lista de condecorações, que variava de Ordens do Império Britânico a certificados de honra em molduras de prata em relevo. Logo chegou a vez de U Po Kyin e o secretário leu em seu pergaminho:

— A U Po Kyin, vice-comissário assistente, aposentado, por seus longos e leais serviços e especialmente por sua oportuna ajuda para esmagar a rebelião mais perigosa do distrito de Kyauktada... — e assim por diante.

Em seguida, dois pajens, colocados ali justamente para isso, ajudaram U Po Kyin a pôr-se de pé e ele cambaleou até a plataforma, curvou-se o máximo que sua barriga lhe permitia e foi devidamente condecorado e felicitado, enquanto Ma Kin e outros apoiadores o aplaudiam freneticamente e agitavam seus lenços da galeria.

U Po Kyin fizera tudo o que um mortal poderia fazer. Agora era a hora de preparar-se para o outro mundo — em suma, era a hora de começar a construir pagodes. Mas, infelizmente, foi exatamente nesse ponto que seus planos começaram a dar errado. Apenas três dias depois do *durbar* do governador, antes que um único tijolo dos pagodes expiatórios fosse assentado, U Po Kyin teve um derrame e morreu sem voltar a dizer uma só palavra. Não há segurança contra o destino. Ma Kin ficou com o coração partido diante desse desastre. Ainda que ela mesma mandasse construir os pagodes, eles não teriam serventia para U Po Kyin; nenhum mérito poderia lhe ser gerado pelos atos dela. Ela sofre imensamente quando pensa no lugar em que U Po

---

146 "Cavaleiros", em urdu. (N. do T.)

Kyin deve estar agora — vagando sabe lá Deus em que terrível inferno subterrâneo de chamas, escuridão, serpentes e espíritos malignos. Ou, mesmo que tenha escapado do pior, seu outro medo poderia ter se concretizado, e ele voltara à Terra na forma de um rato ou de um sapo. Talvez, naquele exato momento, uma cobra o estivesse devorando.

Quanto a Elizabeth, as coisas correram melhor do que ela esperava. Depois da morte de Flory, a sra. Lackersteen, abandonando pela primeira vez todo fingimento, disse-lhe abertamente que não havia homens naquele lugar horrível e que sua única esperança era passar alguns meses em Rangum ou Maymyo. Mas ela não poderia mandar Elizabeth sozinha para Rangum ou Maymyo e ir com ela significava praticamente condenar o sr. Lackersteen à morte por *delirium tremens*. Meses se passaram, as chuvas chegaram ao clímax, e Elizabeth, por fim, acabara de decidir voltar para a Inglaterra, sem nenhum tostão e sem marido, quando... O sr. Macgregor pediu-a em casamento. Ele tinha essa ideia em mente há muito tempo; na verdade, apenas esperava que passasse um intervalo de tempo decente depois da morte de Flory.

Elizabeth aceitou de bom grado. Talvez ele fosse um pouco velho, mas não podia desprezar um vice-comissário — certamente era um pretendente melhor do que Flory. Ambos estão muito felizes. O sr. Macgregor sempre foi um homem de bom coração, mas tornou-se ainda mais humano e agradável desde o casamento. Sua voz está menos intempestiva e ele desistiu de seus exercícios matinais. Elizabeth amadureceu de forma surpreendentemente rápida, e uma certa secura nos modos, algo que sempre teve, tornou-se mais acentuada. Seus criados vivem com medo dela, mesmo que ela não fale birmanês. Tem um conhecimento profundo da *Lista Civil*, oferece jantares encantadores e sabe como colocar as mulheres dos funcionários subalternos em seus devidos lugares — enfim, ela preenche com sucesso a posição que a natureza lhe destinara desde o início, a de *burra memsahib*.

Impressão e Acabamento
Gráfica Oceano